여명의 눈동자

10

여명의 눈동자

김성종 장편대하소설

10

여명의 눈동자
10

남 진 ……… 7
사자의 시간 ……… 27
방황하는 혼 ……… 39
피의 강 ……… 61
승자와 패자 ……… 133
잃어버린 세월 ……… 235
성 녀 ……… 289
떠나는 자 남는 자 ……… 333
비 ……… 395
후 기 ……… 409

남 진

 금강을 돌파한 공산군은 쉬지 않고 대전을 공략했다. 그것은 지금까지의 공격과 별다른 것이 없는 것으로, 즉 정면공격을 시도하는 한편 후방으로 침투해 퇴로를 차단하는 것이었다. 미군의 대병력을 최초로 격퇴한 공산군은 그 어느 때보다도 사기가 충천한 채 맹렬한 공격을 전개했다. 대전을 놓고 그것을 빼앗으려는 측과 빼앗기지 않으려는 측이 벌인 싸움은 3일 동안이나 계속되었다. 대전을 사수하려던 미군은 사흘만에 붕괴되기 시작했다.
 7월 하순으로 접어든 날씨는 전쟁을 하기에는 너무 더웠다. 그러나 양쪽 모두 날씨에 상관하지 않고 열심히 싸웠다. 그야말로 혈전이었다.
 대치부대는 대전 후방으로 침투해서 퇴로를 차단했다.
 "포로는 필요 없다! 무조건 사살해 버려!"
 항복해 오는 미군들을 무조건 사살하라고 그는 엄명을 내렸다. 미군들은 치욕스럽지만 목숨을 건질 수 있는 마지막 기회마저 박탈당한 채 이역만리에서 죽어갔다.

대치는 직접 적들을 사살하기도 했다.

그는 차를 타고 달리면서 잠을 잤다. 그는 귀청을 찢는 소음 속에서도 잠을 잘 수가 있었다. 옷은 땀에 젖어, 쥐어짜면 땀방울이 주르르 흘러내리곤 했다.

대전을 포위한 공산군은 맹렬한 포격을 가하면서 포위망을 좁혀갔다.

시내 곳곳에서는 불길이 치솟고 있었고 매캐한 화약냄새가 코를 찔렀다. 공산군들은 죽은 미군의 몸에서 시계, 라이터, 담배 등 쓸만한 것들을 마구잡이로 거둬갔다. 채 죽지 않은 미군들은 사살되거나 총검에 찔려 즉사했다.

포위된 연합군은 필사적으로 저항했다. 미군은 마침 어떤 장갑도 뚫을 수 있는 3·5인치 바주카포 수문을 가지고 왔기 때문에 소련제 탱크를 어느 정도 저지할 수가 있었다.

대치는 2개 중대로 하여금 민간인 복장을 하게 한 다음 피난민을 가장해 시내로 먼저 침투시켰다. 시내로 잠입한 그들은 도처에 흩어져 연합군을 저격했다. 불시에 민간인들로부터 공격을 받은 연합군은 더욱 혼란에 빠져 갈피를 잡지 못했다.

그렇지 않아도 날씨가 찌는 듯이 무더운 터에 거리가 온통 불바다가 되는 바람에 군인들의 얼굴은 하나같이 벌겋게 익어 있었다.

T34 탱크를 볼 때마다 연합군들은 질겁해서 피하곤 했다. 그것은 연합군 한두 명 정도는 거들떠보지도 않고 거만하게 지나쳐 가곤 했다. 3·5인치 바주카포가 그 괴물을 파괴할 때마다

연합군 병사들은 환호성을 질렀다. 그러나 바주카포는 불과 수문에 불과했기 때문에 충분한 저지력이 될 수는 없었다.

대치가 어느 건물의 이층에 시선을 멈췄을 때 미군 두 명이 바주카포를 들고 있는 것이 보였다.

"저놈들을 공격해!"

그의 말이 채 떨어지기도 전에

"쿵!"

하는 소리가 주위를 울렸다. 창문에 섬광이 번쩍했다. 바로 앞에 굴러가던 탱크가 들썩했다.

그는 지프에서 내려 땅바닥에 엎드렸다. 잠시 후 다시

"쿵쿵!"

하는 소리가 들렸다.

고개를 쳐들자 비명과 함께 탱크 속에서 시커먼 연기가 치솟고 있었다.

"저놈들을 공격해."

그는 아무도 알아듣지 못하는 소리로 중얼거렸다.

입안에 흙먼지와 화약먼지가 가득했다. 그는 침을 뱉고 다시 이층을 바라보았다. 망원경 속에 미군 두 명이 뚜렷이 들어와 비쳤다. 흑인 한 명과 백인 한 명이었는데 흑과 백의 대비가 묘한 조화를 이루고 있었다.

그 용감한 외국 군인들을 그는 한동안 호감어린 눈으로 바라보고 있었다. 그 급박한 상황 속에서도 그들은 여유 있게 껌을 씹어대고 있었다. 그리고 공산군이 밀려오는데도 피할 생각을 하지 않고 대단한 구경거리인양 흥미 있는 눈으로 쳐다보고 있었다.

탱크가 나타나자 그들은 또 바주카포를 쳐들고 발사자세를 취했다. 탱크의 포구도 그들 쪽으로 겨누고 있었다. 거의 동시에 두 개의 포성이 주위를 뒤흔들었다. 눈앞에 있던 건물이 폭싹 내려앉으면서 미군 두 명의 모습이 순식간에 사라지는 것이 보였다. 탱크에서도 검은 연기가 치솟고 있었다. 조금 후 펑하는 굉음과 함께 탱크는 불길에 싸였다.

거리는 온통 불타고 있었다. 그래서 뜨거운 열기가 거리를 폭풍처럼 몰아치고 있었다. 열기와 함께 화약냄새가 코를 찌르고 있었다.

대치는 열기에 질식할 것 같았다. 군모도 벗어던지고 저고리 단추도 풀어헤치고 있었지만 열기를 피할 수는 없었다. 가슴이 터질 것 같은 그는 부관을 데리고 어느 집으로 뛰어들어갔다. 우물이 있는 집이었다.

"목물을 좀 쳐줘."

그는 윗통을 벗고 엎드렸다. 두레박을 들고 우물 속을 들여다보던 부관이 뒤로 물러서면서

"안 되겠는데요."

하고 고개를 저었다.

"왜? 물이 없나?"

그는 허리를 폈다.

"그런 게 아니라……저기 좀 보십시오."

부관이 가리키는 대로 그는 우물 속을 들여다보았다. 우물 속에는 시체가 가득 들어차 있었다. 아기 시체도 있었고 여인의 시체도 보였다.

"일가족이 모두 죽은 것 같습니다."

"어느 쪽 짓인가?"

"그야……"

부관이 우물쭈물하자 그는 침을 칵 뱉었다.

"반동의 가족인 모양이군. 혁명과정에서는 어쩔 수 없는 일이야. 본보기로 저렇게 처형하는 것도 필요해. 넌 인도주의자인가?"

"네?"

말뜻을 모르는 부관은 어리둥절해서 되물었다.

"휴머니스트인가 말이야?"

"헤헤……아, 아닙니다."

부관은 눈치로 보아 부인하는 것이 좋다고 생각한 모양이었다. 대치는 옷을 쥐어짰다. 땀이 주르륵 흘러내렸다.

"내가 제일 혐오하는 것이 휴머니스트들이다. 혁명이 실패하거나 지체되는 이유는 그런 자들 때문이야. 공연히 슬퍼하고, 동정하고, 머뭇거린단 말이야. 그리고 혁명가를 무슨 짐승보듯이 한단 말이야. 개새끼들 같으니!"

그 집을 나와 걸어가면서 그는 더 큰 소리로 말했다.

"싹 쓸어버려야 해! 파도가 쓸어가 버리듯 싹 쓸어버린 뒤에 하나하나 새로 지어야 해!"

그는 최소한 이번 전쟁에서 5백만 명 이상은 죽어야 한다고 생각하고 있었다. 그 정도는 혁명을 완수하기 위해서 불가피한 것이라고 생각하고 있었다.

T34 탱크는 계속해서 시내로 진입했다. 진입하면서 무차별 포격을 가하고 있었기 때문에 시가지는 온통 초토화되고 있었다. 미처 피난가지 못한 시민들의 울부짖음은 포성과 굉음에 비하면 한낱 자장가로 들릴 뿐이었다.

길바닥에 즐비하게 뒹굴고 있는 시체들 위로 공산군 탱크들은 굴러갔다. 시커먼 철갑의 괴물들은 아무 표정도 없이 그 거대한 동체로 시체들을 깔아뭉갰고, 그것들이 지나간 자리에는 마른 오징어처럼 납작해진 시체들이 길바닥 위에 늘어붙어 있었다.

먼지와 열풍으로 대치는 눈을 잘 뜰 수가 없었다.

그는 적군의 퇴로를 차단시킨 다음 부하들을 매복시켰다. 그가 시키는 대로 그의 부하들은 요소요소에 숨어서 후퇴하는 적들에게 공격을 가했다.

연합군은 집단을 이루어 후퇴한다는 것이 어렵다는 것을 깨닫자 적을 피해 뿔뿔이 흩어져 퇴로를 찾아 나섰다. 그 바람에 덩치가 큰 각종 차량들과 중화기 같은 것들은 그대로 길가에 내버려졌다.

아무리 기다려도 대부대가 후퇴해 오지 않자 대치 부대는 더 이상 기다리지 못하고 시내로 깊숙이 들어갔다.

포위된 채 퇴로를 차단당하고 거기에다 개인적인 도주의 기회마저 잃은 연합군 장병들은 죽음을 각오하고 치열한 시가전을 전개했다. 시내의 건물들은 몸을 숨기고 지구전을 벌이기에는 아주 좋은 곳이었다. 패잔병들은 삼삼오오 짝을 지어 적당한 건물에 몸을 숨긴 다음 필사적인 저항을 벌였다.

패잔병 사냥에 나선 공산군들은 시가전에 익숙하지 못했기 때문에 시내로 들어와서 의외로 고전했다. 대치는 아예 쑥밭을 만들 결심으로 적군이 얼씬하는 건물만 보여도 탱크포로 쏘아붙이게 했다.

총탄은 생각지도 않은 곳에서 불시에 날아왔기 때문에 희생자가 속출하고 있었다. 머리 위로 수류탄이 날아오기도 했고 갑자기 기관단총이 우박처럼 쏟아지기도 해서 그때마다 공산군들은 당황해서 흩어지기 일쑤였다.

시가전에 견디지 못하고 투항해 오는 적군은 없었다. 그것은 죽을 때까지 싸울 결심이 되어 있다는 것을 뜻했다. 그래서 싸움은 더욱 치열해질 수밖에 없었다. 그리고 그것은 길고 지리한 싸움이었다.

대치는 부하들을 족쳐댔지만 그렇다고 시가전이 빨리 끝날 리 만무했다. 그것은 산악이나 들판에서 벌이는 싸움과는 다른 것이었다.

그는 참모들과 함께 광장 한 모퉁이에 서 있었는데, 문득 맞은편 골목에서 백기가 흔들리고 있는 것이 보였다. 그것이 신호이기라도 하듯 일시에 총성이 그치고 무거운 정적이 밀려왔다.

한국군 한 명과 미군 한 명이 백기를 흔들며 걸어오는 것이 보였다. 두 사람 다 두 손을 머리 위로 쳐들고 있었다. 모든 총구가 그들을 향해 집중되어 있었지만 아직 어떠한 명령도 없었기 때문에 총이 발사되지는 않았다.

투항자들은 별로 두려워하는 기색도 없이 광장 복판까지 나와 사방을 둘러보았다.

"어이, 이리와!"

참모 하나가 투항자들을 향해 손짓하자 그들은 머뭇거리지도 않고 걸어왔다.

대치는 지프에 기대서서 망원경을 통해 가까이 다가오고 있는 적군 병사들을 바라보았다. 그들은 비무장이었는데, 이상하게도 당당해 보였다. 공포의 빛이라고는 조금도 없는 것이 왠지 속이 꽉 들어차 보이는 것이었다. 그들이 수 미터 앞에 이르렀을 때 그는 그들의 호주머니가 불룩한 것을 알아차렸고, 그들이 그렇게 당당할 수밖에 없는 이유를 알았다.

총을 겨누고 있는 자들까지도 투항자들이 너무 재빨리 행동을 바꾸었기 때문에 어리둥절해 하고 있었다. 제일 먼저 소리치면서 엎드린 사람은 대치였다.

"엎드려!"

그의 고함 소리를 수류탄 터지는 소리가 집어삼켰다. 모든 것이 날아가 버리는 것이 머리 위로 느껴졌다. 부서진 조각들이 그의 몸을 덮쳤다. 그는 너무 뜨거워서 눈을 떴다. 머리 위로 활활 타오르는 불길이 보였다. 지프가 불타고 있었다. 그는 반사적으로 기어가다가 몸을 일으켜 달려갔다.

한참 후 돌아다보니 참모 두 명과 무전병이 즉사해 있었고, 나머지 서너 명은 부상당해 신음하고 있었다. 한국군과 미군은 벌집이 되어 죽어 있었다.

"용감한 놈들인데……"

자기도 모르게 중얼거리면서 그는 시체들을 발로 툭툭 건드렸다.

한국군 가운데는 용감한 병사들이 많았다. 전쟁에 참가한 이래 그는 용감한 병사들을 적지 않게 보아왔는데, 그들은 정말 상상할 수 없을 정도로 용감했다. 무엇이 그들을 그렇게 용감하게 만들고 있는지 알 수 없었지만, 갈수록 그런 병사들이 많아지고 있는 것 같았다.

"항복을 받아들이지 마라! 항복해 오면 사살해 버려!"

수류탄에 맞아 갈갈이 찢겨진 참모들의 시체를 바라보면서 그는 화가 나서 외쳤다.

중대장 한 명은 가로수에 기대앉아 있었는데, 복부를 움켜쥐고 있었다. 가만 보니 손가락 사이로 창자가 미어져 나오고 있었다. 밀려나오는 창자를 손으로 밀어 넣으면서 그는 숨가쁘게 호소했다.

"빨리……빨리……나를 데리고 가줘. 부, 부탁이야."

그러나 모두가 보고만 있었다. 그의 부하들은 아예 그를 외면하고 있었다. 치료가 불가능한 부상자는 하나같이 버림받고 있었다. 팔이나 다리가 잘려 전쟁에 쓸모 없게 된 자들도 모두 쓰레기처럼 내버려지고 있었다. 열심히 싸우다가 부상당한 자들은 버림받고 나서야 비로소 한낱 소모품으로 이용당한 것을 깨닫는 것이었지만 그때는 이미 죽음의 손길이 목덜미를 움켜쥐고 있을 때였다.

살려달라는 말은 통하지도 않았다. 가장 가까웠던 전우마저 거들떠보지도 않는 것이었다. 부상당했으면 잠자코 죽음을 맞이하라. 이것이 어느새 불문율처럼 되어 있었지만, 부상자는 지푸라기라도 붙잡고 싶은 심정으로 살려달라고 애걸하는 것이었다.

운전병이 미군 지프를 하나 몰고 왔는데 견고하고 새것이었다.

"이걸 나보고 타란 말인가?"

그는 운전병을 곁눈질로 바라보면서 물었다.

"아주 튼튼하고 좋습니다."

운전병은 미군 지프를 노획한 것이 아주 대견스러운 듯 흡족해 하고 있었다. 그것은 덮개를 벗긴 것으로 야전지휘관이 이용하던 것이었다. 앞창 유리가 산산조각이 나고 좌석과 바닥에 피가 묻어 있는 것으로 보아 타고 있던 누군가가 차 위에서 당한 것 같았다.

대치는 승리감에 도취되어 지프를 타고 광장을 한 바퀴 돌아보았다. 그 동안 소련제 낡은 지프만 몰아본 운전병이 신이 나는지 아주 기운차게 차를 몰았다.

노획품은 그것뿐만이 아니었다. 어느새 공산군들 사이에는 미제 양담배가 공공연히 나돌았고 껌을 짝짝 씹고 다니는 병사도 있었다. 대전까지 내려오는 동안 대부분 농구화가 닳고 해졌기 때문에 미군 포로나 시체로부터 군화를 탈취해 가는 병사들이 많았다. 워낙 보급품이 빈약하고 달렸기 때문에 그렇게라도 보충해 가면서 전쟁을 수행할 수밖에 없다는 것이 지휘관들의 생각이었다. 그래서 병사들이 미제 노획품으로 온통 치장을 해도 가만 내버려두었다.

이틀이 지나도 시가전은 계속되고 있었다. 주력이 붕괴되었기 때문에 시가지를 완전히 점령하는데 하루 이상은 걸리지 않을 것이라고 생각했는데 막상 부딪치고 보니 의외로 고전이었다. 연합군은 생각지도 않은 곳에서 갑자기 불쑥불쑥 튀어나와 공격을 가한 다음 재빨리 도망치곤 했다. 시내에는 거미줄 같은 망이 연결되어 있어서 어느 정도 조직적인 저항이 가능할 수가 있었다.

미군과 국군은 공산군 탱크를 피해서 싸웠다. 그것만 나타나면 반사적으로 적개심과 공포심을 보이면서 직접 부딪치는 것을 피했다.

이역만리 낯선 땅에 와서 생전 겪어 보지 못한 격렬한 싸움에 빠져든 미군 초년병들은 의외로 잘 싸웠다. 그러나 물밀 듯이 밀려드는 공산군을 막아내기에는 아직 미군은 충분한 전열을 갖추지 못하고 있었고 화력이나 병력면에서도 아직은 열세에 놓여 있었다. 미군의 대규모 참전이 있기까지는 시간이 좀 필요했다. 따라서 일차로 전선에 투입된 미군 선발부대는 시간을 벌기 위해 싸우고 있다고 해도 과언이 아니었다. 공산군의 남진을 최대한 저지하여 시간을 버는 것이 목적이었다. 그리하여 그 동안 미군이 대규모로 참전하게 되면 전세가 역전할 것이라는 것이 그들의 생각이었다.

공산군 지휘관들도 그 정도는 알고 있었다. 그래서 처음부터 속공주의로 나가고 있었는데 갈수록 부딪쳐야할 장벽이 많아지고 있었기 때문에 고민이 아닐 수 없었다.

아무리 몰아붙인다 해도 전진에는 한계가 있었다. 미군은 자꾸만 증강되고 있었고 낮에는 미군기의 폭격으로 대규모 작전이 점점 어려워지고 있었다. 사태가 그런 판이라 지휘관들이라고 뒷전에 서서 명령만 내릴 수도 없었다. 직접 총을 들고 앞장서서 싸우지 않을 수 없게 형편이 돌아가고 있었다.

대치는 벽에 기대서서 양주를 한모금 마신 다음 상체를 구부리고 뛰어갔다. 아까부터 기관총이 불을 뿜고 있어서 전진을 가로막고 있었다. 탱크 한 대가 파괴되어 길을 막는 바람에 다른 탱크가 진입할 수도 없었다.

총탄이 귓가를 스치는 소리가 핑핑 들려왔다. 기관총탄은 어느 건물 출입구에 쳐놓은 바리케이드 뒤에서 날아오고 있었다. 총탄이 핑핑 스쳐가는 소리를 듣고 있는 동안 그는 온몸이 긴장으로 굳어지는 것을 느꼈다.

그는 벽에 몸을 붙인 채 앞을 노려보았다. 그러한 그의 모습은 싸움에 익숙한 맹수의 모습과 흡사했다.

그는 원래 싸움에 임해 생명에 위협을 받을 때 비로소 힘이 솟구치고 생동감을 느끼는 묘한 특성이 있었다. 따발총을 들고 병사들과 함께 직접 돌격을 감행하고 있는 지금, 그는 바로 그러한 반응을 드러내고 있었다. 자신의 진가를 보여줄 때는 바로 이때라는 듯 그는 맨 앞에서 접근하고 있었다.

그는 확실히 싸움을 통해 잔뼈가 굵고 그것 없이는 살 수 없는 특이한 인간이었다. 싸움을 통해 무수한 위기를 겪어온 만큼 위기를 무서워하기보다 그것을 극복하는 모험을 오히려 즐기는 편이었다. 따라서 그는 위기에 맞서는 동물적 감각과 기술이 뛰어나게 발달되어 있었고, 그 누구보다도 위기를 잘 넘길 줄을 알았다.

19세의 맥크린 일등병은 씹던 껌을 뱉고 새 껌을 입속에 집어넣었다. 불안이 가중될수록 그는 껌을 열심히 씹어대고 있었다. 그의 옆에는 함께 입대한 스미스 일등병이 앉아 있었는데, 그는 끊임없이 지껄여대고 있었다.

그들은 피부 색깔이 같은 흑인이었다. 둘 다 학교라곤 문턱에도 가보지 못한 뉴욕 슬럼가 출신의 악동들이었는데, 그곳 생활이 너무 지루하고 단조로워 자극을 얻기 위해 함께 자원 입대한 것이었다. 맥크린은 입대 전에 행인을 한 명 살해했는데, 경찰에 쫓기는 것이 싫어 입대했노라고 입버릇처럼 자랑스럽게 말하곤 했다.

스미스는 여자 낚시의 전문가였다. 그는 이삼 일에 한 번 꼴로 여자를 정복했는데, 수첩에다 넘버를 매겨가며 자기가 상대한 여자의 특징 같은 것을 자세히 적어두는 것을 취미로 삼고 있었다.

"내가 상대한 여자가 모두 몇 명인 줄 알아? 현재 스코어 398 명이야. 두 명만 더 채우면 4백 명인데 말이야, 그만 입대하는 바람에 틀렸지 뭐야. 헌데 말이야. 398명이 모두다 달라. 희한하게 다르단 말이야. 난 이제 얼굴만 척 봐도 밑에까지 알아볼 수 있어. 내가 죽으면 398명의 내 애인들이 몹시 서러워할 거야. 그애들이 장미꽃 한 송이씩만 던져 주어도 나는 꽃밭 속에서 잠들 수 있을 텐데……"

"벌써 다섯 번째 듣고 있어. 그렇지만 싫지는 않아."

"수첩을 너한테 물려줄까 하는데."

"좋지, 고마워."

"그것만 들여다보고 있으면 시간 가는 줄 몰라."

"한 놈이 온다! 장교야! 아까부터 보고 있었는데 눈에 검정 안대를 댄 괴상한 놈이야!"

"기다렸다가 쏴!"

"총알은 얼마든지 있어. 내일까지는 버틸 수 있을 거야."

"그때까지 지원군이 와 주었으면 좋겠는데."

"기다리지 않는 게 좋아."

그들은 입을 다물고 절망적인 눈으로 앞을 주시했다.

"고급 장교인 것 같아."

"저놈을 벌집을 만들어 놔야지."

맥크린은 마른침을 삼키면서 발사 준비를 갖추었다.

그들은 미국의 슬럼가에서 거칠게 자란 몸들이었다. 그런 만큼 온실 속에서 자란 애송이들보다는 용기가 있었고, 겁에 질려 떠는 것을 수치스럽게 생각하고 있었다. 물론 겁이 안 나는 것은 아니었지만 그것을 밖으로 나타내지 않으려고 서로 애를 쓰고 있었다.

"나는 말이야……여자하고 깊이 사귀지를 못해. 대개 한번으로 끝나고, 많아야 두 번이야. 그리고 새것을 찾아나서는 거야. 쉬지 않고 끊임없이 새것만 찾고 싶어. 그래서 난 앞으로 결혼은 못할 것 같아. 한 계집애를 데리고 어떻게 평생을 같이 사느냔 말이야. 그러고 보면 넌 참 용해. 고 계집애만 죽자살자 데리고 다닌 걸 보면……"

"난 그애 없으면 못살아."

"아직 순진해서 그런 거야. 아직 어린애라는 증거야."

"까불지 마! 자, 시작이다!"

기관총 사수는 이를 악물었고 거의 동시에 드르륵 하는 소리가 주위를 울렸다. 적군 장교는 몸을 숨겼고, 맥크린은 상대가 얼씬만 해도 사정없이 쏘아붙였다.

대치는 망원경으로 앞을 살펴보았다. 기관총을 맡고 있는 자들 말고도 건물 곳곳에 미군들이 숨어 있는 것이 보였다. 그들은 문제될 것이 없었다. 문제는 기관총이었다. 기관총만 제거하면 나머지는 괴멸될 것이다.

그런데 기관총 사수가 만만치 않아 보였다. 망원경을 통해 본 기관총 사수는 흑인이었고 매우 어려 보였다. 기관총탄이 마치 콩볶듯 길바닥과 벽에 무수히 부딪치고 있었다. 몸을 조금이라도 드러내기만 하면 사정없이 쏘아붙이는 바람에 꼼짝하기가 어려웠다.

대치는 벽에 등을 바싹 붙이고 서서 심호흡을 했다. 그리고 하늘을 한번 쳐다보았다. 머리 위에서는 태양이 무쇠라도 녹일 듯 이글거리고 있었다. 그는 수류탄을 꺼내들고 안전핀을 뽑은 다음 호흡을 멈추었다. 그리고 재빨리 수류탄을 던졌다. 수류탄은 바리케이드 수 미터 앞에서 터졌고 기관총은 더욱 격렬하게 불을 뿜었다.

흑인 병사들은 의기양양했다.

"저 애꾸눈, 저기 갇혀서 꼼짝 못하고 있어."

"총알을 아껴."

그들은 훌륭히 방어하고 있었지만 자신들이 시한부 생명을 살고 있다는 것을 잘 알고 있었다. 그런데도 그들은 끝까지 절망적인 모습을 보이지 않고 당당하게 행동하고 있었다.

"야, 이거 일어섰어! 야단났는데……"

"뭐 말이야?"

"소시지 말이야?"

"그게 항상 말썽이군."

"어떻게 하지?"

스미스는 난처한 표정을 지었다.

"꼭 이럴 때 그게 말썽을 부린다구. 이상하거든. 아마 선천적으로 타고났나 봐."

그들은 위기의식을 느낄수록 농담을 심하게 하고 있었다. 스미스는 398명에 달하는 여자들의 특징을 적은 수첩을 맥크린에게 건네 주었다.

"성경처럼 모시라구."

그 말이 끝나자 마자 61밀리 박격포탄이 바리케이드에 명중했다. 모래가 하늘높이 치솟고 그 충격으로 기관총도 밑으로 굴러 떨어졌다. 맥크린은 눈에 모래가 들어가 눈을 잘 뜰 수가 없었다. 거꾸로 처박힌 몸을 겨우 바로 하고 눈을 비비면서

"스미스, 괜찮아?"

하고 물었다. 대답이 없어 겨우 눈을 뜨고 보니 그의 모습이 보이지 않았다.

"스미스!"

그는 긴장해서 큰 소리로 불렀다. 역시 대답이 없다. 뒤쪽 벽에 스미스가 비스듬히 앉아 있는 것이 보였다. 맥크린은 자신의 왼쪽 팔이 없어진 것을 깨달았다. 그런데 통증이 느껴지지 않는 것이 이상했다. 없어진 팔을 찾아보려고 주위를 둘러보았지만 어디로 날아가 버렸는지 보이지 않는다.

"스미스, 괜찮아?"

그는 스미스 쪽으로 접근했다. 총알이 벽을 때리는 소리가 마치 우박처럼 들려오고 있었다.

"난 괜찮아."

스미스의 목소리는 매우 작아서 잘 들리지가 않았다. 맥크린은 멈칫했다. 스미스가 이미 죽어가고 있었기 때문이다.

그의 두 다리는 허벅지부터 몽땅 잘려 나가 보이지 않았고 그가 앉아 있는 땅바닥은 피로 흥건히 젖어 있었다. 얼굴은 창백했고 두 눈은 마지막 불꽃을 태우는 듯 광채를 띠고 있었다. 맥크린은 스미스를 얼싸안았다. 그러나 한쪽 팔밖에 없었으므로 얼싸안을 수가 없었다. 단지 한쪽 팔로 어깨를 감싸는 수밖에 없었다.

"어때?"

"괜찮아."

그들은 미소를 지으며 서로 쳐다보았다.

"사실 나는……아프리카에 가보는 게 소원이었어. 우리들의 선조가 있는……아프리카에 제대할 때까지 월급을 모아뒀다가 가려고 했는데……"

"갈 수 있을 거야."

"엄마가 보고 싶어."

흑인 병사는 괴로운 듯 가슴을 틀면서 숨을 깊이 들이키더니, 눈을 멍하니 뜬 채 호흡을 멈추었다. 맥크린의 눈에서는 구슬 같은 눈물이 뚝뚝 떨어졌다. 죽은 흑인 병사의 얼굴은 더없이 천진스러워 보였다. 맥크린은 전우의 눈을 감겨 주고 일어서려고 했다. 그때

"야, 니그로(깜둥아)!"

하는 소리가 들려왔다.

반사적으로 고개를 홱 돌리자 거기에 애꾸눈의 적군 장교가 서 있는 것이 보였다. 시선이 마주치자 애꾸눈은 이를 드러내고

악마처럼 웃었다.

맥크린은 몸이 뻣뻣이 굳어지는 것을 느꼈다. 일찍이 그렇게 무서운 몰골의 인간을 본 적이 없었다. 애꾸눈은 따발총을 겨누고 있었는데, 독안에 든 쥐를 어떻게 죽일까 하고 생각하고 있는 것 같았다.

맥크린은 빈손이었다. 단지 허리에 대검만을 차고 있을 뿐이었다. 어리석은 짓인 줄 알면서 그는 대검을 천천히 뽑아들었다. 그것을 보고 애꾸눈은 소리 없이 웃고만 있었다.

"니그로……컴 히어!"

"가고 말고!"

맥크린은 대검을 쳐들고 돌진했다. 그 순간을 기다렸다는 듯 따발총이 불을 뿜었다.

사자의 시간

달빛이 교교히 흐르고 있었다. 앞마당에도 뒤뜰에도 달빛이 가득했다.

모퉁이를 돌아 뒤뜰로 간 명혜는 주위를 한번 조심스럽게 살핀 다음 장독을 치우고 받침돌을 밀어젖혔다.

조금 후 그 안에서 하림의 모습이 나타났다. 명혜의 부축을 받고서야 그는 밖으로 나올 수가 있었다. 머리에는 여전히 붕대가 감겨 있었고 다리는 심하게 절고 있었다.

"어떠세요?"

"네, 괜찮습니다."

남녀는 작은 소리로 속삭였다. 그는 맑은 공기를 깊이 들이마셨다.

때는 8월 초순이었다.

그는 40일 동안을 지하에 숨어서 초인적인 투병생활을 한 끝에 이제는 지팡이를 짚고 걸어다닐 수 있게까지 되었다. 치료약이라고는 오직 소독약뿐이었고 먹는 것도 변변치 못했으며 더구나 지하에서 공포의 나날을 보내야 했는데도 불구하고 그는 마침내 자리에서 일어날 수가 있었다. 확실히 놀라운 일이었다. 그는 살아야 한다는 무서운 의지로 자신을 일으켜 세운 것이다.

그는 지하에서 라디오를 통해 전황을 대충 알고 있었다.

남한의 거의 전부를 점령한 공산군은 낙동강에서 더 이상 앞으로 나아가지 못하고 있었다. 연합군은 마지막 남은 부산을 지키기 위해 낙동강에 최후의 방어선을 구축하고 불퇴전의 각오로 적을 맞아 싸우고 있었다. 이른바 부산 교두보로 불리는 연합군의 그 원진(圓陣) 방어선 앞에서 공산군은 지리멸렬한 채 무력한 공격만을 계속하고 있었다.

여러 방향으로 남진해 온 공산군은 낙동강에 집결하여 부산을 일격에 휩쓸어 버릴 듯 최대의 공격을 감행하고 있었지만 연합군의 방어선은 더욱 견고해지고만 있었다. 그리하여 전선이 교착상태에 빠져 있는 가운데 매일 미군 폭격기들이 북녘 땅을 강타하고 있었다.

"어떻게 될 것 같아요?"

"연합군은 낙동강에서 한 발짝도 물러서지 않을 겁니다. 충분한 시간을 번 뒤에 공세로 나가지 않을까 생각합니다. 북쪽은 지금 B29의 폭격으로 초토화되고 있는 모양입니다."

그들은 뒤뜰에 서 있었는데 전쟁을 느낄 수 없을 정도로 집안은 적막에 싸여 있었다. 적 치하의 밤은 죽음의 도시 바로 그것이었고 거리는 유령이라도 나올 것 같은 적막 속에 깊숙이 가라앉아 있었다.

"더 이상 못 참겠어요. 서울을 벗어나든지 해야지."

명혜가 한숨을 내쉬며 말했다. 하림은 미안했고 그녀의 기분을 이해할 수 있었다.

"어딜 가나 마찬가지입니다. 좀더 기다려 보십시오. 좋은 소식이 있을 겁니다."

"제발 그랬으면 좋겠어요."

혼자 남게 되자 하림은 지팡이에 몸을 의지한 채 걷기 시작했다. 그는 한발 한발 조심스럽게 옮겨놓았다. 지하생활을 하느라고 몹시 운동이 부족했기 때문에 그는 깊은 밤을 이용해 밖으로 빠져나와 먼저 걷는 것부터 연습했다.

다리의 상처는 거의 아물고 있었지만 관절에 이상이 있는 것 같았다. 신경통 같기도 했다. 그는 그것을 이겨내려고 뒤뜰을 수십 번씩이나 왔다갔다 했다.

한참 그렇게 걷고 나자 얼굴에 땀이 흐르고 숨이 가빠졌다. 달빛을 받은 그의 얼굴에는 증오의 빛이 서려 있었다.

증오의 마음이 있기에 그의 의지는 그렇게 강해질 수가 있었다. 그는 단 한순간도 증오심을 느끼지 않은 적이 없었다. 그의 가슴 저 밑바닥에서는 증오의 불길이 활활 타오르고 있었다. 그 불길은 꺼질 줄 모르고 오히려 더 거세게 타오르고 있었고, 절룩거리며 걸어다닐 수 있게 된 지금은 전신이 불덩이가 되어 펄펄 끓고 있었다.

달빛 아래서 증오심을 품은 채 절룩거리며 걷고 있는 그의 모습은 왠지 처연해 보이기까지 했다. 가끔씩 그는 걷다 말고 서서 숙연한 표정으로 달을 쳐다보곤 했다. 그럴 때면 그의 눈에 분노의 눈물이 고이는 것이었지만, 그렇다고 눈물을 흘리지는 않았다.

그는 은행나무 밑에 놓여 있는 돌 위에 앉아 어디론가 떠나버린 여옥과 잃어버린 아이를 생각했다. 그들을 생각할 때마다 그는 가슴은 찢어지는 것 같았고 목이 콱 메이는 것이었다. 아이를 찾아 이 거리 저 거리를 헤매고 있을 여옥의 모습이 눈에 선했다.

아이를 찾는다는 것이 불가능한 줄 알면서도 그녀는 헤매고 있겠지. 그것이 어머니의 심정인 것이다.

그는 지팡이로 땅을 후벼팠다. 자꾸만 파헤쳤다. 손바닥이 얼얼할 때까지 그 짓을 계속했다.

"놈들을 죽이고야 말테다!"

그는 땅을 후벼대면서 자기도 모르게 중얼거렸다. 죽음의 세계에 들어갔다가 나온 그는 격렬한 극우인물로 변해 있었다. 그 전에는 그래도 상대를 이해해 보려고 애쓴 적도 있었다. 어떻든 그들도 같은 민족이기에 이해해 보려고 했던 것이다. 그러나 지금은 그렇지가 않았다. 조금도 그런 마음이 없었다.

그는 자신의 변화를 필연적인 것으로 보고 있었다. 거기에 대응하는 데는 증오의 힘밖에 없다고 굳게 믿고 있었다.

그는 눈을 감을 때마다 악몽에 시달리곤 했다. 얼굴을 알 수 없는 자들로부터 무수히 난타당하는 꿈이었다. 그때마다 그는 발작을 일으켰고, 가까스로 정신을 차렸을 때는 온몸이 식은땀에 푹 젖어 있는 것을 발견하곤 했다. 그런 끝에는 으레 새로운 증오심으로 가슴이 차 오르는 것이었다.

"나는 그들을 결코 잊지 않을 것이다."

그는 땀이 밴 손바닥을 비벼댔다.

"나를 개 패듯 난타질하던 그자들을 영원히 기억해 두어야지."

눈을 감으면 귓가에 툭탁툭탁 하고 몽둥이 찜질하는 소리가 들려오는 것이었다. 자기를 때리는 그 소리를 듣지 않으려고 그는 두 손으로 귀를 틀어막는 것이었지만 그럴수록 소리는 더욱 크게 들려오곤 했다.

그는 담배를 조심스럽게 말아 성냥불을 당겼다. 담배를 좋아하는 그를 위해 그의 형수가 잎담배 몇 개를 구해다 주었는데, 그는 독한 그것을 아껴가면서 피우고 있었다. 담배연기를 깊이 빨아들이자 머리가 핑 돌았다. 머리에 감아놓은 붕대가 무거운 중압감을 주고 있었다.

그는 일어나 다시 걸었다. 한 걸음 한 걸음이 몹시 무거웠다. 나라 전체가 초토화되고 있는 판에 자신은 걸음마 연습이나 하고 있다고 생각하자 가슴이 터질 것 같았다.

그는 앞마당으로 돌아가 안방으로 들어갔다. 그리고 잠든 아이들의 얼굴을 한참 동안 조용히 들여다보았다.

"은하가 아빠를 몹시 찾고 있어요."

형수의 말이었다. 그는 잠든 아이의 머리를 몇 번이나 쓰다듬어 준 다음 지하로 들어갔다.

지하에서는 앉을 수는 있으나 설 수가 없었다. 불을 켜지 않으면 낮이나 밤이나 캄캄한 어둠이다. 그 어둠 속에서 낮인지 밤인지도 모른 채 누워 있으면 세월이 흐르는 게 아니라 정지해 있는 것 같다.

때때로 모골이 송연해질 때가 있다. 죽는 날까지 적 치하를 벗어나지 못한 채 이처럼 지하에 갇혀 있게 되지나 않을까 하는 두려움 때문이다. 지금은 오히려 그 두려움이 희망보다 더 큰 것이 사실이다. 희망을 가져보려고 노력하지만 그것이 마음대로 되지 않는다. 그럴수록 가슴은 두려움에 질식해 버릴 것만 같다.

힘이 곧 정의라는 논리 앞에 자신이 비참하게 무너지는 것을 본다. 자신을 단지 목숨을 부지하기 위해 지하에서 가냘프게 숨쉬고 있는 한 마리의 벌레라고 생각한다.

"나는 벌레야. 벌레로 변한 거야. 이 어둠 속에 오래 갇혀 있으면 시력도 잃게 되고 방향 감각도 없어지겠지. 그러다가 죽으면 썩어 버릴 것이고……오랜 세월이 흐른 뒤 화석으로 발견되겠지."

그는 자신을 상대로 끊임없이 이야기한다. 혼자 갇혀 있으니 그럴 수밖에 없다. 어느새 그에게는 중얼중얼하는 버릇이 붙어 버렸다.

벽을 더듬어 성냥을 찾는다. 조심스럽게 성냥을 긋는다. 벽 속에 놓여 있는 등잔에 불을 당긴다. 석유를 아끼기 위해 심지를 최소한으로 작게 해 놓았다.

어둠이 밀려나고 침침한 불빛에 실내가 어슴푸레하게 드러난다. 벽에 등을 대고 앉아 불빛을 바라본다. 그에게 있어서 그것은 유일한 빛이다. 햇빛을 보지 못한 지가 벌써 40일째다. 그래서 얼굴은 백짓장처럼 하얗다. 태양을 보고 싶다. 잠시라도 이글거리는 태양 아래 서 있고 싶다.

  전신에 땀이 흐른다. 무더운 여름밤이다. 숨이 막혀 질식해 버릴 것 같다. 구석으로 기어가 지하수를 퍼마신다. 언제나 시원한 물을 마실 수 있다는 것이 큰 위안이 된다. 냉수에 미숫가루를 타 마신다. 그것도 이제 한 주먹밖에 남아 있지 않다.

  밥을 먹어본 지도 오래다. 여옥에게 주어졌던 식량은 그녀가 없어지자 즉시 압수되어 버렸다. 그래서 아이들이나 어른이나 할 것 없이 호박죽으로 연명하고 있다. 누렇게 익은 대형 호박을 썰어 물에 넣고 끓이면 풀처럼 흐물흐물 풀어진다. 설탕을 넣지 않아도 달다. 그것을 아침저녁으로 먹어야 한다. 굉장히 고역스러운 일이지만 그는 의지로 그것을 먹어치운다. 그러나 아이들은 달랐다. 아이들은 먹지 않으려고 칭얼거리고, 억지로 먹이면 곧 설사를 한다.

  명혜는 거의 매일 호박을 얻으려고 교외로 나간다. 그나마 서로 가져가려고 아우성이기 때문에 얻는 게 쉽지 않았다. 물론 공짜로 얻는 게 아니다. 옷가지며 반지 같은 것들과 바꾸는 것이다.

  호박 한 덩이를 머리에 이고 새카맣게 찌든 얼굴로 타박타박 걸어오는 그녀의 모습에는 생존의 절박함이 그대로 드러나 있다. 아침에 출발하면 해가 뉘엿뉘엿 넘어갈 때 돌아오는 게 보통이다. 교통편이 없으니 그럴 수밖에 없는 노릇이다.

불과 한 달 남짓하는 사이에 그녀는 몰라보도록 초췌해져 있었다. 새까맣고 꺼칠하게 변해 있었고 옷차림은 그지없이 초라했다.

가끔씩 불쑥불쑥 찾아오는 불청객들이 그녀를 놀라게 하곤 했다. 그들은 시간을 가리지 않고 갑자기 들이닥쳐서는 여옥이를 찾는 것이었다. 모르겠다고 해도 믿지 않고 여옥이 간 곳을 말하라고 그녀를 족치곤 하는 바람에 그녀는 말못할 곤욕을 치르고 있었다. 그들은 찾아올 때마다 집안을 샅샅이 뒤지는 것이다. 다행히 하림이 숨어 있는 곳만은 지금까지 발각되지 않고 있었다.

하림은 그들의 발소리를 들을 때마다 소름끼치는 전율을 느끼면서 숨을 죽이곤 했다. 지난번에는 용케 목숨을 건졌지만 이번에 다시 붙잡히면 죽음을 당할 것이 틀림없었다. 그들은 그의 숨통이 끊어지는 것을 확인할 것이 분명했다.

그는 침상 위에 드러눕는다. 벌레가 다리를 뻗는다고 생각하면서 다리를 쭉 펴 보았다. 뼈마디가 서로 부딪쳐서 통증이 밀려든다.

벽을 손바닥으로 쓰다듬어 본다. 돌을 두부처럼 네모지게 깎아 쌓았는데, 습기가 차서 이끼가 퍼렇게 끼어 있다. 이끼를 어루만져 본다. 눈을 감는다. 눈을 뜬다. 한숨을 내쉰다. 목에 끈적거리는 땀을 손바닥으로 닦아낸다.

"너는 여기서 말라죽을 거다."

"아니야. 그렇지가 않아."

그는 자신을 앞에 두고 이야기한다. 자신이 또 하나의 개체가 되어 옆에 누워 있다.

"그렇게 믿고 싶지 않겠지. 그렇지만 대세가 이미 글렀다는 걸 모르는 모양이지? 바보 같으니, 쯔쯔쯧······"

그의 표정이 일그러진다. 그는 상대를 노려본다.

"개소리 말아. 나는 태양 아래 나가게 될 거야. 우리는 이기고 말 거야. 틀림없이 승리할 거야."

"흐흐흐······태양을 보게 될 거라구? 갈수록 바보 같은 소리만 하는구나. 태양을 보려면 밖으로 나가 엎드리라구. 그리고 잘못했으니 목숨만 살려 달라고 빌어. 그러면 목숨을 건질 수 있을지도 몰라."

"뭐라구? 차라리 죽는 게 낫지, 그런 짓은 못해! 그럼 차라리 자결을 하지. 깨끗이 말이야. 자결하면 이꼴저꼴 보지 않고 좋지 않아?"

그는 주먹을 부르쥐고 허공을 친다.

"죽고 싶지 않아! 살아서 복수할 거야!"

"어린애 같은 소리하는군. 흐흐흐······"

그는 불을 끄고 어둠 속에 몸을 묻었다.

잠시 후 자신이 시체가 되었다고 생각한다. 시체처럼 미동도 하지 않고 누워 있는데, 소리 없이 눈물이 흘러내린다. 눈물은 볼을 타고 밑으로 흘러내린다. 눈물을 닦지 않고 그대로 내버려

둔다. 감상의 눈물이 아니다. 저주의 눈물이다. 앞으로 또 얼마나 많은 눈물을 흘려야 할까. 눈물이 넘쳐흘러 이곳을 가득 채울 때까지 나는 이렇게 누워 있어야 하는가. 나는 언제까지 버틸 수 있을까.

문득 여옥과 너무 사정이 다르다고 생각한다. 여옥은 아기를 찾아 헤매며 세상이 너무 넓다고 생각하는데 그 자신은 지하에 갇혀 숨막히는 죽음의 순간순간들을 보내고 있지 않은가.

그의 생각은 과거로 거슬러 올라간다. 그는 사자(死者)가 되어 과거 속에 몸과 마음을 묻는다. 추억이 현실이 되어 그는 과거의 거리를 걸어간다. 한때 아름다운 여인과 육체를 불태우던 시절이 있었다. 일본 여인으로 청상과부였고 이름은 가쯔꼬라고 했다. 보기만 해도 화려한 얼굴이었고 목소리는 옥을 굴리는 것처럼 아름다웠다.

그는 어느 틈에 가쯔꼬를 보고 웃는다. 가쯔꼬……가쯔꼬……가쯔꼬……자꾸만 그녀의 이름을 부른다. 눈이 내리는 우에노역에 군가가 울려 퍼지고 그는 차창 가에 앉아 눈이 내리는 것을 지켜보고 있다. 눈발 사이로 가쯔꼬의 모습이 보인다. 기둥에 몸을 숨기고 서 있는 것이 보인다. 기적 소리, 높아지는 군가, 흔들리는 깃발, 함성, 또 기적 소리……기차가 덜컹하고 움직인다. 허연 김이 시야를 가로막는다. 가쯔꼬의 모습이 기둥 뒤에서 나타난다. 그녀가 손을 흔든다. 그러나 그는 홱 외면한다. 얼굴이 굳어진다. 그래서는 안 된다고 생각하고 다시 뒤돌아본다. 여전히 손을 흔들고 있다. 그도 손을 흔든다. 잘 있어, 가쯔꼬.

만주 벌판이다. 그는 눈 쌓인 벌판을 기어간다. 적의 총탄이 비오듯이 쏟아지고 있다. 그는 눈 속에 얼굴을 처박고 기어간다. 끝없이 기어간다.

바다였다. 수송선은 몇 날 며칠을 달리고 있었다. 닻을 내린 곳은 사이판도. 남태평양의 푸른 물결이 넘실거리고 있다. 위생병인 그는 정기적으로 위안부들을 검진하러 간다. 그리고 그들 가운데 임신한 여자가 있는 것을 알고는 소스라치게 놀란다. 이름이 윤여옥이라고 했다. 그 이후 단 한시도 그 이름이 그의 뇌리에서 떠난 적이 있었던가? 그는 머리를 젓는다. 없었어. 그녀는 완전하게 나를 사로잡은 거야.

폭음이 들려온다. 섬이 흔들린다. 밤낮을 가리지 않고 전투가 계속되고 있다. 갑자기 총소리가 멎고 죽음 같은 정적이 찾아온다.

포로수용소 안에 갑자기 아기 울음 소리가 터진다. 그는 피투성이가 된 손으로 아기를 들어올린다. 산모는 죽은 듯이 늘어져 있다. 새 생명의 탄생에 수용소 전체가 술렁거린다. 그는 난생 처음 가슴 뿌듯한 긍지를 느낀다. 자신의 손으로 직접 아기를 받아낸 데서 오는 기쁨 때문에 입이 쩍 벌어진다.

여옥이 아기를 안고 젖을 먹이고 있다. 인간의 가장 아름다운 모습이 거기에 있다. 아, 저 미치도록 아름다운 모습이 바로 나의 소유라면 얼마나 좋을까! 아름다움과 함께 인간의 끈질긴 생명력에 그는 절로 경탄한다.

그의 생각은 비약한다. 그는 종로에 서 있다. 종로 거리는 태극기의 물결로 뒤덮이고 있다. 만세 소리가 하늘과 땅 사이에 가득하다.

그는 여옥과 함께 쇼윈도에 걸려 있는 하얀 웨딩드레스를 보고 있다. 그것은 눈이 부실 정도로 하얗다.

여옥이 웨딩드레스를 입고 식장을 걸어나오고 있는데, 너무 아름다워 똑바로 바라볼 수가 없다. 그녀를 부축하고 있는 남자는 애꾸눈의 사나이다. 집으로 돌아온 그는 하얀 웨딩드레스를 꺼내 놓고 그것을 어루만진다. 산산이 흩어진 꿈의 잔해 위에 넋을 빼고 앉아 멍하니 허공을 바라본다.

갑자기 천지가 무너지는 듯한 폭음에 그는 벌떡 일어나 앉는다. 드디어 서울에도 폭격이 시작된 모양이었다.

방황하는 혼

 찌는 듯한 무더위가 연일 계속되고 있었다. 이글거리는 햇볕에 대지는 온통 녹아 버리는 것 같았고 움직이는 생물들은 하나같이 더위에 지쳐 허덕거리고 있었다.

 그런 가운데서도 전쟁은 더욱 열기를 더해 가고 있었다. 어떻게든 끝장이 나야 할 전쟁이기 때문에 더위 따위에는 아랑곳없이 강행되고 있었던 것이다.

 전 국토는 전쟁이 발발한 지 한 달 사이에 거의 적화되어 버렸고 적화된 거리에는 피비린내나는 열풍이 불어 대고 있었다. 아직 살아 있는 사람들은 언제 죽을지 모르는 공포감 때문에 숨을 죽이고 있었고 오직 군화 소리만이 거리의 적막을 깨뜨리고 있을 뿐이었다.

 잃어버린 아들을 찾아 헤매는 동안 여옥은 황폐해질대로 황폐해진 산과 들을 끊임없이 볼 수 있었다. 곳곳에 즐비하게 널린 시체들은 이제 그녀에게 아무런 느낌도 불러일으키지 못하고 있었다. 처음에는 그래도 시체를 볼 때마다 흠칫흠칫 놀라곤 했지만 지금은 아무리 참혹한 시체를 봐도 아무렇지도 않았다.

그만큼 그녀 자신 역시 황폐해져 있었던 것이다.

한 달여를 헤매다 보니 그녀는 이제 완전히 거지 행색이었다. 옷차림은 남루하기 짝이 없었고 얼굴은 새까맣게 찌들어 아름다움이란 찾아볼 수조차 없었다. 감정도 메마를 대로 메말라 버려 얼굴에는 아무런 표정도 나타나 있지 않았다.

그녀는 그래도 어른이라 괜찮은 편이었다. 그러나 등에 업힌 아기는 그렇지가 못했다. 아기는 피골이 상접해 있었고 여러 가지 알 수 없는 병들에 시달리고 있었다.

반쯤 넋이 나간 그녀는 아기의 병에 세심한 신경을 쓰지 않고 있었다. 아기가 모기 소리 같이 약한 소리로 울다가 지쳐 정신을 잃으면 잠들었겠거니 하고 생각하는 것이 고작이었다. 때때로 아기의 병이 심각하다는 것을 알고 병원이나 약국을 찾아보았지만 하나같이 문을 굳게 닫아걸고 있어서 도움을 청할 수도 없었다.

하여간 그녀가 아는지 모르는지 하는 사이에 그녀의 둘째 아들 최웅은 서서히 죽어 가고 있었다. 엄마의 등에 매달려 수백 리 길을 팔다리를 대롱거리며 짐짝처럼 실려 왔으니 아직 뼈도 아물지 않은 아기로서는 더 이상 버텨낸다는 것이 오히려 이상한 일일 것이다.

사실 여옥으로서는 등에 업힌 아기보다도 잃어버린 아들 생각이 너무도 간절해서 웅이에 대해서는 별로 신경을 쓰지 않고 있었다. 잃어버린 아들을 생각할 때마다 피가 마르는 것 같고 가슴을 칼로 도려내는 것 같아 거의 미칠 지경이었고 그래서 다른 것은 거들떠보지도 않고 있었다. 그녀는 아이를 잃어버린 것이 순전히 자기 탓이라 생각하고 자신을 스스로 혹사시키고 있었다.

멀리 마을이 보이는 곳에 조금만 개울이 있었다. 그녀는 냇가에 앉아 아기를 내려놓고 고무신을 벗었다. 발은 온통 부르터서 피가 흐르고 있었고 다리는 퉁퉁 부어 있었다. 그리고 모기에 물린 탓으로 붉은 반점투성이였다.

그녀는 옷고름을 풀어 가슴을 헤친 다음 땀에 젖은 얼굴을 씻었다. 주위를 둘러보고 사람이 없는 것을 확인하고 나서 가슴 부분에도 물을 적셨다. 젖가슴은 영양실조로 조그맣게 오그라들어 있었다. 몸에 손을 댈 때마다 앙상한 뼈가 울퉁불퉁 그대로 만져지곤 했다. 살갗은 꺼칠해져 있었고 몸에는 전혀 탄력이 없었다.

그녀는 물 속에 두 발을 담근 채 멀거니 물 속에서 노닐고 있는 송사리들을 바라보고 있었다. 한참 그러고 있다가 아기 생각이 나서 뒤돌아보니 아기는 뙤약볕 아래 죽은 듯이 눈을 감고 있었다. 아기를 앞으로 안아들고 얼굴에 뺨을 대자 불덩이처럼 뜨거운 것이 느껴졌다. 아기를 흔들고 불러 보았지만 대답이 없었다.

"배가 고프니까 그러겠지. 배가 고프니까 말할 힘도 없겠지. 눈도 뜨기 힘들겠지."

그녀는 아기를 꽉 끌어안고 다독거려 주었다.

"엄마가 곧 맛있는 거 줄께 기다려, 응. 얼굴 씻고 가자."

얼굴에 찬물이 닿자 아기는 머리를 조금씩 움직이며 가냘프게 울기 시작했다. 그나마 목이 잔뜩 쉬어서 소리가 제대로 나오지도 못하고 있었다.

"옳지 옳지, 착하다. 우리 웅이는 이렇게 착하다니까."

아기 얼굴을 씻겨 주는데 너무 말라 부서져 버릴 것만 같았다. 아기는 울음을 그치고 괴로운 듯 가쁜 숨만 몰아쉬고 있었다. 그녀는 아기를 들쳐업고 징검다리를 건너갔다. 10분쯤 걸어가자 마을이 나타났는데 소읍인 듯했다.

길 가운데서 아이들 댓 명이 모여 놀고 있었다. 여옥은 아이들 곁으로 다가가 얼굴을 하나씩 뜯어 보았다. 아이들도 놀이를 멈추고 그녀를 이상하다는 듯 바라보았다. 대운이가 보이지 않아 그녀는 적이 실망했다.

"우리 대운이 못 봤니?"

"……"

아이들은 벙어리가 된 듯 그녀를 쳐다보기만 했다.

"알면 좀 가르쳐 줘. 우리 대운이 말이야. 엄마가 이렇게 찾고 있다고 말해 줘."

"……"

"말하지 않는 걸 보니까 너희들, 우리 대운이 있는 곳을 아는 모양이구나. 우리 대운이 어디 있지?"

그녀가 이상한 표정을 하고 달려들자 아이들은 갑자기 와아 하고 소리치면서 도망가 버렸다.

"야, 미친년이다!"

아이들은 적당한 간격을 유지한 다음 그녀를 향해 돌멩이를 던졌다. 돌멩이 하나가 오른쪽 이마에 정통으로 부딪히자 그녀는 어찔했다. 이마에서는 금방 피가 주르르 흘러내렸다. 작은 돌이었기 망정이지 큰 돌멩이에 맞았다면 쓰러지고 말았을 것이다.

길 가던 노인이 그 광경을 보고 아이들에게 호통치자 비로소 아이들은 줄행랑쳤다.

여옥은 상처를 손으로 누르면서 거리로 들어섰다.

시골인데도 거리는 흉흉했다. 몽둥이를 든 남자들이 몰려다니고 있었고, 벽마다 격렬한 구호를 적은 벽보들이 나붙어 있었다. 어느 건물 앞에는 장갑차와 트럭들이 몰려 있었고, 누런 군복의 사나이들과 붉은 완장을 찬 사복 차림의 사나이들이 분주하게 그곳을 드나들고 있었다.

하루중 가장 더울 때였다. 여옥은 몹시 배가 고팠다.

점심 때인지라 이 집 저 집에서 식사하는 모습이 더러 눈에 띄고 있었다. 전시라 먹는 것이 신통할 리가 없었지만 여옥의 눈에는 감자 하나라도 대단하게 보였다.

너무 배가 고파 내장이 뒤집히는 것 같았고, 머리가 어지러워 걸음을 잘 옮길 수가 없었다. 체면이고 뭐고 따질 여유가 없었다. 어느새 그녀는 구걸에 익숙해져 있었다. 한 달 남짓을 남의 집 문전에서 밥을 얻어먹으며 살아온 만큼 익숙해질 수밖에 없었다.

그녀는 이 집 저 집을 기웃거리며 걷다가 고래등 같은 기와집

앞에서 걸음을 멈추었다. 비스듬히 열린 대문 안으로 고개를 디밀자 괴괴한 적막이 느껴졌다.

마당은 잡초가 길게 자라 있었다. 안채는 따로 있었다. 바깥 사랑채를 지나 안으로 들어서자 기침 소리가 들려왔다.

"계신가요?"

그녀는 마당 가운데 서서 나직이 주인을 불렀다. 그러자 문이 덜컹하고 열리면서 얼굴이 시퍼런 여자가 상체를 내밀었다.

"어찌 왔어?"

대뜸 반말이다.

"네, 밥 한술 얻을까 하고요. 어린것이 배가 고파 정신을 못 차리고 있어요."

"어디 봐."

여인은 여옥을 가까이 오게 했다. 40대 여인으로 머리를 깨끗이 빗어 넘기고 있었고, 눈을 움직일 때마다 빛이 번쩍번쩍 났다. 얼굴은 푸르딩딩했고 입술은 검은 빛이었다. 방안이 울긋불긋 치장이 되어 있고 촛불이 타고 있는 것을 보고 여옥은 금방 상대가 무당임을 알아볼 수 있었다.

"에그머니, 죽었어!"

아기를 들여다본 여인이 소리쳤다. 여옥은 고개를 설레설레 저었다.

"아니에요! 안 죽었어요! 먹지 못해 그래요! 먹다 만 밥 한술 있으면 주세요! 부탁이에요!"

여인은 여옥을 빤히 쳐다보다가 혀를 끌끌 찼다.

"아이고, 불쌍한 것, 쯔쯔쯧……. 제정신이 아니구먼. 엇따, 이거나 가져가! 부정탄다. 빨리빨리 나가!"

손도 대지 않은 흰 쌀밥을 상 위에서 집어들더니 그릇째 마루에 탁 내놓는다.

"고, 고맙습니다!"

"쯔쯔쯧……미쳐도 곱게 미쳤네. 왜 그러고 돌아다녀?"

"큰애를 잃어버렸어요. 그래서 찾아다니고 있어요."

"아직 살았응께 걱정하지 마. 잘 있응께 걱정 놔."

"어디로 가야 찾을 수 있을까요?"

"찾기는 어려워."

여옥은 눈물이 글썽해 가지고 밖으로 나왔다.

길가에 쭈그리고 앉아 등에 업은 아기를 앞으로 돌려 안고 입안에 밥알을 넣어 주어 보았지만 아기는 꼼짝도 하지 않았다. 눈을 뜨게 하려고 아무리 흔들어 보았지만 아기는 깨어나지 않았다. 이상하다 생각하고 뺨에 얼굴을 대는 순간 냉기가 느껴졌다. 여옥의 손에서 밥그릇이 굴러 떨어졌다. 그녀는 미친 듯이 아기 얼굴에 자기 얼굴을 비벼댔다.

거리에 있던 사람들은 한 미친 여자가 죽은 아기를 품에 안고 이상한 소리로 울부짖는 것을 보았다. 그녀는 울다 웃다 하고 있었다.

어느새 그녀 주위로 구경꾼들이 잔뜩 몰려들고 있었다. 적 치하에서 숨을 죽이며 살아가고 있던 사람들은 전쟁이 낳은 가장 참혹한 광경 하나를 놓치지 않고 기억해 두려는 듯 두 눈을 부릅뜨고 그녀를 바라보고 있었다.

"쯔쯔쯧······저걸 어쩌지? 미쳤으니 저걸 어쩌지?"

그래도 여자들만은 같은 여자로서 안타까운 나머지 발을 동동 구르고 있었다.

여옥은 사람들을 향해 공손히 절했다. 자꾸만 머리 숙여 절했다. 절하면서

"우리 아기 살려 주세요. 부탁이에요. 제발 우리 아기를 살려 주세요"

하고 호소했다.

그러나 구경꾼들은 그녀를 마냥 쳐다보고만 있을 뿐이었다. 그들로서도 그럴 수밖에 다른 도리가 없었던 것이다. 그러자 보다 못한 노인 한 사람이 여옥을 향해 소리쳤다.

"죽었어. 죽었다구!"

여옥이 그 말을 믿을 리 없었다. 그녀는 고개를 설레설레 흔들며 울부짖었다.

"아니에요! 죽지 않았어요! 그럴 리가 없어요! 못 먹어서 정신을 잃은 것뿐이에요. 도와주세요! 여러분들이 도와주시면 살아날 수 있어요. 부탁이에요! 살려 주세요! 살려만 주시면 은혜는 잊지 않겠어요!"

구경꾼은 자꾸만 불어났고 그중 아이들은 좋은 구경거리가 생겼다는 듯 그녀 뒤를 줄줄 따라가고 있었다.

"살려 주세요! 우리 아기를 살려 주세요!"

그녀가 이렇게 사람들을 향해 호소하면 뒤따르는 아이들이

짓궂게 그대로 흉내내어 말하는 것이었다. 어른들이 불같이 화를 내어쫓으면 아이들은 흩어졌다가 다시 따라붙어 그녀를 놀려대곤 했다.

여옥은 봇짐도 내버린 채 아기만 꼭 끌어안고 있었다. 누가 혹시 아기를 빼앗아 가기라도 할까 봐 으스러지게 끌어안고 있었다.

이미 숨이 끊어진 아기는 아무런 반응도 보이지 않고 있었다. 그녀는 오히려 도움의 손을 뻗치지 않는 구경꾼들을 야속하게 생각하고 있었다.

"아이가 죽었다구! 죽었으니까 땅에 묻어야 해!"

가는 곳마다 사람들은 혀를 찼고 그럴수록 여옥은 사람들이 아기를 빼앗으려 한다고 생각했다. 마침내 도움을 얻을 수 없다고 판단한 그녀는 사람들에게 아기를 빼앗기지 않기 위해서 도망치다시피 거리를 빠져나왔다. 들판으로 나와서야 그녀는 겨우 한숨을 돌릴 수가 있었다.

머리를 산발한 미친 여자가 죽은 아기를 안고 들녘에 서 있는 모습은 아무리 전쟁의 상처라고 하지만 너무도 처절한 모습이었다. 열풍에 머리칼과 옷자락이 나부끼고 있었다.

그녀는 아기를 어르면서 웃고 있었다. 실성한 웃음이었다. 그렇게 웃다가 갑자기 표정을 일그러뜨리면서 눈물을 후드득 떨어뜨린다. 눈물로 범벅이 된 얼굴을 아기 얼굴 위에 포개면서 흐느낀다.

"아가야, 세상이 싫은가 보구나……엄마를 이렇게 혼자 놓아 두고 너 혼자만 갈래……이 엄마가 미운가 보구나……내가 생각해도 이 엄마는 나빠……나는 나쁜 엄마야……자식들을 고생만 시키고 먹이지도 않고……대운이는 잃어버리고 너는 굶어 죽이고……세상에 이렇게 못된 어미가 어디 있을까……아가야, 너를 따라가고 싶지만 이 엄마는 대운이를 찾아야 해……세상에 불쌍한 우리 아기……잘 가……먼저 가……아가야, 이 바보 같은 엄마 마음껏 욕해도 좋아……"

아기는 이미 뻣뻣이 굳어 있었다. 아기를 품에서 떼어내 내려놓으려다가 그녀는 다시 와락 끌어안았다.

"아니야! 아니야! 넌 죽지 않았어! 우린 헤어지면 안 돼!"

그녀의 착란상태는 그 정도가 심한 편이었다. 일단 착란상태에 빠지면 분별력을 잃고 비정상적인 행동으로 나가는 것이었다. 그러나 그러한 상태가 오래 지속되는 것은 아니었다. 착란상태에 빠져 허우적거리다가도 얼핏 제정신이 돌아오곤 했고, 그러다가 다시 혼란에 빠져드는 것이었다.

그녀는 죽은 아기의 옷을 벗기고 아기를 냇물로 목욕시켰다. 아기를 어르고 달래고 하면서 목욕시키는 것이 꼭 살아 있는 아기를 대하는 듯했다. 울지 않는 아기를 보고 그녀는 신통하다고 생각했다.

이윽고 날이 저물었다. 그녀는 너무 배가 고팠다. 아기를 품에 안은 채 밤이 깊도록 앉아 있다가 달이 뜨자 일어섰다. 소리도 없이 걸어가는데, 그 모습이 꼭 귀신같았다.

감자밭은 완만한 경사면 위에 있었다. 감자 잎사귀들이 달빛을 받아 푸르게 빛나고 있었다. 주위를 휘둘러본 다음 줄기를 움켜잡고 잡아 뽑았다. 씻을 사이도 없이 옷에 대강 문지른 다음 우적우적 씹어먹었다. 아기가 먹기 좋게 속살을 조그맣게 만들어 입속에 넣어 주어 보았지만 아기는 끝내 먹지 않았다. 아기에게 먹이는 것을 포기하고 그녀는 자기 배를 채우는데 열중했다.

달빛 속에 앉아 그녀는 끊임없이 먹었다. 아무리 먹어대도 배가 차는 것 같지가 않았다. 나중에는 맛도 느끼지 못한 채 기계적으로 씹어 댔다. 감자밭을 발견한 것이 큰 다행이었다. 그렇지 않았더라면 굶어죽었을 것이다. 그녀는 난생 처음 그렇게 많이 먹어 본 것 같았다. 먹다 남은 감자를 챙기려고 보니 보따리가 보이지 않았다. 그제서야 보따리를 잃어버린 것을 알았지만 어디서 잃어버렸는지 기억이 나지 않았다.

한참 후 날감자를 실컷 먹고 난 그녀는 감자밭을 내려와 냇가의 방죽으로 갔다. 방죽 위에는 잔디가 곱게 깔려 있었다. 그녀는 죽은 아기를 품에 안은 채 방죽 위에 누웠다.

물 흐르는 소리가 자장가처럼 조용히 들려오고 있었다. 하늘에 뿌려진 영롱한 별빛들을 바라보며 여옥은 어렸을 적에 어머니한테서 들은 옛날 이야기를 나직한 목소리로 아기에게 들려주기 시작했다. 죽은 아기는 기척도 없이 엄마의 이야기에 귀를 기울이고 있었다.

"아가야, 자니?"

여옥은 모정이 넘치는 눈으로 아기를 내려다보았다. 고른 숨소리가 쌔근쌔근 들려오고 있었다. 적어도 그녀의 귀에는 그렇게 들리고 있었다. 그녀는 아기가 이슬에 젖지 않도록 꼭 끌어안았다.

얼마 후 그녀도 잠들었다. 그녀에게 있어서 하루 중 가장 행복한 시간이 시작된 것이다. 일단 잠이 들면 그녀는 속세의 모든 것으로부터 벗어나 행복해질 수가 있었다. 그녀는 언제나 행복한 꿈을 꾸곤 했다.

그날 밤 그녀는 꿈속에서 할머니가 되어 있었다. 머리가 허옇게 되어 자식들과 손자들의 절을 받고 있었다.

그날은 그녀의 환갑날이었다. 온갖 풍상을 다 겪은 그녀인 만큼 감회가 깊을 수밖에 없었다. 옛날의 아름다움은 간 곳 없이 그녀의 얼굴은 온통 주름투성이였고, 조그맣게 쪼그라들어 있었다. 그녀는 감격에 겨운 나머지 눈물을 닦아 내느라고 정신이 없었다. 이렇게 늙게까지 살아남아 환갑잔치를 치르리라고는 정말 꿈에도 생각지 못했기 때문에 그녀의 감격은 클 수밖에 없었다.

큰아들 대운이는 자식이 여섯이나 되었고 작은아들 웅이는 아들 딸 둘을 두고 있었다. 그녀는 자기를 축복해 주기 위해 모여든 사람들을 향해 은근히 큰아들 자랑을 늘어놓았다. 저 애는 어렸을 때부터 욕심이 많더니만 자식까지도 저렇게 많이 낳았다니까. 그 말에 사람들이 와아하고 웃었다.

기분이 좋아지자 그녀는 말이 많아졌다. 지금껏 살았는지 죽었는지 소식조차 없는 대치 생각이 문득 났다. 네 아버지가 여기 함께 있었더라면 좋았을 텐데. 그 말에 큰아들이 버럭 화를 냈다. 어머니, 그런 말씀 마세요. 아버지 말씀은 하지도 마세요. 어머님 고생만 시킨 아버지를 생각해서 뭐합니까. 아가, 그래도 그렇지 않단다. 그래서는 안 돼. 아무리 그렇다 해도 아버지는 아버지 아니니. 네 아버지도 오늘이 내 환갑날이라는 것을 알고 계실 거다. 아이고, 어머니도……제발 아버지 이야기 좀 그만하세요. 어머니는 항상 그래서 탈이라니까요. 그래, 그래, 그만 하마. 네가 싫다면 그만 해야지.

큰아들은 휑하니 일어나 나가 버린다. 여옥은 입술을 쩝쩝 빨았다. 어렸을 때 저 애를 잃어버리구 아주 혼났다구요. 난 꼭 저 애가 죽은 줄 알았다구요. 저 애는 아마 그때 내가 얼마나 애간장을 태웠는지 모를 거야.

주위가 갑자기 조용해져서 둘러보니 아무도 없다. 이상하다고 생각하고 며늘아기들을 불러 보았지만 대답이 없다. 그때 문이 열리면서 누가 들어왔는데 가만 보니 놀랍게도 장하림이었다. 아이구, 저 영감 오랜만이네. 저 홀아비 영감이 웬일이지. 이리와 앉으슈. 싫소. 사람이 어찌 그럴 수가 있소. 환갑잔치하면서 나를 쏙 빼놓다니. 세상에 어찌 그럴 수가 있소. 다른 사람은 몰라도 나한테는 꼭 연락을 했어야지 않소. 아이고, 영감도, 애들처럼 화를 내긴. 이리와 앉으라고요. 싫소. 화 안 나게 됐는지 한번 생각해 보시오. 아무도 없으니까 하는 말인데, 아, 우리 사이가 이만 저만한 사이오. 수십 년을 두고 칡넝쿨처럼 이리 얽히고 저리 얽히고 해서 그야말로 세상에 한번 있을까 말까한 운명적인 사랑 아니었소.

여옥은 펄쩍 뛰었다. 아이구, 망측해라. 누가 들을까 봐 겁나네. 옛날 일을 가지고 이러쿵저러쿵 하다니 기억력도 참 좋소. 노망을 해도 단단히 노망을 한 모양이네.

그러자 하림은 발을 굴렀다. 예끼, 망할 놈의 할망구 같으니! 은혜를 잊어도 유분수지 어디 그럴 수가 있어. 어디 보자. 다시는 찾는가 봐라. 그는 찬바람을 일으키며 휑하니 나가 버렸다.

그제야 여옥은 아차 했다. 아이고, 영감! 아이고 영감! 내가 잘못했소! 이리 오라구요! 가지 말고 이리 오라구요! 그러나 하림은 이미 비바람치는 어둠 속으로 사라져 버리고 없었다. 여옥은 그 자리에 털썩 주저앉아 목을 놓아 통곡하기 시작했다. 그러다가 눈을 떴다.

꿈치고는 너무나 허망했다. 그녀는 벌떡 일어나 앉았다.

"세상에 이럴 수가……이럴 수가 없어."

비가 퍼붓고 있는 사이로 날이 뿌옇게 밝아 오고 있었다.

비로소 정신이 든 그녀는 품속의 아기를 들여다보았다. 아기는 이미 죽은 지 오래 되어 있었다. 그녀는 한참 동안 미동도 하지 않고 아기를 뚫어지게 들여다보고만 있었다. 눈물을 흘리며 비통해 할 것 같았는데 그렇지가 않았다. 그녀도 아기도 비에 흠뻑 젖어 있었다.

이윽고 그녀는 아기를 가만히 끌어안고 그 싸늘한 입술에 입을 맞추었다. 이마에도, 눈에도, 뺨에도, 코에도, 목에도 입을 맞추었다. 아기의 조그만 손을 어루만지고 몸의 구석구석을 쓰다듬었다. 비에 젖은 얼굴을 아기의 얼굴 위에 비벼 댔다. 비통하고 처참한 감정을 안으로 다지려는 듯 아기를 꼭 끌어안고 비틀비틀 몸을 일으켰다.

빗발이 세차게 얼굴을 후려치고 있었다. 그녀는 몸을 떨며 야산 쪽으로 걸어갔다. 아기를 놓고 싶지 않았지만 언제까지고 붙들고 있을 수만도 없었다. 아기를 자기 손으로 묻어야 한다고 그녀는 찢어지는 가슴을 안은 채 생각하고 있었다.

그 아기는 대치와 결혼하고 낳은 아기였다. 그러니까 정상적인 관계를 통해서 낳은 아기였다. 그런 만큼 극한상황 속에서 낳은 큰아이에 비해 그렇게 절절하다거나 애정이 가는 것은 아니었다. 그렇다고는 하지만 사랑하는 자식이기는 다 마찬가지였다. 그녀에게도 역시 누구 못지 않은 강한 모정이 활활 타오르고 있었던 것이다.

그녀는 야산 꼭대기까지 기어 올라갔다. 잔솔이 덮인 야산이었는데 꼭대기는 나무 한 그루 없는 허허 벌거숭이였다. 거기에 철퍼덕 주저앉아 하늘을 쳐다보고 있으려니 날이 훤히 밝아 왔다. 그래도 천둥 번개가 치고 비가 쏟아지고 있어서 하늘은 어두웠다.

그녀가 아기를 으스러지게 끌어안은 채 바들바들 떨어 대고 있었다. 아기를 땅에 묻어야 한다고 생각하면 할수록 몸은 더욱 격렬하게 떨리고 있었다. 마음을 독하게 먹지 않으면 안 될 거야. 그녀는 입술을 깨물면서 아기를 보지 않으려고 고개를 홱 돌렸다. 그리고 마치 거추장스러운 물건을 내려놓듯 아기를 땅바닥에다 내던졌다.

"어미 탓이 아니야. 네 운명이 그런 걸 난들 어떡하니. 네가 잘못 태어난 거야. 어차피 잘 죽었다. 아가야, 이 어미를 너무 원망하지 마, 응? 저승에 가면 우린 다시 만날 수 있을 거야. 그때는 우린 행복하게 살 수 있겠지. 아가야, 인생이란 말이다, 그렇게 악착스럽게 살 만한 게 못 된단다. 넌 내 말을 잘 이해하지 못하겠지. 넌 인생을 살아 보지도 못한 채 죽었으니까, 그럴 수밖에 없겠지. 아가야, 이 엄마의 인생은 그야말로 고통의 연속이었어. 내가 자신 있게 말할 수 있는 건 내 인생이 불행했다는 거야. 아마 그 이상의 불행은 있을 수 없을 거야. 그 불행은 아직도 끝나지 않고 계속되고 있어. 신이 왜 나에게 이토록 시련을 주고 있는지 난 도무지 이해할 수가 없어. 그래서 요즘은 과연 신이 존재하고 있는지 의심하고 있어. 어머나, 내 정신 좀 봐라. 내가 쓸데없는 이야기만 늘어놓고 있네. 불행한 어머니의 불행한 아기……내 손으로 너를 묻다니, 정말 생각지도 못한 일이다. 잘 가거라."

그녀는 두 손의 손가락들을 갈고리처럼 구부렸다. 그런 다음 손가락 끝에 힘을 모으면서 땅을 후벼파기 시작했다. 땅은 질퍽하게 젖어 있었기 때문에 파기가 쉬웠다. 한참 정신없이 파고 나자 손끝이 아려 왔다. 그래도 이를 악물고 파다 보니 손이 온통 피투성이가 되어 있었다. 그녀는 고개를 떨어뜨린 채 흐느껴 울었다. 참다못해 터뜨린 울음이었다.

"엄마를 용서해 다오……이 몹쓸 엄마를 용서해 다오……너를 따라가고 싶지만 내가 없으면 누가 대운이를 찾아나서겠니……용서해 다오……용서해 다오……"

흐느껴 울며 말을 잇지 못하다가 그녀는 나뭇가지를 꺾어 다시 땅을 파기 시작했다.

한참 후 아기가 들어갈 수 있는 조그만 구덩이가 만들어졌다. 구덩이는 금방 쏟아지는 빗물이 찼다. 붉은 황톳물 속에 차마 아기를 넣을 수가 없어 그녀는 아기를 안은 채 한동안 머뭇거리고 있었다.

그렇게 한 시간쯤 떨고 있었을까. 여옥은 마침내 고개를 돌린 채 아기를 물 속에 가만히 내려놓았다. 그리고 보지 않고 흙을 밀어 넣었다.

그것은 무덤도 뭐도 아니었다. 흙을 모두 채우고 난 뒤에야 그녀는 비로소 고개를 돌려 아기 무덤을 보았는데, 그것은 조금 불룩하게 솟아올라 있을 뿐이었다. 그 위에다 그녀는 돌을 쌓기 시작했다. 흙탕물에 젖은 채 흐느끼며 돌을 집어 나르는 그녀의 모습은 비참하다 못해 참혹해 보이기까지 했다.

돌무덤을 다 만들어 놓은 뒤에도 그녀는 거기에 하염없이 앉아 있었다. 차마 발길을 돌릴 수가 없어 기린처럼 그렇게 목을 길게 빼고 앉아서 빗물을 뒤집어쓰고 있었다.

자기가 낳은 어린 자식은 오징어처럼 말라 비틀어져 죽었는데 자신은 그렇게 살아서 거머리처럼 숨쉬고 있다는 것이 그녀는 한없이 부끄럽고 저주스러웠다. 이러고도 목숨을 부지하고 살아야 한단 말인가. 아아, 이 더럽고 추한 목숨, 잃어버린 아이만 아니라면 그녀는 지금 당장이라도 돌무덤 앞에서 자결하고 싶었다.

비는 폭우로 변해 있었다. 그녀는 후들거리며 몸을 일으켰다가 도로 털썩 주저앉았다. 그리고 흡사 내장을 도려내는 것 같은 소리로 구슬피 울기 시작했다. 한손으로는 땅을 치면서 목놓아 울었다.

여인의 울음 소리는 빗소리에 섞여 마디마디 한 맺힌 가락으로 이어지고 있었다. 오장육부를 뒤틀며 머리끝에서부터 발끝까지 온몸으로 토해 내는 곡소리는 거의 두 시간 이상이나 계속되다가 빗물과 함께 산을 타고 흘러내리더니 이윽고 마을 쪽으로 점점 이동했다. 그때쯤에는 빗줄기도 가늘어져 부슬비가 되어 있었다.

갑자기 들려오는 여인의 통곡 소리에 마을 사람들의 눈과 귀가 집중되었다. 거리는 순식간에 구경꾼들의 수런거림으로 어수선해지고 있었다.

"어제 그 미친년 아니야?"

"오매, 그렇구만. 저걸 어째, 쯔쯔쯧……"

"그런데 죽은 아기를 어쨌지? 갖다 버렸는가?"

"그랬응께 저렇게 울고 있겠지. 미친 것이 그래도 자식 생각은 나나 봐"

사람들은 자신이 난리통에 그렇게 되지 않은 것을 다행으로 여기면서 그녀를 암울한 눈으로 바라보고 있었다.

여옥은 울면서 구경꾼들을 향해 두 손을 벌렸다. 그리고 흐느끼면서 물었다.

"우리 아기……우리 아기……우리 아기 어딨어요?"

사람들이 입을 다문 채 쳐다보기만 하자 그녀는 다시 말했다.

"우리 아기를 돌려줘요. 부탁이에요. 아기를 돌려줘요. 제발……제발……돌려줘요."

"우리는 아기 안 가졌어! 아기 안 가졌다고! 아까 아기 안고 가지 않았어? 아기 어디다 버렸지? 어디다 버렸느냐고?"

여옥의 귀에 아낙의 그런 말이 들릴 리가 없었다. 그녀는 여전히 손을 벌린 채 아기를 찾았다. 그녀의 뒤를 짓궂은 아이들이 낄낄거리며 따라붙고 있었다.

아이들은 돌을 던지거나 막대기로 쿡쿡 찌르면서 그녀를 따라가고 있었다. 여옥은 아이들이 아무리 심한 짓을 해도 상관하지 않았다. 그것이 아이들의 기세를 더욱 올려놓았다. 어떤 짓궂은 아이는 용감하게도 그녀의 치맛자락을 걷어올리고 속을 들여다보기까지 했다. 그래도 여옥은 상관하지 않고 아기만을 찾았다.

이제 그녀는 두 아이들을 다 잃어버린 셈이었다. 그래서 그 두 아들의 얼굴들이 거의 동시에 그녀의 눈앞을 어지럽히고 있었다. 그것이 그녀를 더욱 혼란에 빠뜨리고 있었다.

"우리 웅이 못 보셨어요?"

이렇게 한번 물은 다음 그녀는 으레 큰아들을 찾는 것이었다.

"우리 대운이 못 보셨어요?"

비가 그치고 구름이 걷히자 눈부신 햇빛이 쏟아져 내렸다. 대지는 언제 그랬느냐는 듯이 금방 열기에 휩싸였다. 미쳐 버린 그녀는 정처 없이 걸어갔다. 아무도 그녀를 말리지 않았고 그녀는 철저히 버림받은 상태에서 그렇게 방향도 없이 걸어가기만 했다.

미친 여자는 마을과 마을을 지나갔다.

미친 여자는 산을 넘고 물을 건너 울며 울며 걸어갔다.

미친 여자는 황혼의 들녘에 허수아비처럼 서 있었다.

미친 여자는 거뭇거뭇해지는 산자락 속으로 다시 꺼져 들어갔다.

미친 여자는 남도의 황톳길 위에 쓰러져 있는 어느 병사의 시체 곁을 조심스럽게 지나갔다.

미친 여자는 인적 드문 산 끝에서 도적 떼를 만났는데, 그들은 도둑질할 것이 없자 그녀의 몸을 빼앗아 갔다. 기억할 수도 없고 헤아릴 수도 없는 남자들이 그녀의 몸을 무자비하게 짓밟고 지나갔다.

그녀는 참담하게 말라 갔다. 뼈와 가죽만 남아 제 모습은 완전히 사라지고 전혀 다른 모습으로 변해 있었다. 누가 보아도 윤여옥으로 보기가 어려울 지경이었다.

마을에 이를 때마다 사람들이 이내 쫓아내는 바람에 그녀는 짐승 쫓기듯 쫓겨나곤 했다. 어딜 가도 그녀를 환영해 주는 사람은 없었다. 그 누가 미치고 더러운 그녀를 따뜻이 맞이해 주겠는가.

그녀는 개보다 못한 천대를 받으며 밥찌꺼기를 얻어먹었고,

비와 이슬을 피할 수 있는 곳이면 어디서나 구겨져 잤다. 그러면서도 그녀는 사라진 자식들을 찾았다. 남들이 듣기에는 헛소리에 불과했지만 그녀로서는 가슴에 응어리진 것을 밖으로 토해 내는 것이었다.

그때가 뜨거운 여름이었기에 망정이지 추운 겨울철에 그랬다면 여옥은 틀림없이 얼어죽었을 것이다. 옷은 갈갈이 찢어져 속살이 훤히 드러나 있었고 발은 맨발이었다. 머리는 수세미처럼 뒤엉켜 있었고 아름답던 눈은 초점 없이 항상 먼곳을 바라보고 있었다.

그런데 한 가지 특이한 것은 미쳐버린 그녀가 계속해서 남쪽으로만 걸어가고 있었다는 점이다. 이리도 갈 수 있고 저리도 갈 수 있으련만 그녀는 굳이 남쪽으로만 가고 있었다. 이상한 일이었다.

남쪽으로만 향하던 그녀의 움직임이 마침내 그 윤곽을 드러낸 것은 전라도 지방에 들어서면서부터였다. 자신도 모르는 사이에 그녀는 남쪽 고향으로 향하고 있었던 것이다. 잠재의식 속에 남아 있는 귀소본능이 그녀의 발길을 그쪽으로 향하게 한 것 같았다.

전라도 황톳길은 찌는 듯이 무더웠다. 군용차량들이 쉬임없이 오가고 있었기 때문에 길은 언제나 붉은 흙먼지로 휩싸여 있었다.

더러운 그녀는 붉은 흙먼지를 뿌우옇게 뒤집어쓴 채 쩔뚝이며 걸어갔다. 먼지가 묻지 않은 곳은 두 눈뿐이었다. 두 눈은 푸른 빛을 띤 채 여전히 먼곳을 바라보고 있었다.
 8월 하순이었다. 초순경에 아이를 땅에 묻고 미쳐서 길을 떠났는데 하순에 전라도에 들어선 것이다.

피의 강

 전선은 계속 남하했다. 모두가 동남쪽으로 이동하고 있었다.
 워커 미8군 사령관은 8월 1일 각 전선 사령부에 다음과 같은 작전명령을 하달했다.
 "미군 및 한국군 각 전선 사령부는 휘하 병력을 오는 30일까지 낙동강 남안으로 철수, 집결시킬 것"
 이러한 명령은 비장한 각오 아래 취해진 것이었다.
 전쟁이 발발한 이래 그때까지 연합군은 싸움다운 싸움 한번 제대로 해보지도 못한 채 패주만 거듭해 오고 있었던 것이다. 파죽지세로 밀고 내려오는 공산군 앞에 서부전선의 미군도, 동부전선의 한국군도 계속 밀리기만 했는데, 이제 그 쓰라린 패주의 길도 막다른 골목으로 접어들고 있었다. 그 막다른 골목이 바로 한반도의 동남쪽인 낙동강 남안이었다.
 이제 여기서 연합군은 적을 맞아 최후의 대회전을 벌여야 하는데, 여기서 승리하면 살아남을 것이고 그렇지 못하면 괴멸 당할 수밖에 없는 운명에 놓여 있었다.
 그런 만큼 비장한 각오 아래 낙동강 방어 계획을 수립한 것인데, 그 점에서는 공산군도 마찬가지 결심이 서 있었다. 연합군을 영남의 한 귀퉁이로 몰아넣은 공산군은 마지막 대회전만 승리로 이끌면 마침내 남한 전역을 적화할 수 있기 때문에 그야말로 단단한 각오 아래 총공격을 감행하려 하고 있었다.

연합군 전병력은 낙동강 남안으로 모두 철수한 다음 강 위의 다리를 하나도 남기지 않고 모두 폭파시켜 버렸다. 그것은 낙동강 방어선을 사수하려는 의지의 일단을 보여준 것이라고 할 수 있었다.

한국군과 미군은 미8군 사령부의 지휘 감독하에 있었다.

그들은 미8군 사령부의 지시에 따라 새로운 방어진지를 구축했는데, 그 하나는 동해안 영덕(盈德)에서 상주(尙州) 아래쪽 낙정리(洛井里)를 잇는 동서 80킬로의 경북 북부 산악지대에 걸친 험한 방어선이었다. 또 하나는 낙정리에서 남으로 내려와 왜관(倭館)을 거쳐 마산(馬山)에 이르는 낙동강·남강으로 이루어진 남북 1백 60킬로의 방어선이었다. 지도를 놓고 보면 동해안 영덕으로부터 서부 내륙의 낙정리를 거쳐 마산에 이르는 선은 직사각형의 양면을 이루는 선이다.

운명의 이 방어선은「낙동강 방어선」또는「부산교두보」로 불리는데, 그전까지 고립된 채 싸워 왔던 한국군과 미군은 여기에서 비로소 긴밀한 협조 아래 최초의 연합방어작전을 수행하게 되었다.

워커 사령관은 대구 서북 23킬로에 있는 왜관을 중심으로 그 이남은 미8군이, 그 이북에서 영덕에 이르는 1백30킬로의 정면은 한국군이 방어하라고 명령했다.

낙동강 방어선은 유리한 천연적인 조건을 구비하고 있었다. 영덕 — 낙정리의 북부 방어선은 태백산맥이 가지를 무수히 뻗고 있어 산세가 험하고 숱한 봉우리들이 곳곳에 널려 있어서 적의 침공로를 봉쇄하기에 알맞았다. 낙동강 본류 또한 수심이 2미터 이상인데다 강폭이 2백에서 4백 미터나 되고 강 이쪽에는 깎아지른 벼랑과 산들이 병풍처럼 들어차 있어서 적의 도강을 저지하기에는 안성맞춤이었다.

최후의 방어선 안에는 부산을 비롯해서 대구, 마산, 포항, 영천 등 주요 도시가 있다. 이중 부산이야말로 연합군은 물론 한국민이 목숨을 걸고 있는 최후의 보루라고 할 수 있었다. 거기가 피난의 마지막 정착지였다. 그 다음에는 갈 곳이 없었다. 그래서 부산은 원주민들과 피난민들이 뒤엉켜 흡사 도때기시장처럼 북적대고 있었다.

이렇게 부산은 한국민의 마지막 생명선으로 남아 있는 한편 연합군의 최대 보급기지로도 이용되고 있었다. 부산을 기점으로 볼 때 마산, 대구, 영천, 포항 등 전선지역으로 방사형의 병참선이 발달되어 있었기 때문에 그것은 작전수행에 큰 이점을 안겨 주고 있었다. 모든 군수물자가 부산을 출발, 방사형의 병참선을 따라 전선지역으로 운반되고 있었다.

낙동강 방어선은 그야말로 철통같이 구축되어 있었다. 따라서 시시각각 남하하던 전선은 낙동강에서 일단 저지 당했고, 거기서 운명의 대회전이 벌어질 것을 예측한 공산군은 일대 공세를 취하기 위한 준비에 들어갔다.

　낙동강을 사이에 둔 대회전은 연합군의 입장에서 볼 때는 한마디로 시간을 버는 싸움이라고 할 수 있었다. 숨돌릴 사이도 없이 밀고 내려오는 공산군을 일단 낙동강선에서 묶어둔 채 전열을 정비하고 전력을 다시 보강한 다음 공세로 전환하려고 한 것이다.

　시간이 흐를수록 사정은 공산군에게 불리하게 연합군에게는 유리하게 돌아가고 있었다. 그럴 수밖에 없는 것이 낙동강까지 내려오는 동안 공산군은 전력이 많이 소모되어 있었고, 병참선이 너무 길어 필요한 군수물자를 제대로 공급받지 못하고 있었다. 거기에 반해 연합군은 제공권을 장악하고 있었기 때문에 보급이 원활했고, 물량면에서도 공산군과는 비교가 안 될 정도로 무제한의 보급을 받고 있었다.

　이 시간을 벌기 위한 위기의 나날이 지나는 동안 연합군의 전투력은 예상했던 바와 같이 날로 증강되고 있었다. 함정과 항공기는 물론 더 많은 새로운 병력이 속속 부산교두보로 밀려들고 있었다. 8월중 미군 보충병 1만여 병력이 새로이 부산에 도착한데 이어 영국군 제27여단이 홍콩으로부터 부산에 상륙했다. 미국에 이은 두번째 외국군의 참전이었다. 한국군도 개편되어 날로 증강되고 있었다. 시간을 벌기 위한 작전은 제대로 맞아 들어가고 있었다. 8월 중순 연합군은 병력면에서 10만의 공산군에 비해 그 두 배에 가까운 18만으로 증강되어 우위를 누리게 되었다.

제공권과 제해권도 송두리째 연합군이 독차지하고 있었다. 야포와 박격포의 수에 있어서도 연합군은 압도적인 우위에 있었다. 전쟁 초기 그렇게도 한국군의 공포의 대상이었던 공산군의 소련제 탱크도 2개월이 지난 그 즈음에는 반수로 줄어 겨우 1백여 대 정도 남아 있었다. 거기에 비해 미군 탱크는 6백 대로 불어나 있었다.

8월 5일 자정, 마침내 대회전의 신호탄이 하늘 높이 올랐다. 홍자색의 신호탄이 어두운 밤하늘에 불꽃을 팅기며 피어오르자 강안에 도사리고 있던 공산군들은 소총을 물에 젖지 않게 하려고 머리 높이 쳐든 채 일제히 물 속으로 뛰어들었다. 이른바 그들이 말하는 「8월 공세」의 시작이었다. 이로부터 한달 반 동안 한국전쟁사상 가장 피비린내 나는 전투가 이곳에서 벌어지고 낙동강은 피의 강으로 변했다.

우기인데도 하필 그때는 가뭄으로 강물이 어깨 높이밖에 차지 않았다. 비오듯이 쏟아지는 연합군의 탄우를 뚫고 공산군은 강을 건너갔다. 죽음을 두려워하지 않을 정도로 그렇게 용감하기 때문에 그들이 물 속으로 뛰어든 것은 아니었다. 뒤에서 독전대가 몰아붙이기 때문에 하는 수 없이 돌격을 감행하고 있었던 것이다.

물 속에 뛰어들지 않으면 독전대에 의해 즉석에서 사살된다는 것을 그들은 잘 알고 있었다. 그들은 후퇴하다가 즉결처분 당하는 광경을 지금까지 무수히 보아 왔던 것이다.

낙동강 전 전선에 걸쳐 이런 식으로 공산군의 돌격이 감행되고 있었다. 10만의 대병력이 물 속으로 뛰어드는 광경이란 실로 어마어마하고도 무시무시한 것이었다. 그들이 일제히 질러대는 함성으로 밤하늘은 잠시 광풍이 몰아치는 듯했다. 그러나 그것도 곧 포성과 총성에 눌려 사라지고 말았다.

양쪽에서 짖어 대는 포성과 총성에 천지가 진동하고 있었다. 아니 천지가 뒤집히는 것 같았고 사람들은 귀청이 찢겨 날아가 버리는 것 같았다. 그런 판이라 모두가 멍한 상태에서 움직이고 있었다.

양쪽에서 뿜어 대는 포화의 불길 때문에 낙동강 전 전선은 대낮같이 밝았다. 번쩍이고 이글거리는 그 불빛 아래로 무수한 인간들이 강물을 헤치며 나아가고 있었다. 소나기처럼 쏟아지는 총탄에 그들은 흡사 추풍낙엽처럼 쓰러져 떠내려가고 있었지만, 그래도 살아 있는 자들은 멈추지 않고 기계적으로 전진하고 있었다. 그 무모하고 저돌적인 전진이야말로 그들이 자랑하는 인해전술이었다.

공산군은 주공을 대구 정면에 두고 있었다. 그리하여 밀양 — 부산 일대에서 경부선을 차단하기 위해 낙동강 서안으로부터 대규모 도강작전을 개시한 적은 삼면에서 대구를 공략, 함락시키려 했고 포항 방면에 대한 압력도 배가시켰다.

공산군의 전술은 전쟁 초기부터 시종일관 동일한 것이었다. 왜냐하면 다른 전술을 쓸 필요가 없었기 때문이다. 그 전술이라는 것은 상대를 가까운 거리에서 위협하고 정면공격으로 그 행동을 묶어 놓는 한편 그 측면을 우회해서 후방으로 진출하는 전술이었다. 전쟁 초기에 별로 준비가 없어 나약하기만 했던 한국군에게 적의 이러한 전술은 치명적인 타격을 안겨 주게 되었고 그래서 공산군은 낙동강 방어선까지 승승장구할 수 있었던 것이다.

낙동강 방어선에 있어서 낙정리 — 의성 북방 — 영덕에 이르는 북쪽 방어선은 한국군이 맡고 있었는데 미군이 맡고 있는 서부전선보다는 훨씬 취약한 편이었다. 공산군은 8월 20일까지 과거와 똑같은 전술로 북쪽 방어선에 대해 공격을 감행했는데 그러한 전술이 제대로 먹혀 들어가 장비가 부족한 한국군의 방어선을 왜관 — 다부동 — 의흥 — 기계 — 포항선까지 밀어붙일 수가 있었다.

그러나 미군 방어선만은 사정이 달랐다. 공산군은 여전히 같은 전술로 공격을 감행했지만 미군에게만은 그러한 전술이 먹혀 들어가지 않았다. 미군은 강력한 화력으로 공산군을 잘 막아 냈고 그들을 강건너로 물리쳤다. 숨쉴 틈 없는 전투가 강을 사이에 두고 수십 일 동안 계속되었고 푸르던 강물은 피로 붉게 물들여져 비린내를 풍겼다. 아름답던 강은 시체로 쌓이고 통곡의 강이 되어 바다로 흘러갔다. 그러나 싸움은 끝장을 볼 때까지 계속되고 있었다.

왜관으로부터 시작되는 서부전선을 맡고 있는 미군은 시간이 흐를수록 견고한 방어선을 구축해 나가고 있었다. 공격에 실패한 공산군은 차츰 초조한 빛을 보이기 시작했다. 단숨에 부산까지 석권하리라던 당초의 예상이 빗나가고 미군의 저항이 날이 갈수록 강해지는데서 오는 초조감이었다.

 공산군은 전술을 바꾸어 외곽 방어선에 대해 정면공격을 감행하여 그 벽을 뚫으려고 기도했다. 미군과 똑같은 전술을 택한 것이다. 그런데 미군은 전통적으로 적의 정면공격에 대해 강한 편이었다.

 미군은 또한 충분한 장비를 갖추고 있었다. 거기에 비해 공산군의 장비는 허술하기 짝이 없었다. 그들은 미군의 방어선을 뚫으려고 필사적인 노력을 기울였지만 그럴수록 미군은 더욱 완강하게 나오고 있었다. 여기서 미군은 불철퇴의 의지를 여실히 보여 주고 있었다.

 8월 15일에는 부산에서 해방 5주년 기념식을 갖겠다던 공산군은 8월 하순이 되어도 방어선이 뚫리지 않자 마지막으로 단발마의 발악을 하기 시작했다. 일찍이 보지 못한 발악적인 공격이 감행되고 있었다. 그러나 그들은 이미 힘이 다해 있었다. 아무리 발악하고 발버둥쳐도 소용없었다. 미군 방어선은 결코 흔들리지 않았다.

 공산군은 이 싸움에서 많은 것을 상실하고 있었다. 중포와 탱크는 물론 중공군 출신의 고병들까지 잃고 있었다. 살아 있는 자들은 단 하루도 휴식다운 휴식을 취해 보지 못했기 때문에 지칠 대로 지쳐 있었다. 거기다가 상당수의 병력이 이른바 의용군으로 편성되어 있었다. 공산군은 상실된 병력을 충당하는 방법으로 남한에서 의용군이라는 이름으로 많은 청소년들을 강제 동원하여 전선에 투입시켰는데 그들은 전투 경험도 없는데다 애초부터 싸울 의욕이 없었기 때문에 기회만 있으면 도주하는 등 전력 증강에 큰 도움이 되지 못했다.

공산군 중 발악하는 자들은 분대장 소대장 중대장 등 최전선에서 지휘하는 자들이었다. 그리고 그들을 몰아세우는 자들은 장성들이었다. 일선 지휘관들 및 장성들은 이미 제정신들이 아니었다. 그들은 반미치광이가 되어 부하들을 몰아내고 있었지만 힘이 다한 병사들은 점점 소극적으로 나오고 있었다.

공산군 병사들은 이제 싸움보다도 각자 살길을 찾아 움직이고 있었다. 그들이 제일 고통을 겪는 것은 보급품이 부족한데서 오는 것이었다. 병참선이 너무 길어진데다 갈수록 심해지는 미군기의 폭격으로 보급은 거의 중단 상태에 있었고, 그래서 헐벗고 굶주린 상태에서 그들은 싸워야 했다. 그리고 그러한 싸움의 결과는 보나마나 뻔한 것이었다. 무엇보다 우선 굶주림을 면해야 했기 때문에 그들은 민가에 들이닥쳐 닥치는 대로 식량을 약탈하고 소나 돼지를 징발하기 일쑤였다. 상황이 이러했으니 기적이 일어나지 않는 한 미군 방어선을 돌파한다는 것은 불가능했다.

8월 공세가 좌절되자 공산군은 마지막으로 새 작전 계획을 수립했다. 그것은 최후의 총공격을 위한 계획이었기 때문에 모든 전력을 총동원한 것이었다. 그리하여 전병력인 13개 보병사단, 2개 장갑사단, 2개 장갑여단, 그리고 보안대가 집결되었는데 제 머릿수를 가진 충실한 부대가 없었기 때문에 모두 합쳐야 겨우 10만에 불과했다. 이윽고 전부대에 다음과 같은 공격 명령이 떨어졌다.

① 6사단과 7사단은 남쪽의 미 제25사단 진지에 침투할 것.
② 9·1·10·4의 각 사단은 밀양 전면의 미 제2사단을 섬멸하고 양산 경유로 부산—대구 도로로 진출할 것.
③ 3·1·13의 각 사단은 대구의 미 제1기병 사단과 한국군 제1사단 진지로 돌입할 것.
④ 8사단과 5사단은 대구 동방에서 한국군 제8사단과 제6사단을 섬멸할 것.
⑤ 5사단과 12사단은 제3사단과 수도 사단을 돌파하여 동해안의 포항 영일 및 경주 외곽으로 진출할 것.

이른바 이「9월 공세」를 위해 공산군은 모든 군수품과 예비대를 전방으로 집중시켰다. 준비가 시작된 것은 8월 하순부터였다.

공산군 사령부는 공격의 주력을 이미 시체가 널려 있는 낙동강 돌출부로 돌리는 한편 연합군 방어선의 구석구석에 압력을 가중함으로써 어느 한곳이라도 돌파구를 뚫을 수 있지 않을까 하고 생각했다.

최대치가 이끄는 6사단 11연대는 낙동강을 따라 맨 남쪽까지 내려와 있었다. 그의 연대는 그 동안 반수 이상이 죽어 겨우 1천 병력으로 유지되고 있었다. 그나마 고병들은 대부분 죽고 거의가 신출내기들이라 전력이며 사기가 뚝 떨어져 있었다. 보급은 이제 기대하지 않는 편이 차라리 나았다.

"부산이 바로 코앞에 있다. 조금만 고생하면 부산에서 기름진 쌀밥을 먹을 수 있다"

최후의 공격을 눈앞에 두고 그는 헐벗은 부하들에게 이렇게 말했지만 그들의 얼굴에는 아무런 변화도 나타나지 않았다.

사실 그는 부산을 지척에 두고 있었다. 부산에 먼저 들어가려고 쉬지 않고 쳐내려 온 덕분에 공산군 중에서 가장 가까이 부산에 접근해 있었던 것이다.

그리하여 8월 공세 때에는 부산에 쉽게 진입할 수 있을 것이라고 생각했던 것이다. 그런데 그러한 예상이 빗나가고 상상외로 희생이 크게 나자 그는 미칠 것 같았다. 사실 그는 반미치광이가 되어 있었다. 부산을 코앞에 두고 최초의 고배를 마셨으니 미치는 것도 무리는 아니었다.

8월 31일, 그는 낙동강 지류인 남강을 나지막한 야산 위에서 바라보고 있었다. 왜 하필 거기에 천연의 방어선이랄 수 있는 강이 가로놓여 있는지 그는 원망스럽기만 했다.

미군은 남지로부터 남강을 따라 견고한 방어선을 구축하고 있었는데 그 길이가 37킬로미터나 되었다. 미 제25사단과 제5연대 전투단 1만 7천여 명이 거기에서 공산군을 기다리고 있었다. 그들을 향해 공격 개시 명령을 기다리고 있는 공산군은 제6사단 및 105기갑사단 차륜화연대였다. 부대명은 그럴듯하지만 모두가 하나같이 더럽고 피로에 지치고 굶주리고 헐벗고 있는 형편이었다. 그리고 병사들의 굳은 얼굴에는 너나 할 것 없이 즉결 처형과 죽음의 공포가 짙게 나타나 있었다. 전쟁 초기의 그 충천하던 사기는 눈을 씻고 볼래야 볼 수가 없었다.

강을 따라 양쪽 강안에는 시체들이 쓰레기처럼 널려 있었다. 강바닥에 더 많은 시체들이 쌓여 있었지만 강물 때문에 그것들은 보이지가 않았다. 열풍이 시체 썩은 냄새를 실어 오는 바람에 그는 야산 위에서도 악취를 맡을 수가 있었다. 시체는 거의가 공산군이었고, 죽음 같은 적막 속에 까마귀 떼가 시체 위를 날아다니고 있었다. 8월의 마지막 날이었지만 태양은 불덩이 같은 열기를 내뿜고 있었다.

그는 언제나 선봉이 되어 싸워 왔었다. 이번에도 선봉을 양보하지 않을 생각이었다. 그의 이러한 욕심에 죽어 나는 것은 그의 부하들이었다. 그의 부하들은 죽이고 싶도록 그가 미웠지만 어쩔 수 없는 일이었다.

그는 나무에 기대앉아 허공을 물끄러미 바라보다가 담배에 불을 당겼다. 최후 공격을 앞두고 이렇게 혼자서 사색할 수 있는 시간을 가져 보기는 처음이었다.

지금까지 승승장구하는 동안 자신은 얼마나 승리감에 도취되어 있었는가. 그러나 호남을 석권한 여세를 몰아 부산으로 막바로 진격하려던 계획이 좌절된 지금은 그러한 감정이란 손톱만큼도 없었다. 그보다는 걷잡을 수 없는 의구심이 그를 괴롭히고 있었다.

그 의구심이란 과연 방어벽을 무너뜨리고 부산까지 진격할 수 있을까 하는 것이었다. 그전 같았으면 그런 의구심이 털끝만큼도 들지 않았겠지만 지금은 그렇지가 않았다. 왠지 자신감이 서지 않고 자꾸만 확신이 흔들리는 것이었다.

그는 처음으로 질적인 면에서, 그리고 물량적인 면에서 공산군이 미군과 엄청난 격차가 있음을 깨닫고 있었다. 그런 차이 정도는 대수로울 게 없다고 생각해 왔는데 시간이 흐르면서 당해 보니 그게 아니었다. 공산군 진지에 쏟아져 내리는 폭탄 그 자체가 바로 미군의 물량 공세였고, 그 힘은 엄청난 영향을 끼치고 있었다.

반면 공산군은 이제 헐벗고 굶주린 나머지 거지부대나 다름없었다. 헐벗고 굶주리면 남는 것은 약탈뿐이다. 무모한 전쟁이 아닐까 하는 생각이 얼핏 머리를 스쳐 갔다. 그는 땅을 차고 일어섰다.

"마지막이야!"

그는 중얼거리면서 장화 뒤축으로 땅을 쿡쿡 찍었다.

9월 공세가 공산군의 마지막 힘을 쥐어짜서 결행된다는 것을 누구보다도 그 자신이 잘 알고 있었다. 그래서 이번이 마지막이라고 생각한 것이다. 이번에 실패하면 다시는 재기할 수 없는 것이다. 더 이상 재기할 힘이 없기 때문이다.

"어떻게든 이번에 돌파해야 해!"

그는 가슴을 쭉 펴고 열기를 깊이 들이마셨다. 땀에 젖은 누더기 같은 군복에서는 퀴퀴한 냄새가 풍기고 있었다. 전쟁이 시작된 이래 한번도 면도를 하지 않았기 때문에 턱은 온통 시커먼 수염으로 뒤덮여 있었고 외눈은 광기로 번득이고 있었다. 그 동안 수염을 기른 것은 부산에 가서 깎기 위해서였다.

산을 뛰어내려 간 그는 소대장 이상 지휘관들을 모두 소집시켰다. 그리고 자신의 결심을 피력했다.

"이번에 나는 살아서는 후퇴하지 않을 생각이다. 우리는 지금까지 승승장구해 왔다. 그리고 부산을 코앞에 둔 마당에 완강한 저항에 부딪치고 있다. 여기까지 진격해 온 터에 한줌밖에 안 되는 땅을 마저 점령하지 못하고 물러난다는 것은 말이 아니다. 여기서 물러난다면 우리한테 남는 것은 죽음뿐이다. 쫓기다가 죽느니 차라리 여기서 싸우다 죽는 것이 낫다! 너희들도 살아서 물러갈 생각하지 말고 죽어서 낙동강의 혼이 되는 길을 택해야 한다! 성공의 여부는 너희들한테 있다! 너희들이 죽음을 각오하고 돌격하면 세상에 무너지지 않을 벽이 없다. 이 지도를 봐! 부산은 바로 여기야!

우리는 지금 목을 죄고 있는 거야! 더 힘껏 죄면 내일 모레쯤에는 부산에서 네 활개 쭉 펴고 잠들 수 있다! 지위고하를 막론하고 명령에 거역하거나 후퇴하는 놈은 즉결 처형하겠다! 몰아세우면 아무리 겁많은 놈도 앞으로 뛰게 마련이야! 몰아세우란 말이야! 말 안 듣는 놈은 본보기로 쏴 죽여! 인정 사정 보다가는 우리가 당한단 말이야! 다시 한번 말하는데 후퇴란 더 이상 없다! 전진 아니면 죽음이다! 알아들었나?"

"네! 알았습니다!"

지휘관들은 차렷자세로 서서 대답했는데 목소리가 자못 떨리고 있었다.

최후의 공격은 그날 밤 자정쯤 되어서 시작되었다. 돌격의 고함 소리도 없이 대치는 부하들을 조용히 도강시켰다. 모두가 소리를 죽인 채 강을 건너갔다. 다른 부대도 거의 동시에 도강을 감행하고 있었다.

찰랑거리는 물소리만 가끔씩 날 뿐 강은 깊은 적막 속에 싸여 있었다. 강은 순식간에 공산군으로 가득 찼고 이미 앞서 건넌 자들은 낮에 봐 두었던 논둑 길이나 밭이랑을 따라 허리를 구부리고 전진했다.

대치는 강변에 독전용 기관총을 설치해 두고 도강을 지켜보고 있었고 그 자신도 소련제 기관단총을 하나 어깨에 걸치고 있었다.

각종 장비를 적재한 배와 뗏목은 노를 사용하지 않고 병사들이 물 속에서 밀고 갔다. 강 건너는 숨을 만한 곳이 없었으므로 일부러 비워 둔 것 같았다. 방어선은 나지막한 구릉들이 밋밋하게 이어져 있는 훨씬 저쪽에 구축되어 있었다.

모두가 총 한방 쏘지 않고 무사히 건넜다고 판단하자 대치는 마지막으로 배를 타고 강을 건넜다.

"조용한 게 이상한데."

"알고서도 기다리고 있을 겁니다."

"피차 다 알고 싸우는 거니까 상관없어. 날이 새기 전에 깊숙이 들어가야 해."

그가 부하 장교들과 이야기를 끝냈을 때 건너편에서 신호탄이 올랐다. 뒤이어 수십 개의 조명탄이 터졌고, 대낮같이 밝은 빛 아래 강과 개미떼같이 움직이는 군인들의 모습이 환히 드러났다. 뒤이어 굉음이 들려왔고 폭풍이 불어닥쳤다.

배가 뒤집힐 듯 흔들거리자 장교 하나가 빨리빨리 배를 밀라고 졸병들에게 소리쳤다. 성급한 대치는 배에서 뛰어내려 물 속을 첨벙첨벙 뛰어갔다.

공산군 탱크들도 일제히 불을 뿜고 있었다. 각종 포들도 포문을 열고 연합군에 포탄을 쏘아 대고 있었다. 잔잔하던 수면은 마치 노도처럼 거칠게 일어섰고, 초생달은 포연에 가려 보이지 않았다.

일찍이 경험해 보지 못한 무시무시한 화력이 공산군의 머리 위에 퍼부어지고 있었다. 섬광 사이로 공산군들이 무더기로 쓰러지는 것이 보였다. 미군은 보이지 않았다. 그들은 어둠 속 보이지 않는 곳에 숨어 있었다.

모두가 뿔뿔이 흩어져 뛰어가고 있었다. 그런 상황 아래서는 자기 소속을 찾아 행동통일한다는 것이 불가능한 일이었다. 총알을 피해 정신없이 도망치던가 총알받이가 되어 앞으로 미친 듯이 뛰어가는 수밖에 다른 도리가 없었다.

"후퇴하면 죽인다!"

도망쳐 오는 두 명의 병졸을 향해 기관단총의 방아쇠를 당겼다. 앞선 자가 쓰러지자 뒤따르던 자는 공포에 질려 부들부들 떨다가 앞도 뒤도 아닌 옆으로 뛰어가기 시작했다.

"상황은 어떤가?"

그는 무전기로 각 대대장을 불렀다.

"희생이 큽니다!"

모두가 한결 같은 대답이었다.

"한 사람이 남을 때까지 돌격해!"

"미군 탱크들이 다가오고 있습니다!"

"닥쳐! 후퇴하면 끝장이야!"

그는 맨 후미에서 독전대를 지휘하며 따라갔다.

공산군 병사들은 미군과 독전대 사이에서 갈팡질팡하고 있었다. 상대편의 총에 맞아죽는다는 것은 전쟁의 생리상 당연할 수밖에 없는 일이다. 그러나 자기편 독전대의 총에 사살된다는 것은 억울하기 짝이 없는 일이다.

독전대의 총에 맞은 병사들은 한을 품은 채 죽어 갔다. 그렇게 억울한 일이 있을 수가 없었기 때문이다. 그들은 죽어 가면서 비로소 공산군으로부터 탈출할 수 있었고 자기를 전쟁으로 몰아넣은 자들을 마음놓고 저주할 수가 있었다.

전투가 치열해질수록 후퇴하는 병사들이 자꾸만 늘어났고 그와 함께 공산군 독전대는 더욱 미쳐 날뛰고 있었다. 실제로 미군의 총에 맞아 죽는 것 못지 않게 자기편의 총에 맞아 죽는 숫자도 많았다.

흙이 덮쳐 오는 순간 대치는 땅 위에 납작 엎드렸다. 흙더미가 전신을 덮치는 것과 함께 숨이 컥 막혔다. 머리가 흙 속에 묻혀 숨을 쉴 수가 없었다. 머리를 흔들며 상체를 일으키자 몸을 덮고 있던 흙이 쏟아져 내렸다.

캐터필러 소리가 우르르르 들려오고 탱크의 시커먼 모습들이 여기저기서 굴러 오는 것이 보였다.

병사 하나가 몸을 떼굴떼굴 굴려 하필이면 그의 옆에 와서 딱 멎었다. 그 나이 어린 병사는 공포를 이기지 못해 온몸에 경련을 일으키고 있었다. 첫눈에도 의용군임을 알 수가 있었다.

"왜 후퇴하나?"

대치는 엎드린 채 그 병사를 곁눈질했다. 병사는 비로소 상대를 알아보고는 더욱 심하게 경련했다. 얼굴은 완전히 흙빛이 되어 있었다.

"빨리 전진해!"

병사는 하는 수 없이 포복으로 기기 시작했는데, 그것도 잠깐이었고 더 이상 움직이려 들지를 않았다. 대치는 그 옆으로 기어가서 총구로 옆구리를 찔렀다.

"빨리 가지 못해?"

"모, 못 가겠습니다!"

병사는 울기 시작했다. 공포를 이기지 못해 그러는 것이었지만, 대치의 눈에는 더없이 병신스럽게만 보였다.

"그럼 죽어라!"

"시, 싫어요!"

대치는 총구로 병사의 복부를 찌르면서 방아쇠를 당겼다. 병사는 장난감처럼 뒹굴었다.

"나쁜 놈! 개새끼! 악마!"

그 병사는 눈을 크게 뜨고 대치를 향해 욕설을 퍼부었다. 공포의 빛은 사라지고 그 대신 증오와 저주가 얼굴 가득히 나타나 있었다.
"나는 죽는다……그러나 네놈도 죽을 것이다."
"나는 안 죽어!"
그는 이상하게도 그 병사를 미워할 수가 없었다.
"꼭 죽는다……너희들은 망할 것이다……"
"난 안 죽어!"
그는 화가 나서 소리쳤다. 그리고 병사의 목을 오른손으로 움켜잡고 죄었다.

어느새 날이 훤히 밝아 오고 있었다. 정신없이 싸움을 독려하다 보니 그는 자신도 모르는 사이에 방어선을 돌파해서 깊숙이 들어와 있었다. 워낙 단말마의 발악으로 덤벼드는 통에 그렇게 견고하던 방어선도 결국은 무너진 것 같았다. 사실 미군은 불철퇴의 각오가 되어 있기는 했지만 공산군처럼 발악적이지는 않았다.

미군은 물러나면서도 계속 공산군의 머리 위에 강력한 화력을 퍼붓고 있었다. 언젠가는 그들의 발악이 꺾일 것이라는 확신 위에서 숨돌릴 사이 없이 온갖 화력을 쏟아붓고 있었다.

날이 새자 미군 전투기들이 저공비행하면서 기총소사를 가하기 시작했다. 그것은 공산군에게 그 어떤 화력보다도 무서운 것이었다. 거기에는 그 무서운 독전대도 맥을 출 수가 없었다. 발악적으로 밀고 가던 공산군들은 독전대의 살기 찬 고함에도 아랑곳하지 않고 각자 뿔뿔이 흩어져 아무 데로나 숨어들었다.

어제까지만해도 그 푸르름으로 눈부시게 아름다웠던 산과 들은 온통 뿌리째 뽑혀 처참한 모습으로 변해 있었고, 그 초토 위로 이름 모를 시체들만 자꾸 쌓여가고 있었다.

하늘은 구름 한점 없이 맑았다. 이윽고 눈부신 태양이 떠올랐지만, 자욱한 흙먼지와 포연에 가려 금방 그 빛은 스러지고 말았다.

공산군은 두더지처럼 움직이고 있었다. 그렇게 하지 않고는 목숨을 부지할 수가 없었던 것이다. 미군 전투기들이 기총소사로 한번씩 휩쓸고 지나갈 때마다 거기에는 새로운 시체들이 즐비하게 깔리고, 그것을 속수무책인 채 구경만 해야 하는 대치로서는 눈이 뒤집히는 것 같았다. 그는 믿을 수가 없었다. 믿고 싶지도 않았다. 그렇게 막강하던 공산군이 흡사 가랑잎처럼 날리다니, 도대체 어찌된 일인가!

"모든 지휘관들에게 알린다. 돌격하라! 지금 즉시 돌격하라!"

그는 목이 쉴 대로 쉬어 있었다. 쉰 목소리로 무전기에다 대고 악을 써 댔지만 두더지 같은 놈들은 꼼짝도 하지 않았다. 너무 화가 나서 그는 눈물까지 흘리고 있었다.

그도 모르고 있는 것이 아니었다. 그에게도 앞을 내다보는 눈은 있었다. 대부분의 병력을 희생시키고 겨우 극소수만이 살아남아 백 리 저쪽까지 진군한다 해도 그때는 이미 힘이 다해 스스로 죽음을 택할 수밖에 없다는 것을 그는 잘 알고 있었다. 그것은 즉 자멸의 길이었다. 그런 줄 알면서도 앞으로 나가야 하는 것이다. 그것은 모순이었다. 모순인 줄 알면서도 그는 싸우지 않을 수 없었다.

"각 지휘관은 지금 즉시 일어나 돌격하라! 듣지 않는 자는 즉결 처형하겠다!"

그는 분노에 차서 다시 소리소리 질렀다. 그러나 그것은 한낱 허공을 울리는 어릿광대의 외침에 불과했다.

전투는 하루종일 계속되고 있었다.

날이 저물자 비가 내렸고, 그 틈을 이용해 공산군은 다시 발악적으로 달라붙었다. 그런대로 전진은 계속되었고, 미군 방어선은 후퇴를 거듭하고 있었다. 그것은 실로 끈질기고 치열하고 무서운 전투였다. 인간의 한계를 시험하는 것 같은 그러한 전쟁이었다.

대치 자신도 두더지가 되어 갔다. 그는 잠시도 일어설 수가 없었다. 물론 잠들 수도 없었다. 흙과 먼지와 포연이 땀과 뒤범벅되어 몸에 눌어붙는 바람에 그는 새까만 모습으로 변해 있었다. 변하지 않은 것은 눈 뿐이었다. 그의 외눈만은 그 속에서도 변하지 않고 무섭게 타오르고 있었다.

사흘이 지났다. 대치 휘하의 제11연대는 함안까지 진출할 수가 있었다. 그것도 대치이기 때문에 해낼 수가 있었던 것이다. 그러나 거기가 한계선이었다. 더 이상은 전진할 수가 없었다.

미군은 공산군의 전진을 더 이상 허용하지 않았다. 거기에 이르러 공산군도 기력이 다해버려 더 앞으로 나아갈 수가 없었다.

전선은 앞으로 나아가지도, 뒤로 물러나지도 않은 채 교착상태에 빠져 있었다.

공산군은 휴식과 보급이 필요했다. 필요한 것들을 갖춘 다음 다시 일어나 공격을 시도할 생각이었다. 그러나 뜻대로 될 수가 없었다. 미군은 잠시도 쉴 틈을 주지 않았고 보급은 끊어진 지 이미 오래였다. 점검해 보니 병력은 물론 장비의 태반이 벌써 상실되어 남은 것은 실로 빈약하기 이를 데 없었다.

남은 병력이나마 보급이라도 충분히 받을 수 있으면 또 몰랐다. 그렇지가 못하니 시간이 흐를수록 절망적인 분위기만 팽배해 가고 있었다.

무엇보다도 굶주림이 제일 심각했다. 굶주림이 심해지자 위계질서고 명령계통이고 소용이 없었다. 각자 뿔뿔이 흩어져 마을로 들어가 약탈할 수 있는 한 약탈해 먹었고 그것도 부족해 밭을 파헤쳤다. 특히 감자밭이며 옥수수밭 같은 것은 철저히 파헤쳐져 남아나는 것이 없었다.

대치는 미군이 만일 반격해 온다면 꼼짝없이 당할 수밖에 없다는 것을 깨달았다. 지금까지 공격에만 전력을 기울인 탓으로 미군의 반격 가능성에 대해 별로 신경을 쓰지 않았고 또 그럴 여유도 없었다. 그런데 지금 그 가능성이 어느 때보다도 높아져 있음을 그는 느끼고 있었던 것이다.

모두가 기진해 있는 상태에서 만일 미군이 일대 공격을 가해 온다면 꼼짝없이 섬멸 당할 것이 뻔하다. 이젠 부산에 들어가는 것이 문제가 아니라 어떻게 하면 미군의 반격을 피할 수 있는가

하는 것이 문제다. 생각할수록 미칠 노릇이었다. 부산을 눈앞에 두고 물러나야 하다니, 그는 환장해 버릴 것 같았다.

그는 호를 파게 하고 미군의 반격을 기다렸다. 반도 못 남은 병사들에게는 전진하라는 말 대신 후퇴해서는 안 된다고 엄명을 내렸다.

날까지 궂어서 거의 매일 비가 내렸다.

그는 진흙탕 속에 갇힌 채 일 주일을 버티었다. 그 참담함이야 이루 말할 수 없었다.

미군은 돌격을 감행해서 병력을 희생시키는 짓 같은 것은 하지 않았다. 그 대신 엄청난 화력을 퍼부어 대고 있었다. 공산군이 완전히 궤멸되어 도주의 길에 들어설 때까지 온갖 것을 쏘아 대고 있었다.

일 주일째 되는 날 그는 고립되어 있음을 알았다. 그의 연대는 제일 깊이 들어와 있었던 것이다. 그리고 미군은 양옆을 협공해 들어오고 있었다. 지원을 요청했지만 그대로 버티라고만 할 뿐 병력 하나, 화기 하나 보내 주지 않았다.

"죽음으로 현재 위치를 사수하라!"

그는 부하들에게 마지막 명령을 내렸다. 그 말밖에는 더 할 말이 없었던 것이다.

병사들은 진흙탕 속에서 절망적으로 움직였다. 그들은 참호를 깊이 파고 그 위에 각종 무기를 올려놓고 기다렸다.

모두가 인간의 모습을 상실한 지 오래였다. 하나같이 피골이 상접해 있었고, 살아 있는 것 자체가 귀찮다는 듯 진흙 속에 아무렇게나 몸을 처박고 있었다.

 이런 싸움도 있을 수 있을까. 그는 진흙 속에 앉아 하늘을 올려다본다. 이런 경험은 처음이라고 생각한다.

 한 주일 내내 진흙탕 속에 앉아 있다 보니 미끈거리는 감촉이 오히려 친근하게 느껴진다. 그들은 진흙 속에 얼굴을 처박고 포성이 멈추기를 기다린다. 미군 전투기가 날아오면 다시 얼굴을 처박는다. 될수록 온몸을 깊이 쑤셔 박는다. 진흙처럼 보이게 하려는 것이다. 조종사는 잘도 속는다. 머리 위를 그냥 지나쳐 버린다.

 진흙 속에서 감자를 씹어먹는다. 진흙투성이지만 상관하지 않고 허겁지겁 먹는다. 그야말로 꿀맛이다.

 감자를 먹고 나자 더욱 심한 배고픔을 느낀다. 먹을 것이 없을까 하고 주위를 두리번거리지만 보이는 것은 뒤집혀진 진흙밭뿐이다.

 지휘관들은 모두 그의 눈치만 보고 있다. 후퇴하라는 명령만 내리기를 눈이 빠지게 기다리고 있는 것이다. 그러나 그는 그들의 이러한 말없는 기대를 묵살해 버린다. 그들을 거들떠보지도 않는다. 무엇을 믿고 그러는지 그는 진흙 속에 고집스럽게 버티고 앉아 있었다. 부하들이 보기에는 정말 거기에 앉아 죽을 모양이다.

 이것은 인내의 싸움이다. 누가 오래 버티느냐에 따라 승부가 결정된다. 그는 이렇게 생각하고 있다.

 진흙바닥이 꿈틀거리더니 병사 하나가 일어나 비틀비틀 걸어간다. 진흙을 머리끝에서 발끝까지 뒤집어쓰고 있어서 얼굴을 알아볼 수가 없다. 낄낄거리고 웃는다.

"엎드려 이 바보야!"

누가 소리친다. 그러나 그 병사는 계속 낄낄거리더니 덩실덩실 춤을 춘다. 미친 것 같다. 오랜 공포와 긴장을 견뎌내지 못하고 미쳐 버린 모양이다.

기관총 소리가 다르륵 하고 난다. 미군이 쏘아대는 것이다. 춤추던 병사의 몸은 벌집이 된다. 핏빛이 붉다. 유난히 선명해 보인다. 이윽고 진흙밭에 철썩하고 쓰러진다. 대치는 무표정하게 그것을 바라본다.

죽는 것이 오히려 정상적이라는 느낌이 든다. 살아 있는 것이 이상한 것이다. 전쟁터에서는 끊임없이 죽어야 하는 것이다. 군대의 행진은 죽음의 행진이나 다름없다. 승자나 패자나 모두 죽음을 동반하고 있기는 마찬가지다. 패자는 졌기 때문에 죽어야 하는 것이고, 승자는 무수한 희생이 있었기 때문에 개선할 수가 있는 것이다.

오, 죽음이여! 그대는 나의 가장 사랑하는 연인이 아닌가!

캐터필러 소리가 들려온다. 여기저기서 탱크가 굴러 오고 있다. 그는 기관총으로 맨 앞의 탱크를 겨눈다. 빨리 굴러 와라! 죽음의 선물을 주겠다. 호호호호…….

"사령부 지십니다……후퇴하라고 합니다!"

무전병이 대대장 한 명과 함께 참호 속으로 뛰어들었다.

"후퇴하라고 합니다!"

그는 무전병을 밀어 버렸다. 무전병은 무전기와 함께 진흙 속에 처박혔다. 무전기에서 사령관의 목소리가 모기 소리처럼 앵앵거리고 있다.

"후퇴는 없다! 현 위치를 사수해! 누가 뭐래도 안 돼!"

악마의 부르짖음 같다. 무전병과 대대장은 얼어붙은 채 그를 쳐다보기만 한다.

"직속상관은 나야! 모두 내 명령에 따라야 해! 빨리 가서 자리를 지켜!"

그들은 절망적인 표정으로 대치를 바라보았는데 그가 미쳤다고 생각하는 것 같았다.

"가지 않고 뭘 우물쭈물하는 거야?"

대치가 기관단총을 겨누자 그제야 그들은 혼비백산해서 기어가기 시작했다.

지축을 흔드는 굉음이 다시 한동안 계속되더니 마침내 탱크들이 속력을 내어 굴러 오기 시작했다. 공산군 탱크들도 가만 있지 않고 포를 쏘아 댔다.

그러나 대부분 파괴되어 몇 대밖에 남아 있지 않았기 때문에 위력이 있을 리 없었다.

진흙밭이 꿈틀거리더니 두더지들이 일어서기 시작했다. 대치는 그들이 돌격할 줄 알았다. 그러나 그게 아니었다. 탱크에 등을 돌리고 도망치는 게 아닌가.

"서라!"

눈이 뒤집힌 대치는 기관단총을 난사했다.

"정지하라!"

그러나 일단 일기 시작한 패주의 물결을 잡을 수는 없었다. 너나 할 것 없이 우하니 몰려가는 데는 속수무책이었다. 독전대도 제 기능을 상실하고 패주의 물결에 휩쓸리고 있었다.

대치가 질러대는 고함 소리 따위는 병사들의 귓가에도 들어가지 않는 모양이었다.

공산군은 완전히 전의를 상실하고 있었다. 그때까지 버텨오던 단말마의 발악이 일단 벽에 부딪쳐 꺾어지자 마치 둑이 터지듯 후퇴의 물결 속으로 걷잡을 수 없이 빠져들고 있었다.

반격에 들어선 미군은 기회를 놓치지 않고 공산군을 추격했다. 탱크병은 아예 뚜껑을 열어 젖히고 밖으로 상체를 드러낸 채 기관총을 쏘아 갈겼다. 두더지 같은 인간들은 비명도 지를 새 없이 무더기로 나뒹굴었다. 공중에서는 전투기들이 기총소사를 퍼붓고 있었다.

대치는 비로소 공포에 사로잡혔다. 싸우다 죽겠다던 그는 참호 밖으로 기어나와 정신없이 패주의 물결 속으로 뛰어들었다. 그의 부하들 중 상관인 그를 보호하려고 달려드는 놈은 하나도 없었다. 부관도 참모들도 모두가 제 살길을 찾아 필사적으로 도주하고 있었다.

그는 수십 번 넘어지고 뒹굴고 하면서 도망쳤다. 이젠 끝장이다 하고 생각했지만 도주의 발길을 돌릴 수는 없었다.

도주하는 자들의 마음은 다급한 만큼 모두가 잔인해지게 마련이다. 공산군이 통과하는 마을들은 불길에 휩싸였고, 길바닥에는 죄없는 양민들의 시체가 미처 피도 마르지 않은 채 참혹하게 사방에 널려 있었다. 목이 잘린 시체, 눈알이 없는 시체, 복부를 찔린 시체, 성기가 잘린 시체 등등 그 모습들도 각양각색이었다.

포로들도 물론 무자비한 방법으로 살해되고 있었다. 다급하게 패주하는 마당에 포로까지 데리고 갈 여유가 있을 리 없었다. 포로를 죽여서는 안 된다는 생각이 조금이라도 있었으면 그러지는 않았을 것이다. 그런 생각조차도 없었으니 포로를 그토록 참혹하게 죽일 수밖에 없었던 것이다.

후퇴는 전 전선에 걸쳐 거의 동시적으로 일어나고 있었다. 그렇다고 작전상의 질서 있는 후퇴도 아니었다. 공격에서 갑자기 후퇴로 바뀌었기 때문에 혼란은 이루 말할 수 없이 컸다. 혼란이 극에 달하니 명령도 통하지 않았고, 기강 같은 것은 더더구나 없었다.

대치는 참담했다. 참담한 패주의 길목에서 어떻게 사태를 수습해 보려고 기를 써 보았지만 소용없는 짓이었다. 이미 대세는 돌이킬 수 없게 악화되고 있었다. 정말 상상도 못한 일이었다. 그는 틀림없이 부산을 점령할 수 있을 거라고 믿고 있었기 때문에 더욱 참담한 기분이 들 수밖에 없었다. 패주하면서 그는 자꾸만 뒤돌아보고 뒤돌아보고 했다. 언제 다시 돌아오게 될지 알 수 없는 길이었기 때문이다.

대치 휘하의 11연대는 이미 붕괴되고 없었다. 다른 부대도 마찬가지였다. 재빨리 후퇴하여 부대를 재편성할 틈도 없었다.

장교고 병사고 할 것 없이 온통 뒤죽박죽이 되어 후퇴하고 있었다. 추격이 가열되고 있었기 때문에 무거운 중장비나 화기 같은 것들은 미처 가져가지 못하고 그대로 내버려졌다. 부상병들을 후송할 차량 같은 것들이 있을 리 없었다. 걸을 수 있는 자들은 맨 후미에 처져 아슬아슬하게 따라붙고 있었지만 걸을 수 없는 자들은 가차없이 버림받았다. 그들은 후퇴하는 전우들의 다리를 움켜잡으면서 함께 데려가 달라고 울부짖었지만 그들의 호소를 들어 주는 사람은 아무도 없었다. 그들은 원한에 사무친 눈으로 멀어져 가는 전우들의 모습을 바라보다가 다시 죽음의 공포에 사로잡히면서 흐느끼는 것이었다.

패주하는 군대처럼 비참해 보이는 것은 없다. 공산군은 비참하다 못해 참담해 보였다. 그리고 그들의 눈에는 광기와 살기가 서려 있었다. 공격할 때보다도 후퇴할 때 야만성이 더 드러난다고 하는데, 바로 그들이 그랬다. 그들이 휩쓸고 간 자리에는 언제나 파괴와 살육의 잔해가 생생히 남아 있었다. 겨우 목숨을 부지한 백성들은 너무 기막힌 나머지 감정이 얼어붙어 오히려 멍한 표정들이었다.

그런데 후퇴하는 것도 그리 쉽지는 않았다. 미군 전투기가 끊임없이 날아와 기총소사를 가했기 때문에 대낮에 무리지어 후퇴한다는 것은 거의 불가능했다. 그래서 대개가 야음을 이용해서 후퇴했고, 그러니 움직임이 더딜 수밖에 없었다. 전쟁 초기에 한국군이 소련제 탱크에 속수무책이었듯이 공산군은 미군 전투기의 공습에 낙엽처럼 날리고 있었다. 미군 전투기는 그들에게 있어서 공포의 대상이었다. 그들은 멀리서 비행기 소리만 들려와도 혼비백산해서 도망치느라고 정신이 없었다.

모두가 패주하고 있으면서도 누군가에게 그 책임을 지워야 했기 때문에 그 혼란 속에서도 책임을 물어 여기저기서 즉결 처형이 횡행하고 있었다.

대치도 지휘권을 포기하고 도주하기에 바쁜 소대장급 이상 장교들을 열 명이나 사살했다. 직접 자신의 손으로 사살했는데, 그때의 그는 이미 피에 취해 있어서 사람 하나 죽이는 것을 파리 새끼 하나 때려죽이는 것 정도로 쉽게 생각하고 있었다. 그러나 그렇다고 해서 패주의 물결이 막아지는 것도 아니었고 무너진 부대가 재건되는 것도 아니었다.

부하들이 볼 때 그는 단지 미쳐서 날뛰고 있는 한 마리의 야수에 불과했다.

패주 나흘째 되는 날 그는 휘하 병사들을 가까스로 긁어모아 인원 점검을 해 보았다. 그리고 연대 병력이라는 것이 겨우 3백 명 정도인 것을 알고는 한동안 어이가 없어 멍하니 서 있었다.

그나마 싸울 의지를 가지고 있는 자는 하나도 없었다. 하나같이 누더기 같은 차림에 지칠 대로 지쳐 바람만 불어도 금방 쓰러져 버릴 것 같은 그런 모습들이었다.

병력 겨우 3백으로 무엇을 한단 말인가. 아무리 자신을 가지려 해도 가질 수가 없다. 그는 절로 한숨이 나왔다. 무슨 말을 해도 마이동풍이었다. 그들이 바라는 것은 오직 먹을 것과 휴식이다. 그밖에는 누가 무슨 말을 해도 듣지 않았다. 모두가 무거운 침묵 속에 빠져 있었다. 그들 앞에서 대치는 무한한 침묵의 바다를 느낀다. 그것은 절망의 바다다. 희망의 빛이라고는 눈곱만큼도 없는 캄캄한 절망의 바다. 그 바다에서 그는 외치고 싶어한다. 그러나 입이 얼어붙어 아무 말도 할 수가 없다. 누구를 저주하고 증오할 것도 없다. 그들 스스로가 일으킨 전쟁이었으니까. 그들 스스로가 자청한 일이었으니까. 자신이 지휘관이라는 사실이 그는 거추장스럽게 느껴졌다. 지휘관이 아니라면 이들에 대해 책임질 필요가 없다. 전의를 완전히 상실한 이 패잔병들과 생사고락을 같이 해야 하다니 기막히고 한심한 일이다. 차라리 모두가 제각기 뿔뿔이 도망쳐 버렸으면 좋겠다고 생각한다.

그러나 이상한 놈들이다. 처음엔 뿔뿔이 흩어져서 달아나더니 사태가 악화될수록 흩어지려고 하지를 않고 더욱 굳게 뭉치고 있었다. 물론 다시 싸우려고 그러는 것이 아니다. 혼자서 패잔병이 되어 방황하느니 차라리 여럿이 뭉쳐서 도망치는 것이 서로 위로가 되고 났기 때문이다. 절망적인 기분을 함께 나누어 가진다는 것이야말로 더 없는 위로가 되리라.

항상 밑바닥에서 기어왔던 졸병들은 비로소 진실에 접근하고 있었다. 그것은 절망이라는 눈에 보이지 않는 감정이었다. 그것만이 그들을 기다리고 있는 진실이라는 것을 그들은 분명히 깨닫고 있었다. 졸병들은 패잔병이 되어서야 비로소 진실을 깨닫는 법이다. 대치 부하들 역시 마찬가지였다. 승리에 도취해 있을 때 그들은 그것만이 진실이라고 생각했었다. 그러나 패주의 길에 들어선 지금 그들은 그들의 생각이 잘못이었음을 절실히 깨닫고 있었다. 연대장이라는 자가 뭐라고 말할 때마다 그들은 일제히 입을 모아 소리친다. 이 애꾸놈아, 거짓말하지 마라. 우리는 다 알고 있다. 우리는 더 이상 속지 않는다. 우리는 아무도 믿지 않는다. 우리는 우리 자신만을 믿을 뿐이다. 물론 그들이 소리내어 말하는 것은 아니다. 그러나 대치는 그들의 눈에서 그들이 그렇게 소리치고 있음을 본다. 그는 마침내 입을 다물어 버린다. 이젠 더 이상 거짓말하고 싶지 않다고 생각한다. 무력감이 뼛속 깊이 스며든다. 허탈감에 몸을 가누기조차 싫어진다.

그는 한 주일 내내 밤낮으로 걸었다. 북쪽을 향해 정처 없이 걸었다. 강철같은 그의 의지와 육체도 이제는 지칠 대로 지쳐 한 걸음 옮길 때마다 비틀거리고 있었다. 먹을 것이 없으니 약탈은 당연한 것으로 이해되고 있었고, 그 역시 굶주린 배를 채우기 위해 닥치는 대로 민가를 털고 있었다. 그러나 민가에도 거의 먹을 것이 없었다. 조금 있는 곡식도 먼저 간 자들이 이미 약탈해 가 버렸기 때문에 남아 있을 리가 없었다. 곡식뿐만이 아니었다. 소도 돼지도 닭도 남아 있지 않았다. 곡식이 자라고 있는 밭이라는 밭은 모두 파헤쳐져 있었다. 마치 두더지가 그런 것처럼.

낮에는 공습을 피해 주로 산길로만 걸었다. 걷는다기보다 차라리 기어간다고 하는 편이 옳았다. 잠을 잘 수 있는 시간은 그때였다. 그렇다고 두 다리 쭉 뻗고 자는 사람은 아무도 없었다.

모두가 불안과 공포에 떨고 있었기 때문에 마음놓고 잠들 수가 없었던 것이다. 지친 다리를 잠시 쉬려고 하면 금방 잠이 쏟아져 내렸다.

그러나 깊이 잠들 수가 없다. 신경이 날카롭게 곤두서 있기 때문에 깊은 잠이 들 리가 없다. 모두가 반수면 상태 속에서 휴식을 취하고 움직인다.

대치라고 남들과 다를 리 없었다. 그 역시 거의 반수면 상태 속에서 걸어가고 있었다. 그런데도 그는 넘어지지 않고 잘도 걸어갔다.

무덥던 여름, 그 광란의 계절도 지나고 하늘은 완연한 가을빛이었다. 그 파아란 가을 하늘 속으로 미군 폭격기 편대가 끊임없이 날아가고 있었고, 폭격의 굉음이 지축을 뒤흔들며 들려오고 있었다.

미군 B29의 폭격은 가장 가공할 파괴력을 보여 주고 있었다. 그 파괴력은 너무도 엄청나서 대담한 최대치도 그 앞에서는 공포에 질려 부들부들 떨었다.

그가 B29의 융단폭격이라는 것을 경험한 것은 패주의 길에 들어선 지 열 이틀째 되는 날이었다. 한낮이었는데, 어림잡아 3천쯤 되는 병력이 나무도 별로 없는 벌거숭이산을 뒤덮고 있었다. 나무라고는 잔솔만이 듬성듬성 나 있을 뿐 그런 벌거숭이산에 왜 그런 많은 병력이 몰려들었는지 그는 아무래도 이해할 수가 없었다.

각 부대가 우연히 그렇게 몰려든 것에 불과했지만, 그는 어쩐지 불길한 예감이 들었다. 그 비참한 몰골들을 보자 절망적인 기분이 더욱 그를 견딜 수 없게 만들었다.
　산에 잔솔이라도 있는 것이 패잔병들을 그렇게 모여들게 했는지도 모른다. 아무튼 풀과 나뭇잎으로 위장한 수천의 병력이 일시에 산을 덮자 벌거숭이산은 갑자기 푸르러진 듯했다. 그들이 그대로 움직이지 않고 가만 있었다면 별일이 없었을 것이다. 그렇지 않고 개미떼처럼 행군을 계속했기 때문에 공중에서 볼 때 산의 표면이 움직이는 것처럼 보였던 것이다.
　먼저 정찰기 한 대가 산 위를 한 바퀴 돌아 사라지더니, 십 분도 못 되어 B29편대가 하늘을 덮으며 날아왔다. 비행 도중에 정찰기의 무전연락을 받고 방향을 바꾸어 날아온 것 같았다. 폭격기는 자그마치 스물 여덟 대나 되었다.
　대치는 멀거니 그것들을 바라보았다. 다른 병사들도 모두 마찬가지였다. 모두가 생각하기를 그대로 지나치려나 했다. 그러나 잘못된 생각이었다. 폭격기들은 한 줄로 나란히 서더니 그들의 머리 위로 폭탄을 투하하기 시작했다.
　무서운 굉음을 듣고 대치는 지금까지 경험한 기총소사 따위는 아무 것도 아니라는 생각이 들었다. 그것과는 비교도 안 되는 무시무시한 폭음이 귀청을 찢어발기면서 온몸을 산산조각내어 날려 버리는 것 같았다. 고함과 비명이 뒤엉키는 것 같더니 그것도 잠시였고 들리는 것이라고는 지축을 뒤흔드는 폭음뿐이었다.

그는 두 손으로 귀를 누르면서 납작 엎드렸다. 그러나 소용없었다. 스물 여덟 대의 폭격기가 나란히 비행하면서 깔아놓은 폭탄의 위력은 상상을 못할 정도로 무시무시해서 인간의 방어 능력을 아예 말살시켜 버렸다. 무섭다는 것은 그대로 그것을 느낄 수 있는 여유가 있을 때 가능한 것이다. 그 단계를 넘어서면 아예 아무 느낌도 없는 것이다.

대치는 땅을 후벼팠다. 그리고 머리를 처박고 땅속으로 기어들어가려고 몸부림쳤다. 머리를 들어 앞을 살핀다는 것은 생각할 수도 없는 일이었다.

스물 여덟 대의 폭격기는 왔다갔다 하면서 벌거숭이 산 위에다 폭탄을 착실히 깔았다. 산 위의 생물이라는 것들은 뿌연 흙먼지에 가려 아예 보이지도 않았다.

대치는 두더지처럼 자꾸만 파들어갔다. 본능적인 행동이었다. 모든 사람들이 다 두더지처럼 땅을 파고들었다.

대치는 사고 능력이 완전히 마비되어 있었다. 그리고 땅을 후벼파는 짓 이외에는 아무 것도 할 수가 없었다. 땅을 파야 한다는 생각 때문에 땅을 파는 것이 아니었다. 자기도 모르게 그런 행동을 하고 있었던 것이다.

흙더미가 날아와 그의 몸을 덮쳤다. 그는 숨이 막혀 머리를 흔들었다. 나무가 뿌리째 뽑혀 공중으로 치솟는 것이 힐끗 보였다. 입속에 흙이 가득 들어 있었다. 흙더미가 다시 물보라처럼 높이 일어서는 것을 보고 그는 납작 엎드렸다. 그리고 다시 흙속에 얼굴을 처박았다.

굉음은 땅의 저 깊은 바닥으로부터 올라오고 있는 것 같았다. 그래서 마치 지진이 난 것 같았다. 아무리 파들어가도 소용이 없었다. 지축이 흔들릴 때마다 그의 몸뚱이는 공처럼 튀어 엉뚱한 곳에 처박히곤 했다. 몸을 고정시키기 위해 나무둥치를 움켜잡았지만 나무마다 뿌리째 뽑히는 바람에 그것도 별효과가 없었다. 머리끝에서부터 발끝까지 전기에 감전이라도 된 듯 떨리고 있었다. 화약내음을 실은 열풍이 소용돌이치고 있었다. 정신없이 얻어맞고 있었지만 통증은 느껴지지 않았다. 마치 거친 파도를 타고 있는 기분이었다.

마침내 그는 높이 솟구쳤다. 흙더미와 함께 공중으로 날아올랐다. 불기둥이 바로 눈앞에 솟아오르고 있었다. 몹시 뜨거운 느낌이었다. 이윽고 그는 수미터 아래로 내동댕이쳐졌다. 동시에 의식을 잃어버렸다.

눈을 떴을 때 그는 스산한 바람과 주검 같은 적막을 느꼈다. 그리고 자신이 낯선 곳에 누워 있는 것을 알았다. 사실은 낯선 곳이 아니라 낯선 곳으로 변해 있었던 것이다.

잔솔이 듬성듬성 나 있던 산은 전혀 딴판으로 변해 있었다. 나무 하나, 풀 한 포기 보이지 않았고 온통 붉은 황토흙만 벌겋게 드러나 있었다. 깊은 구릉은 평평하게 변해 있었고 높은 봉우리는 온데간데 없었다. 마치 불도저로 한바탕 뒤엎어 놓은 것 같았다.

그는 눈을 비비고 다시 주위를 둘러보았다. 아무리 보아도 아까의 그 산이라고는 도무지 믿어지지가 않았다.

"이럴 수가……세상에 이럴 수가……"

흙투성이가 된 입속에서 중얼거림이 흘러나왔다. 흙을 뒤집어쓰고 있어서 표정은 나타나지 않았지만 외눈은 완전히 공포에 질린 빛이었다.

개미떼같이 움직이던 군인들도 보이지 않았다. 모두 몰살당한 것 같았다. 시체마저 보이지 않는 것이 모두가 아예 산산조각이 되어 멀리 날아가 버린 것 같았다. 이것이 바로 융단폭격의 현장인가 하고 생각하니 소름이 쭉 끼쳤다.

그는 일어서려다가 비로소 자신의 몸뚱이가 흙속에 깊이 묻혀 있는 것을 알았다. 흙은 가슴께까지 차 있었기 때문에 손발을 까딱할 수도 없었고 가슴을 짓누르는 압박감으로 숨쉬기가 어려울 지경이었다. 몸을 비틀고 흔들고 하여 겨우 팔을 빼낸 다음 흙을 걷어 내기 시작했다.

한참이나 걸려 간신히 몸을 빼내고 보니 신기하게도 다친 데 하나 없었다. 믿어지지가 않아 팔다리를 움직여 보았다. 움직이는 것이 정상적이었다. 그는 흔들거리며 일어났다. 여기저기서 아슬아슬하게 살아남은 자들이 비틀비틀 일어서고 있는 것이 보였다.

처음에는 땅거죽이 부푸는 것처럼 보였는데 조금 후에 보니 사람이었다. 살아남은 자들은 흙을 헤치며 기어나오고 있었는데 꼭 네 발 달린 짐승 같았다.

걸을 수 있는 자들만 꾸역꾸역 한곳으로 모여들기 시작했다. 하나같이 얼이 빠져 있었다. 목숨은 붙어 있었지만 부상으로 걸을 수 없는 자들은 그대로 흙속에 잠겨 있었다. 부상자들은 차마 눈뜨고 볼 수 없을 정도로 참혹한 상처를 입고 있었다. 팔다리가 없는 것은 보통이었다. 하체가 몽땅 날아가 버려 상체만 남아 있는 자들도 부지기수였는데 그래도 죽지 않고 멀거니 눈을 뜨고 있었다. 걸을 수 있는 자들은 모두 해서 2백 명 정도밖에 되지 않았다. 3천 병력 중 살아 움직일 수 있는 숫자가 겨우 2백이니 전멸 당한 셈이었다. 너무 기막힌 나머지 대치를 비롯한 생존자들은 분노도 비탄도 느끼지 못하는 듯했다.

"자, 출발"

대치는 기계적으로 명령했다. 그들 중 그래도 그의 계급이 제일 높았기 때문이다.

그들이 다시 움직이기 시작하자 그때까지 침묵을 지키고 있던 중상자들이 여기저기서 이상한 소리로 흐느껴 울기 시작했다. 그것을 들은 생존자들은 차마 발길을 떼어놓지 못한 채 머뭇거렸다.

"모두 사살해! 죽여 주는 게 차라리 행복할 거다!"

대치는 권총을 뽑아들고 아직 목숨이 붙어 있는 부상병들을 찾아다니며 차례차례 쏘아 죽였다.

그것을 보고 다른 자들도 죽여 주는 일에 참가했다. 작별의 인사 따위는 없었다. 살겠다고 바둥거리는 부상병들을 향해 생존자들은 피곤한 표정으로 방아쇠를 당기곤 했다.

산발적인 총소리가 한동안 메아리치더니 뚝 그치고 마지막으로 단발의 총성이 아스라이 들려왔다.

대치는 아무 생각 없이 기계적으로 발길을 옮겨 놓았다. 다른 사람들도 마찬가지였다. 그들은 생각하는 것 자체를 귀찮게 생각하고 있었다. 추격이 빨라지고 있었기 때문에 잠시도 주춤거릴 수가 없었다. 그 중에서도 낙오자가 생기곤 했지만 동정의 여지가 없이 버려지곤 했다.

산과 들을 수없이 타넘고 지나쳐 갔다. 패잔병 신세처럼 비참한 것이 없었다. 그러나 그런 것마저 느낄 여유가 없었다.

대치는 자신이 인간이라는 사실을 거부하고 철저히 짐승이 되려고 노력했다. 아니 그는 이미 짐승이나 다름없었다. 이제는 군인도 뭐도 아니었다.

북상의 길이 막힌 것은 얼마 후였다.

그날은 비가 오고 있었는데 그들은 남하하는 패잔병들과 부딪쳤다. 그들은 서로 이상하다는 듯이 바라보았다.

"어디 가는 거야?"

"그쪽은 어디 가는 거야?"

맨 앞선 자들이 서로 이야기를 주고 받았는데 이쪽의 이야기를 듣고 난 상대편 패잔병들은 손을 저으며 이구동성으로 외쳐댔다.

"길이 막혀 못 가! 인천이 뚫렸어! 아직까지 그것도 몰랐나?"

뒤에서 그 말을 들은 대치는 처음에는 자신이 잘못 들었겠거니 했다. 그러나 계속 지껄이는 말을 들어 보니 잘못 들은 게 아니었다.

"자세히 말해 봐. 무슨 말을 하는 거야?"

"네, 연합군이……"

먼저 말을 꺼냈던 자가 우물쭈물했다.

"연합군이 어쨌다는 거야?"

대치는 답답해서 소리를 꽥 질렀다.

"네, 연합군이 인천으로 상륙해서……이미 서울을 점령했습니다."

"그게 정말인가?"

"네, 정말입니다."

모두가 입을 모아 대답했다. 충격을 받은 대치는 한동안 멍하니 있다가

"그래서 후퇴하고 있나?"

하고 물었다.

"네, 지금 연합군이 밀고 내려오고 있습니다. 일부는 38선을 넘어 북쪽으로 가고 있답니다."

"소문만 듣고 후퇴하는 거 아닌가?"

"아닙니다. 직접 그놈들하고 부딪쳤습니다."

갈수록 절망적인 말만 늘어놓고 있었다.

"그놈들은 어느 정도였나?"

"말할 수 없을 정도로 화력이 강했습니다."

"그렇게 보급 상태가 좋은 군대는 처음입니다."

팔로군 출신으로 보이는 노병이 덧붙여 말했다.

하나같이 싸우려는 의지 같은 것은 눈곱만큼도 보이지 않았고, 절망과 불안과 공포가 엇갈리는 표정들만 짓고 있었다. 대치는 절로 한숨이 나왔다.

"아래서도 연합군이 올라오고 있어. 아래 위에서 죄어오고 있으니, 우리는 포위된 셈이야. 어떻게 하면 좋지? 올라갈 수도 없고 내려갈 수도 없으니……"

그 말에는 누구 하나 대답하는 사람이 없었다. 모두가 꿀 먹은 벙어리처럼 대치를 쳐다보기만 했다.

"어떻게 하면 좋겠나?"

그가 이렇게 타협적으로 물어 보기는 처음이었다. 언제나 모든 것을 일방적으로 결정하여 실행해 온 그로서는 큰 변화라고 할 수 있었다.

"이러다가는 모두 포로가 되거나 죽을 수밖에 없어. 어떻게 하는 게 좋을까?"

"……"

"말해 봐. 솔직히 우리에게는 지금 거의 희망이란 게 없다. 보급도 끊어지고 연락도 두절되어 군대로서의 기능을 발휘할 수가 없다. 우리는 우리 스스로 살길을 찾지 않으면 안 된다. 오직 여러분들이 가지고 있는 총 한 자루에 모든 것을 의지한 채 말이다. 어떻게 하면 살아날 수 있을까?"

"……"

"끝없이 도망만 다닐 셈인가?"

"……"

"도망다니는데도 한계가 있다는 걸 알아야 해. 도망자의 종말은 비참할 수밖에 없어. 우리가 살길은 북상하여 포위망을 뚫고 38선 이북으로 돌아가는 것밖에 없어. 그 길만이 마지막 남은 길이야."

"그건 어렵습니다."

노병이 부르튼 입으로 말했다. 그의 입술은 허옇게 말라붙어 있었고 눈은 잔뜩 충혈되어 있었다.

"우리도 길을 뚫어 보려고 했습니다. 허지만 도저히 불가능했습니다."

"어렵다는 건 나도 알아. 하지만 그 길밖에 남아 있지 않아. 남쪽으로는 더 이상 내려갈 수가 없어."

그것을 입증하기라도 하는 듯 남쪽으로부터 총소리가 들려오고 탱크와 군인들의 모습이 나타났다.

"적이다!"

누군가가 그렇게 소리쳤을 때는 이미 포탄이 그들이 서 있는 곳으로 떨어지고 있었고, 그들은 서로 앞다투어 도망치고 있었다. 대치도 싸울 엄두가 나지 않아 들고 뛰었다.

그런데 그들이 한 시간쯤 달렸을까. 이번에는 앞쪽으로부터 새로운 적들의 공격을 받았다. 별안간에 강력한 공격을 받았기 때문에 그들은 총 한번 쏠 틈도 없이 혼비백산해서 사방으로 흩어졌다.

대치는 누런 벼들이 물결치는 논으로 기어들었다. 거기서 2백 미터쯤 떨어져 있는 맞은편에 대밭이 하나 있었다. 거기까지만 가면 위기를 벗어날 수 있을 것 같았다. 짐승처럼 네 발로 정신없이 기어가는데, 앞서가는 자들이 픽픽 쓰러졌다. 숨이 턱에 차서 겨우 대밭에 이르러 뛰어드는 순간 불과 수미터 앞에서 낯선 군인들이 우뚝우뚝 일어서는 것이 보였다. 양옆에서도 총구가 자기를 겨누고 있는 것을 그는 느꼈다.

"움직이면 쏜다!"

날카로운 소리에 그는 온몸이 얼어붙어 버렸다. 밑으로 처져 있는 기관단총을 위로 끌어올려 방아쇠를 당기기에는 이미 너무 늦어 있었다.

"총을 버려……"

그는 시키는 대로 총을 떨어뜨렸다. 그리고 두 손을 천천히 머리 위로 올렸다. 그들은 조심스럽게 접근해 왔다. 다섯 개의 총검과 총구가 그를 겨누며 다가오고 있었다. 주위에서는 총소리가 콩볶듯 일고 있는데 그는 이상하게도 죽음 같은 정적을 느끼고 있었다. 이제 내가 죽을 모양이구나, 하고 그는 생각했다. 여기서 내가 죽다니, 너무 억울하지 않은가? 그럴 수는 없어……안 돼.

그는 정면의 군인을 바라보았다. 분대장으로 보이는 하사관이었는데, 철모 밑에서 두 눈이 유난히 반짝이고 있었다. 먼지를 허옇게 뒤집어쓰고 있어서 나이는 알아보기가 힘들었다.

그 대밭은 죽어 가고 있었다. 그래서 바람이 불 때마다 바짝 마른 이파리들이 우수수 날리곤 했다.

하사관이 맨 앞장에 서서 다가왔다. 그는 먼저 기관단총을 발로 차 버린 다음 총검을 대치의 가슴팍에 들이댔다. 사정없이 찌를 듯한 기세에 대치는 주춤하고 물러섰다. 그러자 뒤에서도 총검 끝이 등판을 건드렸다.

"움직이지 마……죽여 버릴 테다!"

그는 총검에 둘러싸인 채 경련했다.

"대좌 동무!"

하사관은 그렇게 부르면서 개머리판으로 그의 복부를 후려쳤다. 대치가 허리를 구부리자 다음에는 턱으로 개머리판이 날아들었다. 그는 턱이 으깨지는 것 같은 고통을 느끼면서 뒤로 나가떨어졌다. 벌렁 누워 있는 그를 향해 총검이 겨누어졌다. 금방이라도 날카로운 총검이 가슴팍을 찌를 것만 같아 그는 부르르 떨었다.

하사관의 눈에서 반짝거리던 빛이 사라지고 있었다. 그 대신 죽은 호수같이 검게 가라앉은 눈이 대치를 가만히 내려다보고 있었다. 검은 눈동자는 움직이지 않고 그의 가슴팍에 고정되어 있었다.

대치는 그런 눈동자가 품고 있는 뜻을 잘 알고 있었다. 그것은 확고한 살의였다. 이놈이 나를 죽이려고 하는구나. 총으로 쏴 죽이면 너무 간단하겠지. 총검으로 가슴을 깊이 찔러야 죽이는 맛이 나겠지.

그는 자기도 모르게 두 손을 쳐들어 총검을 막았다. 얼결에 그렇게 한 것이지만, 목숨을 구걸하고 있는 그의 모습은 실로 비참하기 짝이 없었다. 총검이 높이 올라가는 순간 그는 마침내 두 손을 비비면서 부르짖었다.

"사, 살려 주십시오!"

그러나 하사관의 깊게 가라앉은 눈에는 조금도 동요의 빛이 보이지 않았다. 대치의 외눈이 자지러질듯 크게 떠졌다. 그는 숨을 쉴 수가 없었다. 호흡이 정지 당한 채 그는 총검이 가슴에 들어와 박히는 순간을 기다렸다. 그때 몸 위로 대이파리들이 와르르 쏟아져 내렸다. 그것이 총검이 내리꽂히는 순간을 조금 지연시켰다. 대치는 대잎을 저벅저벅 밟고 오는 소리를 들었다. 이어서 저벅거리는 소리가 뚝 그치더니

"잠깐!"

하는 소리가 들려 왔다.

"죽이지 마!"

"죽여야 합니다! 살려 둘 필요가 없습니다!"

"죽이지 마! 그자는 대좌니까 귀중한 정보를 얻을 수 있을지도 모른다!"

"이런 놈은 당장 죽여야 합니다."

당장이라도 푹 찌를 듯 살기등등한 목소리에 그는 오금이 저려 왔다.

"죽이지 말라니까! 죽이는 건 아무 때라도 죽일 수 있지 않아?"

대치는 그 목소리의 주인공을 올려다보았다. 소위 계급장을 달고 있는 새파란 청년이었다. 소위는 살기어린 표정 대신 차갑게 빛나는 눈을 가지고 있었다. 권총으로 얼굴을 똑바로 겨누고

있었지만 방아쇠를 당길 것 같지는 않았다.
"일어나!"
대치는 명령대로 몸을 일으켰다.
"꿇어 앉아! 그리고 머리 위로 손을 얹어라!"
그는 무릎을 꿇었다. 그리고 머리 위로 손을 얹었다. 소위가 무전병에게 인민군 대좌를 생포했다고 본부로 보고하라고 지시했다. 무전병은 즉시 본부로 연락을 취했다.
대치는 목이 바짝바짝 타 들고 있었다.
"이놈을 묶어! 단단히 묶어!"
소위의 지시에 병사 하나가 대치의 손을 뒤로 꺾어 손목에다 새끼줄을 칭칭 감았다.

전투가 끝나고, 주위는 어느새 조용해져 있었다. 북상하는 연합군의 긴 행렬이 초저녁 어스름 속으로 아득히 사라지고 있었다.
대치는 다른 포로 수명과 함께 개울가에 쭈그리고 앉아 있었다. 다른 포로들은 결박당하고 있지 않았지만 그는 계급이 높은 만큼 손목이 묶여 있었고, 한 병사에 의해 철저히 감시당하고 있었다.
보아하니 한국군 소위는 척후 소대의 소대장인 듯했다. 그는 조금 떨어진 곳에서 인민군 대좌를 바라보면서 건빵을 먹고 있었다. 조금 후 소위가 다가왔다.
"먹을 텐가?"

건빵봉지를 눈앞에 들이민다. 대치는 머리를 저었다. 소위는 굳이 권하지 않았다.

"이름이 뭔가?"

"……"

"나이는……?"

"……"

"말하고 싶지 않나 보군."

대치는 어금니를 꽉 깨물었다. 한 순간 변해 버린 자신의 신세에 그는 기가 막혔다. 그로서는 그럴 만도 한 일이었다.

"당신은 공산주의 골수분자인가 보군. 그러니까 대좌 계급장을 달고 있겠지. 피로 물든 조국 강산을 보니까 기분이 어떤가?"

"……"

대치는 무릎이 저려 왔다. 담배도 피우고 싶고 물도 마시고 싶었다. 그러나 입을 열기가 싫어 그대로 있었다.

"밤이 되니까 그래도 어둠이 모든 걸 덮어 줘서 괜찮군. 만월이라 아름답기까지 하군. 달을 쳐다보고 있으면 인간처럼 어리석은 것이 없다는 생각이 들어. 도대체 왜 싸우는 걸까? 당신이 가슴속에 품고 있는 그 이데올로기란 것이 이렇게 세상을 파괴하고 사람을 대량 살상해도 좋을 만큼 그렇게 가치 있는 것일까? 인간은 왜 인간이기를 거부하는 것일까?"

소위는 돌 위에 걸터앉아 담담한 어조로 말하고 있었다. 상대가 듣거나 말거나 나직한 목소리로 조용조용히 이야기하고 있었다. 애송이 같은 자식, 네깐 놈이 뭘 안다고 지껄이는 거냐. 대치는 힐끗 달을 쳐다보았다.

"나는 국민학교 교사였어. 지금 내 나이 스물 다섯인데…… 교직을 천직으로 알고 내 인생을 송두리째 던지려고 했었지. 그러니 나 같은 사람은 평화주의자인 이상 전쟁에 반대하는 건 당연하지. 나는 내 자신이 반전주의자라고 자부할 수 있어. 그런데 당신들이 전쟁을 일으킨 거야. 반전주의자라고 해서 당신들이 죽이려고 드는데 가만있을 수야 없지. 결국 반전주의자는 반전을 위해서 전쟁에 참가하였다 — 이런 논리가 성립될 수 있겠지. 나는 호전주의자들을 제일 증오해. 당신 같은 부류를 보면 찢어 죽이고 싶도록 밉지. 그래도 맹목적인 호전주의자들은 덜 미워. 당신처럼 이데올로기로 무장하고 그것을 위해 싸우는 호전주의자들은 정말로 증오하고 저주해. 당신 같은 인간이야말로 본질적으로 평화를 파괴하는 자이기 때문이야."

소위는 담배를 피우기 위해 불을 당겼다. 불빛에 그의 얼굴이 환히 드러났다. 남자치고는 아름다운 얼굴이었다. 눈빛이 유난히 투명한 느낌을 주고 있었다. 불이 꺼지자 그의 얼굴은 사라지고 빨간 불꽃만 남았다.

"다리가 아프면 편히 앉아도 좋아. 그리고 나한테 무슨 말을 해도 좋아. 그것 때문에 당신한테 해를 입히지는 않을 테니까. 전장에서 이렇게 우리가 툭 터놓고 이야기해 보는 것도 전혀 무의미한 일은 아닐 거야. 건빵 먹고 싶으면 먹고 담배 피우고 싶으면 피워."

"손목이 묶인 상태에서 어떻게 하란 말이오? 왜 나만 이렇게 묶어 두는 거요?"

대치는 처음으로 교활하게 말했다. 그가 틈을 노리고 있는 것도 모르고 소위는 말려들고 있었다.

"드디어 입을 여는군. 당신을 믿지는 않아. 그렇지만 풀어 주겠어. 당신 따위한테 지고 싶지 않기 때문이야. 도망치고 싶으면 얼마든지 도망쳐. 난 당신을 충분히 사살할 수가 있어."

손목에서 새끼줄이 풀리는 동안 대치는 음산하게 웃었다. 그는 소위가 주는 대로 건빵을 받아먹고 담배까지 피웠다. 소위가 안심하도록 다소곳한 태도로 말이다. 소위는 그것을 아는지 모르는지 자기 할 말만 계속했다.

"당신은 아까 두 손을 비비며 살려 달라고 애걸했었지. 그것도 신념에서 나온 행동인가?"

"……"

대치는 아무 말도 못한 채 소위의 시선을 피했다. 그야말로 모욕적인 말이었다. 그렇게 모욕적인 말을 들어 보기는 처음이다. 그는 얼굴이 화끈거려 견딜 수가 없었다. 그런데도 소위는 계속 그에게 모욕을 주고 있었다.

"그렇다면 당신의 그 알량한 이데올로기적 신념이란 것도 별것 아니군. 오히려 그런 신념도 가지고 있지 않은 졸병이 죽음을 더 당당히 받아들이더군. 당신 같은 인간을 보고 비겁하기 짝이 없는 위선자라고 하는 거야. 당신은 부하들을 사지로 몰아넣어 무수히 죽게 만들었겠지. 그래 놓고 막상 자신이 죽게 되니까 살려 달라고 애걸하고."

　다른 포로들은 숨을 죽인 채 소위의 말에 귀를 기울이고 있었다. 대치는 혼자서 받는 거라면 어떠한 수모도 받을 각오가 되어 있었다. 살기 위해서는 얼마든지 교활해지고 비겁해질 수밖에 없다는 것이 그의 생각이었다. 그만큼 그는 수단방법을 가리지 않는 인간으로 변해 있었다. 그런데 아무리 포로라고 하지만 지금은 혼자가 아닌 부하들의 보는 눈이 있었다. 그대로 모욕을 감수할 게 아니라 뭐라고 반박을 해야만 부하들 앞에서 체통을 세울 수 있을 것 같았다. 마침내 그는 소위를 향해 그럴듯하게 대들었다.

"아무리 포로라고 하지만 말을 삼가하시오!"
"말을 삼가하라고? 내가 거짓말을 했나?"
"적군 포로라 해도 지휘관한테는 예의를 지키시오!"
"예의를 지키라고? 재미있는 말을 하시는군."

　소위가 갑자기 큰 소리로 웃기 시작했다.

"하하하하……우스워 죽겠네. 당신이 정말 대접을 받을 만한 적군 지휘관이라면 깍듯이 예의를 차리지. 그렇지만 비겁하고 위선적인 인간 따위한테 도대체 무슨 예의를 차리라는 거야? 살려 달라고 애걸하는 겁쟁이한테 말이야. 당신 같은 인간은 쓰레기야. 쓰레기 같은 인간은 쓰레기 대접을 받게 마련이지. 안 그런가? 다른 사람들은 어떻게 생각해?"

　소위는 다른 포로들을 바라보았다. 그들은 대치와 소위를 번갈아 보면서 침묵으로 일관했다.

"내가 왜 당신을 살려준 줄 아나? 정보를 알아내려고 그런 게 아니야. 물론 그런 목적도 있지만……그보다는 당신의 비굴한 모습을 구경하고 싶었기 때문이야. 당신은 정말 원숭이 새끼 이상이야."

"뭐라구?"

대치가 일어서려는 것을 국군 병사가 옆에서 제지시켰다. 소위는 부하를 물리쳤다.

"가만 둬. 얼마나 용기있는 지휘관인가 한번 봐야겠어. 당신이 진정코 용기가 있다면 포로가 되어 구더기같이 목숨을 부지할게 아니라 지금 당장 자결하라구. 그러면 당신은 대접을 받을 수 있을 거야."

이내 대치 앞으로 대검이 던져졌다. 그것으로 자결하라는 것이었다.

"자, 좋은 기회니까 기회를 놓치지 마. 기회는 한번 뿐이야. 당신이 위신을 세울 수 있는 기회야. 자결할 수 있는 기회를 준다는 것이야말로 좋은 일이야. 나는 당신의 용기가 보고 싶어. 당신은 틀림없이 용기 있는 사람일 거야."

소위는 웃으면서 그를 바라보았다. 대치는 식은땀을 비오듯이 흘렸다. 그는 앞에 떨어져 있는 대검을 바라보았다. 그것을 차마 집어들지 못하고 머뭇거리고 있는데 소위의 말소리가 다시 들려왔다.

"뭘 그렇게 꾸물거리는 거지? 눈을 딱 감고 가슴을 콱 찌르라구! 콱 찔러! 심장을 깊이 찌르면 별로 아프지 않을 거야."

대치는 소위를 노려보다가 다시 대검을 내려다보았다.

"구더기처럼 구질구질하게 살 필요가 없지 않아?"

마치 뒤통수를 후려치는 것 같은 말소리였다. 대치는 호흡이 가빠지면서 부들부들 떨었다. 자신이 여러 사람들 앞에서 벌거벗겨지는 순간이었다. 그는 떨리는 손을 앞으로 뻗어 대검을 조심스럽게 집어들었다. 숨을 몰아쉬면서 그것을 가슴으로 가져갔다.

"옳지! 찌르라고……힘껏 찔러……"

대치는 소위를 노려보다가 눈을 감아 버렸다. 대검을 움켜쥔 손에 힘을 가했다. 칼끝이 가슴팍에서 마구 떨고 있었다. 마른 침을 자꾸만 삼켰다. 이대로 죽어야 하다니, 억울하다는 생각이 들었다. 대검을 집어든 것을 후회했다. 그것을 집어들지 말아야 했었다. 그것을 도로 내려놓는다는 것이 얼마나 힘든 일인가를 깨달았을 때는 너무 늦어 있었다. 소위는 자꾸만 재촉하고 있었다.

다른 사람들은 침묵으로 그의 자결을 기다리고 있었다. 그들의 침묵이 그를 더욱 못 견디게 만들어 주고 있었다. 그는 미칠 것 같았다. 비참하게 일그러진 얼굴로 허덕거리다가 그는 마침내 대검을 내팽개쳤다.

"그러면 그렇지."

소위가 기다렸다는 듯이 그를 비웃었다. 대치는 아무 말도 할 수가 없었다.

"퉤! 더러워!"

같은 포로 하나가 침을 뱉었다. 그렇게 노골적인 멸시와 모욕을 받으면서도 대치는 그대로 가만히 있었다. 그전 같았으면 불같이 노해 무슨 일이라도 저질렀을 것이다. 그러나 지금은 비굴할대로 비굴해져서 고개를 떨어뜨린 채 죽은 듯이 앉아 있었다. 그 패기만만하던 모습은 찾아볼 수 없고, 오로지 죽을까 봐 벌벌떠는 한 마리의 애처로운 벌레에 불과했다.

"정말 보기보다는 형편없이 겁이 많고 비굴한 놈이구나. 앞으로 살아서 무얼 하려고 그러지?"

"……"

"당신은 죽을 용기도 없어. 아무나 죽을 수 있는 게 아니야."

소위는 더 상대할 필요도 없다는 듯이 등을 돌렸다.

얼마 후에 트럭이 왔다. 대치는 다른 포로들과 함께 트럭 위로 기어올라갔다. 소위도 척후병들과 함께 트럭에 탔다. 포로들은 바닥에 앉아서 머리에 손을 얹고 있었고, 척후 소대원들은 빙 둘러서서 포로들을 감시하고 있었다. 밤길인데다 길이 몹시 나빴기 때문에 트럭은 심하게 흔들렸고, 그때마다 포로들은 짐짝처럼 이리 뒹굴 저리 뒹굴 했다.

반 시간쯤 달렸을까. 트럭이 갑자기 서는 바람에 대치는 숙이고 있던 고개를 슬그머니 쳐들고 주위를 둘러보았다.

트럭이 난간도 없는 조그만 다리 앞에 정거해 있었다. 다리 위에는 짐을 잔뜩 실은 소달구지 한 대가 서 있었다. 짐 위에는 또 아이들과 노인들이 타고 있었다. 아마도 피난길을 떠나는 일가인 듯 싶었다. 달구지를 몰고 있는 젊은 사내는 악을 고래고래 쓰면서 몽둥이로 소를 후려갈기고 있었다.

"이랴! 이랴! 이랴! 이놈의 소가 이것이 돼질라고 환장했나? 아, 이랴! 이랴!"

아무리 몽둥이로 후려갈기고 고삐를 잡아당기고 소리를 질러대도 소는 네 발로 버티고 선 채 끄덕도 하지 않는다. 어마어마하게 큰 황소로 몸집만큼 고집이 센 것 같았다.

"이것 봐요. 도대체 어딜 가는 거요?"

기다리다 못한 운전병이 차에서 뛰어내리면서 큰 소리로 물었다.

"피난가는 길이구먼요."

농부는 무슨 큰 죄나 지은 듯이 허리를 굽히며 말했다.

"피난간다구요? 이젠 피난가지 않아도 됩니다. 우린 국군이오. 공산군은 모두 도망갔어요."

농부는 아무래도 믿기지 않는지 머무적거리며 서 있다가

"그게 정말인가유?"

하고 물었다.

"내가 왜 거짓말을 하겠습니까. 우리는 국군이란 말입니다."

그러자 그때까지 달구지 위에 잠자코 앉아 있던 노인이 밑으로 내려와 운전병을 붙잡고 울기 시작했다. 노인은 왜 이제 오느냐고 하면서 한참 동안 아주 서럽게 울었다.

젊은 농부는 뒤쪽으로 달구지를 몰았다. 그래도 황소란 놈은 꿈쩍도 하지 않았다. 운전병이 트럭을 바싹 들이대고 헤드라이트를 껐다 켰다 하면서 경적을 울려 대자 그제야 황소는 뒷걸음

질치기 시작했다. 트럭은 달구지를 밀어내면서 천천히 앞으로 굴러갔다.

대치는 바닥에 붙이고 있던 엉덩이를 엉거주춤 들어올렸다. 그리고 소위를 노려보았다. 그때 소위는 고개를 잠깐 돌려 다리 밑을 내려다보고 있었다. 냇물 위에 부서지는 달빛이 너무 아름다웠기 때문일까.

마침내 트럭이 다리 중간에 이르는 순간 대치는 맹렬한 기세로 소위에게 돌진했다. 비호처럼 날쌘 동작이었기 때문에 미처 아무도 손을 쓸 여유가 없었다. 소위도 얼결에 당한 일이라 대치를 끌어안기만 했다.

대치는 소위의 목을 휘어감고 트럭 아래로 뛰어내렸다. 트럭은 급히 정거했고 두 사람은 다리 위에서 뒹굴다가 밑으로 굴러 떨어졌다.

냇물은 허리 깊이였다. 두 사람이 물 속에서 엎치락뒤치락 하는 동안 군인들이 차에서 뛰어내려 대치를 쏘려고 했지만 워낙 두 사람이 뒤엉켜 돌아가는 바람에 소대장이 맞을까 봐 차마 총을 쏘지 못하고 있었다. 그 소동 속에 다른 포로들까지 덩달아 도망치기 시작했다.

소위는 젊기는 하지만 대치의 상대가 될 수는 없었다. 전선에 나오기 전에 그는 한낱 국민학교 교사에 불과했었다. 그에 비해 대치는 삶과 죽음의 갈림길만을 치열하게 달려온 역전의 전사라고 할 수 있었다.

전장에서 단련될 대로 단련된 그의 육체는 그야말로 강철같이 다져져 있었다. 그러니 소위 같은 젊은 청년 하나를 다루는 것쯤이야 어린애 다루듯 간단할 수밖에 없었다.

그는 소위의 목을 끌어안고 물을 헤쳐 나갔다. 무쇠 같은 팔로 목을 힘껏 죄었기 때문에 소위는 숨이 막혀 발버둥치고 있었다. 그러나 목을 빼내지는 못하고 있었다. 대치가 소위를 끌어안고 뛰는 것은 그를 방패막이로 이용하기 위해서였다. 그의 그러한 생각은 제대로 맞아 떨어져 소위의 부하들은 소대장이 죽을까 봐 차마 그들 쪽으로 총을 쏘지 못하고 위협사격만 가하고 있었다. 아군에게는 불행한 일이었다.

더구나 그때까지 환하게 비치던 달이 갑자기 구름 속으로 들어가는 바람에 사태는 더욱 절망적으로 되어 갔다.

냇가를 벗어난 대치는 질질 끌려오는 소위를 내팽개쳤다. 소위는 이미 숨이 끊어져 있었다. 짙은 어둠 속 들판으로 대치는 숨이 턱에 차서 달려갔다. 뒤쫓는 총소리가 한동안 가깝게 들려오고 있었다. 그러나 얼마쯤 지나자 그것도 차츰 멀어지더니 이윽고 더 이상 들려오지 않았다. 그래도 그는 쉬지 않고 계속 열심히 달려갔다. 이만하면 안심이다 싶을 때까지 허덕거리며 뛰어갔다.

구름이 걷히면서 다시 둥근 달이 나타났다. 나뭇가지 사이로 흘러드는 달빛을 받으면서 그는 산 속으로 들어갔다. 깊이 들어갈수록 싸늘한 산 기운이 가슴 깊이 젖어 들어오고 있었다. 산새가 인기척에 놀라 푸드득 날아가는 소리가 들려왔다. 풀벌레 소리가 뚝 그치면서 사위가 갑자기 조용해졌다.

그는 걸음을 멈추고 두려운 눈빛으로 주위를 둘러본다. 비로소 자신이 혼자라는 사실이 무거운 중압감이 되어 덮쳐 온다. 동시에 그는 자신이 많이 나약해졌음을 깨닫는다. 그전에는 아무리 혼자 고립되었다 해도 중압감을 느낄 정도는 아니었다. 두려움 같은 것은 손톱만큼도 느끼지 않았었다.

그런데 지금은 그렇지가 않았다. 혼자 고립된데서 오는 감당할 수 없는 두려움이 파도처럼 덮쳐 오고 있었다.

그는 구겨지듯 몸뚱이를 내던졌다. 벌렁 드러누워 하늘을 쳐다본다. 둥근 달이 바로 머리 위에 떠 있다. 이제부터 나는 어떻게 될까. 전쟁이 일어났을 때의 그 기세당당하던 모습과 지금의 초라한 벌레 같은 모습과는 너무나 차이가 있다.

이렇게 되리라고는 정말 상상도 못했었다. 계획대로였다면 지금쯤 부산에서 두 다리 쭉 뻗고 앉아 축배의 잔을 들고 있을 것이다. 왜 이렇게 됐을까. 어쩌다가 이렇게 됐을까. 누구의 잘못일까. 이 전쟁은 정말 옳은 것일까. 그는 처음으로 의문에 잠겨 본다.

그것은 이어서 자신의 신념에 대한 의혹으로까지 번진다. 소위의 말대로 나는 정말 나의 신념을 위해 목숨을 바칠 용기도 없는 게 아닐까. 그것은 정말이다. 그가 자결하라고 했을 때 나는 얼마나 죽기 싫어 전전긍긍했던가. 죽음 앞에서 내 자신이 그렇게 비굴해질 수 있었다니 정말 놀라운 일이다. 인간이 아무리 비굴해진다 해도 아마 그 이하로 더 비굴해질 수는 없을 것이다. 그같은 모욕에 견뎌 낼 수 있다는 것은 인내심이 있고 없고 하는 것과는 관계가 없는 것이다. 그만큼 비굴해질 수 있기 때문에 모욕을 견뎌 낼 수가 있는 것이다.

나의 지금까지의 용기란 것도 따지고 보면 모두 가짜가 아니었을까. 나는 정말 공산주의 신봉자일까. 나는 정말 공산주의 골수분자라고 할 수 있을까. 그것을 위해 목숨을 바칠 수 있을까. 아니다. 어림없는 일이다. 목숨을 바치다니, 도저히 그럴 수는 없다. 그렇다면 나는 사이비 공산주의자일 수밖에 없지 않은가.

나는 가짜인 것이다. 가짜가 진짜처럼 행세해 온 것이다. 결국 이것도 저것도 아니라면 나는 기회주의자일 뿐이다. 모든 것은 끝났다. 이제 내가 진정코 바라는 것은 무엇일까. 물어 보나마나 내 목숨을 지키는 일이겠지. 그것만이 나에게 남은 유일한 일이다.

살고 싶다. 정말 오래 살고 싶다.

추웠다. 그는 새우처럼 몸을 웅크리고 눈을 감았다. 옷은 해질대로 해져 누더기처럼 되어 있었고 덮을 것이라고는 하나도 없었다. 한숨을 내쉬면서 더욱 몸을 웅크렸다. 손을 뻗어 나무를 쓰다듬었다. 모든 욕망이 한꺼번에 밀려들었다. 그런 모든 것들을 잊고 정말 잠들고 싶었다.

그러나 몸은 풀처럼 늘어졌건만 도무지 잠이 오지 않는다. 오랜만에 가정에 안주하여 푹 쉬고 싶다고 생각한다. 너무 지친 것이다. 지칠 대로 지쳐 꼼짝도 하기 싫다. 투지 같은 것은 찾아볼래야 찾아볼 수도 없다. 혁명 따위는 생각하기조차 싫다. 혁명이라니 무슨 말라빠진 개뼈다귀인가. 자신의 변화에 그는 다시 놀란다.

가족들이 보고 싶다. 여옥과 아이들은 어떻게 되었을까. 모두 무사할까. 여옥은 내 부관을 통해 나한테 결별을 선언했다. 그 뒤에 알아본 바로는 어디론가 떠났다고 했다. 어디로 갔을까. 장하림은 죽었다고 했으니 그놈하고 줄행랑쳤을 리는 만무하고, 그렇다면 도대체 어디로 갔을까. 생전에 나는 가족들을 만나 볼 수 있을까. 어쩌면 영영 못 만날지도 모른다. 그렇게 생각하자 가족에 대한 그리움이 뼛속까지 사무친다. 처자식이 그렇게 그리워 보기는 처음이었다.

전에는 혁명이라는 이름 아래 가족이나 가정 같은 것을 그다지 대수롭게 생각하지 않았었다. 그러나 지금은 그렇지가 않았다. 대수롭지 않게 생각되던 그것들이 사무치게 그리운 것이다. 자기가 돌아가야 할 마지막 장소가 가정임을 그는 이제야 비로소 깨달은 것이다.

그 동안 아내와 자식들은 내가 돌아와 주기를 얼마나 기다렸던가. 아내의 기다림은 눈물겨운 것이었다. 이제야 그것을 깨닫다니, 나는 얼마나 바보였던가. 그런 아내를 나는 혁명이라는 이름 아래 이용했고 자칫 그녀를 죽음으로 몰아넣을 뻔하지 않았던가.

아니, 그녀는 이미 죽었던 몸이다. 그것도 두 번씩이나. 첫번째는 일제하에서 두번째는 해방된 조국의 품안에서. 두번째의 죽음은 내가 준 것이다. 나는 아내에게 두 아들을 낳게 했고, 그리고 죽음을 선물한 것이다. 그런 모순이 어디 있는가!

아내는 소생하여 나한테 결별을 선언하고 멀리 떠나갔다. 그녀가 멀리 간들 이 좁은 바닥에서 어디에 갔겠는가마는 아무튼 그녀는 멀리 떠나야 한다는 각오로 떠나갔으리라. 그리고 거기에는 나에 대한 영원한 결별의 의지와 새로운 출발의 의미가 담겨 있었으리라.

그렇지만 나는 아내와 자식들을 찾아야 한다. 막상 부딪치면 아내는 나를 뿌리치지 못할 것이다. 나는 누구보다도 아내를 잘 알고 있다. 아내는 내 앞에서는 언제나 약하기 마련이다. 그녀는 내가 죽으라면 죽는 시늉까지 하는 여자가 아닌가. 그리고 두 아들은 내 자식들이다. 애비가 자식을 찾는 것은 당연한 일이 아닌가.

저벅거리는 소리에 그는 상체를 일으키면서 촉각을 곤두세웠다. 누굴까. 그는 무기 하나 없는 맨손이었다. 그래서 더욱 공포에 휩싸였다. 적일까. 저벅저벅, 발소리는 점점 가까이 다가오고 있었다. 발소리로 보아 혼자인 것 같았다.

그는 손을 뻗어 큼직한 돌멩이를 집어들었다. 잔솔 뒤에 몸을 가리고 있자 검은 그림자 하나가 숨을 헐떡거리며 올라오고 있는 것이 보였다. 같은 패잔병으로 겨우 목숨만을 건져 도망쳐오고 있는 것 같았다.

그래도 미덥지가 않아 그는 상대가 지나치기를 기다렸다가 뒤에서 기습했다. 목을 휘어 감고 뾰족한 돌 끝으로 옆구리를 쿡 찔렀다.

"꼼짝 마! 움직이면 쏜다! 총을 던지고 두 손을 들어!"

패잔병은 부르르 떨면서 그가 시키는 대로 총을 던진 다음 두 손을 번쩍 쳐들었다.

"앞으로 걸어가!"

패잔병이 앞으로 걸어가는 사이에 그는 재빨리 총을 집어들었다. 길다란 구구식 장총이었다.

"돌아서!"

상대는 몸집이 자그마했다. 달빛에 비친 얼굴은 일그러진 중년의 얼굴이었다. 두 눈이 쥐새끼처럼 빛나고 있었다. 어깨 위에는 하사관 견장이 붙어 있었다. 그는 걷잡을 수 없이 떨고 있다가 상대편이 같은 인민군 패잔병임을 알고는 조금 안심하는 눈치였다.

"어느 쪽 군인가?"

대치는 확인이 끝날 때까지 경계를 늦추지 않고 물었다.

"이, 인민군입니다!"

"소속과 이름을 말해 봐!"

"6사단 11연대 3중대 2소대⋯⋯"

"내가 누구인 줄 알겠나?"

"네, 연대장 동무이십니다!"

"어떻게 나를 그렇게 쉽게 알아보지?"

"아까 함께 포로였지 않았습니까!"

"아, 그랬던가? 난 전혀 몰랐지."

그러고 보니 본 적이 있는 얼굴이었다. 그렇다면 나의 그 비굴하던 모습을 모두 구경했을 거 아닌가. 이놈은 지금 나를 비웃고 있을지도 모른다. 어떻게 할까. 나중에 소문을 퍼뜨리면 곤란하니까 지금 아예 죽여 버릴까. 아니면 이용가치가 있을 테니까 당분간 살려 둘까. 그는 망설이다가 살려 두는 방향으로 마음을 정했다.

"손을 내려라."

그는 엄한 목소리로 말했다. 상관으로서의 체통을 어떻게든 지켜보려는 안간힘이었다. 노병은 두 손을 떨어뜨리면서 후유 하고 한숨을 길게 내쉬었다. 맥빠진 그 모습에는 사람을 공연히 놀라게 한데 대한 원망스러움이 노골적으로 드러나 있었다. 대치는 부하의 그러한 태도에 민감한 반응을 보였다.

"내가 쉬라고 했나? 차렷자세를 취해 봐!"

뚱딴지 같은 소리에 노병은 어리둥절해 하면서 머뭇거렸다. 대치는 더욱 목청을 가다듬어 엄숙하게 말했다.

"내 말 들리지 않나? 차렷하란 말이야!"

노병은 어이없어 하면서 천천히 차렷자세를 취했다. 그렇게 원한다면 들어주겠다는 듯이. 그것이 대치의 비위를 더욱 거슬리게 했다.

"군인은 죽을 때까지 군인이다! 부대가 없어지고 단둘이 남았다고 해서 군인으로서의 임무가 끝난 게 아니다. 단 혼자 남았어도 군인은 군인이고, 지켜야 할 것은 지켜야 한다. 나는 너 하나를 연대병력으로 보고 지금부터 지휘관으로서의 권한을 행사할 생각이니 그리 알고 너는 규율을 준수하고 임무를 충실히 수행해 주기 바란다. 만일 명령을 거역하거나 임무수행에 태만할 경우에는 가차없이 즉결처형할 것이니 그리 알고 잘 알아서 하기 바란다. 알아들었나?"

"네, 알았습니다."

마지못해 그렇게 대답은 했지만 노병은 여전히 어리둥절한 기색이었다. 그럴 만도 한 일이었다. 패잔병으로 단둘이 만난 마당에 명령에 복종해야 한다느니, 규율을 지켜야 한다느니 하고 뚱딴지 같은 말만 하니 기막힌 노릇이 아닐 수 없었다. 기막힌 나머지 벌어진 입을 다물지 못하면서 그는 혹시 상대가 머리라 돈 게 아닐까 하고 생각하면서 대치를 의심스러운 듯 쳐다보았다.

노병이 잘못 걸려든 모양이라고 생각하고 있을 때 대치는 너 이놈 잘 걸렸다 라고 생각하고 있었다. 노병은 참다못해 이렇게 말했다.

"이렇게 된 마당에 꼭 그래야 할 필요가 뭐 있습니까?"

그 말이 떨어지기가 무섭게 노병의 복부로 개머리판이 날아들었다.

"뭣이 어째?"

노병은 복부를 움켜쥐고 증오에 찬 눈으로 대치를 노려보았다. 그러나 그뿐 달려들지는 않았다. 반면 대치는 잡아먹을 듯이 으르렁거리고 있었다.

"그따위 소리 두 번만 하면 모가지를 비틀어 버릴 테다!"

노병은 그렇게 겁많은 사람이 아니었다. 전장에서 잔뼈가 굵은 사람인 만큼 생사의 고비를 넘긴 터였고, 그래서 두둑한 배짱과 여우같은 교활함을 동시에 지니고 있었다.

"그 총은 제것입니다. 돌려주십시오."

노병은 상대방의 반응을 살피며 한마디 더했다. 무기가 없는 대치가 그것을 들어줄 리 만무했다.

"이 총은 내가 보관하고 있겠다."

그는 노병이 휴대하고 있는 탄창까지 압수했다. 노병은 못 이기는 체하며 모두 내 주었지만 속마음은 어디 두고보자고 벼르고 있었다.

그들은 서로를 경계하고 혐오하면서도 필요에 의해서 상대방의 존재를 인정하고 있었다. 그것은 생존을 위해서는 혼자보다는 두 사람이 낫다는 그런 논리에 의해서 지켜지는 일종의 묵계 같은 것이라고 할 수 있었다.

그들은 산 속으로 더 깊이 들어갔다.

대치는 혼자 있을 때보다 많이 위안이 되었다. 알고 보니 노병 역시 팔로군 출신으로 산전수전 다 겪은 사나이였다. 나이는 마흔 넷이나 되었고 처자식이 있는 몸이었다.

"처자식 만나 본 지도 1년이 넘었수다. 미쳐서 돌아가다 보니까 처자식까지 잊어 먹고 세월가는 줄 몰랐지요."

대치가 마음대로 지껄이게 내버려 두었을 때 노병이 한 말이었다.

그들은 큰 바위 밑에 적당히 간격을 유지한 채 비스듬히 누워 있었다. 잠을 청했지만 두 사람 다 잠을 못 이루고 있었다.

"저는 요즘 제가 이 세상에서 가장 어리석은 놈이라는 생각이 듭니다. 세상에 태어나 지금까지 도대체 무얼 했는가 하고 생각하면 한심한 느낌만 듭니다. 이 나이에 이젠 싸우는데도 지쳤어요. 그전에는 그렇지 않았는데, 이젠 힘이 들어 못 뛰어다니겠어요. 처자식한테 돌아가서 농사나 지으면서 살고 싶습니다. 그게 제가 바라는 유일한 소망입니다. 그밖에는 아무 것도 바라지 않아요. 출세하는 것도, 영웅이 되는 것도, 돈을 버는 것도 다 시덥지 않아요. 가난하게 살아도 좋으니 처자식들과 함께 오순도순 살 수 있으면 좋겠어요."

낮은 목소리가 마치 솔바람처럼 부드럽게 들려오고 있었다. 대치는 노병의 말에 왠지 저항감이 느껴지기는커녕 오히려 친근감을 느끼고 있었다.

"통일이 되어 혁명이 완수되면 모두 행복하게 살 수 있어. 그래서 모두 이렇게 고생하는 거 아닌가."

그 말에 노병은 노골적으로 코웃음쳤다.

"귀가 따갑게 들어온 말이지요. 이젠 그런 말을 듣지 않으려니 했는데 또 듣게 되는군요. 연대장 동무, 정말 자신 있습니까?"

"자신 있어. 자신이 없다면 벌써 자결했거나 항복했어."

"그래서 아까 자결하지 않은 건가요?"

빈정거림이 느껴지는 물음이었다. 대치는 노병을 쏘아보았지만 어둠 때문에 표정을 읽을 수가 없었다.

"개죽음을 자청할 필요가 뭐 있어. 자진해서 죽을 필요는 없어."

"연대장 동무는 부하들을 사지로 몰아넣지 않았습니까? 많은 젊은이들이 죽는 줄 알면서도 명령 때문에 사지로 뛰어들었습니다. 정말로 무수한 젊은이들이 말입니다. 그들이야말로 개죽음 당한 거 아닌가요?"

"이거 봐. 이건 전쟁이야. 전쟁에서는 당연한 일이라구."

대치는 격해지는 감정을 누르면서 말했다.

"알고 있습니다. 그렇지만……죽은 젊은이들의 혼은 연대장 동무를 잊지 않고 따라다닐 겁니다.

"왜? 내가 어째서? 어느 지휘관이나 다 마찬가지란 말이야!"

"그렇지 않습니다."

"뭐가 그렇지 않다는 거야?"

침묵이 흘렀다. 노병은 말을 해야 할 지 말아야 할 지 생각해 보는 것 같았다. 이윽고 그는 결심한 듯 입을 열었다.

"누구나 죽음에 부딪치면 본성이 드러나게 마련이더군요. 저는 연대장 동무의 명성을 일찍이 많이 들어서 알고 있었습니다. 매우 용맹스럽고 무서운 분이라고 말입니다."

대치는 숨을 죽인 채 귀를 기울이고 있었는데, 가슴이 터질 것만 같았다.

"그런데 진면목을 보게 될 기회가 생긴 겁니다. 차라리 보지 않았다면 좋았을 텐데 ……그만 보게 되고 말았습니다. 저는 그때……저뿐 아니라 모두가……연대장 동무가 자결할 줄 알았습니다. 한데 우리들의 예상은 빗나가고 말았습니다. 우리들은 사기당한 기분이었습니다."

대치는 옆에 세워둔 총을 슬그머니 집어들었다.

"실망이 컸겠군. 그렇지 않나?"

"네, 사실이 그랬습니다. 이만저만 실망을 느낀 게 아니었습니다. 불쌍하기조차 했습니다. 살기 위해 그렇게 비굴해질 수 있다니 한편으로는 참 부럽기까지 했수다."

"너는 살기 위해 그럴 수 없다 이거냐?"

"물론 저도 그런 경우에 부딪치면 그럴지도 모르죠. 그렇지만 저 같은 놈하고는 입장이 다르지 않습니까? 당신은 연대의 지휘관 아닙니까?"

"지휘관도 사람이야. 그리고 나는 그렇게 해서라도 살고 싶었어. 다시 싸우기 위해서 말이야."

대치는 그렇게 변명을 늘어놓으면서 총구를 노병 쪽으로 겨누었다.

"어디까지가 정말이고 어디까지가 거짓말인지 모르겠군. 다시 싸우기 위해 그랬다니, 참 듣기 좋은 말이군요."

"더 이상 나를 모욕하지 마. 참는데도 한계가 있다."

"인내심이 몹시 강한 줄 알았는데요."

대치는 몸을 천천히 일으켰다. 놈을 살려뒀다가는 아무래도 훗날 결과가 좋지 않을 것 같았다. 놈이 나중에 마구 떠벌리고 다니면 그의 위신은 땅에 떨어질 것이고, 결국은 그것으로 끝장이 날지도 모를 일이다. 아예 죽여 버리면 아무도 모를 것이 아닌가.

"이미 지난 일을 가지고 왈가왈부하지 말자. 앞으로의 일만 생각하면서 우리가 힘을 합쳐 나간다면 이 위기를 극복할 수 있을 거야."

"듣기에 좋은 말이군요. 그렇지만 솔직히 말해 모든 게 끝난 게 아닙니까? 이제야말로 환상에서 깨어나야 할 때가 아닙니까? 사람을 또 얼마나 죽이겠다고 계속 싸우겠다는 겁니까? 부하들을 죽음 속에 몰아넣기는 쉬운 일이겠지요. 뒤에서 권총을 휘두르면서 명령만 하면 되니까요."

"앞으로 어떡하겠다는 거냐?"

"저도 모르겠습니다. 확실한 것은 다시는 싸우지 않겠다는 겁니다! 그 누가 명령해도 말입니다!"

"나와 함께 있는 한은 내 명령을 따라야 한다. 너는 죽을 때까지 싸워야 한다. 그게 내 명령이다!"

그 말에 노병은 다시 코웃음쳤다. 노골적으로 그를 비웃는 웃음이었다.

"명령, 명령하지 마시오! 이젠 그런 말 듣기만 해도 신물이 나니까."

"명령에 복종하지 않겠다는 거냐?"

"복종해야 할 이유가 없지. 아무도 나한테 명령을 내릴 수는 없어! 난 해방된 몸이야! 더구나 너 같은 놈한테 얽매일 필요는 없지."

대치는 일어섰다. 총을 앞으로 하고 다가갔다.

"손을 들어라!"

"얼마든지 쏴보시지. 노리쇠가 고장이 나서 말을 안 들을 걸."

대치는 방아쇠를 당겨 보았다. 그러나 방아쇠는 움직이지 않았다.

그때 복부로 노병의 머리통이 날아왔다. 그는 노병을 끌어안으면서 뒤로 벌렁 나자빠졌다. 노병은 보기보다는 강력했다. 처음에는 위에서 대치를 타 누르면서 그의 목을 맹렬히 죄었다.

"이놈, 너 같은 놈은 죽어야 해! 죽어라!"

혼신의 힘으로 목을 짓누르는 바람에 대치는 정신을 차릴 수가 없었다. 그는 허리춤에 차고 있던 대검을 더듬어 뽑았다. 맨주먹으로 싸울 수 있었지만 그렇게 되면 쓸데없이 힘을 소모하고 시간이 오래 걸릴 것 같았다. 끝에 가서는 해치울 수 있겠지만 이쪽이 부상을 입지 않는다고 자신할 수도 없는 노릇이었다. 한 손으로 겨우 버티고 있었기 때문에 그는 목이 짓눌려 금방이라도 질식할 것 같았다.

"이놈! 이놈! 죽어라! 너 같은 놈은 죽어야 해!"

증오에 사무친 노병은 상대방의 저항이 의외로 약한데 안심했는지 마음놓고 목을 죄고 있었다. 대치는 대검을 노병 옆구리로 가져갔다. 지체하지 않고 옆구리를 힘껏 찔렀다. 무딘 대검 끝이 옷을 뚫고 갈비뼈 사이를 후비고 들어가는 것이 뚜렷이 느껴졌다.

목을 누르던 노병의 손이 스르르 풀렸다. 노병은 신음을 토하면서 전신을 부르르 떨었다. 대치는 손잡이가 걸릴 때까지 대검을 깊이 박았다. 노병은 제대로 비명도 못 지른 채 무섭게 경련했다. 한 손으로 밀어젖히자 모로 힘없이 쓰러졌다.

대치는 일어서서 노병을 내려다보았다. 일말의 연민도 없는 냉혹한 눈초리였다. 노병은 쉽게 죽지 않았다. 대치를 노려보면서 무섭게 경련하고 있었다.

노병은 무슨 말인가 하려고 무진 애를 쓰고 있었지만 이미 혀가 굳어 아무 말도 못하고 있었다. 대치는 옆구리에 깊숙이 박혀 있는 대검을 쑥 뽑아 거기에 묻어 있는 피를 노병의 옷자락에 닦았다.

"나를 원망하지 마라! 나로서도 할 수 없었다!"

자기 부하를 칼로 찔러 죽였으면서도 그는 괴로워하는 빛이라고는 추호도 없었다.

"나는 이제 내 목숨을 지키는 것이 최대의 목표야. 그것만이 나에게 남은 유일한 길이야. 내 목숨을 노리는 자는 모두 내 적이야. 나는 누가 뭐래도 끝까지 살아남을 거야. 지긋지긋하게 살아남아 천수를 다 누릴 거다. 네놈이 나한테 덤벼든 게 잘못이었어. 넌 나의 적수가 못 돼. 넌 내가 내 자신을 지키기 위해서만은 얼마나 용맹한가를 몰랐던 거야. 죽음 앞에서야 물론 무서워서 벌벌 떨지. 그건 정말 무서운 일이지. 그렇지만 내 자신을 지키는 데는 나는 물불을 가리지 않아. 누구보다도 용맹스럽지. 이렇게 됐으니까 하는 말인데, 솔직히 말해 이 전쟁에서 승리하기는 다 틀렸어. 꿈은 비참하게 깨어진 거야. 이젠 비참하고 기나긴 패주의 길만이 남았는데 나 자신 앞으로 내가 어떻게 될지 알 수 없어. 그렇지만 난 살아남는다. 끝까지……자, 잘 자라구."

그는 그곳에서 시체와 함께 잠을 잘 수가 없었다. 그래서 다시 길을 떠났다. 달빛과 별빛을 따라 막연히 북쪽이라고 생각되는 방향으로 걸어갔다.

그렇게 두어 시간쯤 걷다가 그는 마침내 더 걷지 못하고 쓰러져 잠이 들었다.

눈을 뜬 것은 눈부신 햇살을 받고서였다. 하늘을 쳐다보니 해가 중천에 떠 있었다. 배가 몹시 고팠다. 계곡으로 내려가 물을 벌컥벌컥 들이켰다. 물에 비친 자신의 모습을 한동안 정신없이 바라보았다. 추하고 흉악한 그 모습에 자신도 몹시 놀라고 있었다. 얼굴이 온통 수염으로 덮여 있어서 실제 나이보다도 훨씬 늙어 보였다.

그는 사람 눈에 잘 뜨이지 않을 양지 바른 곳을 찾아 그곳에 몸을 뉘였다. 너무 배가 고팠으므로 손가락 하나 까닥하기가 싫었다.

죽은 듯이 누워서 하늘을 쳐다보았다. 가을 하늘은 구름 한점 없이 높고 푸르렀다. 멀리서 들려오는 포성이 마치 자신과는 관계가 없는 것처럼 생각되었다. 눈을 감을 때마다 생각지도 않은 환영이 나타나 눈앞을 어지럽히곤 했다. 거의가 죽은 사람들의 모습이었다. 모두가 귀신이 되어 원한에 사무친 눈으로 그를 바라보고 있었다. 그들을 보는 것이 두려워 그는 눈을 감을 수가 없었다.

다시 배가 고파왔다. 더 이상 견딜 수가 없었다. 먹을 것이 없을까 하고 주위를 둘러보았지만 산 속에 그런 것이 있을 턱이 없었다.

저 멀리 마을이 보였다. 그는 일어나서 산을 내려가기 시작했다. 길을 피해 숲속으로 걸었다. 그래서 더욱 힘들고 속도가 더디기만 했다.

승자와 패자

 장하림이 햇빛을 본 것은 지하에 숨어든 지 꼭 석달만의 일이었다. 그 즈음 그의 저항력은 형편없이 약화되어, 더 이상 버틴다는 것이 어렵게 되어 있었다. 그대로 가다가는 자신이 발작하고 말 것이라는 것을 그는 충분히 예상하고 있었다. 바로 그때 세상이 뒤바뀐 것이다.

 그의 형수 명혜가 외마디 소리를 지르면서 뒤뜰로 달려온 것은 그날 오후 1시경이었다.

 "도련님! 도련님! 국군이 들어왔어요! 국군이 들어왔어요!"

 그는 처음에는 무슨 말인지 잘 알아들을 수가 없었기 때문에 꼼짝하지 않고 누워 있었다. 두번째 외침을 듣고서야 그는 무슨 말인지 알아들을 수가 있었다. 그러나 믿어지지가 않았다. 그래서 자기 귀를 의심하면서 그대로 누워 있었다.

 명혜가 장독을 급하게 밀어뜨리는지 그것이 와장창 깨지는 소리가 났다. 이어서 받침대가 젖혀지는 것과 함께 빛이 쏟아져 들어왔다. 어둠 속에 누워 있던 그는 강렬한 빛에 눈을 잘 뜰 수가 없었다.

"도련님! 도련님!"

명혜는 숨이 턱에 차서 그를 거푸 불러댔다.

"도련님! 국군이 들어왔어요! 빨리 나와 보세요!"

그는 눈을 가늘게 뜨고 천천히 상체를 일으켰다. 밖으로 손을 뻗자 명혜가 그의 손을 잡아 주었다. 밖으로 드러난 그의 얼굴은 창백하다 못해 푸른 빛을 띠고 있었다. 피골이 상접한 앙상한 얼굴을 시커먼 수염이 뒤덮고 있어 망정이지 그렇지 않았다면 더욱 모습이 참담하게 보였을 것이다.

밖으로 기어나온 그는 움푹 들어간 눈으로 하늘을 쳐다보다가 눈이 부시는지 다시 눈을 가늘게 떴다. 그리고 명혜를 쳐다보았다.

"국군이 막 밀려들어 오고 있어요! 미군들도 들어오고 있어요!"

"정말인가요?"

그는 아무런 감정도 없는 목소리로 조용히 물었다.

"네, 정말이에요! 지금 함께 나가 봐요! 사람들이 태극기를 흔들면서 목이 터지게 만세를 부르고 있어요!"

"그런가요."

그는 중얼거리면서 지팡이에 몸을 의지한 채 몇 걸음 비틀비틀 걸어갔다. 앞마당으로 나온 그는 고개를 뒤로 젖히고 푸른 하늘을 바라보았다. 그가 다시 시선을 명혜에게 돌렸을 때 그의 눈에는 어느새 눈물이 가득 괴어 있었다.

"다시는 햇빛을 못 보리라고 생각했었는데……"

그를 바라보는 명혜의 눈에서도 감동의 눈물이 흘러내리고 있었다.

이윽고 그들은 대문을 활짝 열어젖혀 둔 채 거리로 나갔다. 과연 차도는 북진하는 국군의 행렬로 메워져 있었다.

길 한쪽으로는 각종 차량들과 탱크가 줄을 잇고 있었고 다른 한쪽으로는 보병부대가 행진하고 있었다.

보도에는 시민들이 손에손에 태극기를 들고 나와 미친 듯 만세를 부르고 있었다. 병사들은 손을 흔들며 지나가고 있었고, 시민들은 하나같이 눈물을 글썽이며 열광하고 있었다.

"보세요! 우리 국군이 틀림없죠?"

형수의 묻는 말에 하림은 목이 메어 아무 대답도 할 수가 없었다. 그래서 말없이 고개만 끄덕였다.

"이젠 살게 됐어요! 이젠 숨지 않아도 돼요!"

명혜는 감정이 복받친 나머지 울음섞인 목소리로 말하고 있었다.

하림은 지팡이를 꽉 움켜쥔 채 두 눈을 부릅뜨고 있었다. 그 역시 마음 같아서는 두 손을 높이 쳐들고 소리소리 만세를 부르고 싶었다. 그러나 그는 왠지 그럴 수가 없었다. 그의 얼어붙은 마음은 아직 풀리지 않고 있었다. 사실 그의 감동은 여느 사람들과는 비교가 안 될 정도로 엄청난 것이었다. 그의 감동이 여느 사람과 같은 것이었다면 그 역시 그것을 밖으로 적나라하게 드러내는데 주저하지 않았을 것이다. 그러나 지금의 그는 그렇지가 않았다. 그는 너무 감동한 나머지 그것을 밖으로 드러내는 것조차 잊고 있었고, 손을 흔들고 소리를 지름으로써 그 감동이 깨지는 것을 두려워하고 있었다.

서울 거리는 완전히 폐허가 되어 있었다. 그 폐허 위로 한국군과 미군이 밀려들어 오고 있었다. 거리의 이곳저곳에서는 아직 검은 연기가 피어오르고 있었고 길바닥에는 미처 치우지 못한 시체들이 흡사 쓰레기처럼 나뒹굴고 있었다.

가난한 나라의 가난한 군인들은 자신들이 바로 비극의 주인공들이라는 점에서 하나같이 굳은 표정들을 하고 있었다. 그들은 조금도 웃거나 하지 않고 단지 시민들의 환호에 손을 들어 답례하거나 그렇지 않으면 충혈된 눈으로 묵묵히 사람들을 쳐다보기만 할 뿐이었다. 하림은 그들의 그러한 마음을 충분히 이해하고도 남음이 있었다. 그는 그들과 감정이 일치되는 것을 느끼고 있었다.

한국군에 비해 미군은 확실히 부자 나라의 군인답게 여유가 있어 보였다. 그들은 시민들의 환호에 열렬히 응해 주고 있었다. 하림은 노랑머리 병사를 눈여겨보았는데, 그는 파이프 담배를 유유히 피우면서 V자를 그려 보이고 있었다. 그 모습이 마치 명배우의 연기같이 아주 멋있어 보였다. 우람하게 생긴 흑인 병사는 흰 이를 드러내며 웃고 있었다. 그 모습이 무척 자극적으로 보였다. 그들은 비극의 주인공이 아니었다. 그들은 다만 한국군을 지원해 주러 온 외국 군인들이었다. 그런 만큼 모든 면에서 근본적으로 달라 보일 수밖에 없었다. 그들이 아무리 한국의 비극을 이해하고 한국인들과 고통을 함께 나눈다 해도 거기에는 아무래도 한계가 있게 마련이었다.

 모든 것들이 끊임없이 북쪽으로만 가고 있었다. 아스팔트 길은 탱크의 무한궤도에 온통 짓이겨져 있었다. 길 위에는 온갖 파편 조각들이 잔뜩 널려 있었고, 바람이 불 때마다 거기서 먼지가 일곤 했다.

 형수를 먼저 집으로 돌아가게 하고 하림은 혼자서 언제까지나 거기에 서 있었다. 그를 유심히 지켜본 사람이 있었다면 아마 그를 얼빠진 사람쯤으로 생각했을 것이다. 사실 그는 그 엄청난 변화에 얼이 단단히 빠져 있었다. 폐허화된 거리에서 그는 불과 석달 전의 정취를 찾아보려고 애를 써 보았으나 어디 한군데서도 그것을 찾을 수가 없었다. 서울 거리는 너무나도 낯설었고 보면 볼수록 참혹하기만 할 뿐이었다.

 그는 자기도 모르게 발길 닿는 대로 걷다가 어느 개천에 이르러 그만 멈칫하고 서 버렸다. 그 개천에는 수십 구의 시체가 처박혀 있었는데 하나같이 손목에는 철사줄이 칭칭 감겨져 있었다. 그런데 그를 놀라게 한 것은 단지 그 비참한 주검들만이 아니었다. 그보다는 그 시체들 사이를 헤집고 다니는 두 여자의 모습이 그를 더욱 놀라게 하고 있었던 것이다. 한 여자는 노파였고 또 한 여자는 새댁처럼 젊어 보였다. 보아하니 시어머니와 며느리 같은데, 두 사람 다 손수건으로 코를 싸쥔 채 그 참혹한 시체들을 하나하나 들여다보고 있었다. 그 젊은 여자는 아마도 자기 남편의 시신을 찾고 있는 것 같았다. 하림은 내처 걸으려다 말고 갑자기 돌아서서 허리를 굽히고 물었다.

"누굴 그렇게 찾고 있습니까?"

"……"

그러나 두 여자는 아무 대답도 하지 않았고 그를 쳐다보지도 않았다. 더러운 시궁창 속을 헤집고 다니면서 시체들의 얼굴만 열심히 들여다보고 있었다. 하림은 의아해서 망설이다가 다시 한번 물었다.

"누가 그 사람들을 그렇게 죽였나요?"

그 말이 떨어지기가 무섭게 젊은 아낙은 움직임을 멈췄다. 그리고 천천히 고개를 돌려 그를 바라보았는데 붉게 충혈된데다 퉁퉁 부운 두 눈은 증오에 사무쳐 있었다.

"몰라서 물으시나요?"

"……"

하림은 말문이 막혀 아무 말도 할 수가 없었다.

"그놈들이 내 자식을 죽이고 갔소. 개돼지만도 못한 그놈들이……"

정작 이렇게 말한 사람은 젊은 아낙이 아닌 그 노파였다. 노파는 더러운 시궁창 속에 서서 몸을 떨고 있었다. 하림은 그녀의 저주스런 욕설이 가슴에 쿡쿡 들어와 박히는 것을 느꼈다. 노파는 그것을 계기로 그때까지 참았던 감정이 폭발한 것 같았다. 갑자기 목을 놓아 통곡하기 시작했다.

"아이고……내 자식……어디 갔는고……아이고……내 자식……삼대 독자 내 자식……내 자식 내놔라 이놈들아……이 불한당 놈들……내 자식 내놔라……"

하림은 차마 볼 수가 없어 발길을 돌려 버리고 말았지만 노파의 통곡 소리는 멀리까지 그를 따라붙고 있었다.

거리에는 아이들도 많이 나와 있었다. 그는 어느새 그 아이들 속에서 여옥의 잃어버린 아들을 찾고 있었다. 그 아이가 어딘가에 꼭 살아 있을 것만 같은 생각이 들었다. 그와 함께 여옥이 생각났다. 아들을 찾아 떠난 그녀는 그 뒤 종무소식이었다. 어디서 어떻게 지내고 있는지 생각할수록 그는 가슴이 저려 왔다. 대운이를 잃어버린 것도, 그리고 여옥이 아들을 찾아 정처 없이 헤매고 있는 것도 모두가 자신의 책임이라고 그는 생각하고 있었다. 아무도 그를 보는 사람이 없건만 그는 죄책감에 몸둘 바를 모르고 있었다.

날이 저물어서야 집으로 돌아온 그는 실로 오랜만에 편안한 자세로 방에 드러누울 수가 있었다. 석 달간의 지하생활에서 몸에 배다시피 한 공포와 불안, 그리고 절망감은 이제 눈녹듯이 사라지고 없었다. 그 대신 그렇게도 갖고 싶어하던 자유가 방안 가득히 충만해 있었다. 그런데 이상하게도 그는 마음이 편안할 수가 없었다. 그렇게 마음이 편치 않으니 잠이 올 리가 없었다.

그 참담한 전쟁은 아직 끝난 것이 아니었다. 전쟁은 이제 본격적으로 시작되고 있었다. 앞으로 얼마나 더 많은 사람들이 죽어 가게 될지, 그리고 국토는 얼마나 더 초토화될지, 그것은 생각만 해도 끔찍한 일이었다.

뜬눈으로 밤을 지샌 하림은 아침이 되자 자리에서 일어날 수가 없었다. 갑자기 긴장이 풀린 탓인지 뼈마디가 온통 쿡쿡 쑤

시고 아려 꼼짝할 수가 없었다. 아직 그는 완쾌된 몸이 아니었다. 지금까지 단지 의지 하나로 버텨온 것인데 그 긴장의 줄이 탁 끊어지자 정신을 차릴 수 없을 정도로 고통이 밀려들기 시작한 것이다.

식사도 하지 못한 채 누워서 끙끙 앓고 있는데 그를 찾아온 사람들이 있었다. 지난날 그와 함께 일하던 부하 동지들이었다. 하림은 고통으로 일그러진 표정을 웃음으로 감추면서 그들을 맞이했다.

그들은 몸져 누워 있는 하림을 보고는 몹시 놀란 표정들을 지었다. 그리고 그가 그렇게 상처를 입게 된 이유를 알고는 하나같이 분노를 표시했다.

그러나 하림의 입장에서는 오히려 그들을 보기가 민망스럽고 죄스러웠다. 모두가 목숨을 내걸고 싸우고 있는 마당에 자신은 병신이 되어 누워 있으니 그런 생각이 드는 것도 무리는 아니었다. 더구나 그는 군대에서 쫓겨난 몸이었다. 생각하면 할수록 수치스럽고 죄스러운 느낌뿐이었다.

그를 찾아온 사나이들은 모두 네 명이었는데 그중 연장자가 뜻밖의 말을 했다.

"전쟁이 일어나고 보니까 우리 군부에서는 인재가 너무 부족하다는 것을 절실히 깨닫게 되었습니다. 모든 면에 걸쳐 문제가 산적해 있지만 그 중에서도 특히 인재난이 가장 심각한 문제로 등장했습니다. 우리 정보기관에서는 그 어느 분야보다도 인재난으로 가장 큰 고충을 겪고 있습니다. 특히 장중령님께서 그만

두신 뒤로는 많은 곤란을 겪고 있습니다. 그래서 우리는 상부에 장중령님이 다시 돌아오셔야 한다고 누차 간곡히 청원을 했습니다. 다행히 그 청원이 받아들여져 이렇게 뒤늦게 찾아 뵙게 된 겁니다. 허락이 떨어진 것은 벌써 오래 전이었습니다만 서울 수복이 이제야 이루어지는 바람에 이렇게 늦어졌습니다. 장중령님이 청렴하신 분이라는 것은 모두가 알고 있는 사실입니다. 그리고 억울하게 당하셨다는 것도 잘 알고 있습니다. 괴로우시겠지만 몸이 완쾌되시는 대로 부디 저희들과 함께 다시 일해 주셨으면 감사하겠습니다. 모두가 장중령님께서 돌아오시기를 기다리고 있습니다."

그는 덧붙여 말하기를 자기는 최고 책임자의 명령에 따라 인사차 온 것이며 가능하다면 지금 바로 보스에게 함께 가기를 바란다고 했다. 생각지도 않은 이야기를 듣고 난 하림은 몹시 감동해서 한동안 아무 말도 할 수가 없었다. 그리고 더욱 부끄러워 고개를 들 수가 없었다. 한참만에 그는 마음을 가라앉히고 이렇게 대답했다.

"이렇게 잊지 않고 찾아 주니 정말 뭐라고 감사의 말을 해야 할 지 모르겠소. 정말 감사합니다. 그런데 여러분들한테 먼저 분명히 밝혀 둬야 할 것이 있습니다. 그건 뭔고 하니, 내가 군복을 벗게 된 것이 결코 일방적으로 억울하게 당한 것이 아니라는 사실입니다. 나는 분명히 스파이를 방조한 죄를 졌기 때문에 군복을 벗게 되었던 것입니다. 더구나 정보기관에 있는 몸으로서 말입니다."

하림은 괴로웠다. 그리고 대답하기가 힘이 들었다. 그러나 다시 말을 이었다.

"상식적으로 생각해도 그것은 중벌을 받아 마땅한 죄였습니다. 군복을 벗기는 정도로 끝날 죄가 아니었습니다. 그러나 나한테는 군복을 벗으라는 명령만이 내려졌습니다. 그야말로 가벼운 처벌이었지요. 나는 지금도 그 결정에 대해 몹시 부끄럽게 생각하고 있습니다. 군부에서는 이 못난 자식한테 은전을 베푼 것이지만 나는 그렇게 부끄러울 수가 없었소. 차라리 중벌을 받았다면 내 마음이 편했을 텐데……"

방안은 무거운 공기로 덮여 있었다. 하림은 한숨을 내쉬고 나서 처음보다는 가라앉은 목소리로 그들에게 자신의 심경을 피력했다.

"이 못난 놈한테 다시 한번 기회를 준다니 뭐라고 감사의 말을 해야할 지 모르겠소. 사실 난 이렇게 누워 있는 것이 부끄러워 죽을 지경이오. 마음은 벌써부터 전쟁터에서 죽고 싶었소. 하지만 몸이 말을 듣지 않아 이러지도 저러지도 못하고 있는 입장이오."

하림은 부하들의 요청을 들어줄 듯이 말했다. 그러나 나중에 나온 말은 그렇지가 않았다.

"여러분들은 이제 내 심정이 어떻다는 것을 잘 알 것이오. 그렇지만 이제 와서 내가 무슨 염치로 다시 여러분들과 함께 일을 할 수 있겠소. 그럴 수도 없는 일이고, 그래서는 안 되는 일이오. 내가 다시 나선다는 것은 여러분들의 신성한 영역을 더럽히는 것에 불과해요."

"아닙니다! 그렇지 않습니다!"

그들은 이구동성으로 말했다. 그리고 하림이 그들과 함께 다시 일해 줄 것을 거듭 요구했다. 그러나 듣지 않았다. 들어줄 수가 없었던 것이다.

"장중령님은 너무 결벽하십니다. 그렇게까지 심각하게 생각하실 필요가 뭐 있습니까? 지금은 국가의 존망이 달린 전시입니다."

"알고 있소. 나도 몸이 나으면 어디서든 백의종군할 생각이었오."

"그럴 바에는 저희들과 함께……"

하림은 세차게 머리를 저었다. 그리고 어지러운 듯 손으로 머리를 짚었다.

"난 그럴 자격이 없어요. 책임질 자리에 앉을 입장이 못 돼요. 제발 그 이야기는 그만둡시다."

그것은 단순한 고집이 아니었다. 그의 양심에서 우러나온 말이었다.

"그렇다면 좋습니다. 그 이야기는 뒤로 미루기로 하고, 우선 몸이나 치료하셔야겠습니다. 지금 바로 군 병원에 입원해 주십시오."

순서로 볼 때 몸부터 치료하는 것이 옳았다. 그러나 하림은 그것도 듣지 않았다.

"그건 안 되는 일이오. 지금 병상이 없어 죽어 가는 부상병이 부지기수일 텐데 나 같은 놈이 뭐 잘났다고 군 병원에 입원한단 말이오. 그건 정말 안 되는 말이오."

"이것저것 가리실 여유가 없습니다. 중령님은 급히 치료를 받으셔야 합니다. 그렇지 않으면 영영 자리에서 못 일어나실지도 모릅니다."

"그런 건 상관하지 말아요. 여러분들은 적과 싸우는 데만 진력해 주시오."

하림을 설득시키는데 실패한 그들은 숙연한 표정으로 물러갔다. 돌아서는 그들의 얼굴에는 하나같이 감동의 빛이 서려 있었다.

그들이 가고 나자 하림은 더욱 울적해졌다. 그들의 요청을 들어줄 수 없는 자신의 입장이 더없이 괴롭기만 했다.

"웬만하면 치료 정도는 받아 보시지 그래요."

보다 못한 명혜가 곁에서 조심스럽게 한마디 했지만 하림은 고개를 설레설레 저었다.

그런데 다음날 느닷없이 군 앰뷸런스가 들이닥치더니 군의관 한 명과 위생병 두 명이 집안으로 들어섰다. 젊은 군의관은 하림에게 거수경례를 하고 나서

"장하림씨 되십니까?"

하고 물었다.

"그렇소. 무슨 일인가요?"

"잠깐 진찰을 좀 하겠습니다."

"그만두시오."

"잠깐이면 됩니다."

군의관은 막무가내로 청진기를 들이대더니 심각한 표정을 지었다.

"입원하셔야겠습니다."

"나는 상관말고 돌아가 주시오. 돌아가서 부상병들이나 치료해 주시오."

군의관은 긴 말을 하지 않았다. 미리 단단히 명령을 받고 왔는지 위생병들에게 눈짓을 보내자 그들은 기다렸다는 듯이 하림의 팔을 양쪽에서 잡아끌었다.

"이 봐 중위! 난 그러고 싶지 않으니까 이러지 말라구! 난 병원에 입원할 입장이 아니야!"

그러나 군의관은 듣는 체 마는 체하면서 먼저 휑하니 나가 버렸다.

하림은 강제로 앰뷸런스에 태워졌다. 영문을 모르고 울어대는 딸아이를 그의 형수가 끌어안고 달래면서 염려 말라는 듯 억지 웃음을 지어 보였다. 하림은 아이들과 형수가 보는 앞에서 위생병들과 실랑이를 벌이는 것이 싫어 나중에는 말없이 잠자코 있었다. 그러다가 차가 출발하자 들것 위에 털썩 주저앉아 버렸다.

임시로 차려진 군 병원은 집에서 그리 멀지 않은 곳에 있었다. 덩치가 꽤 큰 붉은 벽돌 건물을 급히 개조해서 이용하고 있었는데, 안으로 들어가자마자 여기저기서 부상병들의 신음과 비명이 마치 파도처럼 덮쳐 왔다. 미처 손을 쓰지 못해 피투성이인 채로 방치되어 있는 부상병들도 부지기수였다. 그들은 살려 달라고 아우성치고 있었다. 어떤 부상병은 위생병의 옷자락을 잡아당기기도 하고 욕을 퍼붓기도 했다.

하림은 마치 자신이 심판대에 세워진 것 같은 기분이 들었다. 그는 심히 부끄러웠고 가슴에 격심한 통증을 느꼈다. 자신은 도저히 그런 곳에 누워 있을 자격이 없다고 생각하면서 위생병을 따라 안쪽으로 들어가 야전침대 위에 걸터앉았다. 미칠 것 같은 기분이었고 마치 가시방석에 앉아 있는 것 같았다. 오른쪽 침대를 보니 얼굴을 온통 붕대로 감은 부상병이 눈을 내놓으라고 소리소리 지르고 있었다. 왼쪽 침대의 부상병은 숫제 두 다리가 없었다.

그는 눈을 감은 채 죽은 듯이 누워 있었다. 그대로 벌떡 일어나 도망치고 싶은 것을 꾹 참고 누워 있으려니 대령이 군의관 두 명을 데리고 급히 다가왔다.

대령은 자기를 병원장이라고 소개했다. 그리고 이어서 당신에 대해서는 이야기를 많이 들어서 잘 알고 있다, 특별한 지시를 받은 만큼 성의껏 치료해 줄 테니 안심해라, 불편한 점이 많을 테지만 전쟁중이니 참아 달라, 모든 것이 잘될 것이다 라고 말했다. 어떻게 이야기를 들었는지 병원장은 그를 매우 어려워하는 눈치였다.

"부탁이 있습니다."

"네, 말씀하십시오."

"난 여기 있기 싫으니까 내보내 주시오. 지금 바로……"

"여기가 불편해서 그러십니까? 그래도 여기가 제일 낫습니다. 불편하시더라도……"

하림은 화난 눈으로 대령을 바라보았다.

"불편해서 그런 게 아닙니다. 나는 이런 곳에 입원할 자격이 없는 사람입니다. 나 같은 사람보다도 이 부상병들을 치료하는 것이 다급하지 않습니까?"

그의 말에 대령이 민망한 표정을 지었다. 그로서는 뜻밖의 말을 들은 모양이었다. 서로가 다투어 치료를 받으려는 판에 치료를 거부하는 사람이 있다니, 병원장이 당황해 하는 것도 무리는 아니었다.

"환자이기는 다 마찬가집니다. 그런 문제는 상관 마시고 그대로 눌러 계십시오. 그 심정 충분히 이해할 수 있습니다."

"이해하시면 나가게 해 주십시오."

"그대로 눌러 계십시오. 나가시면 안 됩니다. 제 맘대로 결정할 일이 아닙니다."

병원장은 명령에 충실한 사람이었다. 그는 명령받은 일이기 때문에 자기로서는 어쩔 수 없다고 하면서 하림의 요구를 거절했다. 그리고 황망히 그 자리를 피했다.

하림은 병원을 빠져나갈 길이 없을까 하고 주위를 둘러보았지만 몰래 빠져나간다는 것은 불가능했다. 그만큼 감시가 심했던 것이다.

병원 감시가 그렇게 심한 것은 첫째 5열의 침투를 막고, 둘째 절망과 비탄에 빠진 환자가 밖에 나가 사고를 저지를까 우려해서였다. 그러나 그런 것 말고도 하림에게는 따로 감시의 눈이 붙어다니고 있었다. 처음부터 그가 입원하는 것을 극구 사양했기 때문에 그가 몰래 빠져나갈까 봐 그런 조치를 취하지 않을 수 없었던 것이다.

하림은 자기를 입원시켜 준 사람들에게 이루 말할 수 없이 감사하면서도 한편으로는 원망스러운 생각이 들었다.

부상병들을 보기가 부끄러워 그는 일부러 눈에 덜 띠는 구석진 곳에 자리잡고 누워 될수록 조용히 지내려고 노력했다. 며칠 지나자 가족 면회도 허용되었지만 그는 일부러 그것을 피하고 집에다 편지만 보냈다.

하루하루가 몹시 답답하고 괴로웠지만 그는 모든 감정을 안으로 접어둔 채 죽은 듯이 지냈다. 처음에는 가시방석에 앉아 있는 것 같아 견딜 수 없었는데 시간이 흐르다보니 그런 기분은 어느 정도 가라앉게 되었다.

병원에 입원해 있는 동안 그가 절실히 느낀 것은 병상에서 신음하고 있는 부상병들에 비해 자신은 그래도 행복하다는 것이었다. 부상병들은 하루에도 수십 명씩 죽어 나갔다. 하림의 옆 침대에서만도 한 주일 동안에 세 명이나 숨을 거두었는데 그 시체들이 떠 메나갈 때마다 하림은 속으로 명복을 빌곤 했다. 그래도 일찍 죽어나가는 부상병들은 차라리 나은 편이었다. 그렇지 않은 부상병들, 팔다리가 잘리고 머리가 부서지고 내장이 흘러나오고 두 눈이 먼 부상병들은 자신들의 질긴 목숨을 저주하고 있었다. 그들은 기회있을 때마다 자기를 제발 죽여 달라고 애원하곤 했다. 살아봤자 고통스럽고 구차한 존재밖에는 될 수 없기 때문이었다. 예상했던 일이지만 자살자가 자꾸만 생겨났고 그때마다 하림은 충격을 받곤 했다.

군의관들이 정성껏 치료해 준데다 효력이 뛰어난 미제 의약품을 사용했기 때문에 그는 빠른 속도로 건강을 되찾고 있었다. 한번 죽었던 몸이 그렇게 다시 살아나게 되었다는 것은 매우 감동적인, 기적 같은 일이었다. 그러나 그는 자신의 소생이 하나도 기쁘지가 않았다. 고통에 신음하고 있는 환자들 속에서, 매일 죽어 가고 있는 부상병들 속에서 소생의 기쁨을 느낀다는 것이 너무 죄스러웠던 것이다.

어느 날 그의 옆자리에 풍뎅이처럼 생긴 부상병이 눕혀졌다. 왜 풍뎅이 같은고 하니 팔다리가 모두 잘려 나갔기 때문이다. 숱한 부상병들을 보아왔지만 풍뎅이처럼 생긴 그런 환자는 처음이었다. 그야말로 참혹하기 이를 데 없었다. 두 팔은 팔뚝에서 잘려 나갔고, 두 다리는 허벅지께에서 없어져 있었다. 그러고도 살아서 두 눈을 뚜릿뚜릿 굴리고 있었다. 머리만 내놓고 몸뚱이는 온통 붕대로 칭칭 감겨 있었다. 하얀 붕대는 싸매기가 무섭게 시뻘건 피로 물들곤 했다.

마치 촛불이 꺼지기 직전 갑자기 빨갛게 타오르듯 그 부상병의 눈은 유난히도 빛을 발하고 있었다. 하림은 그 눈을 마주보기가 두려워 일부러 시선을 피하곤 했다.

그런데 풍뎅이(그 부상병은 들어오자마자 그런 별명을 얻었다)가 놀랍게도 또렷한 목소리로 하림에게 자기 소개를 하지 않는가. 하림은 얼어붙은 듯이 숨을 죽이고 풍뎅이의 말에 귀를 기울였다.

"육군 일등병 한두복입니다. 잘 부탁합니다."

풍뎅이는 미소까지 지어보였다. 하림은 당황했다. 그렇게 당황해 보기는 처음이었다.

"아, 난 장하림이네. 좀 어떤가?"

"네, 전 괜찮습니다. 보시다시피 팔과 다리가 없어졌을 뿐입니다."

"……"

하림은 말문이 막혀 잠시 억지 웃음을 짓기만 했다.

한두복은 스물한 살이었다. 전선에 나오기 전에는 대학생이었다. 대학에서는 미술을 전공했다고 한다. 원래 일가가 원산에서 살았었는데 그의 아버지가 친일 지주계급으로 몰려 고통을 당하다가 견디지 못하고 자살하자 봇짐을 싸들고 남하했다는 것이다. 집에는 노모와 그보다 두 살 더 많은 누이가 있다고 했다.

"저는 말입니다. 장교가 되라는 것을 거절하고 일부러 졸병이 되었지요. 그것도 보병이 되었지요. 왜 그런지 아십니까? 군인다운 군인이 되기 위해서지요. 잘 아시겠지만 군인다운 군인은 역시 밑바닥을 기면서 온갖 궂은 일을 다하고 죽음의 고비를 수없이 넘기는 졸병이 아닐까요? 저는 말입니다. 뒤에서 명령이나 내리는 장교 같은 것은 아주 질색입니다. 물론 안전하고 편안하기야 하겠지요. 그렇지만 저는 졸병이 더 좋습니다. 그들의 애환이, 그들의 눈물이, 그들의 고통이 더 마음에 든다 이 겁니다. 그래서 졸병이 되었고 결국 이렇게 풍뎅이가 되었습니다만, 그렇지만 저는 후회하지 않습니다. 제가 택해서 이렇게 되었는데요 뭐."

그는 수다스러울 정도로 말이 많았다. 그 정도로 참혹한 부상이면 제정신을 가지고 누구와 이야기한다는 것이 거의 불가능할 텐데 그는 전혀 그렇지가 않았다. 듣는 사람이 놀랄 정도로 아주 정상적으로 이야기하고 있었다. 거기다가 말수가 적은 것도 아니고 오히려 많은 편이었다. 그렇지만 하림은 왠지 한일병의 말이 마치 울음 소리처럼 들렸다. 팔다리가 잘린 풍뎅이가 몸을 돌려대며 윙윙 울어대고 있는 것만 같았다.

"팔이 없으니 화가가 되기는 다 틀렸죠? 그렇지만 뭐 어떻습니까. 포기하는 거죠 뭐. 인생에 있어서 포기가 어디 한두 번입니까? 모든 게 마음대로 된다면 그야 인생이라고 할 것까지도 없지요."

그는 먹는 것도 잘 먹었다. 그러나 자세히 관찰해 보니 입맛이 당겨서 잘 먹는 게 아니라 억지로 입속에 처넣고 있었다. 잠은 거의 자지 않았다. 그렇게 자지 않고도 버텨내고 있는 것이 신기하기만 했다.

하림은 풍뎅이와 급속도로 가까워졌다. 단순히 그를 동정해서가 아니었다. 동정이라면 그렇게 가까워질 수가 없었다. 그에게 인간적으로 매력을 느꼈기 때문이었다. 풍뎅이 역시 하림에게 똑같은 감정을 품고 있었다. 하림은 식사 때마다 그에게 밥을 떠먹여 주었고 그밖에 배설물을 받아내고 몸을 씻어 주는 등 궂은 일을 도맡아 해 주었다. 아무튼 상대가 불편하지 않도록 갖은 정성을 다 기울였는데, 한번도 귀찮은 생각이 들지 않았다.

그런데도 풍뎅이는 조금도 비탄에 빠지거나 하지 않고 언제나 명랑했다. 그러한 그가 어느 날 밤 우울한 목소리로 이런 말을 했다.

"한 가지 걱정이 있습니다. 저는 제 자신에 대해 아무 걱정도 하지 않습니다. 이래도 저는 희망을 가지고 살아갈 수 있습니다. 단지 제가 걱정하는 것은 어머니와 누나한테 어떻게 제 몸을 보이는가 하는 겁니다."

"아직 집에서는 모르고 있나?"

"네, 모르고 있습니다. 일부러 알리지 않았습니다. 갑자기 소식이 끊겨서 집에서는 걱정하고 있을 겁니다. 퇴원해서 집에 돌아갔을 때 어머니와 누나가 어떻게 저를 받아들일지 제일 궁금합니다. 어둠 속에 누워 있으면 저를 봤을 때의 어머니의 표정이 너무도 뚜렷이 떠오릅니다. 어떤 표정인지 아십니까? 두 눈이 등잔만해지면서 입이 딱 벌어집니다. 그 표정이 보일 때마다 저는 소름이 쭉 끼칩니다. 차라리 어머니가 너는 내 자식이 아니니 나가거라 하신다면 속 편하게 나가 버리겠습니다. 그렇지 않고 저를 움켜잡으면 저는 어떡하죠? 정말 걱정입니다."

하림은 아무 말도 할 수 없었다. 풍뎅이의 진정한 고통이 고스란히 전해져 오고 있었다. 그는 그의 손을 잡고 이렇게 말해 주고 싶었다. '그런 생각하지 마. 자네 어머니와 누이는 절대 그런 표정을 짓지 않을 거야. 그 어느 때보다도 따뜻하게 맞아들일 거야. 자넨 그런 걱정해서는 안 돼. 자넨 당연히 집에 가야 해. 당당한 모습으로 말이야.' 그러나 하림은 가슴이 미어지는 것 같아 아무 말도 할 수 없었다. 그의 마음을 헤아린 듯 한두복은 화제를 돌렸다.

"제가 쓸데없는 말을 한 것 같습니다. 한 가지 부탁이 있는데 들어주시겠습니까?"

"뭐든지 말해 보게. 힘닿는 데까지 들어주지."

별로 대수로운 게 아니려니 하고 생각했는데 막상 꺼내 놓은 것은 꽤 난처한 것이었다.

"다름이 아니라 우리 누이 말인데요. 제 신상에 무슨 일이 일어나 제가 집에 못 가게 되면 우리 누이를 만나 주십시오."

"자넨 집에 가야 해. 반드시 가야 해."

"네, 그럼요. 가고 말고요. 저는 집에 갈 겁니다. 꼭 가겠습니다. 그런데 사람의 일이란 아무도 모르는 거 아닙니까? 가려고 해도 뜻밖에 못 가는 수가 있지 않습니까? 그래서 부탁드리는 겁니다."

"그렇다면야 누이를 만나 보지. 누이 이름이 뭔가?"

"한미주라고 합니다. 나이는 스물세 살이고요. 아주 못 생겼습니다. 그렇지만 마음씨 하나만은 그만입니다. 못 생겼기 때문에 불쌍해 보이곤 했지요. 시집가서 구박받지 말고 잘 살아야 할 텐데 걱정입니다."

하림은 풍뎅이가 알려주는 주소를 수첩에 적어 두었다.

풍뎅이는 그 뒤에도 얼마 동안은 명랑하게 지냈다. 그러나 빛나던 눈빛은 어느새 스러져 있었고, 초점 없이 허공을 바라보는 빈도가 많아지더니 하림이 퇴원하기 며칠 전부터는 숫제 식음을 전폐하고 말이 없어졌다. 하림이 말을 걸어도 대꾸조차 하지 않더니 그의 퇴원이 임박하자 끝내 눈물을 보였다.

하림이 퇴원하기 바로 전날 밤 풍뎅이는 어둠 속에서 눈물을 삼키며 이렇게 말했다.

"저를 친절하게 돌봐 주신 은혜……죽어도 잊지 않겠습니다. 그리고 저번에 부탁드린 거……다시 한번 부탁드립니다. 우리 누나를 꼭 만나셔서 말씀 잘 해 주십시오. 실망하지 않게 말입니다."

"만나 볼 테니 염려하지 마. 퇴원은 하지만 기회 닿는 대로 자주 오겠어. 편지도 자주 하고."

하림은 목이 잠겨 말이 잘 나오지가 않았다. 풍뎅이가 여자 같으면 꽉 안아 주고 싶었다.

"퇴원하시면 어디로 가실 겁니까?"

"전선으로 가겠어."

"몸조심하십시오."

"몸조심할 것도 없지."

"이제 겨울이 닥치는데 고생이 심하시겠습니다. 저는 이렇게 풍뎅이가 되어 누워 있고……죄송합니다."

"자넨 용감한 전사였어."

하림은 새벽녘에야 설핏 잠이 들었는데, 갑자기 소란스러운 소리에 눈을 떠보니 풍뎅이가 보이지 않았다.

"풍뎅이가 죽었습니다."

누군가가 그렇게 말하는 소리를 듣고 하림은 벌떡 일어나 뛰어갔다. 응급실 입구에서 그는 위생병에게 제지당했다. 위생병을 밀어젖히고 안으로 뛰어들어가 보니 풍뎅이의 몸 위로 흰 천이 막 덮이고 있었다.

"죽었습니다."

군의관이 마스크를 벗으며 담담히 말했다. 하림은 시트를 벗기려다가 그만두고 군의관을 바라보았다.

"왜 죽었나요?"

"차에 치인 모양입니다. 앰뷸런스 바퀴에 목이 깔린 것 같습니다."

"이 사람은 움직일 수도 없는데, 어떻게 차에 치였죠?"

"그거야 제가 어떻게 압니까?"

하림은 응급실을 나와 사람들로부터 풍뎅이가 죽게 된 경위를 들어 보았다.

지배적인 의견은 누군가가 풍뎅이의 자살을 도와주기 위해 그를 밖으로 업어내 주차장에 던져 놓았고 풍뎅이는 몸을 굴려 앰뷸런스 밑으로 기어들어가 숨었다가 마침내 죽음을 맞은 것이라고 했다. 자연 풍뎅이의 자살을 도와준 자가 누구냐는 쪽으로 초점이 모아졌다. 그러나 내가 그랬노라고 나서는 사람은 아무도 없었다. 수사기관에서도 나와 조사를 했지만 형식적인 것이었을 뿐 범인은 끝내 밝혀지지 않았다.

 퇴원하던 날 하림은 정보기관에 근무하는 낯선 대령의 방문을 받았다. 대령을 안내해 온 두 사람은 하림의 과거 부하 동지들이었다.
"축하합니다."
"고맙소."
 그는 미소를 지으며 일일이 악수를 나누었지만 절망적인 상태에 빠져 있는 환자들을 뒤로 하고 나올 때는 고개를 들 수가 없었고 가슴이 찢어지는 것 같았다.
"중공군은 현재 20만 명이 투입되었습니다. 압록강까지 밀고 갔던 아군은 다시 퇴각중에 있습니다."
 이것은 지프 속에서 대령이 하림에게 한 말이었다. 하림도 중공군이 대거 참전하여 전면공세를 취하는 바람에 전황이 불리해지고 있다는 것 정도는 알고 있었다.
"미군은 왜 좀더 강력하게 대응하지 않나요?"
 그들은 어느 요릿집으로 들어갔다.
"미군은 모든 면에서 중공군과는 비교가 안 될 정도로 낫지요. 일선 지휘관들은 만주까지 쳐들어가기를 바라고 있습니다. 그리고 그들에게는 그럴 능력이 있습니다."
"그런데 왜 중공군에게 밀리고 있나요?"
 음식과 술이 들어왔다. 그리고 여자들도 들어오려는 것을 그들은 사양했다.

"미군은 본국으로부어 더 이상의 지원을 못 받고 있습니다. 미국 본토의 데스크에 앉아 있는 자들이 그렇게 결정한 모양입니다."

"왜, 왜 그러나요?"

하림은 눈을 크게 뜨고 물었다. 대령은 꺼칠한 얼굴을 손바닥으로 쓰다듬었다.

"미국은 한국보다도 유럽과 일본을 더 중요시하고 있습니다. 미국은 오히려 유럽과 일본이 침공받을까 봐 전전긍긍하고 있는 겁니다."

"소련을 무서워하고 있군요."

"네, 바로 그겁니다. 미국이 신경을 곤두세우고 있는 쪽은 중공이 아니라 소련입니다."

하림은 피가 싸늘하게 식는 것을 느꼈다. 그는 맥빠지는 소리로 중얼거렸다.

"우리 나라의 운명이라는 것이 파도에 휩쓸리는 일엽편주 같군요."

"그래요. 하는 수 없는 일이죠. 미국은 세계 경찰 노릇을 해야 하니까 그런 결정을 내리는 것도 무리는 아니겠지요. 현재 전황을 호전시키려면 유럽 주둔 미군을 이쪽으로 빼돌려야 하는데, 그쪽이 텅 비게 되면 소련군이 침공할 가능성이 크다는 것이 미국측의 생각인 것 같아요. 그래서 이러지도 못하고 저러지도 못한 채 전쟁이 더 이상 확대되는 것만은 막아야겠다는 것이 그들의 지배적인 의견인 것 같아요."

"이번 기회에 남북이 통일하지 못하면 남북분단은 영구화되고 맙니다."

"모두가 그렇게 될까 봐 우려하고 있습니다. 그렇지만 속수무책이니 미칠 것 같습니다. 미국의 눈치만 보고 있는 우리들의 기분이 어떠한 것인지 장형께서는 잘 아실 겁니다."

"네, 알 만합니다. 그렇지만 누구를 원망할 수야 없는 거죠. 우리 자신의 문제이고 결국 우리 스스로가 해결해야 할 문제이니까요."

"네, 그건 사실입니다."

그들은 술 한잔씩을 들이켰다. 누구 한 사람 기분 좋게 술을 마시지는 않았다. 모두가 비장한 표정들을 하고 있었다. 그 표정들 속에는 몰아치는 역사의 바람을 피하지 않고 헤쳐나가려는 사나이들의 의지가 깃들어 있었다.

대령이 마침내 하림의 신상에 대하여 입을 열었다.

"그래서 하는 말인데, 지금 우리는 능력 있는 사람이 절대 필요합니다. 장형, 함께 일해 봅시다. 그전처럼 정보관계의 일을 맡아 주시오."

하림에게는 군 복귀와 동시에 일 계급 특진이 부여되었다고 했다. 다시 말해 예비역 중령인 그는 대령으로 복귀한 것이다. 그 말을 듣는 순간 그는 얼굴을 확 붉혔다.

"말씀은 고맙습니다. 그러나 저로서는 그 어떤 것도 받아들일 수가 없습니다. 저는 그럴 자격이 없습니다."

"자격이 있고 없고는 군에서 결정할 일입니다."

"네, 이렇게 치료까지 받고 보니 저로서는 감격할 따름입니다. 당연히 시키는 대로 해야겠지요. 그렇지만 그것만은 받아들일 수가 없습니다. 죄송합니다."

"그럼 앞으로는 절대로 군문에 들어오지 않겠다 이런 말씀인가요?"

"아닙니다. 군에서 받아준다면 제일 밑바닥에서부터 근무하고 싶습니다."

"밑바닥에서부터라니, 그럼 졸병으로 전장에 나가겠다는 말씀인가요?"

"네, 그렇습니다. 졸병으로 나가서 최전선에서 싸우고 싶습니다. 그렇게 배려를 해 주시면 고맙겠습니다. 그렇게라도 해서 지금까지 진 빚을 갚고 싶습니다."

"그건 안 될 말이죠. 있을 수도 없는 일이죠. 그런 인사는 지금까지 존재하지 않았습니다."

모두가 어이없다는 표정을 지었다. 군인이라면 누구나가 진급하려고 기를 쓰게 마련인데, 그는 대령 계급장을 마다하고 졸병으로 나가겠다고 고집을 피우고 있으니 다른 사람들이 어이없어 하는 것도 무리는 아니었다. 그러나 그들은 하림의 심정을 이해하고 있는 사람들이었다.

"백의종군하시겠다는 뜻은 잘 알겠습니다. 그렇지만 아무리 생각해도 그건 절대로 받아들여질 수 있는 성질의 것이 아닙니다. 그러시지 말고 군의 결정을 따라 주십시오. 그게 피차에 좋겠습니다."

그러나 그들의 설득에도 하림의 굳은 마음은 동요하지 않았다. 그들은 그의 마음을 돌려 보려고 갖은 말을 다했지만 그는 결코 자신의 뜻을 굽히지 않았다. 그의 양심이 그것을 허락치 않았던 것이다.

하림이 아무리 반대하고 사양한다 해도 군에 다시 들어가서 일단 명령이 떨어지면 할 수 없는 일이다. 더구나 전시인 만큼 동원명령이 내리면 별수 없이 명령에 따라야 하는 것이다. 처음부터 끝까지 명령에 따라 움직이는 것이 군대의 생리인 것이다. 개인의 의사 같은 것이 존중되는 군대란 이 세상에 존재하지 않는다. 하림은 그것을 알면서도 자기 생각을 조금도 굽히려 들지 않았다.

하림을 손쉽게 복귀시킬 수 있을 것이라고 생각했던 대령은 그의 반대로 몹시 난처해 하다가 결벽에 가까운 상대방의 의지에 감동한 나머지 더 이상 그 문제로 그를 괴롭히는 것을 삼가하기로 했다.

"알겠습니다. 정 그러시다면 좋습니다. 받아들여질지 어떨지 모르겠습니다만 장형의 의사를 상부에 일단 건의해 보겠습니다. 하여튼 장형의 정신에는 감복했습니다. 느낀 바가 많았습니다."

"무슨 말씀을 그렇게……부끄럽기 짝이 없습니다. 이왕 상부에 건의하실 거면 부탁드릴 게 있습니다."

"네, 말씀하십시오."

"좀더 제 솔직한 심정을 말씀드린다면……외람된 말입니다만 정보관계 부서에는 두 번 다시 발을 들여놓고 싶지 않습니다. 또 들여놓아서는 안 된다는 것이 제 생각입니다. 저는 두 번 다시 그런 실수를 저지르고 싶지 않습니다."

"알겠습니다. 윤여옥이 잠적했다는 것은 아십니까?"

갑작스런 물음에 하림은 몹시 당황했다. 모두가 그를 주시하고 있었다. 순간적이었지만 그는 갈팡질팡했다. 그리고 사실대로 말해야 한다고 강하게 마음먹었다.

"그 여자가 사형언도를 받고 죽음을 기다리고 있었다는 것을 알고 있었습니다. 저는 자주 면회를 갔었으니까요. 그런데 전쟁이 나고 적군이 서울에 들어오자 그녀는 바로 죽음 직전에 풀려난 모양입니다. 다른 죄수들과 휩쓸려서 나왔겠지요. 그녀는 나오는 길로 자기 집에 들렸다가 우리 집에 왔습니다. 왜냐하면 그 여자의 자식들을 제가 데리고 있었으니까요. 저는 그 여자가 사형 집행되면 그 자식들을 제가 기를 생각이었습니다. 누가 뭐래도 그것은 저로서는 당연한 일이었습니다. 그런데 저는 그녀에게 씻을 수 없는 죄를 짓고 말았습니다. 그녀가 오기 전에 그녀의 큰아들을 그만 잃어버리고 말았습니다."

"그 아이가 몇 살이나 되었죠?"

"아직 어립니다. 해방동이니까 이제 여섯 살입니다."

"저런, 쯔쯔쯧……그거 야단났군요. 다른 때도 아니고 이 전쟁통에 아이를 잃어버렸으니 큰일 났군요."

그들은 진심으로 걱정어린 표정이었다.

"아이는 찾을 수가 없었습니다. 그 여자가 저를 찾아왔을 때 저는 인민재판을 받고 있었습니다. 좌익들에게 얻어맞은 끝에 정신을 잃고 쓰러져 있었습니다. 만일 그러지 않고 맨 정신으로 그녀를 보았더라면 저는 죄책감에 고개를 쳐들 수도 없었을 겁니다. 그렇게 의식을 잃은 게 천만다행이었습니다. 나중에 들어서 알게 된 일인데, 좌익들은 제 목에다 새끼줄을 걸어서 질질 끌고다니다가 서울역 부근의 시궁창에다가 처박았던 모양입니다. 그것을 여옥이 우리 형수님과 함께 끌어내어 집으로 옮겼답니다. 목숨 내놓고 그랬겠지요. 그녀는 아이가 없어진 것을 알고는 아마 제정신이 아니었을 겁니다. 그런데도 불구하고 그녀는 감정을 누르고 저를 간호하는데 온 정성을 쏟았습니다. 그녀가 아니었다면 저는 살아나지 못했을 겁니다. 그런데 여러분도 잘 아시는 그녀의 남편 최대치가 부관을 보냈습니다. 그녀를 찾아 돌봐 주라고 보낸 거겠지요."

"그래서 어떻게 됐나요?"

"그녀는 도움을 받는 것을 완강히 거절했습니다. 그리고 최대치를 다시는 남편으로 만나지 않겠다고 말했지요. 결별을 선언한 거지요. 그녀는 마침내 남편과의 관계를 스스로 끊은 겁니다. 그녀로서는 그럴 수밖에 없는 일이었죠. 그 뒤에 그쪽 기관에서 그 여자한테 다시 일을 시키려고 한 모양이에요. 그대로 있다가는 다시 부역을 하게 될 것 같고……그래서 그녀는 잃어버린 아이도 찾아볼 겸 우리 집을 떠났습니다. 그 뒤로는 지금까지 소식이 없습니다."

그들은 아마 여옥이 제 세상을 만나 활개치고 다니다가 월북

했을 것이라고 생각한 것 같았다. 그래서 하림의 이야기는 그들을 놀라게 하기에 충분했다. 무거운 침묵이 흐르고 난 뒤 하림은 여옥에 대해 결론적으로 말했다.

"그녀는 본의 아니게 풀려 나오긴 했지만……살아난 게 오히려 불행한 일인지도 모르죠. 그녀는 처음부터 커뮤니스트는 아니었습니다."

"기구한 여자로군요. 체포되면 사형이 집행될지도 모르는데……"

하림은 더 이상 여옥에 대해서는 이야기하기 싫다는 듯 자신에 대한 문제로 말머리를 돌렸다.

"아까 그 부탁 건인데……말단 보병 부대에서 근무했으면 합니다. 저는 절대로 후방에서 근무하는 것은 피하고 싶습니다. 제가 지하에 숨어서 겨우 목숨을 부지하고 있던 석 달 동안 줄곧 생각한 것이 바로 최전방에서 싸우는 것이었습니다. 좌익들이 저를 곡괭이로 찍을 때 저는 맹세했습니다. 살아서 너희들을 죽이리라고……"

이튿날 하림의 청원에 대한 결정이 떨어졌다. 그의 청원은 받아들여졌다. 그러나 강등되는 것만은 그가 바라는 대로 되지 않았다. 오히려 그는 일 계급 승진한 대령으로 출정하게 되었다. 군대의 명령이었기 때문에 그 자신도 더 이상 군말을 할 수가 없었다.

전황이 매우 위태로웠던지 모든 것이 다급하게 진행되고 있는 것 같은 느낌이었다.

그의 형수는 그의 출정을 말리지 않았다. 그가 당연히 그렇게 나올 것이라고 예상했기 때문에 웃으며 그를 배웅했다. 우는 딸 아이를 형수에게 맡기고 돌아서는 하림의 마음은 몹시 무거웠다. 그러나 지금은 전시였고, 그는 떠나야 했다.

그가 배속된 곳은 한·미 합동 공정부대였다. 배속되자마자 그는 즉시 훈련에 들어갔다. 과거 OSS에 있을 때 낙하훈련을 받은 바 있었기 때문에 그는 별로 어려움이 없었다.

다만 몸이 아직 덜 회복되어 격심한 운동을 하기에는 다소 무리가 있었다. 그러나 그는 의지로 그것을 버텨 냈다.

열흘 후 그가 소속되어 있는 한·미 합동 제85공정연대는 마침내 C119 및 C49 수송기 1백여 대에 나누어 타고 김포 벌판을 이륙했다.

진눈깨비가 내리는 초겨울 밤이었다.

특수임무를 띠고 출발한 공정대원은 모두 합쳐 3천 명 가량 되었다. 그들은 자신들이 어디로 날아가고 있는지도 모르고 있었고, 구태여 알려고도 하지 않았다. 목표지점을 알고 있는 사람들은 지휘관을 비롯한 몇몇 고급 장교들뿐이었다.

그들은 함경남도의 고원지대인 장진호를 향해 날아가고 있었다. 특수작전의 암호명은 블랙스노(검은 눈)였다.

하림은 출발 직전에 미군 연대장 코린 대령으로부터 직접 브리핑을 들었는데, 그것은 현재 장진호 일대에서 미 제10군단 휘하 미해병 제1사단과 미보병 제7사단의 1개 혼성연대가 고립되어 중공군 대병력과 혈전을 벌이고 있으며, 블랙스노는 바로 섬멸 직전에 놓여 있는 미군을 구출하고 전세를 만회해 보려는 매우 중요하고 위험한 작전이라는 것이었다.

코린은 2차대전 때 노르망디 상륙작전에서 무공을 세운 바 있는 역전의 용사였다. 짧은 금발 머리에 골격이 강인해 보이는 그는 자식을 다섯이나 둔 45세의 거한이었다. 하림이 영어에 유창한 것을 알고는 그는 몹시 기뻐하면서 상황을 소상히 설명해 주었다.

"지금 거기는 영하 25도랍니다. 그런 추위 속에서 싸운다는 것은 대단히 위험하고 힘든 일이지요. 그러나 추위에 단련된 중공군은 계속 인해전술로 포위망을 좁혀 오고 있습니다. 현재 미군을 포위하고 있는 중공군은 7개 사단입니다. 대병력이지요. 추위에 익숙하지 못하고 월동준비가 제대로 갖추어지지 못한 미군은 몹시 고전하고 있고, 그대로 둔다면 모두 전멸당하고 맙니다. 현재 서부전선의 미8군도 총공격을 시도했다가 후퇴하고 있습니다. 현재 상황으로 보아 전세를 만회한다는 것은 어렵고, 철수만 성공적으로 해도 다행입니다. 철수작전을 지원하기 위해 지금 미보병 제3사단이 원산에서 북진 중에 있습니다. 우리는 장진호 북쪽 적진에 투하되어 적의 추격을 늦추는 임무를 맡고 있습니다. 현재 철수 집결지는 함흥 — 흥남의 작전 기지인데 장진호에서 이곳까지는 장장 1백여 킬로에 이르는 거리입니다. 그것도 추위와 적의 포위망을 뚫어야 하는 길이지요. 어때요? 한번 해볼 만하지 않아요?"

코린은 시가에 불을 당기면서 씨익 웃었다. 하림도 따라 웃기는 했지만 긴장에서 벗어날 수는 없었다. 공정연대의 한국군은 1천 명이 채 못 되었다. 그들을 하림이 이끌고 있었다.

수송기 안은 엔진 소리로 가득 차 있어서 고래고래 소리를 지르지 않으면 대화가 불가능했다. 누가 굳이 소리를 질러 대며 이야기하려는 사람도 없었다. 얼굴에 시커멓게 검정 칠을 한 공정대원들은 하나같이 굳은 표정으로 앉아 있었다.

출발한 지 1시간쯤 지났을까. 마침내 노란 불이 켜졌다. 그것은 낙하 5분 전을 가리키는 신호였다.

수송기는 칠흑같이 어두운 겨울 상공을 선회하고 있었다. 적의 대공포화는 별로 심한 것 같지 않았다. 장병들은 일렬로 늘어서 있었다. 엔진 소리가 더욱 거세지고 있었다.

마침내 빨간 불이 켜졌다. 동시에 문이 열리면서 차가운 바람이 기체 안으로 휘몰아쳐 들어왔다.

하림은 문 옆에 다가서서 소리쳤다. 그러나 엔진 소리와 바람 소리 때문에 그의 외침은 들리지가 않았다.

공정대원들은 한 사람씩 뛰어내리기 시작했다. 겁에 질려 주춤거리는 대원에 대해서는 가차없이 엉덩이를 걷어차 떨어뜨렸다.

마지막으로 하림 자신도 허공으로 몸을 던졌다. 칠흑같이 어두운 밤하늘로 쏜살같이 떨어져 내리던 그는 갑자기 몸뚱이가 위로 붕 뜨는 것을 느꼈다. 낙하산이 어둠 속에서 흰 꽃잎처럼 하얗게 펴지고 있었다. 찬바람에 얼굴이 갈라지는 것 같았다.

그러나 그것도 잠깐일 뿐 얼얼한 느낌만이 들었다.

그는 문득 자신이 어두운 바다 속으로 가라앉고 있다고 생각했다. 검은 파도에 휩쓸릴 때마다 몸뚱이는 허수아비처럼 제멋대로 춤을 추고 있었다. 그는 동화 속의 주인공 같았다. 고래가 입을 쩍 벌리자 소년은 그 속으로 쑥 들어갔다. 동시에 그는 정신을 차릴 수 없을 정도로 곤두박질쳤다.

그는 몸을 일으키면서 손으로 밑을 더듬어 보았다. 손에 집힌 것은 눈이었다. 눈을 헤집자 빙판이 나타났다. 낙하산은 아직 바람을 안고 있었다. 그는 몇 번씩 쓰러지면서 끌려가던 끝에 겨우 낙하산을 벗고 두 발로 설 수가 있었다. 먼저 내린 공정대원들이 달려와 그의 낙하산을 치워 주었다. 눈은 무릎께까지 쌓여 있었고 걸음을 옮길 때마다 뿌드득 소리가 났다.

인원 점검이 끝났을 때, 적이 다가오고 있다는 보고가 들어왔다. 보고는 여기저기서 잇달아 들어오고 있었다.

모든 대원들에게는 M1소총과 권총 한 자루씩이 배급되어 있었다. 중화기는 날이 밝아 오는 대로 공중투하될 것이므로 그 전에 그 일대를 확보해 두지 않으면 안 되었다.

하림은 대원들을 산개시켰다. 대원들은 총 끝에 모두 칼을 꽂았다. 백병전에 대비하기 위해서였다. 너무 어두운데다 눈보라가 치고 있어서 만일 적이 접근해 올 경우에는 백병전이 불가피하기 때문이었다.

얼어붙은 호수 위에 낙하한 대원들은 호수 밖으로 이동했다. 일대는 광활한 초원이었고, 그 위에 눈이 두껍게 쌓여 있었다.

자연 몸이 노출될 수밖에 없었다. 하림은 추위에 온몸이 마비되어 버리는 것 같았다. 너무 추워 숨쉬기조차 불편했다. 조금이라도 움직이지 않으면 얼어죽을 판이었으므로 그는 부지런히 손발을 움직였다. 그러나 추위는 두꺼운 미제 파카를 뚫고 몸속의 피까지 얼어붙게 만들고 있었다.

갑자기 콩볶듯 총소리가 들려왔다.

그는 눈 위에 엎드렸다. 권총을 뽑아들고 앞을 노려보았지만 보이는 것은 어둠을 가르는 무수한 불꽃들뿐이었다.

"중공군이 새까맣게 몰려들고 있습니다!"

그에게 계속 같은 내용의 보고만 들어오고 있었다.

전투는 사방에서 벌어지고 있었다. 어둠 때문에 전투장면이 잘 보이지는 않았지만 소리만 듣고도 충분히 그 치열함을 알 수가 있었다.

"후퇴하지 마라!"

그는 밀리는 병사들을 향해 소리쳤다. 가까운 곳에서 이미 백병전이 벌어지고 있었는데 숫적으로 우세한 적의 인해전술에 아군은 차츰 밀리기 시작하고 있었다.

불과 수 미터 전방에서 시커먼 그림자 두 개가 불쑥 일어서서 뛰어오는 것을 보고 그는 얼결에 방아쇠를 당겼다.

한 명이 나동그라지는 것을 보고 그는 또 방아쇠를 당겼다. 그러나 총알이 빗나갔는지 검은 그림자는 가까이까지 접근했다. 하림은 총검이 없었다. 그래서 아쉬움을 느끼면서 눈밭에 몸을 굴렸다. 몸을 굴리면서 보니 어느새 검은 그림자들이 수없이 불어나 있었다.

「야하!」

하는 고함 소리와 함께 아군이 검은 그림자를 향해 달려드는 것이 보였다.

그것은 피아를 가리기 어려운 싸움이었다. 적당히 짐작하고 상대를 재빨리 총검으로 찌르지 않으면 자신이 찔릴 판이었다.

무서운 비명과 절규와 신음이 한동안 계속되다가 다시 총소리가 났다. 공정대원들은 숫적으로 열세였지만 매우 용감했다. 누구 하나 겁에 질려 도망하는 사람이 없었다. 죽을 힘을 다해 맞서 싸우자 적은 마침내 많은 시체들을 남겨 두고 퇴각하기 시작했다.

하림은 부하들에게 개인호를 파도록 명령했다. 대원들은 명령대로 밤새도록 호를 팠다. 눈을 쓸어내고 야전삽으로 얼어붙은 땅을 파는데 너무 깊이 얼어 있어서 땅에 부딪칠 때마다 삽이 튕기곤 했다. 그래도 대원들은 갈기갈기 찢어지고 무감각해진 손으로 하나하나 호를 만들어 나갔다.

워낙 추웠기 때문에 모든 것이 꽁꽁 얼어붙어 있었다. 수통의 물도, 통조림도, 플라스마 주사액까지도 순식간에 얼음이 되어 있었다.

추위가 적보다 무섭다는 것을 하림은 비로소 깨달았다. 미군은 한국군보다도 더 추위를 견뎌 내지 못하고 있었다.

하림은 부하들이 그를 위해 특별 텐트를 치려는 것을 막았다. 부하들은 눈 속에서 떨고 있는데 자기 혼자 텐트 속에서 추위를 피한다는 것이 싫었던 것이다.

 밤새도록 일부는 호를 만들어 나갔고 일부는 전투를 계속했다. 날이 샐 무렵 전투는 끝나 있었다. 그것은 일시적인 소강 상태에 불과했다. 적은 대대적인 공격을 위해 준비하고 있는 것이 틀림없었다.

 하림은 아침식사로 건빵을 씹었다. 수통의 물은 얼어붙어 있었으므로 눈을 집어먹었다. 미군 장교가 커피를 끓여 가지고 왔을 때는 눈물이 나도록 고마운 생각이 들었다. 미군은 그래도 커피를 끓여 마실 줄 알았지만 한국군은 그런 것에 익숙해 있지 않았다.

 눈밭 위에는 중공군들의 시체가 무수히 널려 있었다. 피에 젖은 눈은 검은 빛을 띠고 있었다. 아군의 시체는 한 곳으로 모아졌는데 미군까지 합쳐 모두 2백 구 가까이 되었다. 병사들은 시체에서 군번을 떼낸 다음 울음을 삼키면서 전우의 시체를 눈 속에 파묻었다. 시체를 운반한다는 것은 생각할 수도 없는 일이었던 것이다.

 하림은 얼어붙은 표정으로 모든 것을 지켜보았다. 전사자들을 향해 거수경례를 할 때에야 비로소 그의 눈에는 눈물이 비쳤다. 눈보라에 적의 시체들도 금방 눈 속에 묻혀 갔고 검은 핏빛도 사라졌다.

 날이 완전히 밝았을 때 중공군 포로 두 명이 끌려왔다. 한 명은 중상이었고 한 명은 부상 하나 입지 않고 있었다. 부상 포로는 이미 죽어 가고 있었고 아군 부상병조차 거의 방치되어 있는 판이라 부상 포로에게까지 손을 쓸 여유는 없었다.

부상하지 않은 포로는 눈 위에 꿇어앉아 두 손을 마주 비비며 살려 달라고 애걸하고 있었다. 중국말로 뭐라고 지껄이는데 도무지 무슨 말인지 알아들을 수가 없었다. 거기에는 중국말을 아는 사람이 아무도 없었다. 수소문해서 찾아보니 마침 하사관 가운데 중국말을 조금할 줄 아는 사람이 한 명 있었다. 그 하사관을 통역으로 삼아 하림은 직접 심문에 들어갔다.

포로는 가난한 시골 출신으로 그야말로 일자무식이었다. 거기다 반편이었다. 그래서 사령관은 물론 직속상관의 이름도, 그리고 소속 부대도 모르고 있었다. 한낱 소모품으로 전선에 끌려나온 가련한 사내였다.

"사방에 중공군이 새카맣게 깔려 있답니다. 너무 많아서 구더기처럼 우글거리고 있답니다."

통역을 통해 중공군에 대해 알아낼 수 있는 것은 그것뿐이었다. 그것은 구체적인 어떤 정보보다도 공포감을 안겨 주기에 충분한 것이었다.

"겁낼 것 하나도 없어. 수만 많았지 오합지졸이야. 현대전은 무기의 싸움이지 머릿수의 싸움이 아니야. 제깐 놈들이 아무리 많아야 총알보다 많을라구."

미군 참모들이 냉소적으로 말하는 것을 듣고 하림은 마음이 편치 않았다. 첫번째의 싸움에서 적을 물리친 것이 그들을 매우 고무시킨 것 같았다. 그러나 하림은 아무래도 자신감이 서지가 않았다. 이 혹한 속에서는 모든 것이 얼어붙는다. 미제 무기가 아무리 좋다 해도 얼어붙는 데야 써먹을 도리가 없다. 그런 것들보다는 오히려 칼 한 자루가 더 쓸모가 있다.

이런 혹한 속에서는 사람의 머릿수보다 더 강한 무기가 없다. 소모품으로 전선에 끌려나온 자들이 벌떼처럼 달려들면 과연 그들을 막아낼 수 있을까. 그것은 마치 손으로 홍수를 막아내려는 것과 같은 것이다. 하림은 카우보이가 소떼를 모는 것을 연상했다. 중공군 지휘관은 소떼를 모는 것처럼 병사들을 몰아댈 것이다.

자신의 걷잡을 수 없는 근심 걱정에 그는 화가 났다. 나는 어느새 겁보가 된 모양이지. 무기도 변변치 못하고 누더기 같은 옷을 입은 오합지졸들을 두려워하다니 말이야. 그렇다고 그에게서 용기가 사라진 것은 아니었다. 그는 누구보다도 용기가 있는 사나이였다. 그에게 용기가 없었다면 이렇게 전장에 뛰어들지도 않았을 것이다. 그는 진정코 용감한 사나이였기 때문에 두려움이 무엇인가도 알고 있었다.

밤에는 어두워서 잘 몰랐는데 날이 환히 새서 보니 그 일대는 그야말로 지옥 같은 지형을 이루고 있었다. 고원지대인데다 시베리아의 찬바람이 줄기차게 불어닥치고 있어서 살벌하고 황량하기 그지없었다. 눈 위로 겨우 고개를 내민 마른 풀들은 바람이 불어닥칠 때마다 날카로운 소리를 내며 떨어 대고 있었다. 눈이 쉴새 없이 오고 있었고, 골짜기와 능선은 눈이 얼어붙어 숫제 빙판을 이루고 있었다. 고원지대라 다른 지역보다 추위가 일찍 찾아오는데다 그해 겨울의 추위는 10년만에 오는 강추위라고 했다.

지도상에는 장진호에서 함흥에 이르는 길이 자세히 나와 있지 않았다. 지도에서 그런 설명을 구한다는 것 자체가 우스운 일이었다. 그런데 실제 눈으로 보니 그것은 길이 아니라 지옥으로 가는 길이라고 하는 편이 차라리 옳을 것 같았다.

길은 외가닥이었다. 외가닥 좁은 길이 오르락내리락 하면서 뱀처럼 산자락을 따라 꾸불꾸불 이어지다가 구릉으로 사라지고 있었는데 아무리 보아도 차량 한 대 통과할 수 있을 것 같지가 않았다.

그런 곳에 마을이 하나 있었다. 유담리(由潭里)라고 하는 조그만 마을이었는데, 유령이라도 나올 듯한 황폐한 모습이었다. 마을에는 사람 하나 살고 있지 않았다.

유담리는 다섯 개의 능선으로 둘러싸인 계곡에 자리잡고 있었는데, 해발 1천 미터 이상이나 되는 고지대였으므로 겨우내내 눈바람을 맞고 있었다. 험한 골짜기와 능선 어디를 둘러봐도 눈과 얼음으로 뒤덮여 있었다.

지도상으로 유담리는 호수 서남쪽, 장진(長津) 서북쪽에 위치해 있었다. 깎아지른 벼랑과 깊은 심연을 끼고 꾸불꾸불 나 있는 길은 남쪽으로 사라지다가 역시 얼어붙고 황량한 마을에 이르는데 마을 이름이 하갈우리(下碣隅里)라고 했다. 군청 소재지인 장진과는 지척지간에 있는 마을이었지만 높은 고원에 자리잡고 있어서 버림받은 땅이라는 표현이 차라리 알맞을 것 같았다.

하갈우리에서 다시 남쪽을 향해 높은 구릉을 통해 기어나간 길은 계속 위로만 거슬러 올라가다가 또 하나의 마을과 마주친다. 고원에 동댕이쳐진 그 마을은 고토리(古土里)라고 했다. 고토리를 지나면 길은 갑자기 밑으로 밑으로 떨어져 내리다가 다시 고개를 쳐들고 위로 치솟기 시작하는데, 까마득히 높아 보이는 재가 해발 1천2백미터 높이의 저 유명한 황초령(黃草嶺)이다.

재에 오르면 능선을 따라 갈대밭이 질펀하게 뻗어 있는데, 반 이상이 눈 속에 묻혀 삭풍에 떨어 대며 날카로운 비명을 지르고 있었다.

길은 능선 위로 힘없이 뻗어 가는 듯하다가 아예 숫제 없어져 버렸다. 그때부터는 차라리 악몽 속을 헤쳐나가는 편이 오히려 나을 것 같았다.

제대로 된 길을 찾으려면 함흥을 1백50여 리 앞둔 곳에서부터 찾아야 했다. 그렇다 해도 곧게 뻗은 좋은 길은 아니었다. 자갈과 진흙투성이의 길이었다.

아무튼 장하림의 공정부대가 있는 유담리로부터 함흥까지 장장 백여 킬로, 그것도 지옥으로 통한다고 보는 것이 옳을 것 같은 그런 길이었다.

얼어붙은 아침식사를 마치고 나자 미군 수송기들이 중장비와 보급품을 투하하기 시작했다. 지프, 90밀리 대전차포, 105밀리포, 탄약, 휘발유, 음료수, 의약품, 비상식량 등이 무진장하게 삭막한 고원 위로 떨어져 내렸다. 그러나 모든 것이 순식간에 얼어붙는 추위 속에 그런 것들이 제대로 이용될지는 의문이었다.

눈바람은 걷잡을 수 없이 고원에 몰아치고 있었고, 장병들은 그런 악천후 속에서 눈을 뜨기조차 어려워했다.

예상했던 대로 지프는 한 시간도 못 돼 쓸모 없게 되어 버렸다. 휘발유가 얼어붙지 않는다 해도 그런 험한 지형에서는 차를 굴린다는 것이 불가능했다. 그뿐 아니었다. 중포 역시 다루기가 거의 불가능했다. 자기 몸 하나 가누기가 어려운 판에 눈 속에서 그런 것을 끌고다닌다는 것은 너무도 힘든 일이었다. 통조림도 음료수도 순식간에 얼어붙어 버렸다. 의약품도 거의 쓸모 없게 되어 버렸다.

공정대는 유담리 마을 복판에다 지휘본부를 설치했다. 마을에 내려가 보니 미군 물자가 즐비하게 널려 있었다. 그것으로 미군이 그 마을에 주둔했다가 철수한 것이 밝혀졌다.

마을에는 버림받은 개들이 서너 마리 있었는데, 낯선 사나이들을 보자 털을 세우고 으르렁거렸다. 하나같이 먹지 못해 비쩍 말라 있었다.

제10군단 소속 미군 대부대는 거기에서 10킬로 남쪽에 발이 묶여 있었다. 무전보고에 따르면 중공군이 이중 삼중으로 포위하고 있어서 연 사흘째 그곳에서 치열한 전투가 벌어지고 있다고 했다.

지휘본부에서는 상황을 알아 보기 위해 수색대를 내보냈는데 그들은 끝내 소식도 없이 사라지고 말았다.

능선을 따라 중공군의 이동하는 모습이 보인 것은 오후 2시경이었다. 검은 점들이 무수히 움직이고 있었는데 아무리 기다려도 그 줄이 끝나지가 않았다.

　유담리를 에워싸고 있는 바깥 능선들 위에는 어느새 까만 점들이 빽빽이 들어차 있었다. 눈 속에서 끊임없이 움직이고 있는 그들의 모습은 아무리 보아도 사람 같지가 않았다.

　공정대원들은 안쪽 능선에 진을 치고 기다렸다. 하림도 능선 위로 올라가 바위 뒤에 몸을 가리고 서서 싸움이 시작되기를 기다렸다.

　중공군은 좀처럼 공격해 오지 않았다. 망원경으로 살펴보니 계속 병력이 불어나고 있었다. 대병력으로 단숨에 공격해 오려는 것이 분명했다.

　"뙤놈 새끼들 오기만 해 봐라. 일 미터 앞에까지 기다렸다가 골통을 쏴 버려야지."

　"어, 추워. 빨리빨리 붙었으면 좋겠어. 이거 추워서 어디 견딜 수가 있나."

　기다림에 지친 병사들이 생각나는 대로 제각기 한마디씩 지껄이고 있었다.

　하림은 미군 지휘관이 준 시거를 피우면서 상대방의 이야기에 귀를 기울이고 있었다.

　"……이렇게 험한 지형에서 싸워 보기는 처음이에요. 이야기는 대강 들었지만 이 정도로 나쁜지는 몰랐어요. 오밀조밀하면서도 기복이 심하고 길들이 협소해서 기동력이 갑자기 상실당한 기분이에요. 이런 지형에서는 여기에 맞는 특수훈련이 필요할 것 같아요."

그는 갑자기 목소리를 낮추어 속삭이듯 말했다.

"사실 좀 당황했어요. 하지만 잘 되겠지요. 모두 용감하니까요. 기분이 어때요?"

"괜찮습니다"

하림은 웃으면서 노병을 물끄러미 바라보았다. 이런 지형에는 어울리지 않는 파란 눈에 노랑머리의 노병이 거기에 서 있다는 것이 문득 이상하게 느껴졌다.

그때 피리 소리가 들려오기 시작했다. 피리 소리는 바람을 타고 여기저기에서 한꺼번에 들려오고 있었다.

"아아, 저놈의 피리 소리……"

누군가의 중얼거리는 소리는 곧 함성에 묻혀 버렸다. 능선 위에 포진하고 있던 중공군들은 소리소리 지르며 산밑으로 뛰어내리고 있었다. 그것은 마치 돌덩이가 우박처럼 굴러 떨어지는 것 같았다.

공정대원들은 미친 듯이 쏘아붙였다. 가지고 있는 화기를 총동원하여 닥치는 대로 쏘아 갈겼다.

하림은 기관총 옆에 엎드려 있었다. 기관총은 왼쪽 측면을 맡고 있었다. 쉴새 없이 쏘아대는 바람에 기관총 총구는 벌겋게 달아오른 나머지 금방이라도 녹아 버릴 것만 같았다. 귀가 먹먹해서 아무 것도 들리지가 않았다. 번쩍이는 섬광 때문에 밀려오던 어둠이 도로 물러가 버리는 것 같았다.

중공군은 추풍낙엽처럼 나뒹굴고 있었다. 능선 위에 엎드려 아래를 향해 총을 쏘는 만큼 명중률이 아주 높았다. 그런데도 적군은 눈밭을 기어올라오고 있었다.

"도대체 저놈들은 겁도 없나 보지?"

"약을 먹인 게 아니야?"

공정대원들은 기가 막혀 사격을 멈추고 그들을 바라보다가 다시 방아쇠를 당겼다.

어둠이 짙어지자 조명탄이 골짜기를 환하게 비췄다. 눈은 그치고 고원에 달이 떴다. 희미한 초승달이었다.

잠시 총소리가 멎는 듯했는데, 청승맞게도 피리 소리와 나팔 소리가 구슬프게 들려왔다. 하도 구슬픈 소리라 모두가 전의를 잃고 귀를 기울이고 있었다. 병사들은 목이 메어 마른 침을 삼켰고, 두고 온 고향을 생각했다. 그래서는 안 되는 줄 알면서도 그들은 구슬픈 소리가 안겨 주는 마약 같은 환상 속으로 점점 깊이 빠져들고 있었다.

하림은 바로 눈앞에 검은 그림자가 어른거리는 것을 보았다. 아군이 환상에 빠져 있을 때 재빨리 기어올라온 모양이었다. 그는 수류탄을 집어들고 소리쳤다.

"적이다!"

그리고 그것을 던졌다. 고개를 숙였다가 쳐드니 검은 그림자는 보이지 않았고, 다시 섬광이 번쩍이고 있었다.

조명탄 불빛에 드러난 골짜기는 중공군의 시체로 가득 들어차 있었다. 그만하면 물러갈 만도 하련만 그렇지가 않았다. 도대체가 끝이 없었다. 쏘아도 쏘아도 끊임없이 올라오고 있었다. 그야말로 지긋지긋한 놈들이라는 생각이 들었다.

밀려오는 적들은 소리도 지르지 않았다. 조용히, 그러면서도 재빨리 움직이고 있었다. 그들을 죽음 속으로 몰아넣는 배후의 그 강력한 힘이 무엇인지 하림은 아무리 생각해도 잘 알 수가 없었다.

주위에서 수류탄이 터지기 시작했다. 파편에 아군 병사들이 쓰러지고 있었다. 부르짖음도 울음 소리도 없었다. 부상당했다고 구원을 호소하지도 않았다.

"피하셔야 합니다. 적이 밀려들고 있습니다."

뒤쪽 능선의 방어선이 무너져 그쪽으로 적들이 물밀듯이 밀려들고 있었다. 그쪽은 미군 담당이었다.

"피하셔야 합니다. 더 이상 지체할 수 없습니다!"

부하들의 성화가 불같았다. 다시 수류탄이 터졌다. 몇 사람이 언덕 아래 어둠 속으로 굴러 떨어졌다. 금속성의 소리가 얼굴을 스치고 지나갔다. 하림은 쓰러졌다가 일어났다. 얼굴에는 어느새 핏물이 얼어붙어 있었다. 적이 막 올라서고 있었다. 미처 총을 쏠 여유가 없었다. 죽은 병사의 총을 집어들고 후려갈겼다. 개머리판이 정통으로 상대의 머리통에 둔탁한 소리를 내며 부딪쳤다. 총을 바로 쥐고 닥치는 대로 쏘아붙였다.

그는 부하들에게 용기를 내라고 소리치고 싶었다. 그러나 그럴 수가 없었다. 모두가 죽을 힘을 다해 싸우고 있었으므로 그런 말을 할 필요가 없었던 것이다. 오히려 그 자신이 부끄러움을 느낄 정도로 그들은 생사를 초월해서 싸우고 있었다.

밤은 한없이 길었고 전투 또한 끝없이 계속되고 있었다. 일찍이 그렇게 길고 지리한 밤을 그는 겪어 본 적이 없었다. 그토록 끝없이 전개되는 싸움도 경험해 본 적이 없었다.

눈 속을 뒹굴다보니 그는 눈과 하나가 되는 일체감을 느꼈다. 처음에는 눈이 두려웠는데 지금은 그것이 흙처럼 부드럽게 느껴지기조차 했다.

"조심하십시오!"

그의 뒤에서 부하들의 외침이 들려왔다. 그가 오른쪽을 바라본 순간 적군이 그를 덮쳤다. 그는 얼결에 총검을 위로 쳐들었다. 묵직한 것이 총검 끝에 걸리는 것을 느끼면서 그는 비틀거렸다.

"으악!"

처절한 비명이 비수처럼 귀를 후비고 들어왔다.

그는 쥐고 있던 총을 놓아 버렸다. 그와 함께 적병이 힘없이 쓰러졌다. 놈은 쓰러지면서 그의 다리를 움켜잡았다. 그는 질겁을 하고 뿌리쳤지만 쉽게 떨어지지가 않았다. 그는 상대의 복부에 박힌 총검을 뽑아 들었다. 놈이 몸을 뒤틀었다. 다리에 손톱이 박히는 것이 느껴졌지만 별로 통증 같은 것은 느껴지지 않았다. 정신을 차릴 수가 없었다. 적의 그림자들이 수 미터 저쪽에서 아른거리고 있는 것이 보였다. 그는 총검을 높이 쳐들었다. 숨을 몰아쉬었다가 멈추었다. 그리고 적병의 등판을 힘껏 찍었다. 그래도 상대는 그의 다리를 놓지 않았다. 하는 수 없이 다시 찍었다.

몸을 돌리는 순간 다른 적병이 돌진해 왔다. 두 사람의 몸이 세차게 부딪쳤다. 그는 적병을 안고 눈밭에 나뒹굴었다. 적병의 손에는 대검이 들려 있었다. 하림은 그 손목을 움켜잡았지만 오래 버틸 자신이 없었다. 이미 백병전이 벌어지고 있었으므로 그의 부하들은 그를 구해 줄 여유가 없었다. 칼끝이 바로 그의 얼굴 위에서 부르르 떨고 있었다. 그는 전율을 느끼면서 몸을 뒤쳐 보았다. 적병은 아주 억센 놈이었다. 나는 여기서 죽는 모양이다 하고 하림은 생각했다. 너무 억울한 생각이 들었다. 그제서야 비로소 허리에 차고 있는 권총이 생각났다. 왜 그 생각을 못했을까. 바보 같으니. 손을 움직여 권총을 뽑아 들었다. 칼끝이 코끝을 건드렸다. 소름이 쭉 끼쳤다. 권총을 놈의 옆구리에 갖다 댔다. 놈은 두터운 누비옷을 입고 있었다. 뜨거운 입김이 헉헉 끼쳐 왔다. 살그머니 방아쇠를 당겨 보았다. 총소리는 별로 크지도 않았다. 적병은 갑자기 허리를 폈다. 숨을 들이켰다가 모든 동작을 일순 멈추는 듯했다. 그런 다음 옆으로 슬그머니 몸을 눕혔다.

하림은 적병을 밀어내고 일어났다. 누가 누군지 구별할 수가 없었다. 적으로 생각되면 무조건 방아쇠를 당겼다. 그렇게 많은 사람을 죽여 보기는 처음이었다. 시체가 쌓여 발에 자꾸만 걸리는 바람에 몇 번씩이나 넘어졌다. 총알이 떨어졌다. 탄창을 구해다가 끼울 여유가 없었다. 굴러다니는 총을 집어들고 개머리판으로 마구 후려쳤다. 퍽퍽 하는 소리가 났다. 개머리판이 머리통을 후려칠 때는 마치 자신이 그렇게 얻어맞는 기분이 들었다.

전투는 날이 밝아서야 겨우 끝났다. 끝난 게 아니라 일시 멈춘 것에 불과했다.

고지는 온통 검붉은 피로 물들어 있었다. 능선도 골짜기도 피로 짓이겨져 있었고, 그 피가 얼어붙는 바람에 쉽게 없어질 것 같지가 않았다. 그리고 거기에 참혹한 모습의 시체들이 나뒹굴고 있었다. 그야말로 헤아릴 수 없이 많은 시체들이었다. 적의 시체가 훨씬 많았다.

그러나 아군의 시체도 상당했다. 쌍방이 큰 피해를 입은 셈이었다. 적은 많은 시체들을 남겨두고 일단 물러갔는데 멀리 후퇴한 것이 아니고 빤히 보이는 곳에서 다음 공격을 준비하고 있는 것 같았다.

연합군은 미처 죽지 않고 꿈틀거리고 있는 적군들을 사살해 버렸다. 그것이 훨씬 인도적이었기 때문이다. 아군 부상병들은 한 곳으로 모아져 눈밭에 누워 있었다. 그곳에서 후송이란 엄두도 낼 수 없는 일이었다.

하림은 미칠 것 같았다. 부상병들이 방치된 채 죽어가는 것을 보고 있자니 가슴이 찢어지는 것 같았다. 후송이 불가능한 것을 알고 있는 부상병들은 차라리 죽여 달라고 호소했다. 얼어서 고통스럽게 죽느니 차라리 그 편이 고통도 덜하고 더 낫기 때문이었다. 그러나 그것을 알면서도 차마 자기 편을 사살하는 사람은 없었다. 그것은 지극히 미묘하고 어려운 일이었다.

하림은 피에 젖은 얼굴과 손을 눈으로 씻었다. 깨끗이 씻어질 리가 없었다. 코를 대자 비린내가 물씬 느껴졌다.

코린 대령은 어깨에 부상을 입고 있었다. 그는 하림의 어깨를 툭 쳤다.

"당신은 안전하군"

그는 어깨에 총알을 맞았는데 총알이 박히지 않고 뚫고 지나갔기 때문에 다행이라고 하면서 씩 웃었다. 그러다가 갑자기 웃음을 거두면서 이렇게 말했다.

"지금 저쪽은 전투가 한창인 모양입니다. 빨리 와달라는 무전이 빗발치고 있어요. 오늘 중으로 포위망을 뚫고 그들과 합류되지 않으면 붕괴될 것 같아요."

"그렇다면 지금 바로 떠나죠."

"우리도 여기를 빠져나가는 것이 쉽지 않아요. 난 미군만을 데리고 먼저 지원하러 갈 테니 뒤에 남아 놈들의 추격을 저지하면서 천천히 오시오. 해낼 수 있겠소?"

"염려 마십시오."

그들은 격렬한 시선을 주고받았다.

"부상병은 어떻게 할까요?"

거기서 두 사람은 잠시 말문이 막혔다. 부상자를 데려갈 수는 있었다. 그러나 그것은 전투가 없을 경우에 한해서 가능한 일이었다. 적군이 덤벼들 경우에는 문제가 달랐다. 부상병을 데리고 적을 상대할 수는 없는 일이었다. 그렇게 되면 전력이 뚝 떨어져 희생만 더 커질 뿐이었다. 그들은 블랙스노라고 하는 특수작전을 수행하기 위해 투입된 공정부대였다. 그런 만큼 신속하게 움직여야 했다.

"미군 부상병은 내가 알아서 하겠소. 한국군은 당신이 알아서 하시오."

"알겠습니다."

하림은 코린 대령이 부상병들을 어떻게 처리하는가 눈여겨보았다.

코린은 걸을 수 있는 부상병들만 데리고 갔다. 나머지 부상병들은 침낭 속에 들어가게 한 다음 그들이 원하는 대로 하나하나 쏴 죽였다.

부상병들을 쏴 죽이는 미군 병사들의 눈에서는 눈물이 비오듯이 흘러내리고 있었다. 그것을 바라보고 있는 코린 대령의 눈도 눈물에 젖어 있었다. 하림은 차마 볼 수가 없어 고개를 돌려버렸다.

놀라운 것은 모두가 죽음을 평온하게 받아들이고 있다는 사실이었다. 죽고 싶지 않으니 제발 데려가 달라고 애걸하는 사람은 하나도 없었다. 만일 그런 사람이 있었다면 차마 총을 쏠 수가 없었을 것이다.

죽음을 자청한 사람들이나 총을 쏜 사람들이나 모두가 훌륭한 태도를 견지하고 있었다. 그것은 정말 눈물겹고 감동적인 광경이었다.

다음은 한국군 차례였다. 모두가 하림을 바라보고 있었다. 하림은 가슴이 바짝바짝 타 들어갔다. 자신이 결정을 내려야 한다는 사실이 그는 저주스러웠다. 치료도 못 받고 누워 있는 중상자들은 제발 죽여 달라고 애걸하고 있었다.

측근 장교들은 드러내 놓고 말은 하지 않았지만 어서 결정을 내리라고 무언의 강요를 하고 있었다.

"모든 부상자는 한 사람도 낙오되어서는 안 된다. 사망자는 할 수 없지만 숨이 조금이라도 붙어 있는 사람은 모두 데리고 간다."

하림은 결국 이렇게 단안을 내렸다. 그것은 정말 뜻밖이었으므로 모두가 의아하고 놀란 표정을 지었다. 부상자들을 하나도 빼놓지 않고 데려간다는 것은 대단히 힘들고 위험한 일이었다. 그 상황에서는 그것은 거의 불가능에 가까운 일이이라고 생각되었다. 따라서 모든 사람들이 하림의 결정에 놀란 것도 무리는 아니었다.

그들은 하림이 미군과 같은 결정을 내릴 것이라고 생각하고 있었던 것이다. 부상자들을 사살하지는 않는다 해도 그 상황에서 버리고 간다 해도 그를 원망할 사람은 아무도 없었다. 그런데도 그는 예상과는 정반대의 결정을 내린 것이다. 장교들이 즉각 이의를 제기하고 나왔다.

"그건 안 됩니다. 재고해 주십시오. 이 상황에서 부상자를 모두 데려가다가는 아군의 기동력이 마비되고 맙니다. 그러다가는 모두 전멸당하고 맙니다. 물론 괴로우시겠지만 작전을 수행하고 부대를 살리기 위해서는 부상자들을 그대로 두고 갈 수밖에 없습니다."

장교들은 강경하게 나왔다. 그러나 하림은 결심을 바꾸려 들지 않았다.

"물론 희생이 클 것이라는 것을 모르는 바 아니다. 그렇다고 해서 우리의 전우들을 이 눈밭에 내버리고 갈 수는 없다. 그것은 어떤 이유로도 용납될 수 없는 짓이다. 우리의 전우가 이 눈밭에서 얼어죽는 것을 한번 생각해 보라. 그전에 적들에 의해 사살당할 지도 모르지. 이 전쟁이, 그리고 전쟁의 생리란 것이 아무리 잔혹하다 해도 나는 부상당한 우리 전우들을 버리고 가는 데는 찬성할 수 없다. 죽으면 죽었지 그럴 수는 없다. 우리가 전멸당하는 한이 있더라도 부상자는 한 명도 빠짐없이 데리고 간다. 물론 부상자를 데려감으로써 우리가 입게 되는 피해는 막심할 것이다. 그리고 나는 나의 결정이 어리석다는 것도 잘 알고 있다. 그러나 한 명의 부상자를 살리기 위해 우리 모두가 죽는 한이 있더라도 우리는 그 부상자를 데리고 가야 한다. 그것이 바로……"

그것이 바로 인간정신이라고 말하려다가 그는 그만두었다. 문득 자신이 위선자처럼 생각되었기 때문이다. 나는 관념에 충실하기 위해 이러는 것이 아니다. 관념 따위는 관심 밖이다. 단지 인간으로서 인간을 버릴 수 없기 때문이다. 비록 내가 죽는 한이 있더라도.

"미군은 그러지 않았습니다."

"미군은 미군이고 우리는 우리다. 우리는 우리 방식대로 하는 거야. 나중에 책임 추궁이 두려워 이러는 것이 아니다."

"만일 그러시다가 부대가 모두 전멸당하면 어떻게 하시겠습니까?"

"어떻게 하긴……가장 어리석고 가장 값진 죽음이 되겠지. 이런 결정을 내리다니, 나는 확실히 어리석은 지휘관이다. 현명한 지휘관이라면 이런 결정을 내리지 않을 것이다."

그는 감정을 드러내지 않으려고 애를 썼지만 어느새 그의 얼굴에는 고뇌의 그림자가 짙게 드리워져 있었다.

"여러분들이 애초에 나와 같은 어리석은 지휘관을 만난 것이 잘못이다."

강경하게 나오던 장교들은 당혹한 표정을 지었다.

"아닙니다. 저희들은 가장 훌륭한 지휘관을 만났다고 생각하고 있습니다. 저희들의 생각이 얕았습니다. 명령대로 따르겠습니다."

그들은 감동어린 눈으로 하림을 바라보았다. 하림도 감동하기는 마찬가지였다.

"여러분들이 이해를 해 주니 고맙다. 우리가 힘을 합쳐 나간다면 난관을 극복할 수 있을 것이다."

하림의 결단이 밝혀지자 이상하게도 장병들 사이에는 지금까지 보지 못했던 사기가 충만하기 시작했다. 만일 부상자들을 버리기로 결정했다면 모두가 비탄에 잠겨 버렸을 것이다. 정말 의외였다. 불만이 고조될 줄 알았던 하림은 병사들의 태도에 큰 감명을 받았다.

한편 부상자들은 이미 죽음을 각오하고 있던 터였기에 자기

들을 버리지 않고 모두 데리고 간다는 말을 듣고는 감격에 겨워 흐느껴 울었다.

병사들은 걸을 수 없는 중상자들을 운반하기 위해 나무를 베어 들것을 만들었다. 중상자 한 명을 운반하는데는 최소한 두 사람이 필요했다.

준비가 끝나자 하림은 부대를 출발시켰다. 부상자들을 데리고 가는 판이라 자연 행군이 느릴 수밖에 없었다. 험한 산 속, 그것도 눈 속을 헤쳐가는 것이니 그 고생이야 이루 말할 수 없었다.

먼저 떠난 미군으로부터 전갈이 왔다. 지금 중공군 대부대에 포위되어 전투중이며 코린 대령은 전사하였다는 거였다. 그러면서 가능한 한 빨리 와서 지원해 달라고 했다.

하림은 난처했다. 모두가 필사적으로 움직이고 있는 판인데 더 이상 어떻게 몰아세운단 말인가.

모두가 인간능력의 한계에 도달해 있었다. 그 이상은 어떻게 해볼 도리가 없었다. 그러나 하림은 명령을 내려야 했다. 그는 끊임없이 명령을 내려야 하는 자신의 입장이 저주스러웠다. 장병들은 군소리 없이 그의 명령을 받아들였다. 눈 속에 묻힌 좁고 험한 길을 찾아 그들은 쉬지 않고 걸어갔다. 그날 따라 더욱 혹독한 추위가 엄습해 와 그들을 견딜 수 없게 만들어 주고 있었다. 삭풍에 코가 떨어져 나가는 것 같았고 눈보라에 눈을 뜨기조차 어려웠다.

척후병이 돌아와서 하는 말이 앞에 중공군이 우글거리고 있다고 했다. 그렇다고 행군을 멈출 수는 없었다. 가까운 곳에서는 전투가 벌어지고 있었다. 들려오는 소리로 보아 매우 격렬한 전투가 벌어지고 있는 것 같았다.

한 시간이 채 못 되어 장하림의 부대는 적과 만났다. 앞에만 적이 있는 줄 알았는데 양옆에도 적이 있었다. 양쪽에서 협공해 들어오는 바람에 하림의 부대는 허리가 잘려 나갔다. 적군은 기회를 놓치지 않고 허리 쪽으로 대거 밀려들었다. 하림은 몹시 당황했다. 앞으로 헤쳐 나가는 것을 포기하고 허리 쪽을 헤집고 들어갔다. 막바지에 몰린 판이라 모두가 잘 싸웠다.

그러나 상대는 너무나도 수가 많았다. 주체할 수 없을 정도로 밀려들고 있었다. 이쪽은 단 한 사람이라도 목숨을 아끼는 판인데 적은 그렇지가 않았다.

그들은 일부러 죽기 위해 싸우는 것 같았다. 그야말로 목숨을 쓰레기처럼 내버리고 있었다. 그리고 하나같이 악착스러웠다. 기관총탄이 소나기처럼 퍼부어지고 있는데도 불구하고 달려드는 것을 보면 도대체 위기에 대한 의식이 없는 것 같았다.

세 시간에 걸친 혈전 끝에 겨우 잘린 허리를 잇는데 성공했지만 주위에 보이는 것이라고는 온통 중공군뿐이었다. 하는 수 없이 길을 버리고 능선을 타고 가기로 했다.

길도 없는 곳을 부상자까지 데리고 포위망을 뚫고 가자니 몇 배의 힘이 더 들었다. 하림은 몇 번씩이나 부상병을 버리고 싶은 충동을 느끼곤 했다. 그럴 때마다 자신을 질책하면서 행군을 계속했다.

너무 고생이 심하자 장병들 가운데서 마침내 하나둘 씩 불평이 터져나오기 시작했다. 참다못해 투덜거리는 소리를 들을 때마다 하림은 모른 체했다. 병사들의 불평불만은 당연한 것이었다. 그것이 없는 것이 오히려 이상했다. 그러나 불평불만을 늘어놓는 사람은 극소수에 불과했고 대부분이 묵묵히 움직이고 있었다.

쉽게 분쇄될 줄 알았던 한국군이 부상자까지 데리고 의외로 끈질기게 버티고 나가자 중공군은 초조한 나머지 더욱 무모한 공격을 가해 왔다. 그때마다 하림은 잘 싸웠다. 소수의 병력으로 적절히 대처하면서 적에게 타격을 주었다.

눈이 무릎께까지 쌓여 있었기 때문에 차라리 기어간다고 하는 편이 옳았다. 눈이 녹아 군화는 질퍽거렸고 그 추위 속에서도 몸은 땀에 젖어 들었다. 잠깐이라도 휴식을 취하려고 하면 땀은 순식간에 차갑게 얼어붙는 것이었다. 그런 판이라 동상에 걸리지 않는 사람이 없었다.

아무리 적이 무모하게 인해전술로 공격해 온다 해도 워낙 눈이 많이 쌓여 있기 때문에 거기에는 한계가 있었다. 그들 역시 움직임이 매우 둔했고, 그것은 좋은 표적이 되었다. 하림의 부하들은 함부로 총을 쏘지 않고 잘 겨누어서 발사했고, 그때마다 움직임이 둔한 적들은 어김없이 나가떨어지곤 했다.

그렇다고 한국군 쪽이 우세한 것은 아니었다. 그들도 많은 희생을 입고 있었다. 그러나 그들에게는 용기와 인내와 일치된 승화감이 있었다.

겨우 하갈우리에 이르니 미군은 전투에 지쳐 자포자기 상태에 빠져들었다. 어둑어둑해지는 사이로 한국군이 나타나자 그들은 울부짖으며 다시 싸우기 시작했다.

소수의 병력으로 부상병들을 지키게 하고 하림은 부대를 몰아 적진으로 뛰어들었다. 지친 병사들이 잘 움직일 기미를 보이지 않자 그는 앞장서서 달려갔다. 그것을 보자 병사들도 마침내 함성을 지르며 뒤따르기 시작했다.

하림의 부대는 둘로 나뉘어 양쪽에서 협공해 들어갔다. 그는 기관단총을 들고 계속 선두에서 적을 사살했다. 기습에 놀란 중공군들은 어둠 속으로 뿔뿔이 흩어지기 시작했다.

다시 만난 한국군과 미국군은 서로 얼싸안고 목놓아 울었다. 하림은 코린 대령의 시체 앞에서 눈물을 흘렸다.

"대령의 시신은 꼭 모셔가도록 하시오."

그는 미군 장교들에게 당부했다.

젖은 신발을 말릴 겨를도 없이 한미 연합군은 고토리를 향해 전진했다.

어두워지자 기온은 섭씨 영하 25도까지 내려갔다. 추위는 사실 적보다 무서운 존재였다. 적은 피할 수 있고 물리칠 수도 있으나 추위는 그럴 수가 없었다. 고토리까지의 행군은 더 큰 시련을 안겨 주었다.

연합군은 잠시도 숨을 돌릴 여유가 없었다. 중공군은 사방에서 줄기차게 퇴로를 막고 공격해 들어왔다.

하림은 끝까지 부상병을 버리지 않았다. 미군도 하갈우리에

서부터는 한국군처럼 부상병을 데리고 갔다.

코린 대령이 죽었기 때문에 하림은 미군까지 지휘하지 않을 수 없었다. 미군은 의외로 그의 명령을 잘 따라 주었다. 그는 주력으로 하여금 계속 전진하게 하고 나머지 병력은 좌우로 깊숙이 들어가 진을 치게 했다.

하림의 부대가 악조건 속에서도 상상할 수 없는 공격을 감행했기 때문에 적은 당화하여 멀리까지 도망쳤다. 그러다가 다시 공격해 오곤 했다.

그것은 인내심의 싸움이었다. 그것은 인간 능력의 한계를 시험하는 싸움이었다. 누가 더 끈질기게 버티느냐에 따라 승패가 좌우되는 싸움이었다. 그런데 장하림은 인내심이 어떤 것인가를 보여 주고 있었다.

그의 전의는 역경에 처할수록 더욱 무섭게 타오르고 있었다. 그 혹한 속에서도 그의 몸뚱이는 불덩이처럼 타오르고 있었다. 그에게는 남들이 가지고 있지 않은 사무친 원한과 증오심이 있었다. 그리고 이 전쟁에서 결코 패해서는 안 된다는 강한 의지가 있었다.

좌절의 순간이 찾아올 때마다 그는 자신이 시체가 되어 목에 밧줄을 걸고 질질 끌려가던 모습과 지하에서 보낸 기나긴 석 달을 생각했다. 그러면 다시 증오심에 몸이 떨리면서 새로운 힘이 용솟음치는 것이었다.

그가 일관된 강한 의지로 끌고 나가자 연합군 장병들 역시 군소리 없이 그를 잘 따랐다. 그리고 그러한 상태가 오래 계속되자 극한 상황 속에서도 모두가 일체감이 되어 하나 같이 움직일 수 있었다.

위기를 계속 겪다 보면 거기에 둔감해지기 마련이다. 공정대는 중공군의 공격에 계속 시달리고 있었지만 하도 시달리다 보니 이제는 별로 놀라지도 않고 으레 그러려니 하고 생각하고 있었다.

고토리에 거의 이르렀을 때는 모두가 기진맥진해 있었다. 한국군과 미군은 서로 뒤섞여 걸었고 졸음을 쫓기 위해 함께 합창까지 했다.

모두가 초인적인 의지로 그렇게 눈 속을 헤쳐가는 모습은 장엄하기조차 했다. 그때쯤에는 미군 전투기들이 계속 하늘을 날고 있었기 때문에 적의 접근이 다소 줄어들고 있었다.

그러나 그들이 막상 고토리에 이르러 보니 상황은 더욱 절망적인 것으로 나타나 있었다. 그곳은 지옥 중의 지옥 같았다. 처음부터 예상했던 것이지만 막상 눈으로 직접 보니 상상외로 참담했다.

미 해병 제1사단과 보병7사단으로 이루어진 혼성군은 고토리 일대에 흩어져 오도가도 못하고 묶여 있었는데, 너무 오래도록 그곳에 포위되어 있었기 때문에 모두가 동상과 이질에 걸려 절망적인 몸부림만 하고 있었다.

그들은 마치 눈 속에서 생존하는 특수한 동물 같은 모습을 하고 있었다. 미군기들이 줄기차게 지원을 해 주고 있었지만 소용이 없었다.

고토리 일대를 포위한 중공군은 마치 바다처럼 드넓게 퍼져 있었고 파도처럼 허옇게 밀려왔다가 밀려가곤 했다. 중공군의 인해전술처럼 신축성이 있는 전술도 드물었다. 그것은 특별히 전술이라고 부를 것까지도 없었다. 홍수처럼 몰려오다가 이쪽이 조금이라도 강하다 싶으면 도로 물러간다. 그리고 기회를 봐서 다시 달려든다. 그런 과정이 끊임없이 반복된다. 그들이야 워낙 인원이 많으니 그런 짓을 계속해서 행할 수 있겠지만 당하는 쪽은 그야말로 죽을 지경이다. 결국 지쳐서 자포자기에 빠지면 그들은 파도가 덮치듯 덮쳐 버린다.

그들은 어지간히 참을성도 있지만 신경질적으로 전투에 임하는 법도 없다. 결코 흥분하지 않고 기계적으로 똑같은 행동을 줄기차게 반복하는 것이다. 그것은 숱한 목숨을 제물로 삼지 않고는 성공할 수 없는 전술인 것이다. 중국은 워낙 인구가 많으니까 사람의 목숨을 소모품처럼 희생시키는 그런 전법이 개발된 것일까.

하림은 공정대를 이끌고 적진 깊숙이 공격해 들어갔다. 그들이 배후에서 갑자기 들이치자 중공군 사이에 혼란이 일었다. 공정대원들은 소대별로 산개해서 치고 들어갔다. 후퇴하는 중공군들의 머리 위로 미군 전투기들이 저공 비행하면서 기관총탄을 퍼부어댔다.

얼어붙은 하늘은 금방 포연으로 뒤덮이고, 동토는 짓찢겼다. 포탄이 날으는 소리가 마치 비명처럼 들려왔다.

고토리에 갇혀 있던 미혼성군은 그제서야 환호성을 지르며 일제히 악몽 속에서 깨어났다. 그들은 부르튼 손으로 총을 움켜쥐고 오랜만에 공격을 개시했다.

하림은 고지 위에 서서 맞은편 고지를 망원경으로 살폈다. 그 고지 위에서도 지휘자로 보이는 자가 망원경으로 이쪽을 살피고 있었다. 망원경을 내리자 얼굴이 똑똑히 보였다. 작달막한 키에 뚱뚱한 놈이었다. 눈썹이 짙고 입술이 두꺼워 보였다. 누런 오버를 입고 있었고, 방한모 앞에 붙어 있는 붉은 별의 색깔이 유난히도 선명해 보였다.

저놈을 사살할 수 없을까. 하림은 강한 살의를 느꼈다. 사정거리를 벗어나 있었기 때문에 이쪽 고지에서 쏘아 놈을 맞춘다는 것은 불가능했다.

놈이 발을 구르며 뭐라고 소리치자 잠시 후 후퇴했던 중공군들의 흐름이 방향을 바꾸어 역류했다.

하림은 공정대의 일부를 숲속에 숨어 있게 했다. 그리고 중공군이 지나간 뒤에 갑자기 기습했다. 허리가 끊기면서 먼저 지나간 수백 명이 아군의 수중에 들어왔다. 하림은 공격을 늦추지 않고 더욱 거세게 밀고 나갔다.

포위된 중공군들은 의외로 순순히 항복했다. 미군 일부가 치를 떨며 포로들을 향해 총을 난사했다. 포로들은 눈밭에 머리를 박으면서 두 손을 쳐들고 애걸했다.

하림은 포로 사살을 금지시켰다. 심한 부상으로 움직일 수 없는 포로는 그대로 버려두고 움직일 수 있는 자들만 한곳에 모이게 했다.

그들은 하림을 구세주처럼 바라보았다.

"너희들은 운이 좋다. 그렇지만 너희들의 목숨을 끝까지 보장할 수는 없다. 추위는 우리 모두의 공동의 적이니까. 아무튼 각자 알아서 해 주기 바란다."

통역이 그의 말을 그대로 전해 주었다. 포로들은 죽을 줄만 알았다가 살려주겠다는 그의 말을 듣고 너무 감격하여 모두 울었다. 그것은 소모품이 처음으로 인간 대접을 받고 흘리는 눈물이었다.

그들은 묻는 대로 순순히 정직하게 대답했는데 그에 따르면 현재 고토리를 포위하고 있는 중공군은 10만 대군이었다. 그리고 최고사령관은 임표(林彪)였다. 임표는 아직 멀리 있었고, 지금 고토리를 포위하고 있는 중공군은 그 휘하의 제1진인 셈이었다.

밤이 되어도 전투는 계속되었다. 공정대의 기습으로 잠시 와해되었던 중공군은 다시 총공세로 돌입하고 있었다. 전투는 치열했다. 그러나 포위망은 좀처럼 뚫리지가 않았다.

혼성군도 공정대도 용감히 싸웠다. 중공군은 미군기가 없는 밤 시간을 최대한 이용했다. 밤새에 미군을 섬멸하려고 발악하고 있었다.

자정이 지나 하림의 부대는 포위망을 뚫고 혼성군과 만나는 데 성공했다. 극적인 상봉이었다. 병사들은 서로 부둥켜안고 엉엉 소리내어 울었다. 때아닌 곡성이 삭풍을 타고 어두운 산야 위로 멀리 퍼져 갔다. 그러나 그것은 곧 총성과 포성에 묻혀 버렸다.

  날이 새자 중공군은 후퇴했다. 고토리 일대에는 시체들이 잔뜩 널려 있었다. 전투가 일시 중단된 틈을 타 하림은 이곳 저곳을 돌아보았는데, 꽁꽁 얼어붙어 있는 중공군 시체들을 볼 때마다 기분이 착잡했다.

  그들에게도 가족은 있을 것이다. 그러나 소모품으로 이렇게 눈 속에 누워 있는 줄은 모르고 한없이 돌아올 날만 기다리고 있겠지. 시체는 겨울내내 눈 속에 묻혀 있다가 해동이 되면 썩어 그 형체를 잃어버리겠지. 해골을 보고 그가 누군지 어떻게 알겠는가.

  적의 시체나 아군의 시체나 일단 목숨이 끊어진 인간은 소속을 떠나 자유로운 존재가 된다. 그리하여 살아 있는 사람으로 하여금 끝없는 연민과 무상함을 느끼게 한다.

  시체가 하나 있을 때와 두 개 이상이 함께 누워 있을 때의 느낌은 아주 다르다. 그 숫자가 많으면 많을수록 그 느낌은 더욱 강렬해질 수밖에 없다.

  하림은 아군의 시체를 모아 놓은 곳에 이르자 끝내 눈물을 흘리고 말았다. 아무리 참으려고 해도 쏟아지는 눈물을 참을 수는 없었다.

  땅이 얼어붙어 땅속에 그들을 묻을 수는 없었다. 그렇다고 일일이 운반할 처지도 못 되었다. 하는 수 없이 지금까지 해 온대로 눈 속에 모두 묻었다.

  적들도 시체에 대해서는 예의를 지켜 주겠지. 그러기를 바라면서 그는 총검을 땅에 박고 그 위에 철모를 올려놓고 눈을 감았다. 삭풍에 철모가 흔들리고 그 위에 눈꽃이 하나둘 쌓이기 시작했다.

그날 오후 중공군의 남쪽 방어선도 무너졌다. 혼성군은 그곳을 통해 남쪽으로 후퇴를 서둘렀고 하림의 공정대는 맨 후미에서 적의 추격을 최대한 지연시켜야 했다.

기나긴 후퇴 행렬이 눈 쌓인 빙판길을 따라 느릿느릿 움직였다. 장엄하면서도 한스러운 행렬이었다. 통일을 눈앞에 두고 돌아서야 하는 것이었기 때문에 한스러울 수밖에 없었다. 병사들은 눈물을 흘리며 노래를 불렀고, 그러다 지치면 마구 울부짖었다.

고토리에서부터는 철수가 비교적 순탄하게 이루어졌다. 일단 중공군의 포위망을 벗어났기 때문이었다.

중공군의 포위는 더 이상 없었다. 그러나 그들의 추격이 만만치가 않았다. 서부와 중부전선에서 적은 이미 38선 부근까지 진출하고 있었다. 그래서 동부전선의 적은 중부전선과 보조를 맞추기 위해 맹렬한 추격을 전개하고 있었다.

하림의 부대는 맨 뒤에 처져 후퇴하면서 추격해 오는 적을 맞아 싸웠다. 적의 추격을 최대한 지연시키는 것이 그들의 임무였기 때문이다.

혼성군은 최고의 속도로 후퇴했는데 그것은 중서부전선의 공산군이 그들의 퇴로를 차단할까 우려해서였다. 그렇게 되면 현재 동북부에 몰려 있는 연합군은 퇴로를 잃고 고립될 것이 뻔했다. 이러한 우려는 그대로 적중했다. 연합군은 서둘러 후퇴했지만 마침내 고립되고 말았다. 이제 철수로는 해상밖에 남아 있지 않았다.

도쿄의 맥아더 장군은 다음과 같이 명령했다.

「미 제10군단은 흥남에서 해상 철수하여 부산 마산 울산으로 부대를 집결시켜 8군 사령관 지휘하에 들어가라.」

이에 따라 동부 전선의 한미 양군은 거의 함흥 — 흥남 지구로 속속 집결했다.

장하림 부대는 맨 마지막으로 함흥에 들어섰다. 블랙스노 작전을 수행하기 위해 투입된 지 꼭 보름만이었다. 1백여 킬로에 이른 적진과 눈밭을 돌파해 온 장병은 한·미군 합해 1천 명 정도였다. 반수 이상이 희생된 셈이었다. 그들의 악전고투는 정말 눈물겨운 것이었지만 직접 겪어 본 사람들이 아니고는 그것을 알 리 없었다.

장병들은 모두 동상에 걸려 있었고 극도의 피로에 젖어 풀처럼 축 늘어져 있었다. 함흥에 들어서는 부대들 중에서 그렇게 남루하고 지친 모습을 한 군인들은 없었다.

그런 모습이라 해도 만일 개선하는 길이라면 환호성에 묻혔을 것이다. 그렇지 않고 후퇴해 오는 길이니 누구 하나 반겨 주는 이 없었다.

몇 날 며칠 밤을 뜬눈으로 격전을 치르며 지샌 바람에 하림의 눈은 붉게 충혈되어 있었다. 얼굴은 한번도 씻지 못해 더러웠고 턱은 수염으로 덮여 있었다. 그는 달리는 지프 속에 앉아 줄곧

졸고 있었다.

그의 부대는 함흥을 거쳐 흥남 항구로 향했는데 한길에 넘쳐 흐르는 피난민들 때문에 잘 움직일 수가 없었다. 하도 사람이 많아서 발길에 치이는 사람도 부지기수였고, 나중에는 숫제 피난민들과 군인들이 한데 뒤섞여 마치 강물처럼 흘러갔다. 피난민들은 하나같이 38선 이남을 향해 봇짐을 싸들고 나선 사람들이었는데, 중공군이 먼저 38선까지 진출하여 퇴로를 막아 버리는 바람에 군인들을 따라 마지막 남은 탈출구인 흥남 항구로 몰려들고 있었다. 거기서 배를 얻어 타고 남쪽으로 갈 셈이었는데 그 많은 사람들이 과연 모두 무사히 배를 탈 수 있을지는 의문이었다.

하림은 졸리운 눈을 가늘게 뜬 채 피난민들의 흐름을 멀거니 바라보고 있었다. 그것은 민족의 대이동을 단적으로 보여주는 비참한 광경이었다. 흥남 철수는 민족의 대이동의 마지막 단계인 셈이었다. 이미 그전에 수백만의 북한 주민들이 38선을 넘어 남쪽으로 흘러갔던 것이다.

갈수록 피난민들로 길이 막혀 움직임이 더디기만 했다. 헌병 지프가 사이렌을 울리며 사람들을 한쪽으로 몰아붙이려고 했지만 파도처럼 밀려드는 피난민들을 그들로서도 어찌 할 수는 없었다.

반수면 상태에 빠져 있던 하림은 피난민들의 아우성에 눈을 떴다. 피난민들이 부러워하는 눈길로 자신을 바라보고 있는 것을 알자 그는 잠이 확 달아났다.

"모두들 어디로 가고 있지?"

"흥남으로 가고 있습니다."

그의 혼잣말 같은 물음에 뒤에 앉아 있던 대위가 대답했다. 사실을 몰라서 물은 게 아니었다.

"배를 태워 준다는 보장도 없는데 저렇게들 몰려가고 있는 모양입니다. 저 많은 사람들이 도대체 뭘 타고 갈려는지 궁금하기만 합니다. 정말 심각한 문젭니다. 이 사람들이 찾아가려는 곳에 행복이 있을까요?"

"어디 간들 피난살이가 행복할 리야 없겠지. 이 사람들은 행복을 찾아 나선 게 아니야. 박해로부터 도망치는 거야. 자유를 찾아서……"

"아, 자유가 무엇이길래……"

대위의 탄식하는 소리를 들으며 하림은 하늘을 쳐다보았다. 하늘에서는 눈이 내리고 있었다. 단 하루도 눈이 내리지 않는 날이 없었다. 정말 지긋지긋한 눈이었다.

무개 지프를 타고 있었기 때문에 그는 눈을 허옇게 뒤집어쓰고 있었다. 그는 눈을 털려고도 하지 않았다. 서울에 남겨둔 형수도 아이들과 함께 이렇게 피난길에 나서지 않았을까. 이 엄동설한에 어디로 떠나셨을까. 딸애의 큰 눈망울이 눈앞에 어른거리는 것 같았다.

울고 있는 남의 아이들 모습이 무심히 보아지지가 않았다. 여자들과 노인들의 모습은 눈물겹도록 측은해 보였다.

"전쟁이 나면 아이들, 여자들, 노인들이 제일 불쌍하지. 그들이 제일 큰 희생을 강요당하지. 그들은 전쟁의 그늘에 가려 뒤로 밀려가기 때문에 당장은 희생이 별로 눈에 띄지 않지. 하지만 그들의 희생이야말로 우리 군인들이 입는 것보다 더욱 크고 비참하지."

그는 여옥과 잃어버린 아이들을 생각했다. 그 생각을 하자 가슴이 메어져 왔다.

하림의 부대가 흥남에 가까스로 도착했을 때는 그곳은 이미 아수라장이 되어 있었다. 생지옥이라고 말하는 편이 차라리 옳을 것 같았다.

항구에는 군수송선단이 철수 준비를 서두르고 있었고 그 일대에서는 피난민들이 흡사 노도처럼 아우성치고 있었다. 서로 먼저 타려고 그러는 것이었는데, 헌병들은 그들을 밀어내느라고 진땀을 빼고 있었다.

피난민들은 대부분 부둣가에 짐을 풀고 아예 거기에 주저앉아 버렸다. 날이 저물어도 떠나기는커녕 그 수가 점점 더 불어나기만 했다. 그들은 무서운 추위를 견디며 거기서 밤을 지샜다. 추위를 견디지 못한 아이들은 밤새도록 울어댔다. 살려고 발버둥치는 그들의 그 집요한 욕구 앞에 하림은 가슴 뭉클한 감동과 비탄을 함께 맛보아야 했다.

포성이 가까워 오자 흥남 시내는 더욱 긴박감이 감돌았고, 모든 사람들의 움직임은 광기에 가깝게 소용돌이치고 있었다. 그러한 광기의 한 단면에 부딪쳤을 때도 하림은 별로 놀라지 않았다. 그는 상대를 충분히 이해할 수 있었기 때문에 매우 암담한 느낌이었다.

그것은 그가 밤이 깊어 부둣가를 지나고 있을 때 일어났다. 그는 지휘관 회의를 마치고 일부러 걸어서 본부로 돌아가는 길이었다.

"안녕하세요?"

여자 목소리와 함께 어깨에 가볍게 부딪치는 느낌에 그는 걸음을 멈추고 뒤돌아보았다. 여자가 어둠 속에서 오들오들 떨고 있었다. 그녀는 억지로 웃어 보이고 있었다.

"네, 안녕하십니까?"

그는 피우고 있던 담배를 떨어뜨렸다. 군화 밑으로 그것을 밟으면서 미소했다.

"저기, 바쁘세요?"

여자는 인텔리 같았다. 몸뻬에다 두텁게 옷을 껴입고 있었지만 싱싱한 젊음이 어둠 속에서도 빛을 잃지 않고 있었다. 나이는 스물댓살쯤 된 성싶었다.

"네, 보시다시피 군인이라……"

"5분이면 돼요."

"무슨 일인데요?"

"함께 걸으면서 말씀드리겠어요."

여자는 그의 옆으로 바짝 붙어 섰다. 그가 걸음을 옮기자 다소곳이 따라왔다.

"죄송해요."

"아니오. 괜찮습니다."

"저기……"

그녀는 한숨을 내쉬고 나서 밤하늘을 쳐다보았다.

"말해 보세요. 무슨 일인지……"

그들은 부두에 쳐져 있는 철조망을 따라 나란히 걸어갔다. 마침내 그녀가 입을 열었다.

"저희 가족들은 모두 떨고 있어요. 추워서 그러는 게 아니에요. 무서워서 그러는 거예요. 배를 타지 못하고 여기에 남게 되었을 때의 그 결과가 무서워서 떨고 있어요."

"……"

하림은 비로소 여자가 무슨 의도로 그를 불러 세웠는지 알 수 있을 것 같았다.

"저희 식구는 모두 여덟이에요. 그런데 피난민들이 이렇게 많은 걸 보니까 아무래도 배를 탈 수 있을 것 같지 않아요. 이 피난민들을 모두 태워 줄 건가요?"

"아마 불가능할 겁니다. 재수 좋은 사람은 타게 될 거고…… 그렇지 못한 사람은 남게 되겠지요"

여자가 걸음을 멈추었다. 그도 멈춰 서서 여자를 바라보았다. 여자의 까만 눈이 무엇인가를 호소하고 있었고 간절히 갈구하고 있었다.

그는 손을 흔들었다.

"알겠습니다. 무슨 말씀을 하려는지 알겠습니다."

"보답할 각오는 되어 있어요. 원하시는 대로……"

그는 고함을 치고 싶었다. 여자를 갈겨 주고 싶었다. 울고 싶었다.

"저는 처녀예요. 은인이 되어 주신다면 모든 걸 바치겠어요."

"미안하지만 나한테는 그럴 권리가 없소."

그는 철조망을 움켜쥐고 흔들었다. 철조망에 걸린 눈송이가 파르르 떨며 떨어졌다.

"대령님이시라면 저희 가족 하나쯤 충분히 배에 태우실 수 있을 텐데요."

"그렇지 않습니다."

그는 잘라 말했다. 여자의 얼굴은 절망적인 빛으로 해서 더욱 어두워졌다. 그녀는 곧 쓰러질 것처럼 비틀거렸다. 하림은 자신이 너무 냉정한 것이 아닌가 하고 생각했다. 그렇지만 어쩔 수 없는 일이 아닌가.

"나는 군인입니다. 때문에 누구를 특별히 봐줘야 할 입장이 아닙니다. 또 그래서는 절대 안 되고요. 모두가 배를 타려고 아우성들인데 내가 군인이라고 해서 누구를 특별히 봐준다면 그건 도리에 어긋나는 짓이겠지요. 그것은 직무 남용입니다. 미안합니다."

"아주 정직하신 분이군요."

그녀는 낮은 음성으로 말했지만 거기에는 싸늘한 냉소가 담겨 있었다.

"그렇게 봐줘서 고맙습니다."

"쓸데없는 부탁을 해서 죄송합니다. 후회도 되고요. 마지막으로 한 가지만 더 묻겠습니다. 만일 대령님의 가족이라면 어떻게 하실 건가요? 모른 체하지는 않으시겠죠?"

하림은 그만 말문이 막혀 버렸다. 돌아서려다 말고 그는 성난 눈으로 여자를 쏘아보았다. 여자도 물러서지 않고 그를 응시하고 있었다.

"물론 우리 가족이라면 나로서도 수단 방법을 가리지 않고 배에 승선시키죠. 가장한테는 가족을 보호해야 할 의무가 있으니까요."

"잘 알았습니다."

여자는 목례를 보내고 나서 돌아섰다. 그리고 쓰러질듯 비틀거리며 걸어갔다. 하림도 돌아섰다. 천천히 걸음을 옮겼다. 자신이 더없이 역겹게 여겨졌다.

저 여자는 나를 형편없는 놈으로 생각하겠지. 승선시켜 주는 대가로 하룻밤 저 여자를 안고 회포를 풀까.

"이 봐요."

그는 돌아서서 여자를 불렀다. 여자가 멈춰 섰다.

"힘은 써 보겠지만 너무 기대는 하지 마시오."

"어머, 들어주시는 거예요?"

그는 무겁게 고개를 끄덕였다. 여자는 너무 좋아 어쩔 줄 몰라 하면서 그의 소매를 잡았다.

"정말 고맙습니다. 이 은혜는 잊지 않겠습니다. 다음은 제 차례예요. 하룻밤이지만 정성껏 모시겠어요."

그는 여자의 어깨 위에 오른손을 올려놓았다.

"그건 거절하겠소. 난 적군이 아니오."

여자에게 만날 장소를 지정해 준 다음 그는 급히 본부로 돌아왔다.

흥남 외곽지대에서는 벌써 불이 붙고 있었다. 중공군은 후퇴하는 연합군을 흥남으로 밀어붙이고 있었다. 그리고 연합군이 미처 해상을 빠져나가기 전에 그들을 섬멸하려고 맹렬한 공세를 취하고 있었다.

다음날 아침 하림은 약속대로 그 여자와 그녀의 일가를 군수송선에 승선시켜 주었다. 그의 위치로 볼 때 그 정도는 어려운 일이 아니었다. 그렇지만 그는 마치 도둑질하는 기분이어서 마음이 개운치가 않았다.

그 여자의 이름은 조남지(曺南芝)라고 했다. 승선하기 전에 그녀는 눈물을 글썽이며 선물 꾸러미 하나를 하림에게 내밀었지만 그는 끝내 받지 않았다. 이름이라도 가르쳐 달라는 것도 거절했다.

부두는 배를 타려고 아우성치는 피난민들 때문에 아비규환을 이루고 있었다.

흥남으로 몰려든 수십만의 피난민들은 사실 군 작전면에서 볼 때는 크나큰 방해물이 아닐 수 없었다. 연합군의 철수작전은 피난민들 때문에 처음부터 많은 차질을 빚고 있었다. 그렇다고 연합군은 그들을 밀어낼 수도, 쫓아낼 수도 없는 노릇이었다. 피난민들을 막으려고 쳐 놓은 부두의 바리케이드는 노도처럼 밀려드는 피난민들에 의해 모두 부서지거나 걷어치워졌고 그들은 바로 뱃전까지 몰려와 배에 태워 달라고 아우성치고 있었다. 어떠한 말도 설득도 그들의 다급한 마음을 가라앉힐 수는 없었다. 그들은 오로지 배에 타기 위해 필사적인 싸움을 벌이고 있었다.

흥남 앞바다에는 미 극동함대가 철수작전을 엄호하기 위해 대기하고 있었다. 거기서 쏘아 대는 포화로 흥남 일원은 지진이라도 난 듯 뒤흔들리고 있었고 하늘은 밤낮없이 포연과 섬광에 덮여 있었다. 그런 상황에서 수십만의 피난민들까지 서로 먼저 살겠다고 아우성치고 있으니 가히 아비규환의 생지옥이 아닐 수 없었다.

철수해야 할 군인만 해도 10만이 넘었다. 장비도 엄청났다. 그를 위해 LST, LVT 등 군수송선 1백여 척과 군에서 징발한 민간 선박 2백여 척이 흥남 앞바다에 대기하고 있었는데 사실 그것만으로는 연합군의 완전 철수가 어려운 판국이었다. 그러니 거기에 더해서 피난민까지 승선시킨다는 것은 더욱 힘든 일일 수밖에 없었다.

미군측은 피난민 수송을 책임질 수 없다고 나왔다. 먼저 군을 철수시킨 다음 여력이 있으면 생각해 보겠다는 거였다. 미군 지휘부와 한국군 지휘부는 그 문제를 놓고 언쟁을 벌였다. 영어화술에 뛰어난 하림이 의당 한국군 지휘부를 대표해서 제일 많이 발언했다.

"만일 우리 군이 피난민들을 데려가지 않으면 그들은 모두 죽습니다. 모두 바다에 빠져 죽던가 적의 손에 사살될 겁니다. 한두 사람이 아니고 수십만입니다. 그들이 피난 가지 않겠다고 한다면 별 문제입니다. 그들은 살기 위해 이곳까지 몰려든 겁니다. 저 배들을 타기 위해서 말입니다. 만일 우리가 그들을 저버린다면 우리는 결국 그들을 죽인 셈이나 다름없습니다. 수십만의 민간인들을 말입니다. 그리고 역사에 치욕적으로 기록되겠지요. 수십만 피난민들을 지옥에 남겨 두고 자기들만 살겠다고 빠져나왔다고 말입니다. 우리 군인이야 전장에서 싸우다가 죽는 게 당연합니다. 오히려 영광이랄 수 있지요. 그렇지만 저 피난민들이야 그렇지 않습니다. 우리는 우리 자신들의 목숨을 구하기 전에 피난민들을 먼저 구해 줘야 합니다. 그것이 군인된 도리입니다."

"이건 작전이오. 군 작전이란 말이오. 우리는 살기 위해 철수하는 게 아니라 다시 싸우기 위해 철수하는 거요!"

미군 장성이 파이프로 탁자를 두드리며 엄숙하게 말했다. 하림의 눈썹이 치켜 올라갔다. 그는 고함치고 싶은 것을 참으며 말했다.

"좋습니다. 그렇다면 우리 한국군 지휘부의 결정을 말씀드리겠습니다. 피난민들을 해상으로 철수시킬 수 없다면 우리가 육로로 피난민들을 데리고 가겠습니다."

"뭐라고?"

미군들의 눈이 휘둥그래졌다. 그들은 하나같이 경악하고 있었다.

"지금 대령은 제정신을 가지고 말하는 거요? 농담할 때가 아닙니다!"

미군 장성이 탁자를 두드리며 화가 나서 소리쳤다.

"농담하는 게 아닙니다! 다시 말씀드리지만 우리는 피난민들을 데리고 육로로 후퇴하겠습니다."

"지금 이곳이 포위된 줄 모르오? 여기서 한 발짝 나가면 중공군이 득실거린단 말이오."

"네, 알고 있습니다. 하지만 피난민들이 배를 탈 수 없다면 우리가 포위망을 뚫고서라도 피난민들을 육로로 철수시킬 수밖에 없습니다."

"모두 똑같은 의견이오?"

미군 지휘관들은 일제히 한국군 지휘관들을 바라보았다. 한국군 지휘관들은 미동도 하지 않고 앉아 있었다. 그들의 얼굴에는 하나같이 확고한 결의가 나타나 있었다.

한동안 무거운 침묵이 흘렀다. 당황하고 화가 나 있던 미군 지휘관들의 얼굴에 차츰 이해와 감동의 빛이 나타나기 시작했다. 한참 후 미군 장성은 단안을 내렸다.

"좋습니다! 피난민들을 데려가기로 합시다!"

그제야 돌처럼 굳어 있던 한국 군인들의 표정이 풀리면서 얼굴에 희색이 감돌았다.

"그렇지만 피난민들을 모두 태울 수 있다고 장담할 수는 없습니다. 수십만이나 되는 사람들을 한정된 배에 태워야 하기 때문에 그 점은 여러분들도 이해를 해 주어야 할 겁니다."

"네, 그건 충분히 이해할 수 있습니다."

그것까지 안 된다고 할 수는 없었다. 그 정도만이라도 미군측의 동의를 얻어냈다는 것은 큰 다행이고 성과였다.

예정에 없던 피난민들을 태우기로 계획을 변경했기 때문에 산더미같이 쌓인 군수물자는 부두에 그대로 버리고 갈 수밖에 없었다.

먼저 군인들이 승선하고 나면 그 뒤를 이어 피난민들이 배에 올랐는데 서로 먼저 배를 타려고 아귀다툼을 벌이는 바람에 가족들이 서로 뿔뿔이 흩어지는 경우는 보통이었고, 떠밀려 바다에 빠져 죽는 사람도 부지기수였다. 무엇보다도 어린 자식을 잃고 울부짖는 여인들의 울부짖음이 제일 처절했다.

워낙 많은 사람들이 몰리다보니 LST 같은 배에는 정원의 10배가 넘는 5천 명이 발디딜 틈도 없이 빽빽이 들어찼다. 그렇게 채워진 배들은 울부짖는 사람들을 뒤로 한 채 비통한 흐느낌을 안고 동해 바다 쪽으로 사라져갔다.

철수는 단 1회로 그치도록 되어 있었다. 따라서 한번 떠나간 배는 두 번 다시 돌아오지 않았다.

장하림 부대는 다른 한·미군 3개 사단과 함께 제일 마지막까지 흥남에 남아 있었다. 그들은 철수가 끝날 때까지 흥남을 방위하도록 되어 있었다. 이를 위해 그들은 흥남시를 중심으로 반경 10킬로미터에 교두보를 설치하고 홍수처럼 밀려드는 적과 대치했다.

흥남 공략에 동원된 중공군 병력은 총 5개 사단이 넘는 어마어마한 병력이었다. 흥남 앞바다에 떠 있는 미 극동함대는 밤낮을 가리지 않고 적의 머리 위로 포탄을 퍼부어 댔다. 그래서 12

월 긴긴밤도 번쩍이는 섬광과 조명탄, 그리고 불길 때문에 대낮같이 밝기만 했다.

어느새 크리스마스가 가까워 오고 있었다. 그러나 흥남시를 사이에 둔 공방전은 갈수록 치열해지고 있었다.

흥남시로 통하는 모든 교량들은 폭파된 지 이미 오래였다. 진입로에는 모래주머니가 쌓여지고, 방위군은 그 뒤에 숨어서 적을 향해 총을 쏘았다. 적은 파도처럼 밀려왔다가 파도처럼 밀려가곤 했다. 그러나 시간이 흐르면서 방어선은 점점 좁혀 들었고, 시가전으로 변하고 있었다.

항구도시는 이미 붕괴되고 있었다. 그런 대로 아직 무너지지 않고 드문드문 서 있는 건물들과 가옥들이 시가전을 하는데 좋은 엄폐물이 되어 주고 있었다.

하림은 불길 속을 지프를 타고 누비면서 부지런히 전황을 살폈다. 모두가 감동할 정도로 잘 싸우고 있었다. 철수를 믿고 싸우는 사람은 하나도 없는 것 같았다.

크리스마스 전날인 12월 24일이 다가왔다. 10시가 지나자 마침내 흥남 방어를 위해 마지막까지 남아 있던 부대에도 철수 명령이 떨어졌다.

하림은 요소 요소에 숨어서 싸우고 있는 부하들에게 즉시 퇴각하라고 명령했다. 악에 바친 부하들은 그대로 자리를 지킨 채 싸움을 계속했다. 하는 수 없이 그는 현장을 돌며 부하들을 쫓아내야 했다.

"뭣들 하는 거야? 빨리 부두로 가!"

"저놈들을 이대로 두고 가란 말입니까?"

부하들은 눈물을 뿌리며 억울해 했지만 이젠 하는 수 없는 일이었다.

부하들을 찾아내어 퇴각시키느라고 하림은 맨 마지막으로 흥남 시내를 빠져나가게 되었다. 지휘관으로서, 그리고 군인으로서 결국 그는 최후 순간까지 흥남시에 남아 있는 유일한 사람이 되었다.

흥남 시가지는 함포사격과 함재기의 폭격으로 이미 불바다가 되어 있었다. 무지무지하게 쏟아져 내리는 탄막을 뚫고 중공군은 시가지로 쏟아져 들어오고 있었다.

하림의 지프는 불기둥을 헤치며 부두 쪽으로 미친 듯 질주했다. 그런데 얼마쯤 달리다가 길이 딱 막히고 말았다. 건물이 폭파되면서 길을 막아 버린 것이다. 운전병은 급히 차를 돌려 오던 길로 되돌아갔다. 한참 가야 다른 길로 빠질 수가 있기 때문이었다.

"당황하지 말고 천천히 몰아!"

하림은 운전병에게 주의를 주면서 권총을 뽑아 들고 있었다.

"수류탄 있나?"

"네, 있습니다."

하림은 운전병이 내주는 수류탄 두 개를 부관과 하나씩 나누어 가졌다.

그들이 커브길에 이르자 중공군 한 떼가 나타났다. 갑자기 국군 지프가 들이닥치자 그들도 몹시 놀란 모양이었다. 지프가 주춤했다.

"뭐하는 거야? 빨리 몰아!"

지프가 다시 속력을 내는 것과 동시에 적들도 사격을 가해 왔다. 하림은 앞창 유리가 박살나는 것을 느끼면서 상체를 깊이 숙였다. 조금 있자 쿵하는 충격과 함께 지프가 멎었다. 고개를 들어 보니 운전병은 이미 운전대 위에 엎어져 있었고 지프는 건물 벽에 처박혀 있었다. 부관은 바닥에 엎드린 채 일어나지를 않았다.

"일어나!"

부관의 엉덩이를 쥐어박으면서 그는 우르르 달려오는 적들을 향해 수류탄을 던졌다. 부관도 그를 따라 수류탄을 던졌는데 그것은 엉뚱한 곳에 떨어져서 폭발했다.

하림은 운전병을 밀어내고 운전대를 잡았다. 차를 후진시켰다가 운전대를 오른쪽으로 홱 꺾으면서 앞으로 달려나갔다. 그때 피를 뒤집어쓴 적병이 벌떡 일어나 차앞으로 덤벼들었다. 하림은 주춤하다가 그대로 그 적병을 깔고 나갔다. 여기저기서 적들이 불쑥불쑥 튀어나왔다. 그러나 그가 워낙 미친 듯이 차를 몰아댔기 때문에 그들은 당황하여 물러섰고, 그 사이에 하림은 압축되어 오는 포위망을 돌파할 수가 있었다.

불바다가 된 시가지를 지나 부두에 이르렀을 때는 마지막 남은 LST 한 척이 막 닻을 올리고 떠나고 있었다. 하림은 지프에서 뛰어내려 미친 듯 손을 흔들었다.

"어이! 태워 줘! 아직 못 탄 사람이 있다! 태워 줘!"

배는 쉬이 돌아오지 않았다. 혹시 적군이 위장한 것이 아닌가 해서 그러는 것 같았다. 하림은 영어로 도움을 청했다. 그제서야 선미에 서서 망원경으로 이쪽을 살피던 미군 장교는 배를 부두에 갖다 대게 했다.

그때 피난민들이 우르르 몰려왔다. 승선을 하지 못한 채 부두에서 울부짖고 있던 사람들이었다. 하림은 금방 그들한테 에워싸여 버려 움직일 수가 없게 되었다. 여기저기서 옷자락을 잡아당기며 태워 달라고 애원이었다.

"부탁입니다! 제발 태워 주시오! 은혜는 잊지 않겠소!"

아이를 등에 업은 사내의 말이었다. 어떤 노인은 그에게 이렇게 말했다.

"나리, 부탁합니다! 이 늙은 것은 안 가도 좋습니다. 우리 자식들이나 좀 태워 주시오!"

어떤 사내는 처음부터 욕설을 퍼부어 댔다.

"이놈아! 너희들만 가기냐! 우리도 좀 가자! 우리는 사람이 아니냐!"

하림은 아무 말도 할 수 없었다. 어떤 말로도 그들을 진정시키고 단념시킬 수 없다는 것을 그는 잘 알고 있었던 것이다. 그는 그들을 뿌리칠 수도 없었다. 죄인이 된 심정으로 그들의 절망적인 아우성에 귀를 기울이고 있을 뿐이었다.

배에서 군인들이 뛰어내려 길을 열어 주었을 때에야 그는 가까스로 움직일 수가 있었다.

"한 사람이라도 더 태우지."

그는 안타깝게 소리쳤다.

"안 됩니다. 더 이상 태우다가는 배가 가라앉고 맙니다!"

군인들은 아우성치는 피난민들을 총대로 밀어냈다. 그러지 않고는 길을 뚫을 수가 없었기 때문이다. 운전병은 이미 숨이 끊어져 있었으므로 그대로 내버려두고 하림은 부관과 함께 가까스로 배에 올랐다.

마지막 배가 부두를 떠나자 적지에 남은 피난민들은 일제히 울음을 터뜨렸다. 수만의 인파가 토해 내는 통곡 소리는 한참 동안 부두를 뒤흔들었다. 비통한 울음 소리였다.

하림은 가슴이 찢어지는 것 같은 아픔을 안고 뱃전에 서서 울부짖는 사람들을 바라보았다. 눈에서는 걷잡을 수 없는 눈물이 흘러내리고 있었다.

문득 피난민 하나가 차가운 바닷물로 몸을 던지는 것이 보였다. 배를 탈 수 없게 되자 투신자살을 감행한 모양이었다. 그 뒤를 이어 아기를 업은 여인이 또 뛰어내리는 것이 보였다. 그 다음부터는 연속적이었다. 많은 사람들이 거침없이 바다 위로 몸을 던지고 있었다.

하림은 흐르는 눈물을 닦으려고도 하지 않은 채 그대로 못 박힌듯 서 있었다. 부두 쪽을 바라보고 있는 사람들 모두가 눈물을 흘리고 있었다. 배안에 있는 피난민들은 대부분 목놓아 통곡하고 있었다.

마지막 배가 흥남 외항으로 빠져나오자 천지를 뒤흔드는 굉음이 들려왔다. 눈발이 날리는 흥남 상공으로 시커먼 폭연과 불기둥이 치솟았다. UDT 대원들이 부두에 쌓아 둔 탄약과 부두 시설을 폭파한 것이다.

굉음은 계속해서 들려왔다. 그 바람에 항구에서 멀리 떨어져 있는 배들까지 태풍을 만난 듯 흔들렸다.

흥남은 불바다가 되어 훨훨 타오르고 있었다. 항구가 보이지 않게 되었을 때까지도 섬광과 불꽃은 그쪽 하늘을 벌겋게 수놓고 있었다.

마침내 뱃고동이 슬피 울었다. 이제 가야겠다는 신호였다. 얼어붙었던 사람들은 일제히 울음을 터뜨렸다. 하림은 어금니를 깨물며 갈매기 떼를 바라보았다. 바다의 새들도 슬피 울부짖고 있었다.

배가 바다 한 가운데로 나가자 사람들은 다시 얼어붙어 버렸다. 이번에는 매서운 추위에 정말로 얼어 버린 것이다.

조그만 배에는 발 디딜 틈 하나 없이 사람들로 가득 들어차 있었다. 정원보다 열 배나 많은 사람들이 탔으니 사람 위에 사람이 포개 앉은 격이었다.

바다에 어둠이 내리자 무서운 추위가 몰려왔다. 안으로 들어가지 못하고 밖에 웅크리고 있는 사람들은 고스란히 찬바람을 받아야 했다. 몸을 가려 주는 것이라고는 각자가 입고 있는 옷뿐이었다. 그들은 체온을 조금이라도 나누어 가지려고 모르는 사람끼리도 서로 부둥켜안고 울음을 삼켰다. 추위와 함께 기아가 찾아왔다. 아이들은 배고픔을 이기지 못해 소리내어 울었다. 그뿐이 아니었다. 겨울의 동해 바다는 거칠기 짝이 없었다.

끊임없이 휘몰아치는 북풍 때문에 파도는 갈수록 높아지고 있었고, 배는 눈보라 속에 방향을 잃고 나뭇잎처럼 팔랑거리고 있었다. 추위와 기아와 공포, 그리고 심한 멀미로 사람들은 거의 제정신을 차릴 수가 없었다.

의지가 강한 장하림인들 별수가 있을 리 없었다. 그는 구석에 처박혀 몸을 웅크리고 있다가 사람들 사이로 파고 들어갔다. 그리고 아무나 끌어안고 눈을 감았다. 그대로 잠들어 버렸으면 하고 바랐지만, 추위가 뼛속까지 스며드는 바람에 잠을 잘 수가 없었다.

군인들과 피난민들은 이불 대신 눈을 뒤집어쓰고 밤을 새웠다. 날이 밝았을 때는 모두가 허연 모습이었다.

하림은 오그라드는 무릎 관절을 펴려고 몸을 일으키다가 주춤 했다. 간밤에 끌어안고 잔 사람이 미동도 하지 않는 것이 아무래도 이상했다. 상대가 처녀라는 것도 그제야 알았다. 어깨를 흔들어도 반응이 없었다. 뒤로 젖히자 웅크리고 앉은 모습 그대로 나뒹굴었다. 처녀는 이미 뻣뻣이 굳어 있었다. 사람들은 동사체에 대해 별로 반응을 보이지 않았다. 동사체가 처녀 하나뿐이 아니고 수십 구나 되었기 때문이다.

하림은 처녀의 연고자를 찾았으나 아무도 나서지 않았다.

"아가씨가 죽었습니다! 가족되시는 분 안 계십니까?"

아무리 소리쳐도 연고자는 나타나지 않았다. 연고자가 없는 것이 분명했다. 처녀는 가족과 헤어져 혼자 배에 오른 것 같았다. 가족과 생이별한 사람들이 부지기수이니 처녀가 혼자 배를 탔다고 해서 이상할 것은 없었다.

처녀의 시체는 다른 시체들과 함께 바다에 던져졌다. 처녀는 웅크린 채 바다 속으로 사라졌다.

크리스마스는 추위와 굶주림 속에서 지나갔다. 단지 미군들이 합창하는 크리스마스 캐롤이 한 차례 음울하게 뱃전을 스쳐갔을 뿐이었다.

워낙 위험한 항해였기 때문에 배가 부산에 닿은 것은 사흘이나 지나서였다.

마침내 목적지에 닿은 것이지만 사람들은 기뻐 날뛰지도 않았고 다투어 먼저 내리려고도 하지 않았다. 군인이나 민간인이나 모두가 초죽음 상태에서 멀거니 부두에 들끓고 있는 인간 지옥을 바라보고 있을 뿐이었다.

하림은 쓰러질 것 같은 몸을 겨우 가누면서 비틀비틀 부두로 내려섰다. 그들이 왔다고 해서 관심을 기울이는 사람은 아무도 없었다. 전국에서 몰려든 난민들은 자기 목숨 하나 부지하기 위해 혈안이 되어 아귀다툼을 벌이고 있었다. 그런 판이니 다른 데 관심을 보일 여유가 있을 리 없었다.

하림은 한동안 인파 속에 넋을 빼고 서 있었다. 자신이 부산 부두에 서 있다는 것이 아무래도 믿기지가 않았다. 영하 20도가 넘는 고원의 혹한 속에서 얼어붙은 몸으로 적과 싸우며 1백여 킬로의 눈밭을 헤쳐 온 일이 주마등처럼 머리를 스쳐갔다. 그 일을 해내고 살아돌아온 것이 마치 꿈만 같았다. 그의 귀에는 피부를 가르는 삭풍 소리가 위잉하고 들리는 듯했다. 눈 속에 묻혀 있을 전우들 생각이 비수처럼 가슴을 파고 들어왔다. 그는 동상에 걸린 자신의 손을 들여다보았다. 손등은 갈기갈기 찢겨 피가 맺혀 있었다. 손뿐 아니라 발도 엉망이었다. 치료를 받지 않으면 썩어서 잘라내야 할 판이었다.

병력의 태반이 동상과 부상 그리고 지나친 체력소모와 정신적 황폐로 해서 병원에 입원하거나 휴식을 취하지 않으면 안 되었다. 그래서 하림의 부대는 대기 상태에 들어갔는데 사실상 부대가 해체된 것이나 다름없었다.

하림 역시 처음 며칠간 병원 침대에 누워 치료를 받았다. 그 며칠간은 1950년의 마지막 날들이었다.

새해가 되어도 전쟁이 끝날 기미는 전혀 보이지 않았다. 오히려 전쟁은 더욱 가열되고 있었고 더욱 참담한 소식들만 들려오고 있었다.

서울이 적에게 다시 함락되었다는 소식을 듣자 그는 더 이상 침대에 누워 있을 수가 없었다. 그 정도의 동상으로 병상 하나를 차지하고 있다는 것도 민망스럽게 생각되던 참이었다. 통원 치료를 받기로 하고 그는 군 병원에서 나왔다.

그를 제일 괴롭히고 있는 것은 가족들의 안부였다. 그는 집을 떠나올 때 형수한테 다짐한 바 있었다. 만일 서울에 다시 적이 들어오면 그대로 머물러 있지 말고 꼭 피난가라고. 형수는 그의 말대로 아이들을 데리고 서울을 떠났을 것이라고 그는 생각했다. 어디로 갔을까. 모든 사람들이 부산으로 몰려오고 있는 판이라 형수도 그 틈에 끼었을지도 모른다.

 그날부터 그는 가족들을 찾아 나섰다. 일단 찾아야겠다고 마음먹자 형수와 아이들이 꼭 부산에 내려와 있는 것만 같이 생각되었다.

 부산 바닥은 수백만의 난민들로 그야말로 아수라장을 이루고 있었다. 어디를 가나 사람들로 들끓고 있어서 현기증이 날 지경이었다. 더구나 그들 모두가 살아남기 위해 발버둥치고 있었기 때문에 부산 바닥은 생존경쟁의 치열한 각축장으로 변해 있었다.

 그런 아수라장 속에서 막연히 가족들을 찾는다는 것은 사실 불가능한 일이었다. 그런 줄 알면서도 하림은 구석구석을 뒤지며 돌아다녔다. 마치 정신나간 사람처럼.

 그러다가 느닷없이 엉뚱한 사람을 만나게 되었다. 너무 돌아다녀 다리도 쉴겸 「망향」이라는 찻집에 들렀을 때였다. 다방 안은 사람들로 북적거리고 있었다. 피난와서 할일 없이 다방에 죽치고 있는 사람들이 대부분이었다. 그들 덕분에 다방업이 번창하고 있었다.

 빈자리를 찾아 막 앉자마자 레지가 종종걸음으로 다가왔다. 그리고 그 앞에서 딱 멈추더니

 "어머, 대령님!"

하고 소리쳤다. 하림은 고개를 들어 레지를 바라보았다.

 레지는 짙은 화장에 파마 머리를 하고 있었는데, 어디서 본

듯한 얼굴이었다.

"저예요. 저 모르세요?"

레지는 반색을 하며 어쩔 줄 몰라 했다.

"누구신지……잘 모르겠는데……"

"어머나, 세상에! 저 남지예요! 조남지!"

레지는 다른 사람들의 눈은 꺼려하지도 않고 맞은편 빈자리에 엉덩이를 붙이고 앉았다. 그녀는 구호품으로 보이는 자주색 투피스를 입고 있었는데 타이트 스커트로 감싸인 하체의 볼륨이 풍만해 보였다. 그때까지도 하림은 미처 그녀를 알아보지 못했다.

"조남지? 잘 모르겠는데요. 차나 한잔 주슈."

레지는 기가 막히다는 듯 멍하니 그를 바라보다가

"흥남에서 배 태워 주신 거 잊으셨어요?"

하고 물었다. 하림은 비로소 정신이 번쩍 들었다.

"아아, 난 또 누구라고……"

헤어질 때 그녀가 자기 이름을 가르쳐 주긴 했지만 그는 들은 즉시 잊어버리고 말았었다. 그녀에 대해 관심을 가져야 할 이유가 없었기 때문이다. 그리고 그때는 여자가 파마도 하지 않았고, 몸뻬를 입은 초라한 모습의 피난민이었었다. 그런 여자가 불과 보름 정도 사이에 화장을 짙게 하고 다방에서 차를 나르고 있으니 그가 몰라본 것도 무리는 아니었다.

남지는 커피 두 잔을 가지고와 탁자 위에 놓고 그와 다시 마주앉았는데, 그를 바라보는 눈이 활활 타오르고 있었다.

"얼른 알아보지 못해 미안합니다. 여긴 언제부터……"

하림은 쑥스러워 하면서 찻잔을 들어 입으로 가져갔다.

"부산에 오자마자 여기에 취직했어요. 이런 데서 일하고 있어서 실망하셨죠?"

"아뇨. 전혀……. 이런 전쟁 판에 아무거나 닥치는 대로 밥벌이를 해야죠."

그의 말에 그녀는 안심하는 눈치를 보였다.

"어떻게 할 수가 없었어요. 식구들은 많은데 빈털터리로 왔으니……"

"이런 데라도 취직해서 다행입니다."

"정말 이렇게 만나뵐 줄은 몰랐어요. 그렇지 않아도 어떻게 해서라도 대령님을 찾으려고 했었는데, 이렇게 만나뵙다니 정말 기뻐요. 대령님이 아니었다면 배도 타지 못하고 거기서 꼼짝없이 죽었을 거예요."

남지는 눈물을 글썽거렸다. 하림은 민망스러워 고개를 돌려버렸다.

"뭐 그렇게까지야 됐겠습니까. 어떻게든 배를 탔겠지요."

"아니에요. 대령님이 아니었다면 절대 못 탔어요. 많은 사람들이 배를 타지 못했다는 말을 들었어요. 대령님은 저희 식구들을 살려 주신 생명의 은인이세요."

"그건 너무 심한 말입니다. 손님들이 자꾸만 들어오는데 여기 오래 앉아 있으면 주인이 눈치봅니다. 난 좀 있다 갈 테니까 상관 말고 어서 손님이나 접대하십시오."

그러나 남지는 일어서려고 들지를 않았다.

"이번에는 대령님하고 그냥 헤어질 수 없어요. 오늘 저녁 때 시간을 좀 내주세요."

"다음에 또 들리죠."

"안 돼요! 그렇게 막연히 헤어질 수는 없어요."

처음 흥남부두에서 부딪쳐 올 때도 그녀는 무척 당돌하고 적극적이더니, 이번에는 그런 느낌이 더욱 뚜렷하고 강렬하게 전해져 왔다.

"나는 지금 가족들을 찾고 있는 중이오. 그래서 오늘도 하루 종일 시내를 돌아다니다가 다리가 아파 쉬어 가려고 여기 들렀던 거요."

"대령님이 바쁘신 줄은 알아요. 잠깐만 시간을 내주세요. 부탁이에요!"

그녀는 막무가내였다. 무슨 말을 해도 들어주려고 들지를 않았다. 하림은 하는 수 없이 저녁 때 만나기로 약속하고 도망치듯 그곳을 빠져나왔다.

"꼭 나오셔야 해요! 약속하시는 거죠!"

그녀는 밖에까지 따라나와 다짐을 주었다.

하림은 그 다방에 들어간 것을 후회했다. 하필 그 다방에 들어갈 게 뭐람. 그 다방에 그 여자가 있을 게 또 뭐람. 그는 저녁 때 만나기로 약속한 것도 후회했다. 자기 마음이 약해서 딱 부러지게 거절하지 못한 것이라고 생각했다. 적지 않은 여자들을 상대해 보았지만 그렇게 느낌이 강렬한 여자는 처음이었다. 물론 은혜에 대한 감사의 마음으로 그렇게 나올 수도 있겠지만 그녀에게는 그 이상의 타고난 열정 같은 것이 있었다.

나가지 말까 하고 몇 번이나 망설이다가 결국 그는 약속을 해놓고 나가지 않는다는 것이 아무래도 꺼림칙하고 여자를 우롱하는 것 같아 시간에 맞춰 약속 장소에 나갔다.

약속 장소는 다방이었는데 그녀는 먼저 나와 기다리고 있었다. 주인한테 양해를 구하고 일찍 퇴근했다면서 하림이 나와 준 것이 너무 기쁜지 눈물까지 글썽거리는 것이었다. 역시 구호품으로 보이는 낡은 하늘색 코트에다 같은 색깔의 머플러를 얼굴에 두르고 있었는데, 하림의 마음이 흔들릴만큼 그녀는 아름다워 보였다.

하림은 그녀로부터 어떤 느낌도 받지 않으려고 노력했다. 그러나 그것은 쉬운 일이 아니었다. 그만큼 그녀는 그에게 강한 느낌을 안겨 주고 있었다. 그를 쳐다보는 눈짓이며 말 한마디 움직임 하나 하나가 모두 자극적이고 도발적이었다.

하림은 도덕군자도 목석도 아니었다. 단지 남보다 조금 양심적이고 정의롭다는 것뿐이었다. 그런 만큼 아름다운 여자의 열정 앞에 마음이 흔들리는 것은 아주 당연한 일이었다.

그는 갑자기 당황해지고 마음이 산란해졌다. 그녀와 함께 취해 보고 싶고 쾌락에 젖어 보고 싶다는 유혹이 자꾸만 그를 못 견디게 만들었다.

"난 여자에 약해요. 그게 내 약점이야."

카바레에 가서 얼큰히 술에 취했을 때 그는 마침내 여자에게 이렇게 고백했다. 여자는 타오르는 눈길로 그를 바라보면서 요염하게 웃었다. 촉촉이 젖어 있는 그녀의 입술을 보고 그는 강렬한 성욕을 느꼈다.

"입술이 아름다워."

그는 중얼거리면서 손을 들어 그 입술을 만졌다. 여자는 가만히 입술을 밀어왔다.

"처음 대령님을 보았을 때 저는 충동적으로 대령님한테 구원을 청해 보고 싶었어요. 다른 군인들도 많은데 왜 하필 대령님한테 매달린 줄 아세요?"

"왜 그랬소?"

"어쩐지 대령님이라면 제 요구를 들어주실 것만 같았어요. 대령님은 다른 군인들보다는 이해심이 깊고 포용력이 넓을 것 같았어요."

"그건 잘못 본 거요."

남지는 대학까지 나온 인텔리였다. 대학에서는 사학을 전공했는데 북한에 있는 동안 일시 교편을 잡다가 강요된 교습방법과 전체주의의 숨막힐 듯한 분위기가 싫어 교직을 그만두고 집에만 틀어박혀 지냈다. 그러다가 흥남철수 때 필사의 탈출을 한 것이다.

가족으로는 늙은 부모와 오빠 내외와 그리고 조카 셋이 있는데 가장격인 오빠가 병약해 아무 일도 못하는 바람에 그녀 자신이 가족들을 먹여 살리기 위해 거리에 나서게 되었다. 그러나 그녀는 그러한 자신의 처지를 절망적인 것으로 받아들이지 않고 있었다. 오히려 자랑스럽게 여기고 있는 듯했다.

"저는 자유가 그리웠어요. 그래서 제 몸이라도 던져 자유를 찾으려 했던 거예요. 흥남을 빠져나온 순간 저는 마구 소리내어 울었어요."

전체주의 사회에 대한 혐오와 증오가 컸던 만큼 자유를 향유하게 된 기쁨이 남달리 컸던 모양이었다. 그래서일까. 그녀는 적극적이고 열정적이고 여자로서는 드물게 대담했다.

홀로 나가 그녀를 안았을 때 하림은 그녀가 언제라도 몸을 던져 올 준비가 되어 있음을 느꼈다. 그의 품안에 안긴 그녀의 육체는 이미 뜨겁게 달아올라 있었다.

홀에는 사람들이 넘쳐나고 있었기 때문에 춤같은 춤을 출 수가 없었다. 서로 부둥켜안고 돌아가는 것이 고작이었다.

전시의 후방은 절망이 팽배할수록 한편으로는 말초적인 쾌락에 젖어 보려는 욕구가 기승을 부린다. 카바레에 사람들이 그렇게 구름처럼 몰려드는 이유도 바로 그런 데 있었다.

하림은 풍만한 여체에 푹 젖어서 돌아갔다. 오래도록 여자를 접해 보지 못한 채 너무 삭막하게 지내왔기 때문에 일단 거기에 젖어들자 정신을 차릴 수가 없었다.

여자의 얼굴이 바로 코밑에서 그를 빤히 올려다보고 있었다. 그녀는 두 팔로 그의 목을 끌어안고 있었다. 그는 여자의 허리를 바싹 끌어당겨 죄었다. 두 사람이 내뿜는 뜨거운 입김이 상대의 얼굴을 간지럽히고 있었다. 여자의 젖가슴이 그의 가슴을 눌러 왔다.

그는 여자의 머리 속에 자신의 얼굴을 묻었다.

"머리 냄새가 좋아."

"목욕하고 싶어요."

그는 눈을 감고 여자의 얼굴을 코끝으로 간지럽히다가 목에 입을 맞추었다. 여자가 낮게 신음하는 소리가 들려왔다.

"오늘밤은 보내드리지 않을 거예요. 은혜를 갚아드리고 싶어요."

"단지 은혜를 갚기 위해서……?"

남지는 머리를 저었다.

"아니에요. 그것뿐만이 아니에요."

하림은 마음 놓고 그녀를 으스러지게 죄었다.

이제 밖으로 나가 두 사람만의 공간을 확보해야 한다는 것은 그들 공동의 절박한 목표가 되어 있었다. 누가 먼저 그것을 말할 필요가 없었다. 하림은 그녀를 데리고 밖으로 나왔다.

마침내 여관방에 들어갔을 때 그는 자신이 큰 죄를 짓고 있는 것만 같은 기분이 들었다. 이래서는 안 된다고 생각했지만 그것은 단지 생각에 불과했지 행동으로 이어지지가 않았다. 여자는 이미 방안으로 들어가 그를 기다리고 있었다.

그가 손을 뻗자 남지는 그의 품안으로 무너져 내렸다. 그는 여자를 끌어안고 흡사 굶주린 짐승처럼 그녀의 입술을 빨아들였다. 남지 역시 그의 목에 매달리면서 격렬하게 그의 입술을 받아들였다.

하림은 급했다. 참을 수가 없었다. 그래서 여자의 옷을 벗기려고 하자 여자가 자진해서 옷을 벗기 시작했다. 그녀는 스스럼없이 옷을 모두 벗어붙였다. 그리고 활활 타오르는 눈으로 그를 바라보았다.

하림은 눈이 부셔서 그녀를 끝까지 바라볼 수가 없었다. 그녀의 육체는 만개해 있었다. 훌륭한 육체였고 손만 대도 터져버릴 것 같았다.

그는 정신없이 옷을 벗었다. 팬티만 남았을 때

"제가 벗겨 드릴께요."

하고 그녀가 말했다. 그는 움직임을 멈추고 기다렸다.

남지는 그의 앞으로 걸어와 무릎을 꿇더니 조심스럽게 그의 팬티를 벗겨 내렸다. 그리고 마치 장엄한 광경에 부딪쳤을 때와 같은 감동 어린 눈으로 그것을 우러러보았다.

하림은 그녀를 일으켜 세웠다. 그리고 그녀의 어깨 위에 손을 얹고 가만히 물었다.

"만일 임신하면 어떡하지?"

"임신할 것 같아요. 그렇지만 지금은 그런 거 생각하고 싶지 않아요."

하림은 불을 껐다. 그는 비로소 모든 것을 잊을 수가 있었다. 두 사람 다 절박한 심정으로 상대를 받아들이고 있었다.

남지는 격렬했다. 하림도 격렬했지만 그녀는 더욱 격렬했다. 그녀는 울면서 몸부림쳤다. 미칠 것 같은 희열과 함께 서글픔이 밀려왔다. 그것을 잊기 위해 그는 더욱 열심히 여자를 유린했다. 여자도 온몸을 열고 혼신의 힘을 다해 그를 받아들이고 있었다.

겨울밤은 길었다. 그러나 그들은 걷잡을 수 없는 허탈감 속에 빠져들곤 했기 때문에 거기서 벗어나기 위해서 그들은 다시 상대를 찾곤 했다. 그러나 여러 차례 관계를 가졌어도 거기서 끝까지 벗어날 수는 없었다.

허탈감 뒤에 평온함이 찾아왔다. 그때는 이미 어둠이 걷히고 있었다. 그는 가슴 위에 얼굴을 묻고 있는 여자의 머리칼을 사랑스럽게 쓰다듬어 주었다.

"우리는 앞으로 어떻게 되죠?"

"모르지."

우리라는 말이 가슴 깊이 들어와 박혔다. 하림은 그녀의 둔부를 어루만졌다.

"놓치고 싶지 않아요."

그녀는 억양 없이 말하고 있었지만 하림에게는 강한 느낌을 주고 있었다.

"사모님은 지금 어디 계세요?"

"……"

"왜 대답 안하세요?"

"없어."

그녀가 몸을 일으켰다. 그녀는 비스듬히 앉아서 그를 내려다보았다. 하림은 묵직하게 흔들리는 유방을 어루만졌다.

"아직 미혼이세요?"

"음……"

"가족이 있다고 하시지 않았나요? 가족을 찾고 있는 중이라고 하시지 않았어요?"

"그래요. 딸이 하나 있어요. 그리고 형수님과 조카들이 있어요."

그는 어떻게 해서 딸을 두게 되었는가를 간단히 이야기해 주었다. 이야기를 듣고 난 남지는 그의 가슴에 다시 얼굴을 묻었다. 그리고 소리 없이 울기 시작했다.

그는 그녀가 울음을 그칠 때까지 그녀의 몸을 쓰다듬어 주었다. 한참 후 그녀는 눈물을 거두고 나서 느릿느릿 옷을 입었다. 그러다가 또 그에게 달려들어 그의 목을 끌어안았다. 그들은 훤히 밝아진 방안에서 부끄러움도 없이 다시 한번 육체를 불태우고 나서야 그곳을 나왔다.

두 사람 사이에 갑자기 붙기 시작한 불은 시간이 흐를수록 식기는커녕 더욱 맹렬한 기세로 타오르고 있었다. 하림은 그 열기에 거의 정신을 잃고 있었다. 그는 얼빠진 사람처럼 매일 남지가 근무하는 다방에 나타나곤 했다. 그리고 두 사람은 밤이면 언제나 여관에 들어가 잠자리를 같이 하곤 했다.

그런 날들이 보름쯤 계속되던 어느 날 하림은 마침내 본부에서 출동 명령을 받았다. 그가 두려워하는 것이 드디어 현실로 나타난 것이다.

그날 밤도 그들은 여관에 투숙했는데, 하림은 차마 남지에게 헤어지게 된 것을 말할 수가 없어 끙끙 앓기만 했다. 눈치를 채고 남지가 먼저 말을 걸었다.

"무슨 일이 있으세요?"

"음……"

그는 한숨을 길게 내쉬면서 그녀의 손을 잡아 손등에 입술을 갖다 댔다.

"무슨 일인데요?"

"떠나게 됐어."

그는 품속에 들어 있던 남자의 육체가 굳어지는 것이 느껴졌다. 그녀는 한참 동안 꼼짝하지 않고 있더니 이윽고 겨우 입을 열어 떨리는 목소리로 물었다.

"언제 가시는데요?"

"내일 이른 아침에……"

"어디루요?"

"지리산으로……공비 토벌하러 가게 됐어."

다시 침묵이 흘렀다. 견딜 수 없도록 무거운 침묵이었다. 하림은 그녀의 손을 꼭 잡아 주었다. 그 마당에 무슨 말을 하겠는가. 그는 자신이 그녀에게 큰 죄를 짓고 도망치는 것만 같은 기분이 들었다.

"내일 가시면 언제 또 오시게 되죠?"

"알 수 없지."

"그럼 우리는 이대로 헤어지는 건가요?"

"미안해."

"아니에요. 미안하다니요. 그게 무슨 말씀이세요. 그렇게 말씀하시면 싫어요. 언젠가는 떠나실 줄 알았지만 이렇게 빨리 가실 줄은 몰랐어요."

그녀는 소리내어 울지는 않았다. 그러나 뜨거운 눈물이 계속 그의 가슴을 적셔 주고 있었다.

하림도 가슴이 아팠다. 지난 며칠간은 정말 행복했었다. 그렇게 행복해 보기는 실로 오랜만이었다. 단순한 육체적 쾌락을 넘어 그는 자신이 여자를 마음속으로 깊이 받아들이고 있었음을 깨달았다.

"다시 만나고 싶어요."

여자가 몸부림치듯 말했다.

"나도 만나고 싶어."

그는 남자의 입술을 덮쳐 눌렀다. 그녀는 격렬히 흐느끼며 몸부림쳤다.

"저를 잊으시면 안 돼요!"

"안 잊어. 잊을 리가 없어."

"편지해 주세요!"

"음, 자주 할께. 다시 만나게 될 거야."

그는 여자의 가는 허리를 끌어안았다. 그들은 빈틈없이 상대를 끌어안고 신음했다.

"행복했어요. 영원히 잊지 않을 거예요."

"나도 행복했어. 어렵겠지만 열심히 살도록 노력해요. 지금은 모두가 어려울 때니까 그렇게 알고 낙심하지 말고 굳세게 살아요."

"저는 한 가지 걱정밖에 없어요. 선생님이 저를 잊으실까 봐 그게 걱정이에요."

"그건 걱정하지 않아도 돼. 잊지 않을 테니까."

그 밤을 그들은 뜬눈으로 지샜다. 그 동안 남지는 그에게서 사랑한다는 말을 듣고 싶어했지만 하림은 끝내 그 말만은 할 수가 없었다.

그들은 어두운 새벽 거리에서 헤어졌다. 뜨겁고 괴로운 키스를 나눈 후 기약 없이 헤어진 것이다.

하림은 걷다가 뒤돌아보곤 했는데, 남지는 언제까지나 그 자리에 우두커니 서 있었다.

그로부터 두 시간 후 하림은 부산을 떠났다. 트럭 행렬의 맨 선두에서 지프를 타고 새로운 전장으로 향한 것이다.

바다가 시야에서 완전히 사라졌을 때 그는 동시에 지난 보름 동안 맹렬히 타오르던 애욕의 불길이 서서히 꺼지는 것을 느꼈다.

잃어버린 세월

 여옥은 깁고 있던 옷을 내려 놓고 밖에 귀를 기울였다. 등잔불이 방문에다 큰 그림자를 그려 놓고 있었다.
 나팔 소리와 피리 소리, 노래 소리가 한데 어우러져 바람을 타고 들려오고 있었다. 삭풍이 처마 끝을 스치는 소리가 윙윙하고 들려 왔다.
 조금 있자 총소리가 들려왔다. 아우성치는 소리도 들려왔다.
 밤이면 언제나 그랬다. 지리산에 숨어 있는 공비들이 먹을 것을 구하려고 마을로 내려오는 바람에 밤이면 밤마다 전투가 벌어지곤 했고, 그 통에 양민들은 공포에 떨며 긴긴 겨울밤을 지새야 했다.
 여옥은 나팔 소리를 들을 때마다 피가 식는 것을 느끼곤 했다. 그와 함께 전율을 느끼곤 했다. 그 다음에는 결코 잊을 수 없는 얼굴이 다시 나타나는 것이었다. 그 얼굴이 나타날 때면 시야가 암담해지면서 아무 것도 보이지 않는 것이었다. 그럴 때마다 그녀는 그 얼굴을 떨쳐 버리려고 미친 듯 고개를 젓곤 했다.
 그에 대해서는 증오와 저주밖에 남은 것이 없었다. 그런데도 자꾸만 그의 모습이 눈앞을 어지럽히는 것은 무슨 까닭일까. 그는 죽었어. 벌써 죽어서 시체도 찾을 수 없게 썩어 버렸을 거야.

불을 끄고 밖으로 살그머니 나왔다. 흐린 달이 중천에 떠 있었다. 콩볶듯 총소리가 들려왔다. 공비들이 점점 마을 깊숙이 들어오고 있는 것 같았다. 그녀는 잔설이 덮인 마당 가운데 우두커니 서 있었다. 조금 추웠지만 움직이지 않고 한참 동안 서 있었다.

귀소본능이랄까. 그녀가 미쳐서 고향땅으로 돌아온 것은 넉달 전이었다. 그때의 그녀는 완전히 돌아 있었다.

마을 사람들이 그녀를 반겨 맞아 줄 리 없었다. 화냥년이 미쳐서 돌아왔다고 오히려 손가락질하며 차가운 눈으로 바라볼 뿐이었다.

여옥의 집을 관리하고 있는 젊은 부부가 아니었다면 그녀는 재생할 수 없었을 것이다. 다행히 그들 부부가 그녀를 따뜻이 맞이해 주었기 때문에 그녀는 고향집에서 안주할 수가 있었다.

고향집에 돌아온 지 며칠 지나지 않아 그녀는 수사기관에 연행되었는데, 정신이상자로 판정되어 도로 풀려났다.

본래가 너무 혹독한 시련 끝에 얻은 병이었기 때문에 시간이 흐르자 그녀의 병세는 차츰 호전되어 갔다. 거기에는 젊은 아낙의 극진한 간호의 덕이 크게 작용했음은 물론이다. 그러한 보살핌이 없었다면 그녀는 버림받아 어디에선가 구겨져 죽었을 것이다.

그녀가 마침내 제정신을 도로 찾은 것은 한 달 전쯤이었다.

그녀는 자기 품에 있어야 할 두 어린 자식들이 모두 없어진 것을 알고는 통곡했다. 큰아이는 잃어버리고 둘째는 죽어서 자기 손으로 묻은 것이 생각났다. 그러나 어디에 묻었는지 아무리 생각해도 알 수가 없었다.

그녀는 다시 미쳐 버릴 것 같았다. 자신이 집을 뛰쳐나가면 또 미치게 될 것이라는 것을 그녀는 잘 알고 있었다. 그래서 이를 악물고 꾹 눌러앉았다. 큰아이를 찾는다는 것이 불가능하다고 하루에도 몇 번씩이나 자신에게 다짐하곤 했다. 그러나 그럴수록 자식 생각에 미쳐 버릴 것만 같았다.

아무리 자신을 억제하고 있다 해도 언젠가는 자신이 다시 아들을 찾기 위해 거리를 헤매고 다닐 것이라는 것을 그녀는 잘 알고 있었다. 그리고 그때는 자신이 또 미치게 될 것이라는 것도 알고 있었다.

갑자기 총성이 가까워지는가 싶더니 거칠게 대문 두드리는 소리가 들려왔다.

"문 열어! 문 열어!"

하도 거칠게 흔들어대는 바람에 대문이 금방이라도 떨어져 나갈 것만 같았다. 그날따라 별채에 살고 있는 젊은 부부는 시댁 제사에 가고 없었다.

워낙 무서운 일들만 겪어온 여옥은 별로 겁을 집어먹거나 하지는 않았다. 그녀는 대문 쪽으로 걸어가 빗장을 잡아뽑았다.

대문이 활짝 열리면서 시커먼 그림자들이 마당으로 뛰어들었다. 앞선 자가 권총으로 그녀의 가슴을 찌르면서

"안에 누가 있어?"
하고 물었다.
"아무도 없어요."
그녀는 차갑게 대답했다.
"아무도 없다구?"
세 명이 먼저 집안으로 뛰어들어 샅샅이 뒤지는 동안 권총을 든 사나이는 여옥을 감시하고 있었다.
"네 남편은 어디 갔어?"
"없어요."
"처녀란 말인가?"
"아니에요. 결혼했어요."
"그럼 남편은 어디 갔어?"
"몰라요."
그러는데 집안을 뒤지던 자들이 아무도 없다고 보고해 왔다. 지휘자는 달빛에 드러난 여인의 얼굴이 의외로 아름다웠던지 욕망 어린 눈길로 그녀를 쏘아보았다.
그들은 식량을 모두 뒤져내 짐을 꾸린 다음 바람처럼 어둠 속으로 사라져 버렸다. 지휘자는 맨 마지막에 나가면서
"협조해 줘서 고맙소. 해방이 되면 갚아 드리겠소."
하고 말했다. 그가 대문을 막 빠져나갈 때쯤 여옥은 자기도 모르게 그를 불러 세웠다.
"저기 잠깐……"
"왜 그러시오?"

공비는 돌아서서 경계태세를 취했다. 여옥은 그자 앞으로 걸어가 다소 망설이다가,

"저기, 혹시⋯⋯최대치라는 사람 모르나요?"

하고 물었다. 순간 상대는 멈칫하는 것 같았다.

"그 사람 어떻게 아시오?"

"좀 아는 사이에요. 그 사람 아직 죽지 않았나요?"

"죽다니. 펄펄 살아 있는데⋯⋯"

여옥은 몸을 부르르 떨었다.

"어디 있나요?"

"산에⋯⋯산에 있소. 우리하고 함께 고생하고 있소. 우리 사령관 동무요. 당신 이름은 뭐요?"

여옥은 고개를 젓다가 방안으로 뛰어들어와 버렸다. 공비는 그녀의 뒷모습을 뚫어지게 바라보다가 발길을 돌렸다.

여옥은 거친 숨결이 가라앉을 때까지 멍하니 등잔불을 바라보고 있었다. 눈물이 어느새 볼을 타고 흘러내리고 있었다.

"죽을 것이지⋯⋯아직까지 살아 있다니⋯⋯죽을 것이지⋯⋯"

그녀는 대치의 끈질긴 목숨을 저주했다. 그러면서 한편으로는 그에 대한 소식을 알아본 것을 후회했다.

왜 내가 그런 것을 물었지. 지지리 못나고 어리석은 것 같으니. 아직도 그에 대해 미련을 버리지 못하고 있다면 나는 정말 구제할 길 없는 여자다. 나는 천벌을 받아 마땅하겠지. 그녀는 자신의 그러한 행동에 넌더리를 쳤다.

그런 일이 있고 이틀이 지나서였다. 그날 밤은 구름이 잔뜩 끼어 몹시 어두웠는데 밤이 깊을 즈음 그녀의 집에 공비들이 또 나타났다. 모두 해서 십여 명쯤 되었는데 여옥의 집을 안팎으로 삼엄하게 경비하고 나서 그중 한 명이 방안으로 들어서는데 보니 이틀 전에 왔던 바로 그 지휘자였다.

"또 왔소. 도대체 당신 이름이 뭐요?"

여옥은 상대방을 물끄러미 바라보았다. 너무 흉측한 몰골이라 여느 사람 같으면 보기만 해도 무시무시했겠지만 그녀는 그렇지가 않았다. 자기 일신에 대한 애착이 조금도 없을 뿐 아니라 산전수전 다 겪은 터라 두려움 같은 것은 있을 턱이 없었다. 공비는 젊은 여자의 침착한 모습에 오히려 초라한 빛을 보이기 시작했다.

"지난번에 왔을 때 최대치 동무에 대해 물었길래 돌아가서 말씀을 드렸더니 오늘 내려가서 이름을 알아 가지고 오라고 했소. 이름이 뭐요?"

여옥은 대답하지 않았다. 대답할 수가 없었던 것이다.

"이름이 뭐냐 말이오? 최동무는 왜 찾았소? 최동무하고는 어떤 사이오?"

그가 다그치는 바람에 여옥은 몸둘 바를 몰랐다. 그러나 그녀는 끝까지 자기 이름을 대지 않았다.

"알려줄 수 없어요. 그리 알고 돌아가 주세요."

공비는 안 되겠다 싶었는지 눈을 부릅뜨고 그녀를 노려보다가 갑자기 팔을 움켜쥐었다.

"말하지 않으면 끌고 갈 테야! 좋게 말하면 들어야 하지 않나. 당신 이름을 알아볼 수 있는 방법은 얼마든지 있어. 그렇지만 직접 듣고 싶어서 그런 거란 말이야. 당신 윤여옥이지?"

여옥은 어지러웠다. 저주스런 눈길로 상대방을 바라보기만 할 뿐 부인도 긍정도 하지 않았다.

"정말로 윤여옥이라면 미안하게 됐소. 처음부터 인정하고 나왔다면 이러지 않았을 거 아니오. 사령관 동무한테 가서 윤여옥이 틀림없다고 전하겠소."

"안 돼요! 그건 안 돼요!"

여옥은 발작하듯 소리쳤다. 공비는 놀란 눈으로 바라보았다.

"왜 싫다는 거요? 부부 사이에 그럴 수가 있소?"

"부부가 아니에요. 전 그 사람 잊은 지 오래예요!"

여옥은 격렬하게 소리쳤다.

공비는 얼굴을 일그러뜨리고 그녀를 노려보았다.

"부부가 아니라고요? 남편은 산 속에서 고생하고 있는데 그런 말을 할 수가 있소?"

"그런 인간은 빨리 죽어야 해요! 제발 죽어 달라고 매일 기도하고 있다고 전해 주세요!"

사내는 기가 막히다는 듯 멀거니 그녀를 바라보다가

"형편없는 계집이군. 다른 사람 같았으면 살려 두지 않았을 거야. 사령관 동무가 그 말을 들으면 펄펄 뛸걸."

공비들이 물러가고 난 뒤 여옥은 자리에 누워 엎치락뒤치락했다. 잠이 올 리가 없었다. 그녀는 밤새도록 최대치의 그림자에 시달려야 했다. 저주를 퍼부으면서 그것을 떨쳐 버리려고 무진 애를 써 보았지만 소용없는 짓이었다.

한편 최대치는 소식을 듣고 몹시 놀라고 있었다. 생각지도 않았는데 그녀가 고향에 내려와 있다는 것을 알게 된 것이다. 여옥을 만나고 돌아온 공비는 대치에게 모든 것을 사실대로 이야기해 주었고, 그것을 듣고 난 대치는 겉으로는 감정을 드러내지 않았지만 기분이 몹시 착잡했다. 더구나 극한상황에서 그런 이야기를 들었기 때문에 더욱 그랬다.

"아이들도 있던가?"

"아이들은 보이지 않았습니다."

"아이들에 대해 물어 보지 않았나?"

"네, 미처 거기까지는……"

"앞으로는 그 집에 가지 마. 그 여자가 거기에 살고 있는지 그것만 자주 확인해 보도록 해. 마을 사람들이 이상하게 생각하지 않도록 각별히 주의해서 말이야."

"네, 알겠습니다."

대치가 여옥으로부터 절연 통고를 받은 것은 이번이 두번째였다.

처음에는 그저 화가 나서 그러려니 했다. 그러나 반 년이 지나 다시 그런 말을 들은 지금은 처음에 받았던 느낌과는 사뭇 다른 느낌이 들고 있었다.

그는 잠을 이루지 못하고 뒤척이다가 토굴 속에서 빠져나와 눈에 덮인 산등성이를 걸어갔다. 얼마 후 그는 눈보라 속에 갇히고 말았다. 살을 에이는 찬바람이 무섭게 불어 대고 있었다. 그는 눈밭에 벌렁 드러누워 장탄식했다.

"제발 죽어 달라고? 너 이년, 아무리 그렇기로서니 서방한테 그런 말을 다 하다니. 못된 년! 네년이 아무리 빌어도 나는 그렇게 쉽게 죽지 않아. 이 최대치는 절대 죽지 않는단 말이야. 네년이 이제는 내가 죽기를 바라다니, 이 천하에 몹쓸 년! 어디 두고 보자. 내가 먼저 죽나 네가 먼저 죽나 어디 두고 보자. 호호호……이렇게 된 이상 너를 포기할 수야 없지. 네가 아무리 발버둥쳐도 내 손을 벗어날 수는 없어. 너는 죽는 날까지 내 손아귀 속에 있어야 해. 나는 절대 너를 놓치지 않는다. 너라는 년은 남자가 없으면 잠시도 살 수 없다는 걸 나는 누구보다도 잘 알고 있어. 너한테는 화냥기가 있어. 게다가 너한테는 남자를 끌어당기는 묘한 매력이 있어. 그러니 네가 혼자 산다는 것은 불가능하지. 나와 헤어지고 나면 다른 남자와 붙어먹겠지. 장하림이란 놈은 죽었으니 그럴 수 없을 테고 내가 모르는 다른 놈하고 붙어먹겠지. 내 눈에 띄기만 해 봐라. 연놈들을 당장 찢어 죽이고 말 테다."

그는 엉뚱하게도 질투심에 불타 몸부림치고 있었다. 그 즈음의 그는 과대망상과 피해의식에 사로잡혀 있었다. 그런 터에 여옥으로부터 그런 말을 들었으니 자기 멋대로 생각하고 질투심에 몸을 떨 만도 했다. 그가 조금이라도 자신의 과오를 인정하고 여옥의 심정과 처지를 이해했다면 그럴 수가 없었을 것이다.

그러나 그는 결코 그런 사나이가 아니었다. 온몸이 얼어붙어 더 이상 추위를 이길 수 없을 때쯤에야 그는 몸을 일으켰다. 눈은 계속 내리고 있었다. 정말 지긋지긋한 눈이었다.

눈은 공비들에게 있어서 최대의 적이었다. 눈이 많이 쌓이면 쌓일수록 그만큼 기동력이 떨어지고, 그러다가 결국 발이 묶여 얼어 죽고 굶어 죽기 때문이다. 아직은 공비들의 세력이 상당한 편이라 눈이 오건 말건 거의 매일 밤 이른바 보급투쟁을 전개하고 있지만 토벌군이 강화되어 마을로 내려가는 길들이 차단되고 그리하여 산이 온통 포위라도 되는 날에는 그야말로 눈 속에 갇혀 옴짝달싹못하고 죽을 판이었다.

토벌군이 강화되고 있다는 소식은 계속 날아들어 오고 있었다. 그때마다 대치의 가슴은 바짝바짝 타들어갔다. 그로서는 속수무책이었던 것이다.

그가 지리산에 들어온 것은 지난 가을이었다. 들판이 황금빛으로 물들 때, 패잔병들과 함께 입산한 것이다.

낙동강 전선에서 밀리기 시작한 공산군은 연합군의 인천상륙작전으로 퇴로마저 차단 당하자 하는 수 없이 산으로 들어가 게릴라화했는데 이를테면 최대치는 그 게릴라의 새로운 지휘자로 변신한 셈이었다.

험준한 태백산맥으로부터 지리산에 이르는 산악지대에는 그때부터 수만 명의 빨치산들이 우글거리게 되었고 후방의 새로운 불안 요소로 등장하게 되었다.

처음 그들의 세력은 대단해서 산악지대의 마을은 물론 인근

군청 소재지며 읍까지 온통 유린했다. 낮에는 태극기가 꽂혀 있다가도 밤이면 적기가 나부끼는 일이 으레 다반사처럼 벌어지고 있었다. 모든 병력이 전선에 묶여 있던 때라 공비들이 준동하는 것도 무리는 아니었다.

공비들이 가장 극성을 떤 것은 중공군이 참전하면서부터였다. 중공군의 남하와 연합군의 후퇴는 그들에게 큰 희망을 안겨 주었고 그들은 머지 않아 중공군과 합류하여 남조선을 해방할 수 있을 것이라고 굳게 믿었다.

그러나 그들의 생각은 빗나갔다. 중공군은 그들이 있는 곳까지 남하하지 못했고 연합군의 반격으로 전선은 38선을 중심으로 교착 상태에 빠지고 있었다.

희망이 무너지자 그들은 발악했다. 산악지대에는 토벌군이 투입되기 시작했고 토벌군보다 무서운 추위가 휘몰아쳤다. 희망은 절망으로 바뀌었고, 그들은 절망에 싸여 몸부림쳤다. 오직 목숨을 부지하기 위해 짐승처럼 산 속을 헤매고 다녔다. 생긴 모습만 인간이었지 행동거지는 완전히 산짐승과 다를 바 없었다.

대치 휘하에는 약 1천여 병력이 있었다. 일찍이 빨치산 생활을 해본 경험이 있었기 때문에 그는 다른 지휘자들보다는 적응력이 빨랐고 병력을 효과적으로 이용할 줄 알았다. 그러나 어렵고 고생스럽기는 다 마찬가지였다. 여옥이 가까운 곳에 은거하고 있다는 소식을 듣고부터 그는 하루하루가 초조했다. 한시라도 빨리 만나고 싶어진 것이다. 그렇다고 그녀를 산 속으로 데려오게 하고 싶지는 않았다. 그것은 그녀에게 너무 위험한 짓일 뿐 아니라 산 속은 여자가 지낼 곳이 못 되기 때문이었다.

남은 방법은 그 자신이 직접 그녀가 살고 있는 집을 방문하는 것이었다. 그러나 그것도 그리 쉬운 일은 아니었다. 첫째, 지휘자가 직접 하산하는 일이 드물었고, 둘째, 그는 「애꾸」라는 별명으로 그 일대에 악명을 떨치고 있었으므로 그의 목에는 거액의 현상금이 붙어 있었던 것이다.

그러나 그는 어느 날 밤 마침내 여옥을 직접 만나 보기 위해 부하들의 만류를 뿌리치고 산을 내려갔다. 여옥의 소식을 들은 지 엿새째 되는 날 밤이었다.

그는 3백여 병력으로 마을을 완전히 포위하게 한 다음 안심하고 마을로 들어갔다. 여옥의 집을 알고 있는 자가 그를 안내했다. 막상 그 집앞에 이르렀을 때 그는 얼른 뛰어들지 못하고 몹시 망설였다. 먼저 담을 넘어 안으로 들어간 자가 대문을 열어 주었지만 그는 한참이나 머뭇거렸다.

그를 먼저 맞은 것은 별채에 살고 있는 젊은 내외였다. 그들은 벌벌 떨면서 여옥이 있는 안채를 가리켰다.

"당신들 우리가 저 여자 만나러 왔었다는 말을 퍼뜨리면 안 돼. 절대 비밀이니까. 소문 퍼뜨리면 당신들은 죽는다."

"네네 나리, 잘 알겠습니다."

애꾸눈의 흉측한 사내가 외눈을 부라리며 엄포를 놓자 그들은 두 손을 비벼대며 수없이 고개를 숙였다.

"알았으면 방안에 들어가 꼼짝 말고 있어!"

그들이 방안으로 뛰어들어 가는 것을 보고 대치는 안채로 향했다. 넓은 집안은 귀신이라도 나올 듯 괴괴했고, 불빛 하나 없이 어둠 속에 깊이 가라앉아 있었다.

대치는 안방 문 앞에 서서 심호흡을 했다. 귀를 기울여 보았지만 안으로부터는 아무 기척도 들리지 않았다. 문고리를 잡아당겨 보았다. 안으로 문이 잠겨 있었다.

"여옥아!"

마침내 그는 아내의 이름을 불렀다.

"여옥아!"

문을 흔들었지만 응답이 없었다.

그는 더 이상 부르지 않고 기다렸다. 잠귀가 밝은 여옥이 못 들었을 리 없다고 생각했다. 한참을 더 기다리다가 그래도 반응이 없자 그는,

"여옥아, 나 대치다! 문을 열어! 열지 않으면 부수고 들어갈 테다!"

하고 낮게 부르짖었다. 얼마 후 방문에 불빛이 비쳤다. 이어서 문고리 벗기는 소리가 들려왔다.

대치는 숨을 몰아쉰 다음 권총을 빼 들고 마루 위로 올라섰다. 문을 거칠게 열어 젖혔다.

등잔불이 꺼질듯 흔들렸다. 여자가 방 가운데 우두커니 서 있는 것이 보였다. 방으로 들어가 문을 닫고 그녀를 바라보았다. 너무 오랜만의 극적인 상봉이라 그는 말문이 막혔다.

여옥은 그를 외면하고 있었다. 몹시 야위고 창백한데다 표정

이 돌처럼 굳어 있었다. 너무 굳어 있어서 접근하기가 망설여졌다. 여옥이 그렇게 어렵게 느껴지기는 처음이었다. 그는 무슨 말인가 하고 싶었다. 그러나 무슨 말부터 해야 할지 얼른 생각나지 않았다. 무거운 침묵이 흐른 뒤 마침내 그는,

"오랜만이군!"

하고 입을 열었다.

그러나 여옥은 얼어붙은 듯 꼼짝하지 않고 서 있었다. 전 같으면 그의 품속으로 와락 뛰어들었을 그녀가 그러고 있는데 대해 그는 몹시 불만스러웠고 서운함을 느꼈다.

"아이들은 모두 어디 있지?"

"……"

대치는 그녀의 침묵에 가슴이 뒤틀리기 시작했다. 다가서서 그녀의 어깨를 끌어안는 순간 여옥은 거세게 그의 손길을 뿌리쳤다.

"내 몸에 손대지 마세요!"

날카로운 외침과 함께 증오로 번득이는 눈초리를 대하는 순간 대치는 흡사 몽둥이로 뒤통수를 한 대 호되게 얻어맞은 느낌이 들었다. 그가 어쩔 줄 모르고 있을 때 여옥이 두번째로 쏘아붙였다.

"뭣하러 왔어요? 또 무슨 짓을 하려고 왔어요?"

그렇게도 담대하고 잔혹한 대치도 그 순간에는 마치 허깨비처럼 아무 말 못하고 멍청히 서 있기만 했다. 일단 말문을 연 여옥은 소나기처럼 퍼붓기 시작했다.

"전 당신을 잊은 지 오래예요! 뭐하러 오신 거예요! 또 뭐가 필요해서 오신 거예요! 지금도 저를 아내로 생각하고 있다면 그건 큰 잘못이에요! 전 이제 당신의 그 무엇도 아니에요! 저를 더 이상 부려먹으려고 하지 마세요! 저는 이제 누구한테도 예속되지 않은 자유로운 몸이에요! 저는 이제 행복해질 거예요! 저라고 항상 불행해지라는 법이 있나요! 저도 행복하게 살 권리가 있어요! 그리고 저를 불행하게 만드는 모든 것과 싸울 권리도 있어요! 저는 이제부터 인간으로서 누릴 수 있는 모든 권리를 찾아 나설 거예요!"

몹시 격렬한 말이었다. 대치는 어안이 벙벙해서 그저 넋을 빼고 쳐다보기만 했다. 여옥이한테 이런 일면도 있었던가 하고 그는 생각했다. 상상도 하지 못했던, 그전과는 전혀 다른 모습에 그는 그저 아연할 뿐이었다.

"제가 그 동안 당신을 얼마나 증오한 줄 아세요? 저는 당신에 대한 저주와 증오로 매일 밤을 지샜어요! 당신을 애타게 그리워한 게 아니에요! 증오하고 저주하고 있었던 거예요!"

"그만해 둬!"

대치는 버럭 고함을 질렀다. 그러나 여옥은 조금도 수그러들지 않았다.

"듣기 싫으시겠죠. 그렇지만 제 가슴속에는 당신에게 못 다한 말이 가득해요. 밤새도록 말을 해도 못다할 거예요. 제 가슴속에 쌓인 한을 아마 당신은 알지 못할 거예요. 당신이 조금이라도 그것을 이해하는 사람이라면 이렇게까지 되지는 않았을 거예요."

"네가 나 때문에 고생한 건 말하지 않아도 잘 알고 있어. 그렇지만 그것은 혁명을 위해서, 그리고 혁명가의 아내로서 어차피 걸어야 할 것이었어. 넌 누구보다도 훌륭한 혁명전사로서 우리 혁명사에 길이 남을 거야."

"당신은 전과 조금도 다름이 없군요. 혁명이라는 이름 아래 자기 아내를 죽음 속으로 몰아넣더니, 지금도 똑같은 말을 하고 있군요. 그 말은 제가 가장 혐오하고 구역질을 느끼는 말이에요. 저는 혁명전사 같은 거 바라지도 않았어요! 제가 바란 건 평범한 아낙네였어요. 그러나 당신 때문에 그것마저 이룰 수 없었어요! 나가 주세요! 다시는 찾아오지 마세요!"

대치의 얼굴이 차츰 일그러지기 시작했다.

"산 속에서 고생하고 있는 남편한테 이럴 수가 있나?"

"그건 당신이 사서 한 고생이 아닌가요? 그게 제 책임인가요? 제가 당신을 따라가 산 속에서 함께 고생해 주기를 바라나요? 그러면 좋겠죠. 그렇지만 전 싫어요! 당신이 산 속에서 고생하는 것, 제가 알 바 아니에요! 과거의 윤여옥은 벌써 죽었어요! 바보처럼 당신만 믿고 따르다가 말이에요! 그러니까 잊어 주세요! 제발 더 이상 찾지 마세요!"

"내가 죽기를 바란다더니 정말인 모양이군."

"네, 정말이에요!"

여옥은 서슴없이 대답했다. 대치의 얼굴에 경련이 스치고 지나갔다. 그러나 그때까지도 그는 아무 행동을 취하지 않고 있었다. 그는 참담한 모습으로 서 있었다. 자신이 그렇게 누군가로부터, 더구나 아내로부터 철저히 부정당해 보기는 처음이었던 것이다.

"아이들은 모두 어디 있지?"

그는 가까스로 감정을 누르며 물었다.

"아이들은 왜 찾으세요? 당신이 아이들을 찾을 권리가 있으세요? 무슨 염치로……"

"닥쳐……"

대치의 고함에 여옥의 말이 중단됐다.

"내 아들이야! 아이들은 어디 있어?"

"당신은 아빠 자격도 없어요!"

"어디 있느냐니까?"

"말할 수 없어요!"

"이년이!"

대치는 주먹을 쳐들었다. 방안은 터질 듯한 긴박감으로 가득 차 있었다. 금방이라도 대치의 무쇠 같은 주먹이 여옥의 가냘픈 턱을 후려칠 것만 같았다. 대치를 바라보는 여옥의 눈에는 두려움 대신 싸늘한 모멸의 빛이 흐르고 있었다. 대치는 차마 그녀를 때리지 못하고 주먹을 힘없이 떨어뜨렸다.

"그럼 한번만 더 묻겠다. 혁명이 완수될 때까지 너와 아이들을 찾지 않겠다. 아이들은 잘 있겠지?"

여옥은 천천히 고개를 저었다. 그러한 그녀의 얼굴에 처음으로 공포의 빛이 나타나고 있었다. 대치는 손을 뻗어 그녀의 손을 움켜쥐었다. 그리고 숨가쁘게 물었다.

"바른대로 말해 봐! 아이들이 어떻게 됐어?"

"그렇게도 알고 싶으세요?"

"그래! 몇 번이나 물어야 되겠어? 그걸 알기 전에는 여기서 나가지 않겠다!"

"말씀드리죠. 대운이는, 당신을 많이 닮은 대운이는 잃어버렸어요. 살았는지 죽었는지 그것도 몰라요."

"뭐 어째?"

"둘째 웅이는……죽었어요. 병들고 굶어서 죽었어요. 제 손으로 묻어 줬어요. 이것이 당신이 부르짖고 있는 혁명의 결과이니까 슬퍼하지 마세요."

그녀는 눈물 한 방울 보이지 않고 담담히 말했다. 대치는 부들부들 떨었다. 외눈은 번득이고 있었고, 길게 자란 시커먼 수염은 격한 감정 때문에 파르르 떨고 있었다.

"너, 정말이지?"

"제가 왜 그런 거짓말을 하겠어요."

"이 쌍년!"

마침내 그는 폭발했다. 오른손 주먹으로 여옥의 턱을 후려치자 그녀는 힘없이 나동그라지더니 방구석에 처박혀 버렸다.

"이년을 죽여 버리겠다!"

대치는 권총을 뽑아들고 발사 자세를 취했다.

"이 쌍년, 도대체 애들을 어떻게 했기에 하나는 잃어버리고 하나는 죽였어? 그러고도 큰 소리냐!"

여옥은 천천히 얼굴을 쳐들었다. 입이 터져 피투성이가 되어 있었다. 대치를 바라보는 눈에 눈물이 가득했다.

"주저하지 말고 어서 쏘세요. 그렇지 않아도 죽고 싶었어요. 죽음을 기다리고 있었어요."

"못 죽일 줄 알아?"

"네, 당신이 사람을 잘 죽인다는 건 알고 있어요."

"이년이……"

대치는 방아쇠를 당겼다. 방안이었기 때문에 총소리는 벼락 치듯 모든 것을 뒤흔들어 놓았다. 총알은 여옥의 머리를 스쳐 벽속에 들어가 박혔다. 대치는 차마 그녀를 사살하지 못하고 공포를 쏜 것이다. 갑작스런 총소리에 밖에 대기하고 있던 공비가 문을 두들겼다.

"대장 동무, 별일 없습니까?"

"별일 없어."

충격이 가라앉을 때까지 대치와 여옥은 미동도 하지 않고 침묵하고 있었다. 한참이 지나 먼저 입을 연 것은 여옥이었다.

"부모가 살아 있는데도 없는 것이나 마찬가지라면 누가 그 아이들을 돌보겠어요? 제가 책임을 회피하는 게 아니에요. 감옥에서 나와 보니 대운이는 이미 없었어요. 하림씨가 돌보고 있었는데, 엄마를 찾는다고 하면서 몰래 집을 빠져나간 모양이에요. 전쟁이 일어나고, 서울에 인민군이 들어오기 바로 전이었나 봐요."

"그놈의 새끼, 남의 애를 맡았으면 잘 돌볼 것이지."

"하림씨를 왜 욕하세요? 자기 자식을 돌보지 못한 자신은 죄책감이 들지 않나요? 오히려 당신은 그분한테 감사해야 해요."

"뒈졌다니까 할 말은 없지만 난 그 자식이 본능적으로 싫어!"

이때 여옥은 장하림이 죽지 않고 살아 있다는 말을 대치에게 해 주지 않았다. 사실을 알려준다는 것은 하림에 대한 대치의 증오심을 부채질하는 것밖에 되지 않기 때문이었다.

"웅이는 어떻게 죽었지?"

"저는 그애를 업고 대운이를 찾아 나섰어요. 전쟁통에 아이를 찾는다는 것이 불가능한 줄 알면서도 찾아 나섰어요. 세상의 어떤 어미가 자식을 잃어버리고서도 집안에 틀어박혀 있겠어요. 발길 닿는 대로 걸었어요. 배고프면 구걸해 먹으면서……. 아무데서나 잠을 자고……. 거지가 다 돼서 헤매고 다녔나 봐요……. 제가 실성한 거죠……미쳐서 돌아다닌 거예요……아기가 죽은 줄도 몰랐어요. 죽은 아기를 업고 다녔어요……"

여옥의 말은 어느새 흐느낌으로 변해 있었다. 격하던 분위기는 비통하게 가라앉아 있었고 대치는 얼굴을 일그러뜨린 채 말뚝처럼 서 있었다. 여옥은 앉아서 피에 젖은 입을 가린 채 계속 흐느끼며 말했다.

"용서하세요……그애들은 분명히 당신의 아이들이에요……이유야 어떻든 두 아이를 모두 잃은 건 제 책임이에요……. 용서해 주세요."

"내 잘못이 더 크겠지."

무거운 중얼거림과 함께 그의 외눈에서 뜨거운 눈물방울이 주르르 흘러내렸다.

"용서해 줘."

라는 말 한마디를 내뱉고 그는 도망치듯 방을 빠져나왔다.

"저를 죽이고 가세요……"

뒤에서 여옥의 외침이 들려왔지만 그는 뒤돌아보지 않고 걸어갔다.

산 속으로 들어가면서 그는 소리 없이 줄곧 울었다. 그에게 그런 눈물이 남아 있다는 것이 참으로 이상할 정도였다. 마음이 약해진 탓일까.

하여간 그는 여옥을 만나고 와서부터 겉으로는 전과 다름이 없었지만 내면적으로는 서서히 변화되고 있었다. 혁명이라는 것에 회의를 품기 시작한 것이 그 첫번째 변화였다. 굳은 신념이 흔들리자 강철 같던 의지도 차츰 무너지기 시작했다. 그는 점점 말이 없어지고, 걸핏하면 내세우던 혁명운운하는 말도 입밖에 내지 않게 되었다.

시골 장날이었다. 장터는 사람들로 북적거리고 있었다. 불안한 시국이었지만 닷새만에 돌아오는 장날이면 으레 여러 마을에서 많은 사람들이 장터로 몰려들어 성시를 이루곤 했다.

하림은 지리산 기슭으로 들어온 지 보름만에 처음으로 사복으로 갈아입고 부관과 함께 장터 구경에 나섰다.

장터의 북적거림 속에는 시골 양민들의 투박스런 인간미와 단순하고 소박한 체취가 진하게 흐르고 있었다. 하림은 그 모든 것이 좋아 오랜만에 긴장을 풀고 장터 구석구석을 돌아다녔다. 막걸리도 마셔 보고 떡도 먹어 보고 엉터리 약장수의 사기극도 구경하면서 아침나절을 거의 장터에서 보냈다. 그런데 구경할 것을 다 구경하고 장터를 빠져나오려고 할 때 그의 눈에 띄는 사람이 있었다. 몹시 남루한 차림의 젊은 사내였는데 얼른 보기에도 농부 같지가 않았다.

사내는 노점의 떡판 앞에 쭈그리고 앉아 정신없이 떡을 먹어 대고 있었다. 다른 것은 남루한데 신고 있는 신발만은 방금 사 신은 듯 새 농구화였다. 불룩한 마대자루를 깔고 앉아 있었다.

하림은 처음에는 무심코 지나쳤다. 자기도 모르게 뒤돌아보았다. 그리고 부관을 바라보았다. 부관은 엉뚱한 곳을 바라보고 있었다. 하림은 그대로 걸으면서 부관의 어깨를 툭 쳤다.

"이 봐, 뭐 이상한 거 보지 못했나?"

부관은 질문의 핵심을 몰라 의아한 표정을 지었다.

"별로 보지 못했는데요. 뭐 이상한 거 있습니까?"

"이런 장날에 말이야. 혼잡을 틈타 공비가 장터에 들 수도 있다고 생각해 보지 않았나?"

"설마 그럴라구요. 감시망을 뚫고 장터까지 잠입할 만큼 그렇게 대담한 놈이 있을라구요."

하림은 걸음을 멈추었다.

"그들은 갈수록 대담해질 거야. 그렇지 않으면 살 수 없을 테니까 말이야. 저길 보라구. 저기 떡판 앞에서 떡을 먹고 있는 사람말이야. 지금 일어서는군."

남루한 사내는 마대자루를 어깨에 메고 저쪽으로 걸어가면서 주위를 흘끔흘끔 바라보았다.

"보기에 좀 이상하지 않나?"

"글쎄요. 제가 한번 가서 조사해 볼까요?"

부관이 뒤쫓아가려는 것을 하림이 막았다.

"안 돼. 그건 위험해. 대비를 한 다음 접근해야지, 무턱대고 부딪치다가는 오히려 이쪽이 당할 지도 몰라."

"제가 보기에는 별것 아닌 것 같은데요."

"내가 보기에는 그렇지가 않아. 농부는 아니야. 그리고 이 지방 사람도 아닌 것 같고. 사흘 굶은 사람처럼 떡을 먹더라고. 농구화는 새로 사신은 것 같아. 저 자루 속에는 도대체 뭐가 들어 있을까?"

"그러고 보니까 좀 이상한 데가 있군요."

"눈치채지 않게 따라가 봐. 난 뒤에 좀 떨어져서 갈 테니까."

그들은 마침내 그 사내의 뒤를 멀찍이 떨어져서 따라가기 시작했다.

하림은 도중에 떡판 앞에서 걸음을 멈추었다. 중년의 아낙네가 부지런히 떡판을 치우고 있었는데 기분이 몹시 좋은 눈치였다.

"벌써 다 파셨나요?"

"예, 떡이 없구만요."

아낙은 그를 쳐다보지도 않고 말했다.

"조금 전 그 남자가 모두 사갔나요?"

"예, 싹 쓸어 갔소."

"그 많은 떡을 혼자 먹겠다고 다 사갔나요?"

"떡 먹는 거 봉께 혼자서도 다 먹겠데요."

"잘 아시는 분인가요?"

"어디요. 처음 보는 사람이구만요."

"무슨 이상한 말을 안 하던가요?"

아낙은 비로소 일손을 놓고 그를 바라보았다. 그러고는 고개를 설레설레 흔들었다.

"암말도 안 했소."

부관이 보이지 않았기 때문에 하림은 뛰다시피 걸어갔다. 부관은 싸전 앞에서 어정거리고 있었다.

"어디 갔나?"

"저기 약방에 들어갔습니다."

조금 있자 그 사내가 약방에서 나오는 것이 보였다. 사내는 주위를 몹시 경계하며 어슬렁어슬렁 걸어갔다. 부관은 약방으로 들어가고 하림은 미행을 계속했다.

"감기약과 외상 치료약 그리고 동상 치료약을 많이 사 갔답니다. 주인이 무슨 약을 그렇게 많이 사 가느냐고 물으니까 산골 벽지를 돌아다니면서 약을 파는 약장수라고 그러더랍니다."

부관이 뒤쫓아와 하는 보고였다. 그들은 얼마 동안 미행을 계속했다.

사내는 혼자가 아니었다. 중간에 누구와 접선했는데 일행으로 보이는 사내도 역시 묵직한 자루를 하나 어깨에 지고 있었다. 그들은 장터를 벗어나 강쪽으로 걸어가고 있었다. 하림과 부관은 하필 무기를 가지고 있지 않았다.

"지원이 있어야겠는데……"

"네, 알겠습니다. 제가 다녀오겠습니다."

부관은 장터에서 자전거를 하나 빌어 타고 부리나케 달려갔다.

하림은 일부러 뒷짐을 지고 먼 산을 바라보면서 이상한 사내들의 뒤를 슬금슬금 따라갔다. 강변으로 통하는 오솔길에는 행인이 거의 없었기 때문에 그는 쉽게 그들의 눈에 띄었다. 그들이 잔뜩 경계하며 자기를 흘깃거리고 있는 것을 알았지만 그는 머뭇거리지 않고 똑같은 속도로 걸어갔다.

강이 저만큼 보였을 때 하림은 강기슭에 조그만 목선이 한 척 떠 있는 것을 알았다. 강가에는 갈대가 빽빽이 자라고 있었기 때문에 멀리서 볼 때는 배가 잘 보이지 않았다. 갈대밭 속에서 갑자기 한 사내가 나타났다. 기다리고 있었던 듯 짐을 받아 들다가 하림을 발견하고는 긴장하는 것 같았다. 그때 뒤쪽에서 군 지프가 먼지를 뿌옇게 일으키며 달려왔다. 비로소 위험을 눈치챈 세 사나이는 갈대를 헤치며 배쪽으로 뛰어갔다. 지프는 하림 앞에서 급정거했다. 지프 속에서 부관과 장교들이 뛰어내렸다. 뒤이어 병사들을 태운 트럭이 들이닥쳤다.

"배를 타고 도주할 모양이다! 배를 먼저 집중공격하도록 해! 가능하면 생포해!"

장교와 병사들은 세 방향으로 나뉘어 달려갔다.

거의 매일 같이 토벌작전을 수행하고 있는 만큼 공비 세 명을 추적하는 것이야 그다지 어려울 게 없었다. 그러나 무성한 갈대밭이 있는데다가 가능하면 생포하라는 명령이 있었기 때문에 모두가 신중을 기해 움직였다.

조용하던 강변에 총소리가 요란스럽게 울리기 시작했다. 강위에서 떼지어 놀고 있던 물오리들이 하늘 높이 날아오르는 것을 보면서 하림은 가슴속에서 얼음이 깨지는 소리를 들었다.

해는 아직 많이 남아 있었다. 강물이 갑자기 은어 떼가 몰려온 것처럼 하얗게 빛났다. 조각배는 기슭을 헤어나지 못한 채 맴돌고 있었다.

갈대밭이 마구 짓이겨지고 있었다. 공비들은 배 위에 엎드려 악착같이 저항하고 있었다. 그들은 일어서서 노를 저을 여유가 없는 것 같았다. 머리 위로 소나기처럼 총알이 쏟아지고 있는 판이니 그럴 만도 했다. 배에 구멍이 뚫리면서 배가 가라앉기 시작하자 공비 한 명은 강물 속으로 뛰어들고 다른 두 명은 배에서 내려 강변을 따라 갈대밭을 헤치며 도망치기 시작했다.

얼마 안 있어 하림은 강물이 붉게 물드는 것을 볼 수가 있었다. 강물 속의 공비는 몇 번 몸부림치다가 물 속으로 가라앉아 버렸다. 남은 두 명은 포위되어 있었다. 하림은 사격을 멈추게 한 다음 자수를 권했다. 그러나 그들은 갈대 속에서 나오려고 들지를 않았다.

"사살해 버리죠."

모두가 이구동성으로 주장했지만 하림은 끝내 허락하지 않았다.

"서두를 것 없어. 사살하는 건 아무 때라도 할 수 있어. 기다려 보도록 해. 죽고 싶지 않으면 자수하겠지. 포로는 많을수록 좋아. 그만큼 정보를 많이 얻을 수 있으니까."

하림은 계속 그들을 설득시키면서 끈질기게 기다렸다. 처음에는 악에 받쳐 소리소리 지르던 그들도 시간이 흐르자 마음이 동하는지 차츰 말수가 적어지면서 조용해져 갔다.

이 소동으로 장터에 있던 사람들이 모두 몰려드는 바람에 그 주위는 구경꾼들로 가득 차 있었다. 아무리 쫓아도 그들은 가지 않고 주위를 맴돌면서 결과를 끝까지 지켜보고 있었다.

세 시간 남짓 지나서 하늘에 붉은 놀이 졌을 때 마침내 공비들 쪽에서 반응이 왔다. 단발의 총소리였다. 공비 하나가 비틀비틀 일어서는 것이 보였다. 가슴에서 피가 흐르고 있었다. 뒤따라 일어선 공비가 자기 동지의 등을 향해 다시 권총을 발사했다. 총에 맞은 공비는 두 손으로 허공을 끌어안으면서 갈대밭 속으로 쓰러졌다. 홀로 살아남은 공비는 권총을 내던지면서 두 손을 높이 쳐들었다. 노을 때문인지 그의 얼굴은 타는 듯이 붉었다.

하림은 밤이 깊어서야 포로와 만날 수가 있었다. 이미 신문은 끝나 있었고 포로는 공포와 피로에 젖어 있었다. 그는 넓은 방 안에 혼자 앉아 있었는데 하림이 들어서자 벌떡 일어섰다.

"그대로 앉아 있어도 좋아."

하림은 방 한 켠에 쌓여 있는 물건들을 보았다. 그것들은 공비들이 장터에서 긁어모은 것들로 떡, 약품, 옷가지, 양말, 장갑, 농구화 등속이었다. 그런데 그중 안대 뭉치가 하림의 시선을 끌었다.

"왜 당신은 동지를 쏴 죽였지?"

하림은 공비를 내려다보며 나직이 물었다. 늙은 공비는 교활하게 눈을 빛내며 대답했다.

"그놈이 자수하자니까 안 하겠다고 해서 쏴 죽였습니다."

"당신 같은 인간은 구역질날 정도로 오래 살 수 있겠지. 이쪽으로 전향했다가 수틀리면 또 저쪽으로 달라붙겠지."

"아닙니다. 절대로 그렇지 않습니다!"

포로는 침을 튀기며 소리쳤다. 하림은 의자 위에 한발을 올려놓고 상체를 굽혔다. 그리고 안대 뭉치를 들여다보았다.

"소리지르지 않아도 당신은 살게 될 거야. 그건 그렇고 당신들 가운데 눈병 환자가 이렇게도 많나?"

"아닙니다. 그건 대장이 사용할 겁니다."

"대장이라는 자가 눈이 나쁜가?"

"애꾸눈입니다."

하림은 비로소 정색을 하고 포로를 똑바로 바라보았다. 그는 다음에 나타날 사실에 대해 일말의 불안을 느꼈다. 그러나 묻지 않을 수 없었다..

"애꾸라고? 그자 이름이 뭐지?"

"최대치라고 합니다. 지독한 독종입니다."

"최대치가 분명해?"

하림은 아무래도 믿을 수가 없어 다시 한번 물었다.

"네, 틀림없습니다."

"어떻게 해서 그자가 지리산에 들어가게 됐지?"

"처음에는 6사단 11연대 연대장이었습니다. 선봉부대로 낙동강까지 내려갔다가 퇴로가 끊기는 바람에 입산하게 된 겁니다."

"그와 함께 있었나?"

"네, 처음 남하할 때부터 같이 있었습니다."

자세히 물어볼수록 틀림없는 최대치였다. 하림은 기가 막혔다.

"최대치를 잘 아십니까?"

포로가 눈을 빛내며 물었다. 하림은 잠자코 그 방을 나왔다. 심사가 몹시 어지러워 왔다.

최대치가 지리산 속에서 공비들을 지휘하고 있다는 사실은 하림에게 있어서는 대단히 충격적인 것으로 받아들여졌다. 지금까지의 두 사람 사이의 관계로 볼 때 그것은 너무도 당연한 것이었다. 최대치의 입장에서도 하림이 토벌군을 지휘하고 있다는 것을 알았다면 당연히 충격을 느꼈을 것이다. 그 충격이 가라앉자 하림은 대치와의 관계에 있어서 어떤 운명적인 것까지 느끼게 되었다. 그와 함께 결말이 다가온 것을 느꼈다. 그는 한 걸음 더 나아가 이번 기회에 두 사람의 관계에 종지부를 찍어야 한다고 결심했다. 어느 쪽이 죽든 결판을 내야 한다고 그는 몇 번씩이나 다짐했다.

하림이 대치 소식을 뒤늦게야 알게 된 것은 서로 활동하는 지역이 달랐기 때문이다. 지리산은 경상남도와 전라남북도에 걸쳐 있는 산이므로 인접해 있는 군만 하더라도 경상남도의 함양, 산청, 하동, 전라북도의 남원 및 전라남도의 구례 등 5개군에 이른다. 방대한 지역에 걸쳐 있는 산이라고 할 수 있다.

그런데 대치가 출몰하고 있는 지역은 남원 쪽이었다. 그는 그 쪽 지역(제3지구)을 맡고 있는 빨치산 지휘자로서 애꾸라는 별명으로 그 일대에 악명을 떨치고 있었던 것이다. 그의 악명이 어느 정도인가 하면 애꾸라는 말만 들어도 우는 아이가 울음을 그칠 정도였다. 한편 장하림은 구례 쪽을 담당하고 있었다. 그러니 그가 대치 소식을 뒤늦게 듣게 된 것은 이상할 것이 하나도 없었다.

만일 대치의 부하가 구례 쪽 장터에 나타나지 않았다면, 그리고 그의 포로가 되지 않았다면 아마 그는 오래도록, 아니면 영영 대치 소식을 듣지 못했을 것이다. 대치의 부하가 구례 쪽 장터에 나타난 것은 물품을 구입할 겸 구례 쪽과 연락을 취하기 위해서였던 것이다.

포로를 만나고 돌아온 그날 밤 하림은 밤새도록 잠을 이루지 못한 채 열에 떠서 뒤척거렸다. 가슴은 증오로 활활 타오르고 있었다. 그것은 최대치라는 인간에 대한 증오였다. 전에도 그가 밉기는 했지만 이토록 증오에 사무치기는 처음이었다. 그 인간이 가증스러워 그는 견딜 수가 없었다. 이제는 그가 여옥의 남편이라는 생각도 들지 않았다. 전에는 사실 그 점 때문에 여러 가지로 제약되는 바가 많았다. 여옥을 위해서 될수록 그에 대해 적대감을 품지 않으려고 그 나름대로 애를 썼었다. 모든 것이 여옥을 위해서였다.

그러나 지금은 달랐다. 대치는 아내를 제물로 이용했고 여옥은 절망의 나락으로 떨어져 생사조차 모르고 있었다. 그는 더 이상 여옥의 남편일 수가 없다. 그는 오직 적일 뿐이다. 적이라 해도 단순한 적이 아니다. 운명적으로 짝지어진 가장 저주스러운 적인 것이다. 하림은 마치 원수를 외나무다리에서 만난 기분이었다. 이번에야말로 그를 피하지 않고 정면에서 부딪칠 생각이었다. 그리고 끝장을 볼 생각이었다. 필연적으로 둘 중 하나는 쓰러질 것이다. 그것은 어쩔 수 없는 귀결이 아닌가.

이튿날 하림은 최대치에 대한 정보를 좀더 자세히 수집하기 위해 지프를 타고 남원으로 향했다. 일행은 운전병과 부관까지 합쳐 모두 세 명이었다. 남원까지 험준한 재를 넘어가야 하기 때문에 여간 위험한 짓이 아니었다. 재에는 공비들이 상주하다시피 하고 있어서 중무장한 부대가 아니고는 감히 그곳을 지나갈 엄두도 못 내고 있었다. 출발할 때 하림이 행선지를 밝히지 않았기 때문에 가는 도중에야 남원으로 간다는 것을 알게 된 부관과 운전병은 금방 새파랗게 질려 버렸다. 지프는 급정거했고 하림을 만류했다.

"안 됩니다! 큰일 납니다! 얼마 전에는 일개 중대가 재에서 전멸당했습니다!"

"알고 있어. 괜찮을 거니까 그대로 가도록 해."

"안 됩니다. 저희들은 괜찮지만 대장님 신상에 만일 무슨 일이라도 일어나면 큰일입니다."

"직접 꼭 가셔야 한다면 돌아가서 부대원들을 데리고 다시 출발하는 것이 좋겠습니다!"

"그럴 필요 없어. 빨리 출발해. 해 떨어지기 전에 돌아와야 하니까 좀 빨리 달려."

하림의 고집을 알고 있는 부관은 안절부절이었다. 그는 거의 울듯이 하면서 하림의 생각을 돌리려고 했지만 하림은 끝내 들어주지 않았다. 그렇다고 하림이 믿는 바가 있어서 그런 것도 아니었다. 그는 단지 자신의 안전을 위해서 부하들을 동원하는 것이 싫었던 것이다.

겨우 차가 한 대 지나갈 수 있는 좁고 꾸불꾸불한 길을 지프는 속력을 내어 달려갔다. 산길이었기 때문에 길바닥은 최악의 상태라고 해도 과언이 아니었다. 울퉁불퉁한데다 눈까지 쌓여 있어서 아무리 속력을 내도 빨리 달리는 것 같지가 않았다. 그들은 잔뜩 긴장하고 있었기 때문에 한마디 말도 나누지 않았다.

그런데 부관이 염려했던 대로 그들은 공비들의 감시망에 걸려들고 있었다. 그들이야 차속에 들어앉아 달리고 있으니 그것을 알 도리가 없었다. 그러나 공비들은 망원경으로 그들의 움직임을 자세히 포착하고 있었다. 공비들은 어리둥절했다. 믿을 수 없는 일이 일어나고 있었던 것이다. 자신들이 장악하고 있는 것이나 다름없는 그 험준한 산악 도로에 느닷없이 군 지프가 한 대 나타났으니 그들이 놀라는 것도 무리는 아니었다. 도대체가 지금까지 차 한 대만 달랑 지나간 적이 없었던 것이다. 하필 그 지역이 최대치 담당이라 그의 귀에도 그 소식이 날아들었다.

그가 그 이상한 보고를 받은 것은 하림의 지프가 고개를 막 넘어 내리막길에 접어들었을 때였다. 그는 마침 가까운 곳에 있었기 때문에 길이 내려다보이는 곳까지 접근해서 망원경으로 그 지프를 관찰할 수가 있었다. 그도 처음에는 상당히 놀랐다. 민간 차량이라면 몰라도 군 지프가, 그것도 단 한 대가 굴러가고 있으니 그럴 만도 했다.

"이상한데……"

그는 아무래도 판단이 내려지지가 않았다. 지프 한 대가 달랑 나타난 것이 어떤 복선이 깔려 있는 것만 같았다. 그의 부하들은 그가 공격 명령을 내리기를 기다리고 있었다. 그가 시간을 끌자 오히려 이상하다는 표정들이었다.

"공격할까요?"

기다리다 못한 공비 하나가 일어서면서 물었다. 지프는 이미 내리막길을 절반이나 내려가고 있었다.

"아니야. 그냥 내버려 둬. 저건 함정이야. 곧 대부대가 나타날 테니까 기다려 봐."

그러나 대부대는 아무리 기다려도 나타나지 않았고 그때쯤에는 지프는 이미 멀리 사라져 가고 있었다.

"그것참 이상한데……"

대치는 입맛을 쩍쩍 다셨다. 아무래도 이해할 수가 없었던 것이다. 결국 그는 이렇게 생각할 수밖에 없었다. 함정이 아니라면 어떤 매우 어리석거나 용감한 자가 그런 짓을 감행한 것이라고.

한편 하림의 부관과 운전병은 지프가 별탈없이 산길을 벗어나자 겨우 안도의 한숨을 내쉬면서 식은땀을 닦았다. 하림은 좀 긴장이 되었을 뿐 식은땀까지 흘리지는 않았다.

남원 쪽을 맡고 있는 토벌군 지휘관은 장하림이 호위병도 없이 부관만을 데리고 재를 넘어온 것을 알고는 몹시 놀라는 눈치였다. 그리고 도대체 그가 제정신을 가지고 있는 사람인가 하고 의심하는 눈치였다.

"별일 없었다는 게 오히려 이상하군요. 놈들이 낮잠을 자고 있었던 모양이군요."

"네, 그런 모양입니다."

"하여간 다행입니다. 여기 오다가 사고가 났다면 내 입장도 좀 곤란했을 텐데 무사하니 다행입니다. 운이 좋았습니다."

그 지휘관은 같은 대령이었는데 하림보다는 나이가 훨씬 많았다. 성이 홍가인 그는 일본군 장교 출신으로 군에서 잔뼈가 굵은 전형적인 군인이었다.

지휘본부는 어느 국민학교의 한쪽 건물에 설치되어 있었다. 그들은 난로가에 앉아 이야기를 나누었다. 적군 지휘관에 대해 이야기가 나오자 홍대령은 마치 기다렸다는 듯이 말문을 열었다.

"자세한 건 잘 모릅니다. 포로 몇 명을 신문해서 얻어낸 정보에 의하면 놈은 팔로군 출신으로 빨갱이 골수분자인 게 분명해요. 게릴라전의 명수로 전쟁이 났을 때는 6사단 11연대 연대장이었답니다. 부하들 사이에서는 독종으로 알려져 있는 모양이에요. 어쨌든 그자 때문에 우리 애들 피해가 큰 것만은 사실이에요. 적이긴 하지만 놈의 솜씨가 탁월하다는 것만은 인정하지 않을 수 없어요. 기민하고 대담하고 잔인무도해요. 그놈한테는 포로라는 게 통하지가 않아요. 잡으면 갈갈이 찢어 죽여요. 총알을 아낀다고 사살하지 않고 찢어 죽인단 말입니다. 우리 애들한테만 그러는 게 아니라 양민들한테도 그런 짓을 자행해요. 자기한테 협조하지 않거나 불리하게 굴면 가차없이 잡아죽여요. 그래서 양민들은 그놈이 나타났다 하면 벌벌 떨지요. 오죽해야 우는 아이들까지도 그놈이 나타났다 하면 울음을 그치겠소. 호랑이가 나타났다 하면 울음을 그치지 않아도 애꾸가 나타났다 하면 울음을 그친단 말입니까. 우리 애들도 그놈에 대해서는 공포심을 품고 있어요. 오죽해야 내가 그놈을 잡기 위해 현상금을 걸었겠소. 그놈을 잡기만 하면 십 년 묵은 체증이 가라앉을 것 같아요. 한데 어찌 그놈에 대해서 그렇게 관심을 가지시오…… 무슨 특별한 일이라도 있나요?"

하림은 뜨거운 엽차 잔을 두 손으로 들고 어루만졌다.

"특별한 일이 아니라 전부터 주목을 받던 인물입니다."

"주목을 받다니요? 그럼 전부터 알려진 인물인가요?"

"네 그렇다고 볼 수 있습니다. 겉으로는 부상하지 않았지만 지하세계에서는 상당히 알려진 놈입니다."

"어떻게 그렇게 잘 아시나요?"

"과거 정보계통에 좀 있었습니다."

"아, 그러고 보니까 장대령께서 그 계통 출신이란 거 들은 기억이 납니다."

"그자의 이름을 여기 와서 다시 들을 줄은 몰랐습니다. 처음 그 이름을 들었을 때는 깜짝 놀랐습니다. 여기서 만나게 될 줄은 정말 몰랐습니다."

하림은 중얼거리고 있었다. 대치의 존재가 가까이 느껴짐에 따라 그는 점점 가슴이 답답해 오고 있었다. 가슴이 마치 무엇엔가 짓눌리는 것 같은 기분이었다.

"그자가 직접 마을까지 내려옵니까?"

"마을까지 내려오는 경우는 드물어요. 며칠 전에 한번 마을까지 내려왔던 모양이에요. 하지만 그놈을 체포하기에는 우리가 아직 약해요. 봄까지는 병력을 대폭 증강해서 본격적으로 토벌에 나서게 되면 놈도 어쩔 수 없이 손을 들게 되겠지요."

홍대령은 창밖으로 눈에 덮인 산을 물끄러미 바라보다가 말을 이었다.

"눈 때문에 지금은 아무 것도 할 수 없어요. 그쪽도 마찬가지가 아닌가요?"

"네, 그렇습니다."

"겨울만 지나면 아마 합동작전을 펴야 할 겁니다. 그때 가서 잘 부탁합니다."

"제가 오히려 부탁을 드려야지요. 며칠 전 그자가 나타났을 때 그때에도 잔인한 짓을 자행했나요?"

"그렇지는 않았어요. 그때만은 웬일인지 잔인한 짓을 자행하지 않고 식량만 뺏어 가지고 간 모양이에요. 그놈이 반성을 했나 알다가도 모를 일이에요."

"반성할 리가 있나요. 그놈이 나타난 데가 어딥니까?"

"반월리라고 여기서 한 5리 떨어진 마을입니다. 마을은 큰데 취약지구죠."

순간 하림의 눈이 빛났다. 반월리라면 바로 여옥의 고향마을이 아닌가. 거기라면 그도 가본 적이 있었다. 수년 전 그녀를 찾아 두 번인가 그곳에 갔었다. 그는 그때의 잊지 못할 기억 하나를 아직도 생생히 간직하고 있었다. 그것은 최대치가 여옥을 안고 가는 모습이었다. 그들은 황혼 속을 걸어가고 있었다. 그 아름다운 모습에 그는 얼마나 숨이 막혔던가. 그때 대치는 장인의 산소를 이장하고 여옥과 함께 산을 내려가던 길이었다.

문이 열리면서 대위가 한 사람 급히 들어왔다. 숨이 턱에 차 있었다. 눈이 부리부리한 젊은이였다. 힘차게 거수경례를 하고 나더니

"애꾸에 대한 귀중한 정보가 들어왔습니다!"

하고 소리쳤다. 하림은 긴장한 눈으로 대위를 바라보았다. 홍대령은 신통치 않다는 듯 멀거니 대위를 쳐다보았다.

"뭔데 그래? 숨넘어가겠다."

"어쩌면 놈을 체포할 수 있을지도 모릅니다."

"뭐라고? 차근차근 이야기해 봐."

홍대령은 그제서야 상체를 바로 하면서 대위를 똑바로 주시했다.

"그놈 마누라를 찾았습니다!"

"뭐, 뭐라구?"

"그놈 마누라를 찾았습니다."

"어디서?"

"반월리에서 찾았습니다."

하림에게는 그 소리가 마치 벼락치는 소리처럼 들렸다. 그는 미동도 하지 않은 채 어금니를 꽉 깨물었다. 홍대령은 일어서 있었다.

"반월리까지 그 마누라가 왔다는 말인가?"

"아닙니다. 반월리에서 살고 있는 여잡니다!"

"반월리 누구?"

대령은 꽥 소리를 질렀다.

"윤여옥이라는 여잡니다!"

"뭐라고? 그 미친 여자가?"

"네, 그렇습니다! 지금은 미친 것이 많이 나았습니다!"

하림은 자기도 모르게 벌떡 일어섰다. 그는 터져나오려는 외마디 소리를 목구멍으로 집어삼켰다.

"어째서 그 여자가 애꾸의 마누라란 말인가?"

"벌써 마을에 소문이 파다하게 퍼졌습니다. 저도 우연히 얻어듣고 처음에는 믿어지지 않았습니다만 가서 알아 보니 사실이었습니다."

대위는 말하기를, 며칠 전 반월리에 애꾸가 나타났을 때 그가 들른 집이 딱 한 집 있었다고 했다. 그 집이 바로 여옥의 집이었다는 것이다. 애꾸는 여옥의 방에서 한참 동안 있었는데 나중에 그 방에서 총소리까지 났다고 했다. 그런 다음 애꾸는 사라졌고 윤여옥이라는 여자는 밤새 슬피 울었다는 것이다. 소문은 처음 같은 집에서 살고 있는 젊은 아낙으로부터 나온 모양이었다.

젊은 아낙은 입이 무거운 편이었다. 그러나 이웃에 살고 있는 친정 어머니한테만은 속에 품고 있는 것을 감출 수가 없었다. 그래서 그녀는 그날 밤 자신이 겪은 일들을 털어놓고 말았다. 애꾸가 여옥을 찾아왔고 안방에서 한참 동안 다투는 소리가 들려왔고, 그러다가 총소리까지 났다. 그런데 나중에 보니 여옥은 하나도 다친 데가 없었다.

곰곰이 생각해 보니 수년 전 언젠가 여옥의 아버지 산소를 이장할 때 그녀의 남편이라는 사람을 한번 본 적이 있는데 그때 그도 애꾸였다. 그러고 보니 두 사람이 어딘가 닮은 데가 있는 것 같았다. 옳지, 집에 찾아온 그 공비가 필시 그녀의 남편임이 틀림없는 것 같다. 아이구 맙소사. 어무이 이를 어쩌면 좋지라. 젊은 아낙의 어머니 되는 여자는 입이 몹시 가벼운 여자였다. 딸이 신신당부한 것도 잊은 채 동네방네 돌아다니며 나발을 불어 댔다. 소문은 순식간에 퍼져 버렸고 마침내 대위의 귀에까지 들어가게 된 것이다.

"여옥을 만나 봤나?"

"아직 만나지 못했습니다. 젊은 여자만 만나봤습니다."

"뭐라 그래? 남편이 틀림없다고 말하던가?"

"밤에 봤기 때문에 자세히는 알 수 없지만 아마 그런 것 같다고 했습니다."

"세상에 이럴 수가……"

홍대령은 뒷짐을 지고 왔다갔다 했다. 하림은 그곳에 더 이상 서 있을 수가 없어 밖으로 나왔다. 여옥이 고향 마을에 돌아와 있을 줄은 꿈에도 생각지 못했었다. 홍대령은 그녀를 미친 여자라고 불렀다. 그녀가 미쳤던가. 아아, 여옥이…….

하림은 그 길로 직접 자신이 지프를 몰고 미친 듯이 반월리로 달려갔다. 그는 너무 흥분한 나머지 정신을 차릴 수가 없었다.

여옥은 마당에 나와 닭에 모이를 주고 있다가 강렬한 시선을 느끼고 대문 쪽을 바라보았다. 처음 그녀는 자기 눈을 의심했다. 믿어지지 않아 뚫어지게 그쪽을 바라보았는데 갑자기 눈에 안개가 끼는 바람에 거기에 서 있는 사람의 모습이 흐려졌다. 그녀는 거의 몽롱한 의식 상태에서 그쪽으로 다가갔다.

손을 뻗으면 닿을 수 있는 거리에 이르렀을 때 그녀는 마침내 거기에 서 있는 사람의 모습을 뚜렷이 알아볼 수가 있었다. 그녀는 마치 자신이 꿈을 꾸고 있는 것만 같았다.

한마디 말도 하기 전에 감격의 눈물이 솟구쳤다. 다리에서 힘이 빠지는 것을 느끼면서 그녀는 비틀거렸다.

"여옥이!"

하림이 달려들어 그녀를 끌어안을 듯 붙들었다. 여옥은 그의 품에 쓰러지려는 자신을 간신히 지탱하면서 넘치는 눈물 사이로 그를 쳐다보았다. 무슨 말을 하랴. 입을 열어 말하기에는 두 사람 다 할 말이 너무도 많았다. 너무도 많았기 때문에, 그리고 너무 갑작스런 만남이었기에 그들은 얼어붙은 채 한동안 아무 말도 못하고 있었다.

"자, 추운데 들어갑시다."

한참만에 하림이 남의 눈을 의식하고 먼저 이렇게 말했다.

방으로 들어가자 그는 앞뒤 가리지 않고 다짜고짜 그녀를 끌어안았다. 여옥은 처음에는 얼어붙은 채로 가만있다가 그의 입술이 뜨겁게 부딪쳐오자 몸을 뒤틀면서 그의 품으로 파고들었다. 여옥의 머리카락이 그의 가슴속에서 물결치고 있었다. 그녀의 눈에서는 뜨거운 눈물이 걷잡을 수 없이 넘쳐흐르고 있었다. 넘쳐흐른 눈물은 하림의 얼굴까지 질펀하게 적셔 주고 있었다. 오랜만에 여옥을 품에 안은 하림은 그녀의 몸이 너무 야위어 있는 것을 발견하고는 가슴이 미어져 왔다. 그래서 더욱 미친 듯이 그녀를 끌어안고 있었다.

격렬하고 감동적인, 그러면서도 비감어린 순간이 지나고 나자 하림은 그녀의 귀에다 입을 대고 가만히 중얼거렸다.

"이젠 헤어지지 맙시다."

여옥은 소녀처럼 고개를 끄덕거렸다. 그녀는 자기 앞에 서 있는 남자가 장하림이란 것을 비로소 현실로 느낄 수가 있었다. 그녀만이 알 수 있는 하림의 독특한 체취가 바다 냄새처럼 눅눅히 전해져 왔다.

하림은 방안이 유난히 허전하다고 느꼈다. 비로소 그는 그녀와 함께 있어야 할 아기가 보이지 않는다는 것을 깨달았다.

"아기는 어디 있지요?"

"죽었어요."

하림은 그녀의 간단한 한마디가 던져 준 충격에서 벗어나는

데 한참이나 걸렸다.

"어쩌다 죽었나요?"

아픔을 누르고 그는 물었다. 여옥의 상처를 건드리는 것이겠지만 그는 아기가 죽은 이유를 알고 싶었다.

"병들고 굶어서 죽었어요. 제가 죽인 거나 다름없어요."

하림의 표정이 일그러졌다. 그는 모든 것을 알 수가 있었다. 여옥이 받았을 고통과 회한까지도 그는 고스란히 느낄 수가 있었다.

"그랬었군. 그런 줄도 모르고……"

"대운이를 찾으려고 미쳐서 돌아다녔어요. 그 바람에 어린것까지 잃은 거예요. 저는 자식들에게 씻을 수 없는 죄를 짓고 말았어요."

"대운이 소식은 못 들었나요?"

"전혀 생사조차 몰라요. 그렇지만 꼭 살아 있는 것만 같아요. 좀 앉으세요. 방바닥이 차가울 거예요."

처음에는 느끼지 못했는데 방안 공기가 썰렁한 것이 불기라곤 하나도 없는 것 같았다. 방바닥을 만져 보니 얼음장처럼 차가웠다.

"방이 왜 이렇게 차갑지요?"

"대운이가 헐벗고 굶주린 채 떨고 있을 것을 생각하면……도저히 따뜻이 지낼 수가 없어요. 이러고 있는 것만도 죄스러워요."

하림은 할 말을 잃고 말았다.

"어쩌다가 여기는 오게 됐소?"

"저도 모르게 여기까지 오게 됐나 봐요. 나중에 이야기를 들어 보니까……제가 미쳐 가지고 완전히 거지가 되어 가지고 왔더래요."

그녀는 쓸쓸히 웃었다.

"선생님은 그 동안 어떻게 지내셨나요? 다치신 데는 괜찮으시나요?"

여옥은 그의 군복 차림을 유심히 바라보았다.

"그 동안 좀 변화가 있었지요. 여옥이 덕분에 나는 위기를 넘기고 서울이 수복될 때까지 잘 견디어 냈어요. 그리고 군에 복귀하게 됐어요."

하림은 공정대를 이끌고 전투에 참가하던 일부터 지리산에 투입되기까지의 지난 일들을 대충 이야기해 주었다.

"제가 여기 있는 줄 아시고 오셨나요?"

"우연히 알았어요. 그것도 조금 전에야……"

바람에 문풍지 떠는 소리가 들려왔다. 하림은 문 쪽을 바라보다가 말을 이었다.

"나는 이곳에 있는 게 아니고 구례 쪽에 있어요. 이쪽을 맡고 있는 사람은 홍대령이라는 분인데 포로를 심문하다 보니까 놀랍게도 최대치가 이쪽 지역에서 공비들을 지휘하고 있는 것을 알게 됐어요. 기막힌 일이지만 현실은 현실이기에 좀더 자세히 알아 보려고 여기에 왔다가 여옥이가 고향에 내려와 있는 걸 알게 된 거요. 군인들이 당신을 주목하고 있더군요."

하림은 그녀를 주의 깊게 바라보았지만 그녀는 소문대로 이미 대치를 만나 보았는지 별로 놀라는 기색을 보이지 않았다. 그렇다고 하림은 그녀에게 대치를 만나 보았느냐고 물어 보고 싶지가 않았다. 그녀가 자진해서 말해 주면 몰라도 그 전에는 그런 질문으로 그녀를 괴롭히고 싶지가 않았다.

"저는 아직 법적인 문제가 끝나지 않았어요. 전쟁통에 이상하게 풀려나긴 했지만 저는 아직 사형수예요."

"알고 있어요. 그 문제가 벽이군요. 하지만 너무 걱정하지 말아요. 요로에 진정해서라도 해결하도록 해봅시다."

"아니에요. 저는 살기 위해 그러고 싶지가 않아요. 저는 벌써 죽었어야 마땅한 여자예요. 언제라도 사형대에 설 준비가 되어 있어요."

"그런 생각은 버려요. 지금은 그때하고 사정이 달라요. 노력하면 살아날 수 있어요."

"아니에요. 말씀은 고맙지만 저를 위해 그러시지는 마세요. 제발 부탁이에요. 저는 고개를 들고 살 수 없는 여자예요."

"너무 그렇게 자신을 학대하지 말아요. 누구나 살아야 할 권리는 있는 거예요."

"저는 그럴 권리가 없어요."

하림은 그녀의 손을 꼭 쥐고 떨었다.

"당신이 뭐라고 말하든 나는 당신의 목에서 사형수의 멍에를 벗겨내고 말겠소. 내 모든 것을 바쳐서라도 말이오. 그 다음 당신이 자살한다면 그건 막지 않겠소."

"선생님은 저한테 너무 많은 것을 바쳐 오셨어요. 더 이상 제가 뭘 바라겠어요."

여옥은 타는 듯이 하림을 바라보다가 시선을 떨어뜨리고 말았다. 하림은 감정을 이기지 못하고 그녀를 다시 끌어안았다. 여옥은 그의 품에 안긴 채 말했다.

"사람들이 왔더랬어요. 제가 여기온 지 얼마 되지 않아서였어요. 사형수니까 찾는 게 당연했죠. 그러나 제가 미친 걸 보고는 도로 놓아줬어요. 형집행을 일시 정지한 것이겠죠."

"그래서 군에서 당신에 대해 잘 알고 있었군요."

하림은 여옥의 몸을 감싸안고 있던 팔을 풀었다. 그리고 무거운 음성으로 말을 이었다.

"대치 그 사람 때문에 당신 입장이 곤란해질지도 몰라요. 군에서는 당신과 최대치와의 관계를 알고 있어요."

"그럴 줄 알았어요. 언젠가는 알려질 거라고 생각했어요. 사실은 며칠 전에 그 사람이 여기 왔었어요."

"알고 있어요."

여옥은 긴장하는 기색을 보였다.

"어떻게 아셨어요?"

"벌써 소문이 퍼졌더군요. 군에서는 오늘에야 안 모양이에요. 조사를 받게 될 텐데 마음의 준비나 하고 있어요. 별일 없겠지만 내가 좀 자세히 알아둘 필요가 있어요. 그 사람을 만나 무슨 일이 있었는지 이야기를 좀 해 줘요."

여옥은 고개를 떨어뜨린 채 한동안 침묵을 지키고 있다가 마음을 정한 듯 천천히 눈을 들었다.

하림은 그녀가 이야기하고 있는 동안 문 쪽을 바라보고 있었다. 여옥은 마치 남의 이야기하듯 담담한 어조로 말하고 있었는데 그의 귀에는 그것이 마치 바람 소리처럼 들려오고 있었다.

"……아기 둘을 모두 잃은 것을 알자 그는 무섭게 노했어요. 죽일 듯이 권총을 빼들고는 쏘았어요. 저는 죽을 각오를 하고 할 말을 다했어요. 그는 차마 저를 죽이지는 못하더군요. 저를 죽이고 가라고 했지만 그냥 뛰쳐나갔어요."

여옥의 목소리가 갑자기 작아지고 있었다. 하림은 바람이 멎는 소리를 들었다.

"마지막 말이 잊혀지지 않아요. 눈물을 보이면서 저보고 용서해 달라고 했어요. 그런 말을 듣기는 처음이었어요. 그런 말을 할 줄 모르는 사람인 줄 알았는데……. 이제 다시는 찾아오지 않을 거예요. 제가 자기를 저주하고 있다는 거, 그리고 제가 더 이상 자기의 아내가 아니라는 것을 알았을 테니까요."

여옥의 이야기가 끝난 뒤에도 하림은 눈을 돌리지 않은 채 문 쪽을 바라보고 있었다. 그는 침묵의 늪속으로 깊이 가라앉고 있었다.

"그는 예전과는 좀 달랐어요. 그가 변한 게 아닐까요? 눈물을 보이고 용서를 빌다니……믿어지지가 않아요."

여옥의 그 말이 하림을 침묵에서 깨어나게 했다.

"용서를 빌기에는 너무 늦었어요. 그리고 그의 진심을 속단하지 말아요. 그러기에는 너무 일러요. 그가 당신한테 지금까지 해 온 일들을 생각해 봐요. 그는 당신을 아내로 생각한 적이 한번도 없었어요. 물론 사랑하지도 않았고, 당신을 철저히 이용만 했으며, 결국은 죽음으로까지 몰아넣었어요. 그래 놓고 가정은 송두리째 파괴되고 당신이 모든 것을 잃은 지금에 와서 용서를 빌다니……눈물을 보이다니……그야말로 뻔뻔스러운 작자군요."

여옥은 다시 고개를 떨어뜨렸다. 그리고 기어들어 가는 목소리로 이렇게 말했다.

"맞아요. 선생님 말씀이 맞아요. 그 사람은 저한테서 모든 희망을 앗아갔어요. 그는 악마예요. 그렇지만 우리가 서로 사랑해 본 적이 없었던 건 아니에요. 결혼하기 전, 그러니까 제가 열일곱 살의 나이로 일본군 위안부로 끌려가 짓밟혔을 때 그는 학도병으로 저를 사랑했어요. 그때의 그는 진심이었어요. 저도 진심이었고요. 그때의 우리는 서로 첫사랑이었어요. 그런데 그가 그렇게 변하다니 저는 지금도 믿을 수가 없어요."

"그렇게 이용당하고 모든 것을 잃었으면서도 아직도 그에게 미련을 가지고 있군요. 당신의 어리석음을 생각하면 난 미칠 것 같아요."

"미련은 없어요. 그에게 바친 저의 사랑이 너무 허망해서 그러는 거예요."

"그가 만일 회개하고 용서를 빈다면 당신은 그를 용서하고 받아들일 거요?"

하림은 뚫어질듯 여옥을 바라보았다. 여옥은 그의 시선을 피하면서 고개를 저었다.

"용서할 수 없어요. 그를 다시는 받아들일 수 없어요. 우리 관계는 끝났어요. 저는 그 사람한테 분명히 말했어요. 나는 더 이상 당신의 아내가 아니라고. 저는 이제 그의 아내가 아니에요."

"내가 너무 심한 말을 한 것 같소. 용서하시오. 당신을 두고 볼 수가 없어서 그런 거요."

"알고 있어요."

"하루빨리 여기를 떠나도록 하시오. 여기 있다가는 또 그에게 말려들지 모르니까. 본의 아니게 오해를 받을지도 몰라요."

"그는 오지 않을 거예요."

"그가 오지 않는다고 어떻게 장담할 수 있다는 거요? 그리고 그가 오지 않더라도 여기 그대로 있다가는 적과 내통한다는 오해를 받게 돼요. 지금도 그런 오해를 받고 있는데 더 이상 여기 있다가는 어떤 일이 일어날지 몰라요. 나하고 함께 갑시다. 내가 거처를 마련해 줄 테니."

"말씀은 고맙지만 전 여기 그대로 있겠어요. 여긴 제 고향이에요. 전 여기서 나고 여기서 자랐어요. 이 집에는 돌아가신 부모님들의 손때가 묻어 있어요. 저는 지금 제가 갈 수 있는 땅끝에 와 있어요. 여기서 저는 한 발짝도 나갈 수 없어요. 제가 가면 어디로 가겠어요. 오해를 받아도 좋아요. 그런 건 조금도 상관하지 않아요. 살겠다고 행복을 찾아 여기서 탈출하고 싶지는 않아요."

여옥의 결심은 굳었다. 결심이라기보다 그것은 자기 침몰 같은 것이었다. 그녀의 땅끝까지 와 있다는 말이 그녀의 절망적인 상태를 말해 주고 있었다. 하림은 그녀를 거기서 끌어내 주고 싶었다. 그러나 여옥이 그것을 들어주지 않았다. 그는 안타까웠다.

그들이 그러고 있을 때 군인들이 나타났다. 홍대령이 보낸 부하들이었다. 앞장서 들어온 대위가 하림을 보고 몹시 놀라는 표정을 지었다. 하림은 그 대위를 한쪽으로 데리고 갔다.

"저 여자를 데리러 왔나?"

"네, 그렇습니다. 여기는 어떻게 오셨습니까?"

"음, 저 여자하고 잘 아는 사이야. 내가 책임을 질 테니까 저 여자를 연행하는 것을 그만 둬."

"그, 그건 곤란합니다. 저도 명령을 받고 왔기 때문에……"

"알고 있어. 자네 상관한테 내가 이야기를 할 테니까 그건 염려하지 마. 내가 알아봤는데 저 여자는 깨끗해. 자네가 확인하고 싶으면 지금 들어가서 알아 봐도 좋아. 그렇지만 신경이 극도로 예민해 있으니까 가능한 한 부드럽게 대해 줬으면 좋겠어."

대위는 안으로 들어갔다가 반시간쯤 지나 나왔다. 그때까지 밖에서 기다리고 있던 하림은 턱을 추켜들고 물었다.

"네, 문제점은 없는 것 같습니다. 자세한 건 잘 모르겠습니다만 동정이 가는데요."

"불쌍한 여자야. 자식 둘을 잃고 허탈에 빠져 있어."

"제 생각에는 공비들이 접근할 수 없는 안전지역으로 이사했으면 좋겠는데, 그건 싫다고 하는데요."

"그러지 않아도 나도 권해 봤는데 듣지를 않더군. 그렇다고 강제로 이주시킬 수도 없고."

대위는 이해가 빠른 편이었다.

홍대령도 산전수전 다 겪은 사람이라 도량이 넓은 편이었다.

하림으로부터 지금까지 여옥이 걸어온 길과 현재의 그의 입장을 듣고 난 그는 한숨을 푹푹 내쉬었다.

"아아, 이거 그 이야기를 듣고 나니까 슬퍼지는데……. 우리 술이나 한잔 합시다. 오늘 돌아가실 생각 말고 술이나 좀 마십시다. 세상에 그런 여자가 있었다니. 난 그런 여자인 줄은 몰랐었지."

하림도 기분이 울적하던 판이라 부대로 돌아가는 것을 포기하고 그날 밤을 홍대령과 함께 밤을 지샜다.

"내 지금까지 눈물나는 이야기도 많이 들어봤지만 저런 여자는 처음이오."

술이 들어가자 홍대령은 자못 목소리까지 잠겨 말하는 것이었다. 그러면서 하림의 눈치를 살피다가 술김이라 그랬는지

"혹시 장대령 말이오, 그 여자 사랑하는 거 아니오?"

하고 물었다. 하림은 충혈된 눈으로 상대를 바라보다가 고개를 천천히 저었다.

"모르겠습니다. 우리는 결혼할 뻔했었지요."

"그래요?"

홍대령은 눈을 크게 떴다. 그리고 야릇하게 웃었다.

"그럼 최대치 그놈이 그 여자를 뺏어갔나요?"

"그런 셈이지요."

"그렇다면 그놈이 장대령한테는 연적이 되는 셈이군요. 안 그렇습니까?"

"글쎄요. 그렇게 생각해 본 적은 한번도 없습니다."

하림은 힘없이 웃었다. 그는 조금 사이를 두었다가 말했다.

"한 가지 부탁드릴 게 있습니다."

"네, 말해 보시오."

"윤여옥에게 무슨 문제가 발생하면 저한테 먼저 알려주십시오."

"아, 그거야 여부 있나요."

"그리고 그 여자를 부탁합니다. 보호해 주십시오."

"그 점은 염려 마시오."

"제가 염려하는 건 그 여자가 오해를 받지 않을까 하는 겁니다."

"그 점은 나도 유의하겠소."

"그리고 이건 중요한 건데……지금 그 여자는 형집행이 정지되었다 뿐이지 사형수 아닙니까?"

"그야 그렇지요."

"저는 감형이든 어떤 방식으로든 그 여자를 살리고 싶습니다. 살릴 수 있다고 생각합니다. 본인은 추호도 그런 마음이 없지만 그 여자를 그대로 방치해 둘 수 없습니다."

"어려운 문제군요."

홍대령은 가만히 한숨을 내쉬었다.

"대령님께서 진성서를 보내 주시면 효과가 크리라고 생각합니다."

"보내는 거야 어렵지 않지만 진정할만한 내용이 있어야지요. 안 그런가요?"

그 물음에 하림은 말문이 막혀 버렸다. 막연한 동점심만으로는 여옥을 구할 수 없다는 것을 그는 비로소 깨달았다.

"이렇게 하면 어떨까요?"

그의 안타까움을 보다 못한 홍대령이 하나의 제안을 들고 나왔다.

"그 여자를 통해서 최대치를 자수시키는 방법입니다. 최가뿐만 아니라 다른 공비들까지 자수시킬 수 있다면 숫자가 많을수록 좋습니다. 그러면 그 여자에게는 결정적으로 유리하게 됩니다. 진정 내용이 그보다 더 좋을 수는 없으니까요."

듣고 보니 그보다 더 좋은 방법이 있을 것 같지 않았다. 그러나 하림은 고개를 저었다.

"그 여자를 최대치는 물론 다른 공비들과 접촉시키고 싶지는 않습니다."

"윤여옥이 그대로 그 집에 머물러 있는 한 공비들과의 접촉을 막을 수는 없을 겁니다. 치안이 확보되면 몰라도 지금 같은 상황 아래서는 그들은 얼마든지 그 여자의 집을 방문할 수가 있습니다. 최대치가 그 여자를 방문하지 않는다는 보장도 현재로서는 없는 거 아닙니까?"

"그렇긴 합니다. 하지만 최가는 자수할 위인이 아닙니다. 차라리 자결할지언정 자수는 하지 않을 겁니다."

"모르는 게 사람의 속입니다. 그도 인간인데 변화가 없으란 법은 없으니까요. 한번 시도해 봐도 손해볼 건 없지 않을까요?"

"여옥이 들어줄지 모르겠습니다."

"그건 장대령 솜씨에 달린 거요. 설득해 보시오."

이튿날 아침 하림은 다시 여옥을 찾아갔다.

그녀는 일찍 일어나 집안을 치우고 있었다. 그녀는 자신을 혹사시키기 위해 일부러 일거리를 찾아 거기에다 정성을 쏟고 있었다.

"난 밤새 이런 걸 생각해 봤어요. 서로를 위하는 방법인데……대치 그 사람을 자수시킬 수 없을까 하고 말이오."

여옥은 충격을 느낀 듯 흠칫하고 놀랐다. 하림은 그녀의 암울하던 눈망울에 빛이 도는 것을 보고는 허공으로 시선을 돌렸다.

"그에 대해서는 어떠한 기대도 걸고 싶지 않지만, 당신을 생각해서 그 방법을 생각해 본 거요. 그 사람뿐만 아니라 다른 사람들도 자수시킬 수 있다면 당신에게도 큰 도움이 될 거요. 사형을 면할 수 있을 거요."

"그런 건 기대하지 않아요. 사형을 면제받고 싶지는 않아요."

"당신이 뭐라 해도 난 당신을 살리고 말 거요."

"고마워요."

"자수하면 살 수 있어요. 살아날 방법은 그 길밖에 없어요. 전선은 현상태에서 굳어지고 있기 때문에 공비들은 지원도 받을 수 없고, 결국은 전멸당할 수밖에 없어요. 전선이 소강상태에 접어들면 토벌작전이 본격적으로 전개될 거요. 문제는 그 사람이 자수할까 하는 건데……"

"전 그만두겠어요. 그를 설득시킬 자신도 없고 그러고 싶지도 않아요. 우리 관계는 이미 끝났어요."

그녀는 낮은 음성으로 말했지만 거기에는 단호한 의지가 깃들어 있었다.

성 녀

겨울이 가고 봄이 왔다.

그 동안 하림의 노력이 헛되지 않아 여옥은 사형에서 20년으로 대폭 감형되었고 거기다가 계속 형집행정지 처분을 받아 그 전처럼 집에서 보낼 수 있게 되었다.

겨우내 대치는 여옥을 찾아오지 않았다. 여옥도 그를 기다리지는 않았다. 그 대신 그녀는 아들을 찾는데 전력을 기울였다. 그녀는 한번씩 집을 떠나면 열흘이나 보름쯤 지나서야 후줄근한 모습으로 돌아오곤 했다.

전국 방방곡곡의 고아원을 찾아다니면서 그녀가 느낀 것은 전쟁고아가 엄청나게 많다는 사실이었다. 고아원에 수용된 고아는 소수에 불과했다. 그보다는 거리에 버려진 채 돌처럼 굴러다니는 아이들이 더 많았다. 그런 고아들의 비참함이야 이루 말할 수 없었고 그 속에서 자기의 아들을 찾아야 하는 여옥은 가슴이 미어져 번번이 울음을 삼키곤 했다.

전쟁을 수행하는 사람들보다도 그 전쟁에 짓밟히는 아이들이 그녀의 눈에는 더 참담해 보였다.

그런데 아들을 찾아다니는 동안 그녀는 자신도 모르게 절망적인 상태에서 서서히 벗어나고 있었다. 아들을 찾지 못하는 데서 오는 안타깝고 비통한 마음이 자신을 괴롭히면 괴롭힐수록 그녀는 절망으로부터 벗어나 어떤 일에 접근하고 있었다.

그것이 현실로 나타난 것은 봄도 다 갈 무렵이었다. 보름만에 고향집에 돌아온 그녀는 혼자가 아니었다. 소녀 하나를 데리고 왔는데 앞 못 보는 소녀였다. 거리에서 죽어가는 소녀를 데려온 것이다.

처음 그 소녀를 안았을 때 그녀는 소녀가 벙어리인 줄 알았었다. 사흘 동안을 함께 지내고 나자 소녀는 비로소 입을 열었는데 자기 이름이 간난이라는 것과 나이가 여덟 살이라는 것밖에는 아는 것이 없었다.

여옥은 그 소녀에게 만족하지 않고 초여름 어느 날 두번째 아이를 데리고 왔다. 다섯 살밖에 안 된 아이였는데 다리가 뒤틀려 일어서지도 못하는 아이였다. 그런 아이를 업고 땀을 뻘뻘 흘리며 돌아온 것이다.

여옥이 대전에 있는 한 고아원에서 처음 그 아이를 보았을 때, 아이의 몸에서는 심한 악취가 나고 있었다. 가만 보니 바지가 온통 똥오줌으로 절어 있었다. 고아원에서조차 버림받은 아이로 어서 죽어 주기를 바라고 있는 눈치였다. 아이는 의외로 똑똑했다. 김승기라고 자기 이름을 똑똑히 댔다.

여옥이 이상하게 생긴 아이들을 주워오기 시작하자 마을 사람들은 어리둥절했다. 단순한데다 그녀의 속마음을 알 길 없는 그들로서는 그럴 만도 했다.

"아니, 저 여자 미쳤나? 어디서 저런 병신 새끼들만 주워오는 거지?"

입담이 험한 사람은 이렇게까지 말했다.

"이러다간 여기가 병신 마을이 되겠는데……"

"가만 두고 볼일이 아니야."

마을 사람들은 신경을 곤두세우고 그녀를 지켜보기 시작했다.

그러나 여옥은 얼마 지나지 않아 세번째 아이를 데려왔다. 그 아이는 백치였다. 남자 아이였는데 나이도 이름도 알 수 없었다. 역시 고아원에서 데려온 아이로 여옥은 그 소년에게 아마(兒馬)라는 별명을 지어 주었다.

세 아이들이, 그것도 소경에다 앉은뱅이에다 백치가 들어오자 조용하던 집안은 삽시간에 소용돌이 속으로 빠져들었다. 여옥은 눈살 한번 찌푸리지 않고 그 아이들을 거두어 길렀다.

결코 남에게 맡기는 법없이 직접 자신의 손으로 온 정성을 다해 그 아이들을 돌봐 주었다. 집을 비우게 될 때만 젊은 댁에게 아이들을 부탁했다.

아이들에 대한 그녀의 태도는 단지 불쌍한 고아들을 보살펴 준다는 일반적인 차원에 그친 게 아니었다. 그녀는 그 아이들을 친자식처럼 생각했고, 그 아이들에게 어머니의 진정한 사랑을 쏟아 부었다. 이러한 그녀의 애정 덕분에 아이들은 하루가 다르게 좋아졌다. 아이들은 그녀를 엄마라 불렀고, 그녀는 그 말을 들을 때마다 보람을 느끼곤 했다.

한번은 마을 이장을 앞세우고 주민들이 떼를 지어 찾아온 적이 있었다. 그들이 찾아온 이유인즉, 도대체 어쩌자고 마을에 병신 아이들만 끌어들이는 거냐, 이러다가는 병신 마을로 소문나 아들 딸 혼사에 지장이 많겠다는 거였다. 빗발치는 항의를 듣고 난 여옥은 땅을 내려다보며 겸손하게 이렇게 말했다.

"저 아이들은 누가 돌봐 주지 않으면 죽습니다. 비록 피를 나누지는 않았지만 저는 저 아이들을 제 자식으로 삼았습니다. 어미가 자식들을 어떻게 버릴 수 있겠습니까? 이해해 주시고 용서해 주십시오."

기세등등하던 마을 사람들은 그 말을 듣고 벙어리가 되어 돌아갔다. 원래가 보수적이기는 하지만 소박하고 인정 많은 사람들이라 여옥의 말과 태도에 잘못을 뉘우치고 감동하는 바가 컸다.

7월 복중에 여옥은 상경해서 서울집을 팔고 그때까지 거기서 살고 있던 김노인 부부를 시골로 돌려보냈다.

한편 하림은 지쳐 있었다. 매일같이 계속되는 토벌작전에 몸과 마음이 피로해져 있었다. 토벌작전은 적과 대치해서 싸우는 정규전과는 근본부터가 달랐다. 그것은 전쟁이 아니었다. 그것은 숲속에 숨어 있는 적을 찾아 끊임없이 험준한 산 속을 누비고 다니는 일이었다. 그리고 언제 어디서 총알이 날아올지 알 수 없으므로 항상 신경을 곤두세운 채 긴장해 있지 않으면 안 된다. 적은 언제나 한바탕 갈겨대고 나서 줄행랑치기 때문에 소수의 병력으로도 효과적인 싸움을 벌일 수가 있지만 그들을 상대하는 토벌군은 그와는 반대로 많은 병력을 필요로 한다. 적은 병력으로는 희생만 늘 뿐 도저히 토벌이 불가능하기 때문이다.

그 동안 토벌군은 하림이 처음 왔을 때보다는 세 배쯤 불어나 있었다. 그렇다고 해서 토벌이 일시에 끝나는 것은 아니었다. 그것은 일종의 지구전 같은 것이었다. 누가 더 오래 버티느냐 하는 것 같은 그런 싸움이었다.

이쪽이 아무리 우세하다 해도 첩첩산중에 깊이 틀어박혀 있는 적을 단기간 내에 완전히 소탕한다는 것은 불가능한 일이었다.

공비들은 위장술이 뛰어나 한번 숨어 버리면 찾아내기가 여간 어렵지가 않았다. 그들은 먹을 것만 있으면 상상할 수 없을 정도로 교묘하게 위장한 채 몇 날 며칠이고 틀어박혀 지내곤 했기 때문에 자연 토벌이 오래 걸릴 수밖에 없었다.

결국 토벌군은 한없이 기다리면서 끊임없이 적들을 찾아다녀야 했다. 마지막 남은 단 한 명이 쓰러질 때까지. 그러니 지치고 피곤할 수밖에 없었다. 물론 토벌군이 증강됨에 따라 공비들의 수는 급격히 줄어들고 있기는 했다. 그러나 그럴수록 살아 있는 자들은 악착같이 버티고 있었다.

7월에 들어 하림은 부대를 이끌고 남원 쪽으로 이동했다.

증원부대가 구례 쪽에 새로 투입되었기 때문이기도 하지만 남원 쪽이 아직도 취약한데다 하림이 일부러 그쪽을 원했기 때문이었다.

홍대령은 일 주일 전 전투에서 전사하고 없었다. 그래서 하림이 그 부대까지 떠맡게 되었다. 홍대령과 밤새워 술을 마시며

이야기하던 때가 엊그제 같은데 그가 세상에 없다고 생각하니 더없이 허무한 느낌이 들어 하림은 처음 얼마 동안은 홍대령이 앉아 있던 자리에 앉을 수가 없었다.

여옥이 이제는 그의 관할구역 내의 가까운 곳에 있었기 때문에 그는 거의 매일이다시피 그녀를 찾아갔다.

여옥이 불구 아이들을 데려다가 자기 살붙이 이상으로 헌신적으로 돌보는 모습은 그를 크게 감동시키고 있었다. 그리고 그를 무엇보다도 기쁘게 한 것은 여옥이 그런 헌신적인 생활을 통해 절망의 늪에서 벗어나고 있다는 사실이었다.

그녀는 아이들을 위해 두더지처럼 일하고 있었다. 그래서 도회지 여인의 세련미는 사그라지고 그 대신 시골 아낙처럼 얼굴이 새카맣게 타고 손이 거칠어져 있었다. 그녀는 버림받은 아이들을 많이 데려다 기르지 못하는 것을 안타까워했다. 그러한 그녀에게서 하림은 자주 성스러운 느낌을 받곤 했다.

때때로 그는 여옥에게서 대치 소식을 들었으면 했지만 그녀는 한번도 대치에 관한 것을 입밖에 꺼내지 않았다. 겉으로 볼 때 그녀는 대치라는 존재를 머리 속에서 완전히 지워버린 듯했다. 그러나 사실 그거야말로 알 수 없는 일이었다. 그렇다고 그 자신이 먼저 대치 이야기를 꺼내고 싶지는 않았다. 솔직히 말해 그로서는 대치라는 인물이 그대로 영원히 사라져 버렸으면 했다.

그 즈음 들어 대치에 관한 소식은 뚝 끊기고 있었다. 자수해 오거나 생포한 자들을 신문해 보았지만 그들도 그의 소식을 모르고 있었다. 그도 그럴 것이 토벌군이 증강되면서부터 대규모 토벌작전이 계속 전개되자 빨치산 조직은 급속도로 붕괴되기 시작했고 급기야 그들은 삼삼오오 짝을 지어 제각기 살길을 찾아 뿔뿔이 흩어져 버렸던 것이다. 그들 사이의 연락망은 두절되고 그들은 완전히 고립된 채 독자적으로 움직일 수밖에 없었다. 그러니 그들이 대치 소식을 모르는 것도 무리는 아니었다. 대치 소식을 모른다는 것은 그들의 지휘 계통이 무너졌음을 뜻하는 것이었다.

어느 날 하림은 딸 은하로부터 편지를 받고 오랜만에 소년처럼 즐거워했다. 그 동안 형수는 아이들을 데리고 친정에 내려가 있다가 서울집으로 다시 돌아가 있었는데, 하림은 편지로만 연락을 취했을 뿐 아직 형수와 아이들을 한번도 만나보지 못하고 있었다. 딸 은하가 국민학교에 입학한 것은 알고 있었지만 어느새 한글을 배워 또박또박 편지를 써 보낸 것을 보자 하림은 기쁨과 함께 죄책감이 들어 어쩔줄을 몰라 했다.

사실 그가 어미 얼굴도 모르고 자란 딸애와 함께 지낸 시간은 지금까지 얼마 되지 않았다. 자신은 언제나 밖으로 나돌았기 때문에 딸애는 지금까지 형수 품에서만 자란 것이다. 딸애의 편지를 받고 보니 자신이 얼마나 부족한 아빠였는가 하는 것이 느껴져 가슴을 쥐어뜯고 싶었다. 딸애는 정에 굶주려 있었다. 편지에 그것이 뚜렷이 드러나 있었다. 하림은 처음으로 딸애한테 정성들여 편지를 썼다. 편지를 쓰면서 딸애한테 어머니의 따뜻한 손길이 필요하다는 것을 절실히 느꼈다.

그때 거기에 응답하듯 조남지가 나타났다. 그녀가 온 것은 이번이 두번째였다. 4월 초에 한번 다녀가고 그 동안 소식이 없더니 불쑥 나타난 것이다. 지난번에 왔을 때 하림은 당황하면서도 그녀를 안고 사흘 밤을 지냈었다.

두번째 나타난 그녀는 조금 야위고 초조해 보였다. 그날 밤 그의 하숙방에서 잠자리에 들었을 때 그는 그 이유를 알았다. 땀에 젖어 뒹굴다가 서로 떨어져 누웠을 때 남지가 불쑥 입을 열었다.

"저……임신했어요."

하림은 일어나 불을 켜고 그녀의 얼굴을 들여다보고 싶었다. 그러나 마음과는 달리 꼼짝하지 않고 누워 있었다.

"대령님 아기예요. 4개월 째래요."

그는 갑자기 겁이 났다. 그리고 자신이 서지 않았다. 자신이 나약해지는 느낌이 들면서 왠지 비겁해지고 싶었다.

"그 동안 쭉 생각해 봤어요. 그래서 편지도 한 거예요. 대령님이 뭐라고 말씀하신 것도 아닌데……. 저는 죽음까지 생각해 봤어요."

그는 이게 운명이란 것인가 하고 생각했다. 그녀가 문득 낯설게 느껴졌다. 그녀에게 생각해 볼 여유를 달라고 말하고 싶었다. 그와 함께 자신 있게 나서지 못하는 자신이 부끄러웠다.

"결국 저는 이렇게 결심했어요. 아빠가 없더라도 사랑하는 분의 아기를 낳아 훌륭히 키워야 한다고. 저는 그럴 수 있어요.

누구의 도움 없이도 그럴 수 있어요. 누구도 저한테 아기를 끊으라고 말할 권리가 없어요."

"당신 말이 맞아. 나도 그래."

그가 팔을 벌리자 여자가 그의 가슴속으로 들어왔다.

"대령님한테 부담을 드리는 건 싫어요. 오직 사랑만 하려고 했는데……"

"오기를 잘했어."

그는 여자의 배를 쓰다듬어 주었다. 그녀의 배는 한없이 부드럽고 따뜻했다. 거기에 희망이 있다고 생각하자 그는 발작적으로 기쁨의 탄성을 지르고 싶은 충동을 느꼈다.

"우리는 피난지에서 다시 만났었지. 그리고 어느 정도 절망적인 기분에 싸여 서로의 육체에 탐닉했던 거야. 그렇지 않았던가?"

"네, 그랬어요."

그녀가 떨리는 목소리로 대답했다. 하림은 계속해서 말했다.

"대부분의 남녀가 먼저 정신적으로 사랑하고 나서 육체관계를 갖는데 우리는 순서가 뒤바뀌었지. 먼저 일을 벌여 놓고 나서 천천히 생각하기 시작한 거야. 하지만 그런 거야 아무래도 좋아. 그런 걸 따지자는 게 아니니까."

여자의 숨소리가 거의 들려오지 않았다. 숨을 죽인 채 귀를 기울이고 있었다.

"임신했다는 말을 들었을 때 솔직히 말해 나는 두려움을 느꼈더랬어. 살아 있는 모든 것이 저주스럽게 느껴지는 이 시대에, 파괴와 살육이 휩쓰는 이 시대 이 초토 위에 내 피를 받은 새로운 인간이 태어난다는 것이 나는 두려웠던 거야. 이러한 내 기분은 애정과는 별개의 문제야. 내 말 알아듣겠소?"

"네, 충분히 알아듣고 있어요."

"그렇지만 인간은 절망할 수만은 없겠지. 희망을 안고 초토 위에 씨를 뿌려야 하겠지. 비록 내일 모두 죽는 한이 있어도 말이야. 그런 희망이라도 있기 때문에 우리는 온갖 고초를 겪으면서도 이렇게 잡초처럼 버티면서 살고 있는 거겠지. 난 사실 아이들의 아버지로서는 적당한 인물이 아니야. 애비 노릇을 제대로 할 줄을 몰라. 어제 딸애한테서 편지가 왔어. 학교에 들어가서 처음으로 써 보낸 편지였지. 신통하기 짝이 없었어. 헌데 그 편지를 읽고 나서 나는 내가 얼마나 무심한 아버지였는가 새삼 깨닫게 되었어. 딸애는 정에 굶주려 있었어. 형수가 아무리 잘해 준다 해도 부모의 손길이 그리울 수밖에 없겠지. 그래서 하루빨리 그애한테 어머니를 얻어줘야겠다고 생각하게 됐어. 그렇지만 그러한 생각이 실천에 옮겨지려면……나에게는 적지 않은 진통이 필요해."

남지는 아무 말하지 않았다. 그의 가슴에 안긴 채 침묵으로 그의 결정을 기다렸다. 그런 점에서는 그녀의 태도가 매우 훌륭했다. 여느 여자 같으면 훌쩍거리면서 매달릴 텐데 그녀는 그렇지가 않았다. 그래서 하림은 말을 꺼내기가 더욱 조심스러워졌다.

그러나 하여튼 결정은 그의 손에 달려 있었고, 여자는 그의 대답을 기다리고 있었다. 그는 괴로웠다. 여자가 싫은 게 아니었다. 그는 그녀를 아끼고 사랑해 주고 싶었다. 그녀라면 가정을 꾸리고 행복하게 살 수 있을 것 같았다. 그러나 그것을 가로막는 그림자가 있었다. 그것도 가까운 곳에. 그것은 다름 아닌 여옥의 그림자였다. 물론 여옥은 하림이 결혼한다고 하면 누구보다도 진정으로 그를 축복해 줄 사람이었다. 그녀는 벌써부터 하림이 결혼하기를 바라지 않았던가. 그러고 보면 문제는 하림 자신에게 있었던 것이다.

불구 아들에게 혼신의 정을 쏟고 있는 여옥을 곁에 놓아두고 그는 도저히 다른 여자와 사랑의 보금자리를 펼 수가 없었던 것이다. 세상의 그 어떤 여자와 결혼한다 해도 그는 자신이 여옥의 그림자로부터 벗어날 수 없다는 것을 잘 알고 있었다.

그렇다고 여옥과 결혼하려고 기다리고 있는 것도 아니었다. 이미 그들은 그런 차원에서 벗어나 있었다. 그들의 사랑은 너무 높은 곳에서 빛나고 있었던 것이다.

"남지와 결혼하는 건 어려운 게 아니야. 결혼한다는 그 자체야 대수로운 게 못 되지. 문제는 그게 아니고 내 자신이 문제야. 나는 좀더 진심을 안고 우리들의 문제에 접근하고 싶은 거야. 그러려면 아무래도 시간이 필요해. 임신 중인 여자한테 이렇게 막연한 말만 하다니 정말 미안해. 가타부타 딱 부러진 대답이 듣고 싶겠지. 허지만 지금은 뭐라고 말할 수가 없어. 기다려 달라는 말밖에. 시간이 좀 지나면 나도 어떤 결정을 내릴 수 있을 것 같아."

"제가 아까 부담을 갖지 말라고 했지요. 저도 지금 당장 어떤 결말을 들을 수 있을 거라고 기대하지는 않았어요."

"고마워. 아기를 낳고 안 낳고는 남지 맘대로 해. 그건 남지 자유니까."

"낳겠어요. 그리고 훌륭히 기를 거예요."

"막지 않겠어. 우리는 언젠가는 부부가 될 거니까."

그는 더욱 사랑스럽게 그녀의 배를 쓰다듬었다. 여자는 그의 목을 끌어안으며 몸부림쳤다. 언제라고 딱 잘라 말하지는 않았지만 하림의 말은 남지의 결심을 더욱 굳게 만들어 주었다. 다음날 그녀는 희망을 안고 돌아갔다.

하림은 다시 토벌에 들어갔다. 소수의 병력으로 마을을 지키게 하고 나머지 병력은 모두 출동시켰다. 전에는 새벽에 출발하여 해가 떨어질 때쯤이면 마을로 돌아오곤 했지만 지금은 워낙 토벌군이 우세했기 때문에 산에서 야영을 해 가며 몇 날 며칠이고 토벌작전을 전개하곤 했다.

하림은 직접 작전에 참가하지 않아도 되었지만 한번도 거르는 법없이 부대를 직접 지휘하여 토벌에 나서곤 했다. 찌는 듯한 무더위 속에서 비오듯이 땀을 흘리며, 혹은 질펀히 내리는 비를 고스란히 맞아가며 공비를 찾아다닌다는 것은 쉬운 일이 아니었다. 그것은 끝없는 인내심을 필요로 하는 그야말로 고통스러운 작업이었다.

짙은 녹음은 빨치산들에게 있어서 더없이 좋은 도피처가 되어 주고 있었다. 일단 그 속에 깊이 숨어 버리면 여간해서는 찾아내기가 어려웠다. 단 한 명이라도 그 속에 숨어 있다가 기습이라도 하는 경우에는 으레 이쪽에 희생자가 생기기 마련이었다. 천신만고 끝에 적을 사살하던가 체포하기까지는 상당한 희생을 감수하지 않으면 안 되었다.

하림은 수풀을 헤치고 앞으로 나아갔다. 그는 후미에 처져 있었지만 그렇다고 마음을 놓을 수는 없었다. 산에서는 앞뒤가 있을 수 없었다. 적은 앞에서만 나타나는 게 아니었다. 그들은 오히려 옆이나 뒤에서 공격을 가해 오는 경우가 더 많았다. 홍대령은 뒤에서 공격을 받아 죽었다. 토벌군이 이잡듯이 뒤지며 휩쓸고 지나간 자리를 마음 턱 놓고 가다가 등에 총을 맞은 것이다. 적은 처음부터 토벌군 지휘관을 노리고 있었음이 분명했다. 그러니 이잡듯이 뒤지며 휩쓸고 지나갔다고 해서 안심할 게 못 되었다. 토벌군의 무수한 발자국이 찍힌 자리에서 빨치산은 마치 죽순처럼 솟아 나오고 있었던 것이다.

몸에서 흘러내린 땀은 카키색 군복을 마치 비에 젖은 것처럼 만들어 놓고 있었다. 병사들은 틈만 있으면 옷을 입은 채로 물 속으로 뛰어들곤 했다. 모두가 더위를 먹은 탓인지 눈은 충혈되어 있었고 얼굴은 하나같이 벌겋게 달아올라 있었다.

하오 2시경이었다. 가장 더운 시각이었다. 바람 한점 없었다. 계곡의 물소리를 듣고 모두가 숨이 턱에 차서 그쪽으로 달려갔다. 하림 자신도 물소리에 미칠 것 같았다. 그는 더 이상 참을 수가 없었다. 정신없이 수림을 뚫고 나가자 바로 눈 아래 계곡이 보였다. 계곡은 넓고 물이 많았다. 장병들은 이미 너나 할 것 없이 물 속에 뛰어들어 물장구를 치며 기성을 지르고 있었다. 누가 말리고 할 겨를이 없었던 모양이다. 최고 지휘관인 하림 자신도 부하들을 말리고 싶은 마음이 조금도 들지 않았다. 계곡을 눈앞에 두고 그런 짓을 한다는 게 얼마나 잔인한 짓인가를 그는 잘 알고 있었던 것이다.

병사들이 물장구를 치는 바람에 계곡 위에 무지개가 걸렸다. 계곡은 그들이 지르는 기성으로 가득 차 있었다. 모두가 처음에는 옷을 입은 채 물 속으로 뛰어들어 한바탕 기성을 지르고 난 뒤에야 옷을 벗어붙이는 것이었다. 계곡에 뛰어드는 병사들의 수가 삽시간에 걷잡을 수 없이 불어나고 있었다. 하림은 조금 걱정스러웠지만 어느새 자신도 모르게 허리에서 권총을 풀고 있었다.

그가 카키복 상의를 벗었을 때 총소리가 났다. 동시에 머리 위에 반쯤 벗겨진 채 놓여져 있던 군모가 뒤로 휙 날아갔다. 하림은 반사적으로 몸을 굴렸다. 계속해서 총소리가 들려왔다. 아차했을 때는 이미 너무 늦어 있었다. 계곡은 아수라장을 이루고 있었다.

적들은 숲속에 몸을 완전히 숨긴 채 계곡 쪽으로 총을 쏘아대고 있었다. 총소리로 보아 많은 수는 아닌 것 같았지만 물 속에서 기습을 받았기 때문에 모두가 당황하고 있었다. 적들은 위에서 정확히 조준하면서 사격을 가해 오고 있었으므로 희생자가 속출하고 있었다.

그들은 계곡 건너편에 있었다. 물 속에서 부하들이 쓰러지는 것을 보고 있자니 하림은 미칠 것 같았다.

그는 엎드린 채 손을 뻗어 모자를 집어들었다. 모자 위에 구멍이 뻥 뚫려 있었다. 소름이 쭉 끼쳤다. 적이 자신을 정확히 조준하고 쏜 것이 틀림없었다. 약간의 오차로 이마에 구멍이 뚫리는 것을 면했다고 생각하자 그는 식은땀이 났다. 군모는 헝겊으로 만든 낡은 것이었다. 산 속을 누비고 다니는데는 그런 군모가 간편하고 좋았다. 철모는 너무 무거운데다 기복이 심한 산에서는 자꾸만 굴러 떨어지기 때문에 득보다는 불편한 점이 더 많았다. 그래서 모두가 헝겊으로 만든 군모를 즐겨 쓰고 있었다.

어떤 놈이 나를 노리고 있을까? 한번 보고 싶은데, 그런 생각을 하면서 그는 구멍 뚫린 모자를 눌러쓴 다음 권총을 집어들고 기어갔다. 병사들은 채 옷을 입을 새도 없이 뿔뿔이 흩어지고 있었다.

"옷은 천천히 입어도 되니까 먼저 공격부터 해. 적은 몇 명되지 않는다. 겁낼 것 없다!"

그는 몹시 화가 나서 소리쳤다. 그의 명령에도 불구하고 장병들이 갈팡질팡하고 있자, 그는 다시 공격 명령을 내렸다. 명령을 받은 장교들은 그제서야 병사들을 이끌고 반격에 나서기 시작했다. 그들은 미처 옷을 입을 겨를도 없이 무기를 들고 계속 저편으로 달려갔다.

하림은 일개 소대 병력을 직접 이끌고 수풀 속으로 해서 계곡을 따라 위쪽으로 올라갔다. 한참 올라가다가 계곡을 건너갔다. 아래쪽에서 총소리가 콩볶듯이 들려오고 있었다. 계곡을 무사히 건너자 하림은 병사들을 숲속 깊이 진입시켰다. 그런 다음 마치 그물로 고기를 훑듯이 아래쪽으로 훑어 내려갔다. 하림은 서두르지 말고 조용히 움직이도록 엄명을 내렸다. 얼마쯤 가다가 그는 정지 신호를 보냈다. 토벌군은 각자 적당한 곳에 몸을 숨기고 기다렸다. 총소리가 점점 가까워지고 있었다.

하림은 눈으로 흘러드는 땀을 연방 손등으로 훑어 내면서 앞을 가만히 지켜보았다. 권총을 쥐고 있는 손이 기분 나쁠 정도로 땀에 흥건히 젖어 있었다. 미끈거리는 그 감촉이 싫어 그는 자꾸만 손바닥을 허벅지에다 문지르곤 했다. 자신의 분신처럼 생각되던 권총이 몹시 무겁게 느껴졌다. 그는 45구경 권총을 싫어했다. 할 수 없이 그것을 사용하고 있긴 하지만 그것이 살인무기처럼 생각되지가 않고 언제나 장난감처럼 여겨지곤 했다. 방아쇠를 당기고 총소리가 나도 실감이 나지 않았다.

빛을 가릴 정도로 수풀이 우거져서 짙은 녹음을 이루고 있었기 때문에 처음에는 무엇이 움직이고 있는지 잘 몰랐다. 모두가 너무 긴장하고 있었기 때문에 헛것이 보일 수도 있었다. 나뭇잎이 흔들리는 것을 보고 바람이 부는 모양이라고 생각하고 있는데 갑자기 빨치산 한 명이 튀어나왔다. 온통 풀과 나뭇가지로 위장하고 있어서 움직이지만 않았다면 쉽게 알아 보지 못했을 것이다. 뒤이어 세 명이 나타났다. 이어서 또 두 명이 달려왔다.

하림은 가까이 다가올 때까지 기다리게 했다. 계속해서 두세 명씩 짝지어 나타났는데 열아홉번째를 끝으로 더 이상 불어나지 않았다. 그런데 마지막 나타난 빨치산은 눈에 안대를 대고 있었다. 얼굴 모습을 잘 알아볼 수가 없었다. 하림은 눈을 부릅뜨고 그자를 바라보았다. 피가 역류하는 것 같았다. 망원경을 눈에 대는 순간 총소리가 났다.

"최대치다!"

하고 부르짖는 순간 애꾸눈의 사나이는 시야에서 번개처럼 사라져 버렸다.

하림은 소용돌이를 뚫고 애꾸를 찾아 돌진했다. 그것을 보고 모두가 일제히 함성을 지르며 적을 추격했다. 수풀 사이로 애꾸의 모습이 들쭉날쭉하면서 사라지려 하고 있었다. 하림은 신들린 듯 그 뒤를 따라갔다. 위험하다는 생각은 조금도 들지 않았다. 놈을 꼭 잡아야 한다는 생각밖에 들지 않았다.

"최대치, 거기 서라! 도망가지 말고 거기 서라! 나 장하림이다! 나하고 단둘이 만나자! 이 바보 같은 놈아! 이 바보 같은 놈아! 거기 서란 말이다!"

하림은 미친 듯이 악을 썼다. 악을 쓰면서 권총을 마구 쏘아 댔다. 애꾸의 모습은 이미 사라지고 없었다. 한순간에 바람처럼 사라져 버렸다. 사람이라고 할 수 없을 정도로 빠른 움직임이었다. 하림은 도깨비에 홀리기라도 한 듯 멀거니 그 자리에 서 있었다. 꼭 꿈을 꾼 것 같은 기분이었다.

"바보 같은 자식……비겁하게 도망치다니……나를 보고 도망치다니……비겁한 자식……"

그는 마치 병정놀이를 끝낸 아이처럼 중얼거렸다. 멀리서 부하들이 자기를 부르는 소리를 듣고서야 그는 자신이 홀로 숲속에 서 있는 것을 알았다. 그리고 자신이 완전히 노출되어 있다는 것도 깨달았다. 만일 적이 있다면 지금이야말로 좋은 기회일 것이라고 그는 생각했다.

바로 그때 나뭇잎 스치는 소리가 들려왔다. 그는 반사적으로 나무 뒤에 몸을 웅크렸다. 나뭇가지를 헤치면서 빨치산 한 명이 나타났는데 다리를 몹시 절고 있었다. 절고 있는 다리는 피에 흠뻑 젖어 있었다. 부상을 입고 낙오한 놈인 것 같았다.

하림은 적이 가까이 다가올 때까지 기다렸다. 놈은 장총을 어깨 위에 걸고 있었다. 허덕거리는 숨소리가 가까워졌다. 살겠다고 발버둥치는 그 모습이 한편으로는 가여워 보이기까지 했다. 그러나 상대는 분명히 적이었다. 적에 대해 연민을 품는다는 것은 그들의 손에 죽은 많은 사람들에게 죄가 되는 일이다.

하림은 나무 뒤에서 나왔다. 적은 멈칫하고 섰다.

"손을 들어."

하림은 담담한 어조로 말했다. 적은 손을 들지 않았다. 땀에 절은 새카만 얼굴은 레닌모에 반쯤 가려져 있었고 챙 밑에서는 조그만 두 눈이 증오에 불타고 있었다.

"살고 싶으면 손을 들어라."

"살고 싶지 않다! 죽여라, 이놈아!"

놀랍게도 여자 목소리였다. 악에 바친 여자 목소리는 남자의 그 어떤 목소리보다도 무시무시하게 들려왔다.

하림은 몹시 당황했다. 여자 빨치산이 있다는 말은 들었지만 자신이 이렇게 직접 맞부딪쳐 보기는 처음이었다. 그리고 그를 더욱 놀라게 한 것은 그녀의 발악적인 태도였다. 그가 지금까지 만나 본 그 어떤 적도(모두가 남자들이었다) 죽음 앞에서 그렇게 발악적으로 나오지는 않았었다. 모두가 비굴한 모습으로 고개를 숙이기 마련이었다.

"당신은 여자야. 더구나 부상까지 입었어. 상대가 안 되지 않나?"

그의 말이 채 끝나기도 전에 적은 어깨에서 총을 내렸다. 그리고 지체하지 않고 하림을 쏘려고 했다. 하림은 적의 가슴을 겨냥하고 방아쇠를 당겼다. 적이 들고 있던 총이 적의 손을 떠나 포물선을 그으며 떨어졌다. 적은 주저앉는 듯하다가 뒤로 몸을 눕혔다. 하림은 다가서서 여자를 내려다보았다. 레닌모가 벗겨지는 바람에 여자의 짧은 머리가 드러나 있었다. 가위로 아무렇게나 싹둑싹둑 자른 머리였다. 증오에 불타던 두 눈은 빛을 잃고 호수처럼 깊이 가라앉아 있었다. 길게 빼고 있는 목이 눈처럼 하얗다. 서른이 채 안 된 성싶은 젊은 여자였다.

"바보 같은 년……전할 말은 없나?"

여자는 가슴에 대고 있던 손을 쳐들었다. 손은 피에 질퍽하게 젖어 있었다. 손에서 피가 뚝뚝 떨어졌다. 무슨 말인가 하려고 입술을 움직였는데 말이 되어 나오지는 않았다. 조금 후 그녀는 손을 떨어뜨렸다. 눈은 초점 없이 허공을 응시하고 있었다.

"바보 같은 년……살 수 있었는데……"

하림은 중얼거리면서 돌아섰다. 그의 충혈된 눈에는 어느새 눈물이 번져 있었다. 아무리 적이라 해도 여자를 죽였다는 사실이 가슴을 쳤다. 죽일 수밖에 없는 현실과 여자로 하여금 죽음을 받아들이게 한 그 어리석은 맹신이 저주스러웠다.

한편 최대치는 살아 있었다. 하림이 알아본 것은 정확했다.
토벌군에 쫓겨 정신없이 도망치던 그는 안전한 곳에 이르자 풀밭에 몸을 내던져 버렸다. 그리고 괴로움을 이기지 못해 몸부림치면서 격렬하게 기침했다. 한참 그렇게 기침하다가 울컥하면서 무엇인가 토해 냈는데 놀랍게도 시뻘건 핏덩이였다. 그는 부들부들 떨면서 자신이 토해 낸 핏덩이를 내려다보다가 피 묻은 입술을 손등으로 쓱 문질렀다.
"대장도 죽을 때가 다 됐어. 저렇게 피를 쏟으니 말이야."
"이래 죽으나 저래 죽으나 마찬가지지 뭐."
그가 기침하는 것을 지켜보던 부하들이 그의 눈치를 살피지도 않고 중얼거리고 있었다.
"대장도 많이 약해졌어. 저래 가지고야 어디……"
그들은 혀를 차고 한숨을 내쉬며 절망적인 눈으로 그를 바라보았다. 대치는 기침이 가라앉자 자기를 놓고 지껄인 부하들을 노려보았다.
"나를 놓고 이러쿵저러쿵 말하지 마! 난 죽지 않아! 난 이보다 더한 상황에서도 살아났어. 이런 건 아무 것도 아니야! 네놈들이나 걱정해!"

"그래도 입은 살아 가지고……"

그렇게 지껄이는 부하를 사살해 버리고 싶은 것을 그는 겨우 참았다. 그전처럼 고스란히 당하고 앉아 있을 부하가 없다는 것을 그는 잘 알고 있었던 것이다. 그만큼 지금의 그의 권위는 형편없이 실추되어 있었다. 권위가 없으니 명령이 제대로 먹혀들어 갈 리가 없었고 모두가 제멋대로 자기 살길만 찾아 움직이고 있었다. 그들이 그런대로 함께 모여 움직이고 있는 것은 그것이 혼자 있는 것보다는 더 낫기 때문이었다. 희망이 사라진 지는 이미 오래 전이었다.

북에서 인민군이 내려와 자신들을 살려 줄 것이라고 기대하는 사람은 아무도 없었다. 입에 침이 마르도록 떠올리던 혁명 운운하는 말은 이제는 누구도 입밖에 내지 않고 있었다. 그들은 겉으로는 드러내지 않고 있었지만 그런 것이 모두다 부질없는 짓이라는 것을, 그리고 자신들이 자신들의 귀중한 인생을 너무도 허무하게 날려 버렸다는 것을 뼈저리게 느끼고 있었다. 그래도 그들은 대치에 비하면 좀 나은 편이었다.

누구보다도 확고한 신념 속에서 열정적으로 행동해 온 최대치는 모든 것이 일시에 붕괴해 버린 지금 그 강인하던 육체마저 허물어져 그야말로 눈뜨고 볼 수 없을 정도로 참담한 몰골이었다. 언젠가는 산 속에서 비참하게 죽어 갈 것을 뻔히 알면서도 더 살아 보려고 발버둥치는 한 마리 버러지가 거기에 있었다. 그는 버러지였다. 그 자신도 그렇게 생각하고 있었다.

무엇보다도 그는 육체적으로 너무 쇠약해져 있었다. 입에서 피를 쏟기 시작한 것은 한 달 전부터였다. 폐결핵이라고 짐작될 뿐 의사의 진찰을 받을 수 없으니 정확한 병명은 알 도리가 없었다. 약 한 첩 못쓰고 굶주린 채 산 속에서 짐승 같은 생활을 하고 있으니 아무리 강철 같은 육체라 해도 버텨 낼 재간이 없었다. 일단 허물어지기 시작한 육체는 걷잡을 수 없이 무너져 내렸다. 그는 무섭게 말라 갔다. 피골이 상접한 얼굴에서는 지난 날의 모습은 찾아볼 수조차 없었다. 외눈은 움푹 들어가고 광대뼈는 주먹만하게 튀어나와 그렇지 않아도 험한 그의 모습을 더욱 무시무시하게 만들어 주고 있었다. 거기다가 걸레 조각 같은 옷을 걸치고 있으니 그야말로 흉측하기 이를 데 없었다.

갑자기 하늘이 어두워지더니 빗방울이 떨어지기 시작했다. 그전 같으면 견고하게 구축된 아지트가 있어 비바람을 피할 수가 있었지만 지금은 한없이 쫓겨다니는 신세라 그런 것도 없었고, 그래서 비가 오면 고스란히 맞을 수밖에 별 도리가 없었다.

그는 덤불 속으로 들어가 새우처럼 웅크리고 누웠다. 기침이 다시 터져나왔다. 참으려고 하면 할수록 기침은 더욱 격렬하게 터져나오곤 했다. 그 기침 때문에 그는 부하들로부터 저주를 받고 있었다.

덤불 속에 누웠지만 옷은 금방 빗물에 젖어 들었다. 옷속으로 빗물이 스며드는 것이 느껴졌다. 한기가 느껴지자 이내 몸이 떨리기 시작했다. 그래도 누워 있는 것이 편했기 때문에 그는 그대로 새우처럼 웅크리고 있었다.

그는 자신의 청각을 의심하려고 들었다. 잘못 들은 것이겠거니 했다. 그러나 그럴수록 하나의 목소리가 자기를 찾고 있었다. 그것은 이제 환청이 되어 자신을 괴롭히고 있었다. 그는 그것을 지우려고 노력했다. 그때 그의 부하들이 그것을 들고 나왔다. 그들도 그것을 들은 모양이었다.

"대장, 아까 대장을 부르던 그자가 누구요? 도망가지 말라고 악을 쓰던데, 누구요?"

"무슨 말을 하는 거야? 난 못 들었어."

"거짓말 말아요! 잘 아는 사이인 것 같던데 누군지 말해 봐요!"

"모른다니까."

그러자 다른 자가 나섰다.

"대령이었어. 지휘관이 분명해. 내가 쏘아 맞히려다가 실패했어. 장하림이라고 외치는 소리를 들었어. 그자하고는 어떤 관계요?"

이렇게까지 나오는데 모른다고 잡아뗄 수는 없었다. 대치는 하는 수 없이 이렇게 말했다.

"그놈은 내 원수야. 여기까지 나타날 줄은 정말 몰랐어."

그는 자신도 모르게 이를 갈았다. 장하림에게 쫓기는 신세가 될 것이라고는 정말 상상도 못했었다. 그는 더욱 처참한 기분이 들었다.

"적이니까 원수는 원수겠지. 어떻게 된 원수요?"

부하들은 꼬치꼬치 캐물었다. 그러나 그는 입을 다물어 버렸다. 더 이상은 말하고 싶지 않았던 것이다. 그러자 이번에는 다른 말이 튀어나왔다.

"대장, 그거 좀 생각해 봤소?"

대치는 부하를 쏘아보다가 고개를 저었다.

"생각해 볼 것도 없어. 우리는 여기서 버티는 수밖에 없어. 쓸데없는 생각하지 마."

"대장, 그런 몸으로 더 버틸 것 같소? 고집부리지 말고 다시 한번 생각해 봐요. 어쩌면 우리 모두가 살아날 수 있을지도 모르니까."

"개소리 작작해? 안 된다면 안 되는 줄 알아!"

"그래도 마누라는 다치게 하고 싶지 않은 모양이군. 애처가라니까."

"이놈아! 뭐가 어째?"

그는 벌떡 몸을 일으키다가 도로 무릎을 꺾으면서 기침을 토했다. 가래와 함께 피가 쏟아져나왔다. 그는 이내 의식을 잃었다. 그의 부하들은 비를 고스란히 맞으며 누워 있는 그를 차가운 눈으로 바라보기만 할 뿐 조금도 도와주려고 들지를 않았다. 그들의 세계에서 누가 누구를 도와준다는 것은 있을 수 없는 일이었다. 자기 힘으로 일어설 수 없으면 그것으로 끝장이었다. 자기 한몸 유지하기 힘든 판이니 그럴 만도 했다.

대치가 부하들의 요구에 한사코 동의하지 않고 있는 그 일이란 다음과 같은 것이었다.

그의 부하들 사이에는 어느 틈에 대장의 아내되는 여자가 산 아래 마을에 있는 고래등 같은 기와집에서 살고 있다는 사실이 대단한 호기심으로 받아들여지고 있었다. 그런데 더 이상 산에서 버틴다는 것이 어렵게 되자 그들은 차라리 마을로 내려가 살길을 찾아보는 것이 나을지도 모른다고 생각하게 되었다. 그것은 허점을 이용한 탈출이라고 할 수 있는 것이었다. 자연 그 거점으로 윤여옥의 집이 지목되었다. 그들로서는 극히 자연스런 결론이었지만 정작 그 일을 맡고 나서야 할 최대치는 들어먹지를 않았다.

대치로서는 여옥에게 도움을 청한다는 것이 죽기보다 싫었다. 솔직히 말해 그녀를 더 이상 괴롭히고 싶지가 않았다. 뒤늦은 자각이었지만 하여튼 그는 여옥을 말려들게 함으로써 그녀를 돌이킬 수 없는 함정 속으로 빠져들게 하고 싶지가 않았다. 희망이 있다면 또 혹시 모른다. 그러나 그가 볼 때 희망은 없었다. 모든 것은 끝난 것이나 다름없었다. 남은 것이 있다면 죽음을 기다리는 것뿐이었다.

죽음 — 그것은 이제 그의 유일한 동반자가 되어 있었다. 그것을 거역하면 할수록, 살고 싶은 욕망이 강하면 강할수록, 죽음의 그림자는 그의 뒤에 바싹 붙어 다니고 있었다. 빌어먹을, 난 안 죽어. 안 죽는단 말이야. 그는 하루에도 몇 번씩 죽음의 그림자를 향해 주먹을 휘두르면서 악을 써 본다. 그럴 때마다 죽음의 그림자는 미소를 지으며 그를 부드럽게 쓰다듬는다. 그래, 당신은 죽지 않을 거야. 걱정하지 마. 뭘 그렇게 걱정하나. 당신은 불사조가 아닌가. 그러면 그는 풀이 죽어 입을 다물어 버린다.

그는 손을 뻗어 종이조각을 집어들었다. 자수를 권유하는 삐라였다. 삐라는 산 속 어디에나 널려 있었다. 요점은 자수하면 무조건 살려 준다는 것이었다. 그러나 그들은 그것을 믿지 않았다. 자신들이 저지른 만행이 너무도 엄청나다는 것을 잘 알고 있었기 때문에 자수하면 목숨을 건질 수 있다는 말을 믿지 않았다. 또한 그들은 지독스러울 정도의 독기를 지니고 있었다. 독기를 지닌 최고의 골수분자들이기 때문에 지금까지 살아남아 있었다.

골수분자라고 해서 이데올로기적 신념이 강한 것은 아니었다. 그보다는 맹목적인 발악이라고 보는 편이 오히려 옳았다. 그것은 필연적으로 무자비한 잔혹성을 수반하고 있었다.

누구도 자수하자는 말은 입밖에 내지 않았다. 그런 낌새라도 비치면 무자비하게 도륙당하기 때문이었다. 결국 자수하려면 혼자 몰래 결행하는 수밖에 다른 도리가 없었다.

장하림이 자기를 쫓고 있다고 생각하자 대치는 가만 누워 있을 수가 없었다. 그의 목소리를 듣게 되다니 정말 뜻밖이었다. 그가 토벌군 지휘관이 되어 자기를 추격하리라고는 그야말로 상상도 못한 일이었다. 운명이라고 한다면 너무도 얄궂은 운명이었다. 놈은 틀림없이 여옥에게 접근하고 있을 것이다. 나를 잡아죽여야 안심하고 여옥을 차지할 수 있겠지. 개 같은 놈 같으니. 내가 네놈을 죽이지 못한 게 한이 된다. 갈아먹어도 시원치 않을 놈 같으니. 절망의 늪속으로 가라앉을수록 하림에 대한 그의 오해와 증오는 깊어만 가고 있었다.

본격적인 장마철로 접어들었는지 계속 비가 내렸다.

닷새 동안 아무 것도 먹지 못한 채 토굴 속에 누워 있던 대치는 더 이상 산 속에서 버틸 수 없다는 것을 깨달았다. 병도 병이지만 그는 아사 직전에 놓여 있었다. 토굴 밖으로 기어 나와 일어서자 머리가 어찔하면서 두 다리가 휘청했다. 힘없이 나동그라진 그는 비참하게 헐떡거렸다. 입에서 피를 토하면서 무릎으로 기어갔다.

비바람이 사납게 몰아치고 있었다. 짐승처럼 신음하면서 먹을 것을 찾아 두리번거렸지만 나무와 잡초뿐이었다. 솔잎을 훑어 입속에 넣고 우물우물 씹자 뱃속이 뒤틀리면서 구역질이 나왔다. 입을 벌렸지만 먹은 것이 없으니 토할 것도 없었다. 신물만 흘러내렸다.

그는 벌렁 드러누워 하늘을 쳐다보았다. 그대로 영원히 잠들어 버리고 싶다고 생각했다. 빗발이 얼굴을 후려쳤지만 그는 움직이려고 들지를 않았다.

눈을 감자 여옥의 얼굴이 나타났다. 몽롱한 의식 속에 잠겨 있으면 어김없이 여옥의 모습이 떠오르곤 했다. 잊으려고 하면 할수록 그녀의 모습은 더욱 뚜렷이 눈앞을 어지럽히는 것이었다. 그것이 거듭되자 이제는 자신도 어찌할 수 없을 정도로 여옥은 그의 머리 속을 꽉 채우고 있었다.

사실 그는 살기 위해 지푸라기라도 붙잡고 싶은 심정이었다. 그런데 그에게는 여옥이밖에는 지푸라기가 되어 줄 만한 상대가 없었다. 이성은 그것은 안 되는 짓이라고 말하고 있었다. 그러나 본능은 이미 여옥이에게 매달리고 있었다. 여옥이한테 가면 따뜻한 물과 밥을 주리라. 따뜻한 아랫목에서 재워 주겠지. 그는 힘없이 머리를 젓는다.

 안 돼. 그건 안 돼. 그녀를 끌어들여서는 안 돼. 더 이상 여옥이한테 불행을 안겨줘서는 안 돼. 죽어도 혼자 죽어야 한다. 일찍이 여옥을 그렇게 생각해 준 적이 없었다. 그리고 그녀의 모습이 머리 속을 그토록 가득 채운 적도 없었다. 여옥은 더 이상 내 아내가 아니야. 우리는 헤어졌어. 여옥은 새 삶을 찾아야 해. 그녀가 제 갈 길로 가도록 내버려둬야 해. 그렇지만 하림이란 놈과 재회하는 것만은 막아야 해. 그건 안 돼. 그는 이를 부드득 간다. 여옥과 자식들을 사랑해 주지 못한 게 한이 된다. 잃어버린 아들, 그리고 죽은 아들 생각에 목이 멘다. 그러나 여옥에 비하면 자식들 생각은 별로 나지 않는다. 아아 손을 뻗으면 닿을 것 같은 그리도 가까운 거리에 있는 여옥이 왜 이리 멀게만 느껴질까.

 그가 눈을 떴을 때 그의 주위에는 가장 험한 사내들이 몰려서 있었다. 그들 역시 눈에는 핏발이 서 있었고 모두가 발광 직전에 놓여 있었다.

 "대장, 오늘밤 내려갑시다!"

 그들은 잡아먹을 듯이 그를 내려다보고 있었다.

 "만일 가지 않겠다면 끌고 가겠소. 여기서 이대로 굶어 죽을 셈이오?"

 "안 돼. 그건 안 돼."

"마누라는 어디다 써먹으려고 그렇게도 아끼는 거요? 마누라한테 신세지는 게 어디 신세지는 거요?

"그 여자는 내 마누라가 아니야. 우리는 헤어졌어."

"거짓말 말아요!"

그들은 대치를 우악스럽게 일으켜 세웠다.

"여기서 굶어 죽을 바에는 거기 가서 밥이나 실컷 먹고 죽읍시다!"

"안 돼. 안 된단 말이야."

그렇게 말하는 대치는 그전처럼 완강하지가 못했다. 그는 부하들을 노려보면서 거칠게 숨을 몰아쉬다가 물었다.

"거기 가서 어떻게 하겠다는 거지?"

"거기 가서 잠복해 있다가 기회를 봐서 깨끗한 옷으로 갈아입고 각자 도시로 나가는 거요. 사람이 많은 시장 바닥 같은데 틀어박혀 지내면 누가 누군지 모를 거 아니오."

"사람이 너무 많아. 이 수가 한꺼번에 다 그 집에 몰려들어 갈 수는 없어. 그러다가는 금방 들통이 나. 더구나 내 마누라는 감시를 받고 있다는 걸 알아야 해."

"그럼 우선 일차로 몇 명만 뽑지."

그렇게 해서 아직 기력이 남아 있는 아홉 명이 일차로 선발되었다. 대치까지 합쳐 모두 열 명이었다. 대치는 더 이상 싫다고 할 수 없게 되었다.

마침내 그날 밤 열 명의 빨치산들은 빗속을 뚫고 산을 내려갔다.

여옥은 낙숫물 소리를 듣고 있었다. 잠에 취해 있었지만 낙숫물 떨어지는 소리가 아련히 들려오고 있었다.

 요즈음의 그녀는 하루하루를 정신을 차릴 수 없도록 바쁘게 보내고 있었다. 생활의 틀이 잡히면서부터 집안 일도 그만큼 많아지게 되었고, 거기다가 주워다 기른 아이들의 뒤치다꺼리까지 손수 하고 있었기 때문에 자연 바빠질 수밖에 없었다. 그렇게 바쁜 생활은 그 누구의 탓도 아닌, 그녀 자신이 선택한 것이었다. 과거를 속죄하고, 잊어야 할 사람을 잊고, 고통에서 벗어나기 위해 그녀는 그렇게 바쁜 생활 속으로 몸을 굴린 것이다. 그 아름답던 얼굴이 꺼칠해지고 보드랍던 조그만 손이 부르트고 했지만 그녀는 조금도 그런 것을 개의치 않았다.

 때때로 자기도 모르게 산 쪽으로 시선이 갈 때도 있었지만 그럴 때마다 그녀는 얼른 고개를 돌려 버리곤 했다. 그리고 하던 일에 다시 열중하는 것이었다. 그렇게 하루 일과를 끝내고 나면 온몸이 피로에 젖어 풀처럼 늘어지는 것이었지만 그녀는 다음 날이면 다시 새벽같이 일어나 일을 시작하는 것이었다.

 불구의 아이들은 여느 정상적인 아이들보다도 몇 배나 더 기르기가 힘들었다. 하루에도 몇 번씩 옷을 갈아입혀야 되고 똥오줌을 받아내야 하고, 말썽이 끊이지 않았지만 그녀는 그 아이들을 한번도 때리거나 야단친 적이 없었다. 얼굴을 찌푸린 적도 없었다.

 불구의 아이들에게 그처럼 애정을 쏟는 대신 그녀는 잃어버린 큰아들에 대해서는 거의 찾는 것을 포기하고 있었다. 그러나 포기한다고 해서 아들의 모습이 지워지는 것은 결코 아니었다. 그것은 더 큰 아픔이 되어 가슴속 깊이 가라앉아 가고 있었다.

거기에 그녀를 괴롭히는 것이 또 한 가지 있었다. 대치의 존재가 그것이었다. 지난 겨울 한번 다녀간 뒤로는 두 번 다시 그녀를 찾아오지 않았기 때문에 그가 죽었는지 살았는지조차 알 수 없었지만 그의 존재는 그림자처럼 언제나 그녀를 따라붙고 있었다.

그가 먼 곳에 떨어져 있다면 혹시 또 모른다. 그렇지 않고 그는 마을을 굽어보고 있는 산 속에 있는 것이다. 그러니 아무리 강심장이라해도 어찌 그를 잊을 수가 있겠는가.

더구나 그는 산 속에서 쫓겨다니고 있는 몸이다. 그렇게도 저주스럽던 그가 요즈음 들어서는 측은하게만 생각되고 있었다. 비바람이라도 치는 밤이면, 그리고 산 쪽에서 번개가 치고 뇌성이라도 울리면 그녀는 더욱 대치 생각에 몸둘 바를 몰랐다. 그리고 자신의 감정이 자신도 모르는 사이에 그렇게 변했다는 사실에 소스라치게 놀라는 것이었다.

그런데 그녀의 가슴을 더욱 아프게 하는 것은 하림이 토벌군의 지휘관으로서 대치를 쫓고 있는 입장에 있다는 사실이었다. 다른 사람이라면 몰라도 하필 하림이 대치를 추격하고 있다는 사실이 그녀에게는 너무도 얄궂은 운명으로 받아들여지고 있었던 것이다.

문이 흔들리는 소리가 났다. 바람 때문이겠거니 생각하면서 그녀는 몸을 뒤쳐 돌아누웠다. 조금 있자 조심스럽게 문을 두들기는 것 같은 소리가 약하게 들려왔다. 뒤이어 이웃집에서 개 짖는 소리가 났다. 그녀는 몸을 반쯤 일으켜 문 쪽을 쏘아보았다. 칠흑 같은 밤이라 아무 것도 보이지 않았지만 누군가가 분명히 문을 두들기고 있었다.

여옥은 얼른 움직일 수가 없었다. 여자 혼자 살고 있기 때문에 마을에는 그녀를 넘보는 남자들이 없지 않아 있었다. 수년 전 방안에까지 침입해 들어왔던 이웃집 중년사내를 그녀는 잊지 않고 있었다.

문 두들기는 소리가 그치더니 그 대신 창호지를 뚫고 손 하나가 쑥 들어오는 것이 어렴풋이 보였다. 그 손이 문고리를 벗기려고 더듬는 것을 보고 여옥은 비로소 움직였다. 방바닥을 더듬어 손에 잡히는 대로 아무 거나 집어들고 괴한의 손을 사정없이 후려쳤다.

손은 질겁을 하고 빠져 달아났다. 뒤이어 숨찬 목소리로
"여옥아! 여옥아!"
하고 부르는 소리가 들려왔다.

몹시 쉬어빠지고 억눌린 듯한 목소리였지만 여옥은 금방 그 목소리의 임자를 알아차릴 수가 있었다. 소스라치게 놀란 그녀는 벌떡 몸을 일으켰다. 그리고 어찌할 줄 모르며 두 손을 마주잡고 방문 앞에 서 있었다.

"여옥아! 나다! 문 좀 열어! 나 대치야!"
억눌린 듯한 소리로 애타게 부르다가 피를 토하듯 기침을 쏟

아낸다. 여옥은 더 망설일 수가 없었다. 문고리를 벗겨내고 문을 조심스럽게 열었다. 검은 그림자 하나가 뒷걸음질하면서 이쪽으로 권총을 겨누고 있는 것이 똑똑히 보였다. 그녀가 밖으로 나서자 검은 그림자는 재빨리 뒤꼍으로 사라져 버렸다. 여옥은 어느새 대담하고 기민해져 있었다. 방문을 가만히 닫은 다음 토방으로 내려서서 주위를 한번 재빨리 살폈다. 그러고 한참 있다가 뒤꼍으로 살그머니 돌아갔다.

그는 기침을 참으려고 기를 쓰면서 장독대 뒤에 웅크리고 있었다. 그녀가 다가가도 그는 일어서려고 하지 않고 웅크린 채 입을 틀어막고 있었다. 그녀를 올려다보는 외눈이 어둠 속에서 애처롭게 떨고 있었다.

"왜, 뭐하러 또 오셨어요?"

여옥은 그런 말이 튀어나오려는 것을 얼른 집어삼켰다. 그전 같았으면 그렇게 쏘아붙였을 것이다. 그러나 지금은 차마 그럴 수가 없었다. 사람이 이렇게도 변할 수가 있을까. 이건 최대치가 아니라 길 잃은 한 마리의 불쌍한 짐승이 아닌가. 그녀는 아무 말도 할 수 없었다. 손가락 하나 움직일 수 없었다. 기침이 가라앉자 그가 몸을 일으켰다. 비바람이 두 사람을 할퀴고 지나갔다. 그는 바람에 쓰러질듯 몹시 떨어 대고 있었다. 어둠 속이지만 추하고 흉측한 모습을 알아볼 수가 있었다.

여옥은 첫눈에 그가 말할 수 없이 허약해지고 절망적인 상태에 빠져 있다는 것을 알아차리고 있었다. 그리고 그가 지금 무엇을 바라고 있는가도 충분히 짐작하고 있었다. 그러나 그녀는 먼저 나서고 싶지 않았다. 무거운 침묵 끝에 마침내 대치가 먼저 입을 열었다. 여옥은 그것이 당연한 순서라는 듯 그의 말을 들었다.

"이런 꼴을 보여서 미안해. 이런 꼴을 너한테 보이다니 나도 미쳤나 봐."

여옥은 대꾸하지 않았다. 아직도 그녀는 얼어붙어 있었다.

"죽기 전에 너를 한번 만나려고 온 거야."

그는 더욱 떨어대고 있었다. 여옥은 그가 거짓말하고 있다고 생각했다. 당신은 저한테 도움을 청하려고 온 거예요. 살기 위해서 말이에요. 그러나 그녀는 아무 말도 하지 않았다.

"난 죽을 때가 다 됐나 봐. 죽기 전에 너만은 꼭 만나고 싶었어. 너를 만나보지 않고는 눈을 못 감을 것 같아. 다른 사람은 생각나지 않는데⋯⋯너는 자꾸만 생각나는 거야. 잊을 수가 없어. 내가 남편이랍시고 너를 한번도 위해 주지 못하고 괴롭히기만 했기 때문에 그렇게 생각이 나나 봐."

여옥은 마침내 흔들렸다. 그의 말을 어디까지 믿어야 할 지 그녀는 심한 혼란을 느꼈다.

그때 그가 손을 뻗어 왔다. 떨리는 두 손으로 그녀의 얼굴을 만지려 하다가 도로 밑으로 떨어뜨렸다. 여옥이 피하려 한 것도 아닌데 그는 차마 그녀에게 손을 못 대고 있었다. 그가 다시 두 손을 들어올렸다. 두 손으로 허공을 내젓더니 무너져 내리듯 한숨을 내쉬면서

"모든 게 끝났어. 난 끝장이야. 난 죽는 날만 기다리고 있어."

하고 중얼거렸다. 그리고 갑자기 그녀에게 매달리듯 하면서 애걸하기 시작했다.

"마지막으로 한 가지 부탁이 있어. 들어주겠지 응? 옛정을 생각해서 들어주겠지? 응? 밥 좀 있으면 줘. 먹던 거라도 좋아. 밥 먹어 본 지가 너무 오래 돼서 언제 먹었는지 기억이 안 나. 여옥아 부탁이다! 밥 한 그릇만 있으면 줘! 제발 부탁이야! 밥이나 실컷 먹어 보고 죽었으면 좋겠어!"

그의 손이 마침내 여옥의 옷자락을 움켜잡았다. 여옥은 전류에라도 닿은 듯 온몸을 떨어댔다.

"이거 놔요!"

그는 낮게 울부짖었다. 터지는 오열을 삼키면서 대치를 쏘아보던 그녀는 갑자기 성난 기세로 그의 따귀를 후려쳤다.

"당신을 한번 때려 보는 것이 제 소원이었어요!"

그러고 나서 그녀는 대치의 가슴에 얼굴을 묻으며 흐느껴 울기 시작했다.

"미워요! 당신이 미워요! 뭐하러 왔어요! 차라리 죽을 것이지 뭐하러 왔어요!"

대치도 그녀를 끌어안고 눈물을 흘렸다.

"미안해. 용서해 줘. 나를 실컷 때리라구. 맘대로 때리라구."

그러나 여옥은 대치를 더 이상 때리지 못하고 비통하게 흐느끼기만 했다. 한참 후 눈물을 거두고 난 그녀는 대치의 손을 잡아끌었다.

"방으로 들어가요. 밥을 지어 드릴 테니까 방으로 들어가 기다리세요."

"아, 아니야. 이런 몸으로 어떻게 방에 들어가. 부엌에서 먹겠어. 부엌에서 먹는 게 더 마음 편해."

한사코 그가 방에 들어가는 것을 거부했기 때문에 여옥은 하는 수 없이 그를 데리고 부엌으로 들어갔다.

여옥이 밥을 짓는 동안 대치는 어두운 구석에 쭈그리고 앉아 그녀의 움직임을 뚫어지게 바라보고 있었다. 그 순간 여옥은 감정에 빠져 있을 겨를이 없었다. 사실 그녀는 어찌할 바를 모르고 있었다. 단지 굶주린 그를 위해 정신없이 밥을 짓고 있을 뿐이었다.

이윽고 그녀가 밥상을 차려 내놓자 대치는 그만 눈이 뒤집혔다. 목이 메인 채 수저만 만지작거리던 그는 처음 한 두 순갈은 조심스럽게 들었다. 그러나 그 다음부터는 미친 듯이 밥을 입속에 틀어넣기 시작했다. 여옥이 주의를 주었지만 소용없었다. 밥 한 그릇을 먹어치우고 난 그는 여옥이 뭐라고 할 사이도 없이 빈 밥그릇을 들고 부뚜막 앞으로 다가가 솥에서 그릇째 밥을 퍼냈다.

침침한 호롱불 빛이 그의 식사하는 모습을 비춰 주고 있었다. 두 그릇째부터는 더욱 맹렬히 먹어 치우고 있었다. 아마 어느 짐승도 그렇게 미친 듯 먹을 수 없으리라. 여옥은 소리 없이 눈물을 흘리며 그것을 바라보고 있었다.

대치는 이제 그녀가 생각하고 있던 그런 사람이 아니었다. 그에게서는 과거의 모습을 찾아볼래야 찾아볼 수가 없었다. 그는 완전히 다른 사람으로 변해 있었다. 아니 사람이라기보다 굶주린 한 마리의 짐승에 지나지 않았다. 그는 먹고 또 먹었다. 상상할 수 없을 정도로 무섭게 먹어치웠다. 장정 몇 사람의 식사는 족히 될 만한 양을 순식간에 먹어치우고 난 그는 마치 장거리를 달려온 운동선수처럼 가쁜 숨을 몰아쉬더니 여옥의 눈치를 보면서 입을 열었다.

"기다리는 놈들이 있어. 산에서 함께 내려왔어."

여옥은 소스라치게 놀랐다. 그러나 내색은 하지 않은 채 그의 다음 말을 기다렸다.

"산에서는 더 이상 버틸 수가 없어. 그래서 내려온 거야. 갈 데가 없었어. 어떻게 좀 안 될까?"

"혼자라면 몰라도……"

여옥은 말끝을 흐렸다.

"알고 있어. 강요는 하지 않겠어. 네가 받아 줄 수 없다면 할 수 없는 일이지. 가서 그들한테 그렇게 말하겠어. 죽기 전에 너를 꼭 한번 보고 싶었는데 이렇게 만나 봤으니까 됐어. 밥 잘 먹었어."

대치는 일어서서 그녀의 손을 잡았다. 두 손으로 그녀의 손을 감싸쥐더니 거기에 입을 맞추었다. 얼굴을 쳐들 때 보니 그의 눈에서는 비오듯 눈물이 흘러내리고 있었다.

"장하림이 나를 잡으려고 혈안이 되어 있는 거 알고 있어. 그의 손에 잡혀죽느니 차라리 자결하겠어."

"그건 오해예요. 하림씨는 당신을 해치려고 그러는 게 아니에요. 오해하지 마세요."

여옥은 창백하게 질려서 말했다. 그러나 대치는 믿으려고 들지를 않았다.

"너는 언제나 그놈을 좋게만 생각하고 있어. 내가 죽으면 너는 마음놓고 그놈과……"

대치는 말끝을 잇지 못한 채 그만 입을 다물어 버렸다.

"하림씨는 그런 사람이 아니에요. 당신이 자수하면 최대한 노력해서 살려 보겠다고 했어요."

"그놈한테 내 목숨을 구걸하고 싶지는 않아!"

이번에는 여옥이 그한테 매달렸다.

"당신은 죽어가고 있어요. 모르시나요?"

"알고 있어. 지금 나한테 확실한 건 그것 뿐이야."

"당신은 아직도 그 혁명이라는 걸 믿고 있나요?"

대치는 한참 동안 그녀를 바라보다가 힘없이 고개를 내저었다. 그리고 기어들어 가는 목소리로

"믿지 않아. 그렇지만 책임을 회피할 생각은 없어."

하고 말했다.

여옥은 그를 쏘아보면서 그의 소매를 잡아당겼다.

"그 책임이라는 게 뭔가요? 그것이 목숨을 버릴 만큼 그렇게 가치 있는 것인가요? 당신은 아직도 자신을 속이고 있어요."

대치는 부들부들 떨었다. 여옥의 팔을 뿌리치고 돌아서다가 그는 갑자기 허리를 굽히면서 입에서 피를 토했다. 그것을 보고 여옥은 몹시 당황했다. 그녀가 어쩔 줄 모르고 있자 대치는 소

매로 입에 묻은 피를 닦아내면서 밖으로 나가려고 했다.

"잘 있어. 나 같은 것 생각하지 말고 좋은 사람 만나 행복하게 살아가도록 해. 너는 이제 고생 그만하고 행복하게 살아야 해."

대치는 부엌문을 열고 밖으로 사라졌다.

여옥은 그 자리에 서 있었다. 눈에서는 걷잡을 수 없이 눈물이 흘러내리고 있었다. 바람에 불이 꺼졌다. 캄캄한 어둠 속에서 소리 없이 눈물만 흘리고 있던 그녀는 발작적으로 밖으로 뛰쳐나갔다. 대치는 차마 발이 떨어지지 않는지 마당 가운데 우두커니 서 있었다.

"어디 가시는 거예요? 가지 마세요! 갈 데도 없으면서 어딜 간다는 거예요? 가지 마세요!"

여옥은 대치의 옷자락을 움켜쥐었다. 대치는 마치 기다리기라도 한 것처럼 무릎을 꺾으면서 여옥의 발치에 엎드려 다시 기침을 하기 시작했다. 비바람이 몰아치고 뇌성이 울고 있어서 다행히 그의 기침 소리는 멀리까지 퍼져나가지 않았다.

"여옥아, 그래 네 말이 맞다……더 이상 나를 속이고 싶지 않으니……제발 나를 좀 살려 줘……이대로는 죽을 수 없어……살고 싶어……너는 나를 살릴 수 있을 거야……제발 좀 살려 줘……장하림한테 부탁해도 좋아……살려 줘……살려만 주면 네 은혜는 잊지 않겠다……넌 내가 가정에 충실한 남편이 되어 주기를 원했었지? 그렇지 않았어? 살려만 주면 난 좋은 남편이 될 수 있어……아내와 자식들만 사랑하는……"

"아이들은 없어요"

여옥은 울부짖고 싶은 것을 겨우 참았다. 그때 대치의 손이 그녀의 치맛자락을 움켜잡았다. 지푸라기라도 붙잡고 싶은 심정이었기 때문에 그로서는 자존심이고 체면이고 다 팽개치고 그렇게 매달릴 수밖에 없었다.

"모든 게 내 잘못이었어. 용서해 줘. 살아날 수만 있다면 평생 속죄하고 살아가겠어."

"아무튼 좋아요. 죽든 살든 저하고 같이 있어요."

"고마워! 정말 고마워!"

대치는 여옥의 손등에 마구 얼굴을 비비면서 흐느껴 울었다.

여옥은 그를 데리고 안방으로 들어갔다. 대치는 이제 사양하지 않고 그녀를 따라 방안으로 들어왔다. 아이들은 세상 모르고 잠들어 있었다. 아이들을 본 대치는 놀라면서 여옥을 바라보았다. 그 아이들이 자기 자식들이 아닌 것을 알자 그의 놀라움은 사뭇 컸다.

"버림받은 불쌍한 아이들이에요. 제가 데려다 기르고 있어요."

"고아란 말이지?"

"네, 고아들이에요. 이 아이는 눈이 멀었어요. 이애는 일어서지를 못해요. 그리고 이애는 말을 잘 못해요. 지능이 몹시 낮아요. 모두가 저를 엄마로 알고 있어요. 능력만 있으면 많은 아이들을 데려다 기르고 싶어요. 고아원마다 고아들이 넘쳐흐르고 있어요. 모두가 전쟁탓이에요. 어른들이 일으킨 전쟁탓에 아무것도 모르는 천진한 어린이들만 수없이 버림을 받았어요."

대치의 머리가 밑으로 수그러지는 것을 보면서 여옥은 말을 계속했다.

"전쟁의 희생자는 많아요. 그러나 가장 비참한 희생자는 이와 같은 아이들이에요. 당신은 전쟁을 일으켰을 때 아이들에 대해 생각해 봤나요? 수십만의 고아들······그 아이들의 앞날은 누가 책임지지요? 아이들 다음으로 불쌍한 건 여자들이에요. 수십만의 과부들은 다 어디로 가지요? 당신이 모두 데리고 살 건가요? 이러한 희생 위에서 세운 가치란 정말 가치 있는 것일까요?"

대치는 떨고 있었고 여옥은 자기 머리를 쥐어뜯을 듯이 움켜쥐고 있었다.

"전 모르겠어요. 왜 제가 당신을 받아들였는지 모르겠어요. 지아비란 것이 이렇게도 뿌리칠 수 없는 것인지······"

"가라면 가겠어. 당신한테 부담을 주기는 싫어."

"당신이 여기 숨어 있는데 어떻게 부담이 안 될 수가 있어요? 하지만 가지 마세요. 부탁이에요. 어떻게 되겠지요."

여옥은 선반에서 보따리를 내리더니 그것을 풀어헤쳤다. 그리고 남자용 바지와 남방을 꺼내 대치 앞으로 내놓았다.

"우선 옷을 갈아입으세요."

"이건 어디서 났지?"

"당신 오시면 드리려고 준비해 둔 거예요."

그 말에 대치는 차마 입지를 못하고 한참 동안 그것을 들여다보기만 했다.

성녀 · 329

여옥은 대치가 옷을 갈아입는 것을 가만히 지켜보았다. 대치가 입고 있던 누더기 같은 옷들을 모두 벗었을 때 거기에는 뼈만 앙상하게 남은 볼품없는 육체가 드러나 있었다. 그것은 육체라기 보다 차라리 뼈에 가죽만 붙어 있는 것이라고 보는 것이 옳았다. 툭툭 불거져나온 갈비뼈를 보고 그녀는 그만 눈을 돌려 버렸다.

"같이 온 사람들은 어디 있지요?"

"대밭 속에 있어. 너무 오래 기다리고 있어."

대치는 뒤안 쪽을 바라보았다. 몹시 두려워하는 표정이었다.

"몇 사람이나 되죠?"

"아홉 사람……모두가 대단한 놈들이야. 악착스럽게 살아남은 놈들이야."

"악착스러우니까 마을에 내려와 숨어 있겠다는 것이겠지요. 그 사람들을 꼭 당신이 책임져야 하나요? 꼭 행동을 같이해야 하나요?"

"음, 그래. 그렇게 하기로 하고 내려온 거야."

"당분간 여기 숨어 있을 수는 있어요. 그렇지만 언제까지 숨어 있을 수는 없어요. 그 다음에는 어떻게 할 셈이지요?"

"우리 계획은 여기 숨어 있다가 기회를 봐서 사람들이 많은 도시로 잠입하는 거야. 계획대로 될지는 몰라도……"

"당신도 그렇게 할 셈인가요?"

"지금으로서는 그 방법밖에 없어."

"그렇다면 도와 드릴 수 없어요."

여옥은 단호하게 말했다. 대치의 외눈이 뚫어질듯 자기를 쏘아보고 있었지만 그녀는 그것을 피하지 않고 마주 쏘아보았다.

"전 당신이 어느 때보다도 용기가 필요하다고 생각해요. 도피생활은 아무나 할 수 있어요. 그건 어쩔 수 없으니까 하는 거예요. 진정한 용기는 도피생활을 청산하고 변화를 받아들이는 데 있어요. 당신한테 용기가 남아 있으면 자수하세요. 자수하는데는 용기가 필요해요."

"그건 안 돼. 난 자수하면 사형이야. 자수하면 살려 준다고 하지만 그건 내 경우에는 해당되지 않는 말이야."

"네, 그렇긴 해요. 그렇지만 당신은 살 수 있어요. 하림씨가 있기 때문에 살 수 있어요. 하림씨의 의견이 결정적으로 작용하고 있기 때문에 살아날 수 있어요. 저도 그분의 노력으로 사형에서 20년으로 감형되었고 형집행정지 처분으로 이렇게 자유롭게 살아가고 있는 거예요."

"그거 정말이야?"

불안과 기대가 엇갈리는 표정으로 물었다.

"제가 왜 거짓말을 하겠어요. 제 진정을 믿어 주세요. 하림씨는 당신이 자수하면 살릴 수 있다고 했어요."

"사실 난 지금 지푸라기라도 붙잡고 싶은 심정이야. 장하림 그 작자한테는 기대고 싶지 않지만 살기 위해서는 그 정도야 참을 수 있겠지."

"그럼 자수하시는 거죠?"

"일단 그렇게 하기로 하고 기회를 기다리기로 하지. 지금 당장 하림에게 말하지는 마. 나하고 충분한 상의를 한 뒤에 그를 불러들여."

"알겠어요. 저도 그 점은 충분히 생각하고 있어요."

대치가 두 팔을 벌리자 여옥은 그의 품안으로 뛰어들었다. 두 사람은 실로 오랜만에 뜨겁게 포옹했다. 여옥은 대치의 품에서 놀랍게도 미래를 설계하고 있었다. 그것은 여성으로서의 어쩔 수 없는 본능이었다. 그녀는 행복이 저만치서 손짓하고 있음을 보았다.

떠나는 자 남는 자

　여옥은 급한 대로 대치를 포함한 열 명의 빨치산들을 광 속에 숨어 있게 했다. 광은 뒤안에 있었는데 꽤 커서 그들이 숨어 있기에 그다지 불편하지가 않았다. 산 속에 비하면 그야말로 낙원인 셈이었다. 비바람을 피할 수 있고 먹을 것이 충분히 공급되고 있었으니 빨치산들에게는 더없이 좋은 도피처가 아닐 수 없었다.의

　단지 그것은 밖으로 노출되어 있어서 여간 조심하지 않으면 발각될 염려가 있었다. 무엇보다도 한집에 살고 있는 젊은 내외가 여옥으로서는 여간 조심이 되는 게 아니었다. 여옥은 그들을 내보낼까도 생각해 보았지만 그러면 더욱 의심을 살 것 같았고, 그런 이유가 아니더라도 차마 그들을 내보낼 수는 없었다. 그만큼 그녀와 그들 내외는 인간적으로 두껍게 맺어졌었던 것이다.

　여옥의 할아버지 대에 지은 그 광은 꽤 크고 실하게 지어져서 지금도 매우 튼튼했다. 문짝만 해도 두꺼운 송판으로 큼직하게 만들어져 있어서 웬만한 집 대문만 했다. 거기에 묵직한 자물통이 걸려 있었다. 여옥은 가능한 한 젊은 내외가 집에 없을 때에

만 그 자물통을 열곤 했다. 젊은 내외는 날만 새면 밖에 일하러 나가곤 했기 때문에 집안에는 여옥과 아이들만 남아 있을 때가 많았다.

광 속에 빨치산 열 명이 숨어 있는지도 모르고 하림은 매일같이 여옥의 집에 들러 시간을 보내다 가곤 했다. 장마가 계속되고 있었기 때문에 작전은 중지되어 있었고, 그래서 토벌군들은 오랜만에 긴 휴식에 들어가 있었다.

하림이 올 때마다 여옥은 몹시 난처했다. 사태를 이야기할 수도 안 할 수도 없는 난처한 입장에 그녀는 빠져 있었다. 대치가 태도를 분명히 해준다면 그녀도 거기에 따라 어떤 행동을 취할 각오가 서 있었다. 그런데 대치는 아직 태도를 결정하지 못한 채 갈팡질팡하고 있었다. 그러면서 여옥에게는 기다려 달라고만 말하고 있었다.

아사직전에 여옥의 도움으로 살아난 대치는 약까지 공급받고 있었다. 위기를 넘긴 셈이라고 볼 수 있는데 그렇게 되자 처음과는 달리 조금씩 생각이 달라지고 있었다. 이제 견딜 수 있게 되었으니까 버틸 수 있을 때까지 버텨보자고 나온 것이다. 중간에서 죽어 나는 것은 여옥이었다. 그들을 언제까지고 숨겨 줄 수도 없는 노릇이었고, 당장 그들을 먹이는 것만도 큰 문제였다.

오랫동안 굶주렸던 장정 열 명이 일시에 먹어대기 시작하니 며칠도 못 가 식량은 금방 바닥이 나 버렸다. 급한 대로 여기저기서 둘러대고 있었지만 그것도 한두 번이지 소문 때문에 계속

꾸어 댈 수도 없는 일이었다.

빨치산들을 숨겨준 지 여드레째 되는 날 밤 여옥은 더 이상 기다릴 수 없어 담판을 짓기 위해 그들과 직접 부딪쳐 보기로 했다. 그 동안은 대치만을 따로 불러내어 만나곤 했지만 그때마다 대치 말이 부하들의 반대 때문에 어쩔 수 없다고 했기 때문에 그녀 자신이 죽든 살든 직접 그들과 결말을 지어야겠다고 생각한 것이다.

그쳤던 비가 날이 저물면서 다시 내리고 있었다. 자정이 지난 시간에 여옥은 뒤안으로 돌아가 광쪽으로 접근했다. 세심히 주위를 살핀 다음 세번 문을 두드리고 자물통을 열었다. 문을 열고 안으로 들어갔다.

문 앞에는 불빛이 새 나가지 않도록 가마때기와 담요가 이중으로 쳐져 있었다.

그녀가 안으로 들어서자 모두가 놀란 듯이 그녀를 바라보았다. 대치를 제외한 빨치산들과 여옥이 불빛 아래서 대면하기는 그것이 처음이었다. 대치가 여드레 전 부하들을 데리고 집안에 들어왔을 때는 칠흑 같은 밤이었고, 여옥은 잠자코 그들을 광속에 몰아넣었기 때문에 서로 얼굴을 알아보지 못했었다.

그들은 여자가 갑자기 안으로 들어선데 놀라고, 들어선 여자가 미인이라는 사실에 다시 한번 놀란 것 같았다. 배가 고플 때는 먹는 것밖에 생각나지 않는다. 그러나 배가 부른 다음에는 여자의 육체가 그리워지는 법이다. 여옥은 그들의 번득이는 눈초리 속에서 타오르고 있는 탐욕을 발견하고는 소름이 끼쳤다.

"웬일이야? 어쩌자고 여길 다 들어왔어?"

대치가 당황해 하면서 물었다.

"할 말이 있어서 왔어요."

여옥은 대치를 젖혀 두고 벽에 나란히 기대앉아 있는 험상궂은 사나이들을 쏘아보면서 말했다. 저자들 앞에서 약하게 굴어서는 안 된다. 저자들을 굴복시켜야 한다. 여옥은 자신에게 이렇게 다짐하고 있었다.

"여기 들어오면 안 돼! 할 말이 있으면 나가서 해! 나한테 이야기하라구!"

대치가 팔을 잡아끄는 것을 여옥은 뿌리쳤다.

"제가 직접 이 사람들한테 이야기하겠어요! 당신한테 맡겨두었다가는 아무 것도 안 되겠어요!"

벽에 꼼짝 않고 기대앉아 있던 자들이 슬금슬금 몸을 움직였다.

"맡겨두다니, 그게 무슨 말이지? 사랑하는 두 부부 사이에 우리가 모르는 뭐가 있었던 모양이지? 자, 이야기해 봐요. 우리 앞에서 할 이야기가 있으면 해 봐요."

"뭐가 있었던 게 아니야! 아무 것도 아니야!"

애써 변명하려는 대치의 복부에 총구가 디밀어졌다. 그는 한쪽 구석으로 처박혔다.

"당신은 가만있어! 우리가 이 여자를 맡을 테니까!"

여옥은 비로소 대치가 명색이 지휘자일 뿐 실권이 없다는 것을 알아차렸다. 그녀는 자신에게도 겨누어져 있는 총구를 손으로 밀어내면서 날카롭게 말했다.

"당신들을 살려 준 대가가 이건가요? 고맙다는 말 한마디 없이 누구한테 총을 겨누는 거예요? 누가 위험을 무릅쓰고 당신들을 구해 주겠어요?"

단지 연약한 여자인 줄만 알았던 그녀에게서 놀랍게도 서슬 푸른 질책이 튀어나오자 사나이들은 당황했다. 그들은 서로 눈치를 살피다가 총을 거두면서 사과했다.

"미안하게 됐소. 우리는 항상 경계하는 버릇이 있어서 그런 거니까 기분 나쁘게 생각지는 마시오. 우리한테 도움을 주고 있는데 대해서는 고맙게 생각하고 있소. 세상이 바뀌면 응분의 보상을 하겠소."

"세상이 바뀔 것이라고 생각하나요?"

"그렇소. 우리는 믿고 있소. 부인은 믿지 않는 거요?"

"믿지 않아요. 당신들이 믿고 있는 해방의 날은 영영 돌아오지 않을 거예요."

"말을 함부로 하는군. 어떻게 그렇게 잘 알지?"

"전쟁은 제 자리 걸음하고 있어요. 그리고 현 상태에서 휴전할 거라는 소문이 돌고 있어요."

침묵이 흘렀다. 절망적인 분위기가 무거운 중압감이 되어 그들을 내리누르고 있는 듯했다. 거기에 반발하듯 광포하게 생긴 자가 입을 열었다.

"아무래도 좋아. 휴전이 된다고 해서 해방전선이 없어지는 건 아니야! 해방이 좀 지연될 뿐 우리들의 투쟁은 계속되는 거야!"

여옥은 그들을 받아들인 것을 후회했다. 아사지경에 이르렀을 때는 투쟁이고 뭐고 다 포기하고 오로지 짐승처럼 먹이만을 찾던 그들이 이제 힘이 솟으니까 다시 전사라도 된 듯 과거의 환상에 젖어들고 있다. 대치를 보니 그는 이쪽저쪽 눈치만 살피고 있었다.

"그럼 앞으로 어떻게 할 건가요?"

"여기서 힘을 더 기른 다음에……"

여옥은 상대의 말문을 막았다.

"더 이상 여기 있을 수 없어요. 식량은 벌써 바닥이 나서 여기저기서 꾸어다가 대고 있지만 그것도 한도가 있어요. 그리고 이 집에는 군인이 수시로 출입하고 있어서 언제 발각될지 몰라요."

"부인, 우리는 당신을 보고 온 게 아니라 당신 남편을 따라온 거요. 당신 남편을 내쫓을 셈이오?"

"내쫓는 게 아니에요. 상황이 그렇게 됐어요. 여긴 오래 있을 곳이 못 돼요. 더 이상 위험을 자초하고 싶지도 않고요. 당신들은 어떤 계획을 가지고 있나요?"

"우린 북상해서 38선을 넘을 생각이오."

여옥은 어이가 없었다. 얼핏 대치를 쳐다보자 그는 얼른 시선을 돌려 버린다.

"그게 가능하다고 생각하나요?"

"민간인 복장으로 갈아입고 기차로 서울까지 갈 수만 있다면 별로 어려운 일이 아니오."

"그건 불가능해요. 기차를 타기도 전에 붙잡힐 거예요. 곳곳에서 불심검문이 실시되고 있어요."

"누워서 잠자며 가자는 게 아니오. 우리도 무기가 있고 눈이 있어요. 그 정도는 각오하고 있어요. 불가능을 가능케 하는 것이 우리 임무란 말이오."

"말은 쉽지요. 나한테는 아무 의미도 없는 것이에요. 의미가 없어진 이상 당신들한테 더는 도움을 줄 수가 없어요."

"우리는 이제부터 많은 것이 필요해요. 옷, 신발, 돈, 신분증……머리도 깎아야 하고 면도도 해야 해요. 이왕 도와준 것 끝까지 도와주시오."

여옥은 고개를 천천히 흔들었다.

"그럴 수 없어요."

"부인, 당신 남편을 죽게 할 셈이오?"

그러자 그때까지 눈치만 보고 있던 대치가 다가와 그녀의 어깨 위에 손을 얹었다.

"마지막으로 부탁하는 거니까 도와줘. 이런 차림으로 기차를 타고 갈 수야 없지 않아? 네가 위험하다는 건 다 알고 있어. 그렇지만 이왕 이렇게 된 거 끝까지 도와주어야 할 거 아니야?"

여옥은 눈을 들어 대치를 쳐다보았다. 슬픔과 원망이 뒤섞인 그런 눈이었다.

"당신도 갈 건가요?"

"물론……빠질 수야 없지."

여옥은 대치의 허리를 끌어안았다. 그리고 울음 섞인 소리로 말했다.

"약속이 다르지 않아요. 이럴 수가 있어요? 당신은 언제까지 저를 속이실 거예요?"

사내들이 긴장해서 모두 일어서는 것을 보고 대치는 여옥을 밀어젖혔다. 여옥은 비틀거리며 벽에 부딪쳤다. 그녀가 놀란 눈으로 바라보자 대치는 외눈을 부라리며 잡아먹을듯이 낮게 소리쳤다.

"나하고 무슨 약속을 했다는 거야? 너 지금 제정신을 가지고 하는 소리야?"

여옥은 현기증을 느꼈다. 그러면서도 여기서 물러나면 모든 것이 끝장이라는 생각이 들었다. 그녀는 대치를 똑바로 주시했다.

"당신한테도 이게 마지막 기회예요. 자신을 속이시려는 거예요? 이 사람들이 무서운가요? 당신은 용기 있는 사람이에요! 저는 당신의 용기를 존경해요! 제발 용기를 잃지 마세요!"

"닥쳐!"

대치의 손바닥이 그녀의 입에 틀어막을듯이 철썩하고 부딪쳤다. 여옥의 입에 금방 피가 번졌다. 그러나 그녀는 멈추지 않았다.

"자수하겠다고 약속하시지 않았나요? 약속했으면 한번쯤 그것을 지키셔야죠. 이 사람들이 자수하지 않겠다면 혼자서라도 하세요! 왜 이제 와서 결심을 바꾸시는 거예요! 이 사람들이 무서워서 그러시는가요?"

"이년이 뒈지고 싶어서 환장했나? 내가 언제 그런 약속을 했다는 거야? 분명히 말하는데 난 자수 같은 거 하지 않아! 명심해 둬! 난 자수 같은 거 하지 않는단 말이다! 그런 거 할 바에는 차라리 자결하겠다."

여옥은 자기 앞에서 정색하고 거짓말하는 대치를 보고 너무 기가 막혀 말이 나오지 않았다. 그가 그렇게 거짓말하는 것이 옆에 버티고 있는 사내들을 의식한 탓이라고 좋게 해석해 보았지만 그렇다고 배반당한 아픔이 쉬 가시지는 않았다. 그녀는 눈물이 쏟아지려는 것을 입술을 깨물며 참았다. 그를 더 이상 난처하게 만들지 말자고 생각했다.

"알겠어요. 당신 생각이 그런 줄 몰랐어요. 전……자수하려고 내려온 줄 알았어요. 당신 생각이 그러시다면 할 수 없는 일이죠 뭐."

얼버무리려 드는 그녀를 보고 사내들이 가만있을 리가 없었다. 그들은 어느새 모두 일어서 있었다. 금방이라도 해칠 듯이 제각기 대검을 뽑아 들고 있었다.

"홍, 그러고 보니까 둘이서 무슨 꿍꿍이속이 있었나 보군. 얼버무리지 말고 솔직히 털어놔 보시지. 우리를 속일 생각은 하지 마!"

대검 하나가 여옥의 목에 바싹 들이대졌다. 여옥은 턱을 치켜들었다. 대치의 목에도 대검이 겨누어져 있었다.

"자, 바른대로 말해! 네 남편이 자수하겠다고 그랬지?"

여옥은 대치를 바라보았다. 대치는 대검 끝에 턱이 걸린 채 부들부들 떨고 있었다. 그 모습이 말할 수 없이 비참하고 가련해 보였다.

"자수하겠다고 그런 적 없어요!"

여옥은 딱 잡아뗐다.

"조금 전에 한 말은 뭐야? 네 남편이 자수하기로 약속했다고 그러지 않았어?"

금방이라도 찌를 듯이 대검 끝이 부르르 떠는 것을 보고 그녀는 소름이 쭉 끼쳤다. 그러나 그녀는 자세를 허물어뜨리지 않은 채 완강히 부인했다.

"그건 제가 오해한 거예요. 지레짐작하고 그런 거예요. 제가 자수를 권했을 때 저이는 아무런 대답을 하지 않았어요. 그걸 보고 저는 저이가 자수하기로 약속한 줄 알았어요. 자수를 안 하겠다니 정말 실망했어요. 저이가 미워요. 바보 같으니!"

"그게 정말인가?"

이번에는 대치를 보고 묻는다. 턱을 바싹 치켜든 대치는 말은 못하고 고개만 조금씩 끄덕거렸다. 빨치산 사내들은 그래도 못 믿겠다는 듯이 여전히 칼을 들이댄 채 으르렁거렸다.

"다른 여편네 같으면 찢어 죽였을 거다! 운이 좋은 줄 알아! 분명히 말해 두는데 우리는 자수 같은 건 하지 않아! 그건 우리가 제일 싫어하는 거야! 그건 바로 배신행위야! 그런 놈은 어떻게 죽이는 줄 알아? 이 칼로 껍질을 벗겨서 죽인다! 그래도 당신 서방한테 자수를 권할 텐가?"

"여기 있는 모든 사람들한테 자수를 권하고 싶어요!"

그녀의 턱밑에서 천천히 칼이 미끄러 떨어졌다. 그녀의 대담성에 새삼 모두가 놀라는 것 같았다.

"제 안전을 위해서라면 애초부터 당신들을 받아들이지도 않았을 거예요. 저는 제 안전 따위는 생각지도 않았어요. 제가 오로지 생각한 것은 당신들을 하나도 희생시키지 않고 살려낼 수 있는 방법이 없을까 하는 거였어요. 이리저리 궁리해 봐도 자수하는 길밖에 당장은 좋은 방법이 없었어요. 그 길만이 당신들이 살아날 수 있는 길이에요. 저를 죽여도 좋아요. 그렇지만 할 말은 해야겠어요. 저는 북한 첩자로 활동하다가 체포되어 사형언도까지 받고 죽음을 기다리고 있다가 이렇게 살아났어요. 제가 이런 말을 하는 건 당신들도 살아날 수 있다는 걸 믿게 하려고 그러는 거예요. 자수하면 당신들은 살 수 있어요. 토벌군의 선전은 거짓말이 아니에요. 그건 정말이에요. 저는 장담할 수 있어요. 저는 약속까지 받아냈어요. 제 남편뿐 아니라 남편의 동지들까지도 자수만 하면 살려 준다는 약속을 받아냈어요."

"우리가 여기 있다는 말을 했나?"

"했으면 지금까지 토벌군들이 가만있겠어요?"

"우리가 여기 있다는 걸 알리면 네 남편은 죽는다. 알아서 해!"

그들은 재빨리 대치에게 총구를 겨누었다. 한 명은 그의 목에 대검을 갖다 대고 눈을 부라렸다. 대치는 얼굴을 일그러뜨리며 바라보았다.

"자, 봤지? 네가 쓸데없는 짓하면 나는 죽는다! 여옥아, 잘 알아서 해! 시키는 대로 해!"

한없이 공포에 떨고 있는 목소리였다. 그것을 보자 여옥은 맥이 탁 풀려 버렸다. 저런 남자를 위해 내가 위험을 감수해야 하다니, 정말 그럴 만한 가치가 있을까. 얼핏 그런 생각까지 드는 것이었다.

"다시 말하는데 우리는 결코 자수하지 않는다! 우리는 여기를 탈출해서 북쪽으로 갈 거다! 네가 해야 할 일은 우리가 무사히 탈출할 수 있도록 도와주는 일이야! 여옥아, 내 마지막 부탁이니 들어줘!"

대치는 숫제 울음 섞인 목소리였다. 얼굴에 번진 땀이 불빛을 받아 번들거리고 있었다.

"여기를 나간다 해도 몇 걸음 못 가 붙잡힐 거예요."

"부인, 당신이 거기까지 걱정해 줄 필요는 없어. 우리가 필요로 하는 것만 준비해 주면 돼. 그리고 허튼 수작하면 안 돼!"

칼을 들고 있는 자가 번개처럼 손을 움직이자 대치의 뺨에서 피가 주르르 흘러내렸다. 피를 보자 대치는 발작이라도 일으킬 것처럼 경련했다.

"여옥아, 내가 살고 죽는 건 이제 네 손에 달렸어! 제발 시키는 대로 해!"

여옥은 대치의 얼굴이 피로 물드는 것을 보고는 몸서리가 쳐졌다. 그녀는 대치 앞으로 다가가 치마폭을 찢어 피를 닦아 주었다. 그리고 사내들을 돌아보면서 중얼거렸다.

"짐승 같은 인간들!"

그들은 약속이나 한 듯 입을 다물고 그녀를 노려보기만 했다.

여옥은 그들을 설득시킨다는 것이 불가능함을 깨달았다. 그와 함께 모든 희망이 일시에 무너지는 것을 느꼈다. 이제 그녀 앞에는 두 가지 길이 남아 있었다. 한 가지는 그들의 요구를 들어주는 것이었다. 또 한 가지는 그들이 거기에 숨어 있다는 것을 하림에게 알려 주는 것이었다.

뜬눈으로 밤을 지샌 그녀는 아이들에게 밥을 차려 준 다음 마침내 하림을 찾아갔다. 그런데 마침 하림은 전날 외출한 채 아직 돌아오지 않고 있었다. 초조해진 그녀는 하는 수 없이 거기서 하림이 돌아오기를 기다렸다. 일단 결심이 선 마당이라 하림을 만나고 싶은 마음에 안절부절못했다. 하림의 부관이 급한 일이면 자기한테 말하라고 했지만 그녀는 하림 이외에는 누구한테도 그것을 상의하고 싶지가 않았다.

한편 광 속의 빨치산들은 여옥이 다녀간 뒤부터 전전긍긍하고 있었다. 그녀가 생긴 것과는 달리 대단한 여자라는데 그들은 의견의 일치를 보고 있었다. 그러나 그것 때문에 그들은 더욱 불안해 하고 있었다.

"당돌한 여자야. 무슨 짓을 할지도 몰라. 어젯밤 해치우고 나가는 건데 그랬어. 말하는 거 보니까 완전히 전향한 여자였어."

"처음부터 우리를 자수시키려고 한 게 분명해. 저 작자하고 무슨 꿍꿍이속이 있었던 게 틀림없어."

이렇게 말하면서 그들은 불안에 떨고 있는 대치를 노려보았다. 그들은 이제 대치를 배반자로 몰아가고 있었다. 대치가 변명하면 할수록 그들은 더욱 의심하려 들고 있었다. 대치는 고립되지 않으려고 기를 쓰고 변명했다.

"안심해도 돼. 내 마누라는 절대 내 허락 없이 우리를 밀고하지 않아! 여옥이는 나를 버릴 여자가 아니야! 그 여자는 절대 자기 남편을 배반할 여자가 아니야! 기다리기로 했으면 기다려 봐! 우리는 여옥의 도움으로 무사히 여기를 빠져나갈 수 있을 거야!"

"닥치고 있어!"

한 놈이 개머리판으로 턱을 후려치는 바람에 대치는 뒤로 나가 떨어졌다.

"우리는 독안에 든 쥐야. 네 말을 듣고 이렇게 됐어. 네 여편네 기다리다가는 모두 몰살될 거다."

대치는 피투성이가 된 입을 손으로 싸쥔 채 떨고 있었다.

시간이 흐를수록 그들의 의심은 더욱 깊어만 가고 있었다. 그리하여 그것이 마침내 결정적인 것으로 굳어지자 그들은 하나 둘씩 발광하기 시작했다.

"이렇게 한없이 기다리기만 할 거야? 그러다가 그 여자가 만일 오지 않는 날이면 우린 어떡하지? 여기가 완전히 포위라도 되면 어떡하지? 어쩌자고 이러고들 있는 거지? 말들 해 봐! 말들 해보라구!"

광 속을 빙빙 돌아가던 자가 총개머리판으로 문을 후려치려고 하자 다른 자들이 소스라치게 놀라 그를 붙들었다.

"미쳤나? 지금 밖에 아이들이 있어! 그것으로 이 문을 부술 수 있다고 생각하나?"

"그럼 고스란히 앉아서 당할 셈인가? 난 그럴 수는 없어! 어떻게든 여기를 빠져나가야 해! 지금 빠져나가지 않으면 우리는 포위될 거야. 이제 보라구. 내 말이 틀림없을 테니까."

문은 너무나 견고해서 간단히 부술 수가 없게 되어 있었다. 부순다 해도 탈출하기 전에 밖에 알려져 오히려 위험을 더 자초할 우려가 있었다.

"할 수 없어! 여길 파자구!'

한 명이 문과 마주보고 있는 벽 밑을 대검으로 파헤치기 시작했다. 그 저쪽은 담이고 담 저쪽은 대밭으로 통하도록 되어 있었다. 모두가 잠자코 그쪽으로 우르르 달려들어 바닥을 파헤치기 시작했다. 광의 벽은 큼직한 돌덩이를 시멘트에 이겨 만들었기 때문에 그것을 뚫고 나간다는 것은 불가능했다.

연장도 없었고 그렇다고 자유롭게 팔 수 있는 처지도 못 되었기 때문에 탈출작업은 몹시 힘들게 진행되었다. 그러나 모두가 사력을 다해 매달렸기 때문에 한참 후에는 벽밑 깊은 곳까지 파들어 갈 수가 있었다. 처음에는 머뭇거리던 대치도 사태가 그렇게 돌아가자 누구 못지 않게 열심으로 흙을 파냈다. 그것만이 그들의 오해로부터 벗어나 다시 신임을 얻을 수 있는 길이라는 듯이.

벽 밑에는 굵은 돌들이 박혀 있었다. 그들은 그것들을 하나씩 뽑아 냈다. 광 속은 어느새 파낸 흙과 돌로 가득했다. 일하는 동안 아무도 말하는 사람이 없었다. 그들의 번득이는 눈초리가 말을 대신하고 있었고 허덕거리는 숨소리만이 실내를 가득 채우고 있었다.

하림이 돌아온 것은 오후 네 시쯤이었다. 그때 여옥은 기다리다 못해 집에 돌아가 있었다. 여옥이 오래 기다리다 갔다는 말을 들은 그는 그녀의 신상에 무엇인가 심상치 않은 일이 일어났음을 직감했다.

그 길로 곧장 여옥을 찾아가니 그녀는 마루 위에 멀거니 앉아 있다가 그를 보고는 깜짝 놀라 일어났다. 그러고는 도망치듯 방 안으로 뛰어들어가는 것이었다. 하림이 뒤따라 들어서자마자 그녀는 뒤로 물러서면서 겁먹은 눈으로 그를 쳐다보았다. 그녀가 떨고 있는 것을 보고 하림은 그녀의 어깨 위에 손을 올려놓았다.

"무슨 일이 일어나도 나는 놀라지 않아요. 나는 여러 가지 가능성을 항상 생각하고 있었으니까요."

그는 그녀의 이마에 입을 맞추었다. 그리고 낮고 부드러운 목소리로 속삭이듯 말했다.

"자, 말해 봐요. 무슨 일이 있는지 말해 봐요."

여옥은 창백하게 질려 있었다. 입술에 작은 경련까지 일고 있었다.

"나한테까지 말못할 일이 뭐가 있소. 자, 마음놓고 말해 봐요. 그가 여기 내려왔소? 지금 이 집에 숨어 있소?"

여옥은 말해서는 안 된다는 듯 손으로 입을 가렸다. 그러면서 자기도 모르게 고개를 끄덕거렸다. 하림은 웃어보였다. 마치 대수롭지 않다는 듯이.

"살아 있었군요. 언젠가는 당신을 찾아오리라고 생각했었지요. 갈 데가 어디 있겠어요? 당연한 귀결이지. 산 속에서 개죽음 당하는 것보다야 낫지요. 잘했어요. 잘한 결단이오. 만나봅시다. 단둘이 만나보겠소. 어디 있지요?"

여옥은 마침내 손을 들어 뒤안을 가리켰다. 그리고 뒤틀리는 것 같은 목소리로,

"광 속에……"

하고 중얼거렸다.

"언제부터 거기 있었어요?"

"오늘이 아흐레 째예요."

"그래요?"

그렇게 말하는 하림의 얼굴이 어느새 굳어지고 있었다. 그는 될수록 부드러운 표정을 지으려고 애를 썼지만 그게 잘 안 되고 있었다.

"혼자가 아니에요. 모두 열 명이에요!"

"열 명이나……"

하림은 비로소 놀라는 표정을 지었다. 정말 상상도 못한 놀라운 일이었다. 대치를 비롯해 열 명이나 되는 빨치산들이 여옥의 집에 숨어 있다니 아무래도 믿어지지 않는 일이었다.

"정말이에요. 죄송해요. 이제야 말씀드려서……그래서는 안 된다는 것을 알면서도 어쩔 수 없었어요. 그 동안 많이 생각해

봤어요. 결국 오늘 이렇게 말씀드리기로 결심한 거예요."

"지금도 늦지 않았어요. 알려 줘서 고맙소!"

그는 여옥의 어깨를 잡아 흔들다가 그녀를 끌어안았다. 그리고 그녀로부터 지금까지의 모든 이야기를 자세히 들었다. 여옥은 마지막으로 이렇게 말했다.

"그는 마지막 기회를 잃었어요. 저도 그를 포기했어요. 그는 이제 양쪽에서 모두 환영받을 수 없는 입장이 됐어요. 마음대로 하세요. 그를 살리든 죽이든 마음대로 하세요. 전 상관하지 않겠어요. 저 때문에 행동에 제약을 받지는 마세요."

"그를 포기해서는 안 돼요. 그를 살려내야 해요!"

하림은 여옥을 응시하다가 그곳을 뛰쳐나왔다.

그로부터 반 시간도 못 돼 여옥의 집은 토벌군에 의해 겹겹이 포위되었다. 하림은 2대 중대를 조용히 그러나 신속히 동원시켰다. 1개 중대는 여옥의 집을 포위하게 하고 나머지 1개 중대는 좀 떨어진 요소 요소에 매복시켰다.

마을은 갑자기 쥐죽은 듯한 정적 속에 빠져들었고, 살벌한 긴장이 감도는 가운데 저녁이 다가왔다. 여옥은 집에 있었다. 하림이 피하라고 했지만 듣지 않고 방안에 틀어박혀 있었다.

하림은 광 가까이 접근해서 동정을 살폈지만 안에서는 아무런 기척도 들려오지 않았다. 하림은 명령이 있을 때까지 꼼짝하지 말도록 부하들에게 단단히 주의를 주었다. 저녁이 되자 비가 거세게 내렸다. 번개가 치고 뇌성이 울었다. 토벌군들은 비를 고스란히 맞으며 끈질기게 기다렸다. 포위망은 쥐새끼 한 마리 빠져나갈 수 없을 만큼 완벽했다.

광 속의 사나이들은 아까부터 정적을 느끼고 있었다. 청각이 예민하게 발달한 그들은 어느 한순간에 갑자기 모든 움직임이 정지하고 소름끼치는 정적이 찾아왔음을 알아차렸다. 그리고 그것이 위험을 알리는 신호라는 것도 깨달았다. 그들은 일제히 움직임을 멈추고 밖에 귀를 기울였다. 시간이 흘러갔다. 그러나 정적을 깨뜨리는 아무런 소리도 들려오지 않았다. 그것은 그들의 예감을 더욱 적중시켜 주는 것이 되었고 위험이 확실한 형태로 나타났음을 알려주는 것이기도 했다.

"포위됐다!"

누군가가 낮게 부르짖었을 때 그것을 부인하는 사람은 아무도 없었다. 증오에 서린 아홉 명의 눈초리가 일제히 대치에게 쏠렸다. 한 명이 대검으로 그를 찌르려고 하는 것을 다른 자들이 말렸다. 그자는 침을 튀기며 길길이 뛰었다.

"가서 네 여편네를 끌고 와! 찢어 죽일 테다!"

대치는 부들부들 떨기만 했다. 여옥이 저주스러웠다. 자기를 배신했다는 생각에 미칠 것만 같았다. 그들이 그를 해치지 않은 것은 쓸모가 있을지도 모른다고 생각했기 때문이다.

그들은 밤이 되기를 기다렸다. 작업은 거의 끝나 있었다. 벽 밑으로는 한 사람이 빠져나갈 수 있는 구멍이 뚫려 있었다. 이제 그 구멍 속으로 들어가 땅거죽을 헤쳐 내기만 하면 대밭으로 빠져나갈 수가 있었다. 그러나 그들은 기다렸다. 어두워질 때까지 기다렸다.

날이 어두워지자 토벌군들은 팽팽하던 긴장감으로부터 조금 풀려나고 있었다. 세 시간 동안 비를 고스란히 맞으며 한 자리에 움직이지 않고 있었으니 춥고 지리할 수밖에 없었다. 그들은 자기들이 그렇게 기다려야 하는 이유를 알 수 없었다. 그래서 자기들의 지휘관을 못마땅하게 생각하면서 불평을 늘어놓기도 했다.

하림이 그것을 모를 리 없었다. 그렇지만 그는 참고 기다렸다. 그들을 생포하기 위해서는, 적어도 최대치 혼자만이라도 사로잡기 위해서는 때가 되기를 기다려야 했다. 그렇지 않고 모든 것을 무시한 채 조급하게 일을 벌이면 최대치는 틀림없이 죽을 것이다. 왜냐하면 그는 이쪽저쪽에서 모두 저주를 받고 있기 때문에…….

날이 완전히 어두워지자 하림은 부대원들에게 더욱 침묵을 지키도록 지시를 내렸다. 그리고 또 기다렸다.

그는 될수록 총소리가 나지 않게 조용히 해결하고 싶었다. 그는 그럴 수 있을 것이라고 생각하고 있었다. 포위망을 펴놓고 침묵을 지키고 있는 것은 빨치산들에게 냉정히 생각해 볼 수 있는 시간 여유를 주기 위해서였다. 여옥이 음식도 넣어 주지 않고 아무 연락도 취하지 않으니 그들은 틀림없이 이상하다고 여기고 있을 것이다. 밖의 동정에 민감한 그들은 지금쯤 자기들이 포위당했다는 것을 알고 있을 것이다. 이쪽에서 그들이 포위당했다는 것을 알리고 위협사격을 가한다면 불필요한 자극만 주게 된다. 독안에 든 그들은 자극을 받은 나머지 무슨 짓을 할지도 모른다.

  그들에게는 세 가지 선택의 길이 남아 있다. 첫째는 자수하는 길이다. 두번째는 끝까지 저항하다가 모두가 사살당하는 길이다. 세번째는 자결이다. 이 세 가지 방법 중 어느 것이 가장 현명한 길인가를 그들이 냉정히 생각해 봐야 한다. 그래서 하림은 조용히 기다리고 있었던 것이다.

  토벌군 병사는 광 뒤로부터 불과 사오 미터 떨어진 곳에 엎드려 있었다. 대밭 속이었기 때문에 바닥에는 댓잎이 수북히 쌓여 있었다. 푹신한 곳에 비를 맞으며 오래도록 엎드려 있자니 자꾸만 졸음이 밀려왔다. 아무리 졸음을 쫓으려 해도 무겁게 내려덮이는 눈꺼풀을 도무지 주체할 수가 없었다. 마침내 그는 눈을 감고 아내와 자식들이 살고 있는 고향으로 달려갔다. 그는 충청도 사람이었는데 일 년 넘게 고향에 못 돌아가고 있었다. 사람이 워낙 착하고 굼떠서 요령 하나 피울 줄 몰라 남보다 더 고생스럽게 군대생활을 겪고 있었다.

  천둥 소리에 그는 눈을 떴다. 동시에 바로 눈앞에서 무엇인가 시커먼 것이 움직이고 있는 것을 보았다. 그 시커먼 그림자는 점점 커지고 있었다. 그는 순간적으로 자기에게 위험이 닥친 것을 깨달았다. 공포로 온몸이 얼어붙는 것 같았다. 최초로 부딪친 위험이었다. 고생스럽더라도 위험만은 겪지 않고 고향에 돌아가기를 원했었는데 하고 그는 생각했다. 지시받은 사항들이 하나도 생각이 나지 않았다. 심지어 암호도 떠오르지 않았다. 그런 것들을 곰곰 따지고 있을 겨를이 없었다. 불과 수초 사이에 그는 잠을 털고 위기를 감지하고 판단을 내려 행동에 옮겨야 했다. 두뇌회전이 느린 그는 그럴 여유가 없었다. 검은 그림자는 바로 코앞에 다가와 있었다. 그는 얼결에 총을 그러쥐고 방아쇠에 손가락을 걸었다. 그리고 그것을 되는 대로 잡아당겼다. 탄창이 빌 때까지 방아쇠를 당겼다. 길고 긴 정적이 일순간에 무너져 내리고 모든 것이 소용돌이 속으로 휘말려 들어갔다. 하림은 총소리가 난 쪽으로 달려갔다.

이미 여러 개의 플래시 불빛이 하나의 시체를 어둠 속에서 드러내 주고 있었다. 빨치산 한 명이 벌집이 되어 쓰러져 있었다. 얼굴을 보니 대치는 아니었다.

"누가 쏘았지?"

"제가 그랬습니다."

병사 하나가 잔뜩 겁먹은 소리로 말했다. 그는 별명이 있을 때까지는 총을 쏘지 말라는 하림의 지시를 어긴 것이다. 그러나 하림은 병사를 나무랄 마음이 나지 않았다.

"어떻게 빠져나왔지?"

그는 거기에 몰려서 있는 부하들에게 물었다.

"저길 보십시오! 벽밑으로 굴을 팠습니다."

하림은 광쪽을 돌아보았다. 과연 벽 아래로 사람이 하나 드나들 수 있는 구멍이 뻥 뚫려 있었다. 토벌군 병사들은 그곳을 집중적으로 겨누고 있었다. 하림은 자신의 예상이 빗나간 것을 알고는 몹시 당황했다.

"몇 놈이 빠져나갔나?"

"이놈 한 명입니다!"

"한 명도 빠져나오게 해서는 안 된다! 저항하는 놈은 사살해도 좋다. 자수자는 예외다!"

하림은 화가 나서 소리쳤다. 그리고 돌아서다 말고 멈칫했다. 어둠 저쪽에 여옥의 모습이 얼핏 보였던 것이다.

"할 수 없었소."

그는 여옥을 붙잡고 절망적으로 말했다.

"알고 있어요. 시신이나 거둘 수 있게 해 주세요."

그는 여옥을 데리고 방안으로 들어갔다.

"꼼짝하지 말고 여기 있어요. 밖에 나오면 위험해요."

창백한 모습의 그녀를 보자 그는 알 수 없는 분노가 치밀어 올랐다. 그것을 참으려니 가슴이 터질 것만 같았다. 그녀를 쏘아보다 말고 그는 발작적으로 여옥을 끌어안았다. 그리고 미친 듯 그녀의 입술을 더듬었다. 그녀는 처음에는 그가 하는 대로 가만있다가 천천히 팔을 뻗어 그의 목을 끌어안았다. 격렬한 입맞춤이 한동안 두 사람의 혼을 앗은 채 계속되다가 한 순간 칼로 자른 듯 딱 멎었다. 여옥의 얼굴은 온통 눈물로 축축이 젖어 있었다. 하림은 아무 말 없이 방을 나왔다. 여전히 가슴은 터질 것 같았다.

"불을 밝혀! 밝힐 수 있는 한 밝혀!"

그의 명령에 따라 병사들은 불을 밝혔다. 여기저기서 횃불이 타오르고 마당에는 모닥불이 지펴졌다. 비가 내리고 있었지만 기름을 들이붓자 모닥불은 활활 타올랐다.

여옥의 집은 불길에 싸여 마치 대낮같이 밝았다. 조금 있자 메가폰에 입을 대고 외치는 소리가 주위를 시끄럽게 울리기 시작했다.

"잘 들어라! 너희들은 완전 포위됐다! 너희들은 한 명도 살아서는 여기를 빠져나갈 수 없다. 여기를 빠져 도망치려는 자는 가차없이 사살될 것이다. 그러나 살아서 나갈 수 있는 길이 없는 것은 아니다! 자수를 하면 살아나올 수 있음은 물론 앞으로도 자유롭게 살아갈 수 있을 것이다. 선택은 너희들에게 달렸다!"

그러나 광 속에서는 아무 반응이 없었다. 쥐죽은 듯 조용하기만 했다.

포위된 것을 알리기 위해 광을 향해 집중사격이 개시되었다. 사격은 5분 동안 계속되다가 그쳤다.

"앞으로 30분 여유를 주겠다! 30분이다! 30분이 지나도 자수하지 않으면 광을 폭파하겠다!"

"개소리하지 마라! 우리는 자수하지 않는다!"

처음으로 악에 바친 소리가 들려왔다.

"개죽음당하겠다는 건가?"

"개죽음당하지는 않는다! 우리는 언제라도 자결할 준비가 되어 있다!"

"바보 같은 소리하지 마라! 도대체 누구를 위해, 무엇을 위해 자결하겠다는 건가!"

거기에는 대답이 없었다.

이번에는 하림이 메가폰을 잡았다. 그는 대치를 불렀다.

"최대치 들어라! 나는 장하림이다! 우리가 여기서 이렇게 만나게 되다니 정말 뜻밖이다! 우리가 막판에 이런 식으로 만나다니 정말 비극적인 일이다. 우리는 이래야만 되는가! 나는 이 비극을 여기서 끝내고 너를 기쁨으로 맞이하고 싶다! 부탁이다! 너한테는 기다리는 사람이 있다! 제발 자수하라! 자수하면 살 수 있다! 부탁이다! 내 손으로 너를 죽이고 싶지는 않다!"

기다렸다는 듯이 대치의 목소리가 들려왔다.

"장하림! 너 이놈! 갈아먹어도 시원치 않을 놈아! 네놈한테 목숨을 구걸할 바에는 차라리 내 손으로 내 목을 따겠다! 네놈을 먼저 죽이지 못한 게 한이 된다! 귀신이 되어서라도 네놈을 죽이고 말 테다! 내가 죽고 나면 내 여편네를 마음놓고 손대겠지. 이놈아! 그렇지만 그렇게 마음대로 되지는 않을 거다!"

대치의 악에 바친 소리는 그 뒤에도 한참 동안 계속되었다. 하림은 귀를 막아 버리고 싶었다.

자수를 기대한다는 것은 쓸데없는 짓인 것 같았다. 그들은 끝까지 버티다가 안 되면 자결을 택할 모양이었다.

이제 모든 결정은 하림에게 달려 있었다. 그는 심히 망설여졌다. 그러나 아무리 생각해도 달리 방법이 없었다. 결론은 한 가지밖에 없었다. 그는 마침내 명령을 내렸다.

"9시 30분 정각에 수류탄으로 광을 폭파시킨다! 수류탄을 충분히 준비해 두도록!"

적들에게도 시간을 분명히 알려 주었다.

적들은 갑자기 조용해졌다. 토벌군들도 침묵을 지켰다. 무거운 정적 속에 시간만 숨가쁘게 흐르고 있었다. 모닥불과 횃불들은 수그러들 줄 모르고 더욱 기세좋게 타오르고 있었다.

9시 25분이 되었을 때 적들이 마침내 침묵을 깨뜨렸다. 그것은 최대치의 목소리였다.

"장하림, 들어라! 우리는 자수하기로 결심했다!"

하림은 믿어지지가 않았다. 그러나 좋은 소식이었기 때문에 귀가 솔깃하지 않을 수 없었다.

"잘 생각했다! 무기를 먼저 밖으로 던져라! 너희들이 파 놓은 구멍으로 하나씩 던져라! 그러면 문을 열어 주겠다!"

"그 전에 한 가지 들어줘야 할 일이 있다!"

"뭔가?"

"여옥이를 들여보내라! 할 이야기가 있다!"

"그건 안 돼! 할 이야기가 있으면 지금 해! 거기서 소리치면 다 들린다!"

"공개적으로 할 수 없는 이야기다! 여옥이를 불러 달라!"

"안 돼!"

하림은 단호히 거절했다. 그것은 더없이 위험한 짓이었기 때문이다. 대치는 계속 요구해 왔다.

"내 마누라를 만나보겠다는데 왜 안 된다는 거야? 그런 부탁 하나 들어줄 수 없나?"

"안 돼! 자수하고 나면 얼마든지 만나게 해 주겠다!"

"솔직히 말하겠다. 나는 누구보다도 죄를 많이 졌다! 이런 몸으로 자수해서 목숨을 건지고 싶은 마음은 추호도 없다! 그렇다고 끝까지 저항하겠다는 것은 아니다! 내 스스로 내 인생을 청산하겠다! 그 대신 내 부하들은 모두 자수하기로 합의를 보았다! 내가 여옥이를 찾는 것은 죽기 전에 한번 만나보고 싶어서 그러는 거다! 여옥이한테 용서를 빌고 그녀의 품에 안겨 숨을 거두고 싶다! 나의 마지막 소원이다! 장대령! 제발 들어 달라!

"안 돼! 그건 안 돼!"

"왜 안 된다는 거야? 내 마누라 내가 죽기 전에 만나겠다는데 왜 안 된다는 거야?"

그때였다. 하림 앞으로 여옥이 달려왔다.

"그를 만나겠어요! 만나게 해 주세요!"

그녀의 목소리는 애절했다. 그러나 그를 바라보는 눈은 결의에 차 있었다. 하림은 고개를 저었다.

"안 돼요. 위험해요. 함정일지도 몰라요!"

"함정이라도 좋아요! 그를 만나겠어요! 그를 살려야 해요! 죽도록 내버려둘 수는 없어요! 저밖에 그를 살릴 사람이 없어요!"

"아니……"

하림은 다음 말을 이을 수가 없었다. 그녀가 끝까지 대치를 포기하지 않은 것을 알자 그는 할 말을 잃고 말았다. 여옥을 바라보는 그의 눈에는 연민과 절망의 빛이 가득 차 있었다. 그래. 너는 최대치의 여자야. 너 같은 여자는 이 세상에 두 번 다시 태어나서는 안 돼. 너는 천치이거나 그자한테 미친 거야.

"그를 만나러 들어가겠어요! 저를 막지 마세요!"

그녀는 하얀 소복 차림이었고, 머리는 헝클어져 있었다. 그리고 발은 아무 것도 신지 않은 맨발이었다. 소복 차림이 주는 죽음의 그림자를 보고 하림은 전율했다. 이 여자는 죽음을 각오하고 있는 것이다. 아니, 예감하고 있는 게 아닐까.

여옥은 이미 광쪽으로 뛰어가고 있었다. 제정신이 아닌 미친 여자 같았다.

"여옥이, 안 돼!"

하림은 뒤쫓아 따라가다가 우뚝 멈춰서 버렸다. 보이지 않는 손이 뒤에서 그의 덜미를 붙잡은 것이다. 저것은 누구도 막을 수 없는, 여옥이 어쩔 수 없이 가야만 하는 길이 아닐까. 저것이 운명이라면 내버려 두자. 그녀는 최대치의 아내가 아닌가.

여옥은 토벌군들에게 붙잡혀 있었다. 하림은 가슴에 남아 있는 불꽃을 꺼버리려는 듯 손을 저었다.

"내버려 둬! 들어가게 내버려 둬!"

그것은 그의 목소리가 아니었다. 일찍이 그는 여옥에게 그렇게 냉혹한 말을 던진 적이 없었다. 여옥은 고개를 돌려 그를 한 번 쳐다보았다. 불빛에 비친 그녀의 얼굴은 멀리서 보기에도 몹시 창백했다.

"여옥이! 들어가면 안 돼!"

그는 그녀를 소리쳐 불렀지만 입밖으로 소리가 되어 나오지는 않았다.

하얀 소복 차림이 비바람에 흔들렸다. 여옥은 자물통을 열었다. 이윽고 육중한 광문이 삐거덕하고 열리는 소리가 들려왔다. 그 순간 안으로부터 몇 개의 손들이 불쑥 튀어나와 마치 독수리가 병아리를 채 가듯 그녀를 채가 버렸다. 뒤이어 문이 쾅하고 닫혔다.

순식간에 일어난 일이라 모두가 멍하니 쳐다보고만 있었다. 하림 자신도 멀거니 서 있기만 했다.

그런데 뒤이어 더욱 놀라운 일이 벌어졌다. 갑자기 광문이 양쪽으로 활짝 열어젖혀지더니 여옥의 모습이 다시 나타났다. 그녀의 목에는 새끼줄이 감겨 있었다. 새끼줄은 허리에도 둘러쳐져 있었고 손목에도 칭칭 감겨 있었다. 손목은 등뒤로 돌아가 있었다. 그것을 본 하림은 눈이 뒤집히는 것 같았다.

"안 돼!"

그는 자기도 모르게 소리쳤다. 그러자 광 속에서 총소리가 터져나왔다.

"꼼짝하지 마라! 움직이면 이 여자가 먼저 죽는다!"

총구 하나가 여옥의 뒤통수에 겨누어지는 것을 보고 하림은 경악했다. 그뿐 아니라 모두가 놀라고 있었다.

"시키는 대로 하지 않으면 이 여자는 죽는다! 길을 비켜!"

하림은 전율했다. 그러나 속수무책이었다. 여옥이 죽는 것을 감수할 수 있다면야 별문제 없겠지만 그럴 수는 없었다. 그때 여옥이 소리쳤다.

"시키는 대로 하지 마세요……제 상관 마시고 마음대로 하세요……이들을 도망가게 해서는 안 돼요!"

그것은 피맺힌 절규였다. 여옥은 땅바닥에 동댕이쳐졌다. 목에 걸린 새끼줄을 잡아당기자 그녀는 개처럼 이끌려 세워졌다.

"그 여자를 죽이면 너희들도 몰살당한다……"

"개소리 마라! 길을 막는다거나 추격해 오면 이 여자를 죽이겠다! 우리들 중에 한 사람이라도 다치면 이 여자를 살려 두지 않겠다! 장하림! 총을 쏘지 못하게 해! 모두 비키라고 해!"

"안 돼요! 그러면 안 돼요."

몸부림치는 여옥을 뒤에서 개머리판으로 후려치자 그녀는 고꾸라졌다가 다시 일어났다. 토벌군들이 분노에 몸을 떨며 총을 쏘려는 것을 하림은 막았다.

"안 돼! 모두 비켜! 총을 쏘지 마라! 그대로 가게 내버려 둬!"

잠시 후 광 속에 있던 자들이 하나하나 모습을 드러냈다. 불빛에 그들의 모습이 뚜렷이 드러나 보였다. 하나같이 흉악한 몰골들이었다. 그들은 경계하면서 밖으로 나오고 있었다. 최대치는 중간쯤에 섞여 있었다. 그는 하림을 보자 입을 크게 벌리고 웃는 표정을 지었다. 그러나 웃음 소리는 나오지 않았다. 하림은 오른손에 쥐고 있는 권총을 들어올렸다가 도로 내려뜨렸다.

한 명이 앞에서 여옥의 목을 끌어당기고 다른 한 명은 뒤에서 허리를 동여맨 새끼줄을 붙잡고 있었다.

천둥과 비바람에 모든 것들이 흔들렸다. 그들의 모습이 부서지고 있었다.

그들은 곧 대밭 속으로 들어갔다. 어둠이 그들을 집어삼켰다. 하림도 어둠 속으로 들어갔다. 아무 것도 보이지 않았다. 앞을 분간할 수 없는 캄캄한 어둠이 모든 것들을 녹여 형체를 알 수 없게 만들어 놓고 있었다. 번쩍이는 번갯불 사이로 도망치는 자들의 모습이 순간적으로 보였다가 사라지곤 했다.

여옥까지 싸잡아서 사살해 버렸어야 했다고 하림은 생각했다. 그들의 손에 죽을 바에는 차라리 자신의 손으로 죽이는 게 나을 뻔했다고 생각했다. 그는 정신없이 따라갔다. 부하들이 그를 붙잡고 말렸지만 그는 듣지 않았다.

"추격하기는 틀렸습니다! 놈들은 이미 산 속으로 들어갔습니다!"

"안 돼! 놈들이 그 여자를 죽일 거야! 죽이게 해서는 안 돼! 여옥이 어떤 여자라고 죽여! 안 돼! 안 된다고!"

그는 거의 울고 있었다. 제정신이 아니었다.

어둠 저쪽에서 산이 울고 있었다.

우르르릉!

우르르릉!

땅이 흔들리고 있었다.

그는 울음을 삼키면서 자꾸만 눈으로 흘러드는 빗물을 손등으로 닦아 내고 있었다. 여옥을 찾으려고 아무리 눈을 부릅뜨고 둘러보았지만 그녀는 보이지 않고 보이는 것은 칠흑 같은 어둠의 바다뿐이었다.

여옥은 무자비하게 끌려가고 있었다. 가지 않겠다고 버티면

앞선 자가 사정없이 목에 걸린 새끼줄을 잡아당겼고 뒤에 있는 자는 총대로 등허리를 내지르곤 했다. 그때마다 그녀는 땅바닥에 나뒹굴고 처박히고 하여 온몸이 만신창이가 되었다.

대치는 뒤따라오면서 열심히 욕설을 해대고 있었다. 자신에 대한 부하들의 불신감으로 하여 자신에게 가해질지도 모르는 생명의 위험으로부터 벗어나기 위해, 그렇게 애꿎은 여옥에게만 욕설을 퍼부어 대고 있었다.

"이 개 같은 년, 나를 하림이 그놈한테 팔아? 나를 없앤 뒤에 그놈하고 붙어먹으려고 그런 거지? 너 같은 화냥년을 믿고 찾아온 내가 잘못이었지. 너 때문에 나는 완전히 신용을 잃었어! 나는 동지들을 배반한 놈이 됐단 말이야!"

여옥은 아무 대꾸도 하지 않았다. 희미해져 가는 의식을 붙들고 질질 끌려가고 있을 뿐이었다. 쓰러지거나 뒤쳐질 때마다 목에 걸린 새끼줄이 바싹 죄어들곤 했기 때문에 숨을 쉴 수가 없었다. 그런 상황 속에서도 그녀는 데려다 기르는 아이들을 생각하고 있었다. 내가 죽으면 그 불쌍한 아이들을 누가 돌보지. 아이들은 거리에 내버려지겠지. 그리고 걸식하고 다니겠지. 안돼. 나는 죽으면 안 돼. 아이들을 위해서라도 죽을 수는 없어. 안돼. 죽으면 안돼. 그녀는 이를 악물고 따라갔다.

그들은 쉬지 않고 밤새 걸었다. 이미 토벌군의 추격에서 많이 벗어나 있었지만 그들은 자꾸만 산 속으로 산 속으로 들어가고 있었다.

비는 줄기차게 내리고 있었다.

마침내 그들이 지친 몸을 쉬었을 때 멀리 동편 하늘에서는 여명의 빛이 나타나고 있었다.

 그들은 나무도 없는 산등성이 위에 있었다. 모두가 주저앉아 있었는데, 여옥만은 죽은 듯이 쓰러져 있었다. 비에 젖은 옷은 갈갈이 찢겨 있었고 손과 발은 피투성이였다.

 사나이들은 숨이 가라앉을 때까지 말없이 앉아 있었다. 그들은 쏟아지는 비를 피하려고도 하지 않았다.

 여명의 빛이 어둠을 서서히 걷어내기 시작하자 지리산의 장엄한 자태가 마침내 그 모습을 드러내고 있었다.

 그들은 구름 위에 있었다. 구름의 바다가 그들의 발밑에 끝없이 펴져 있었다. 그 바다 위로 산봉우리들이 마치 섬처럼 점점이 떠 있었다.

 여옥은 구겨진 몸을 천천히 일으켰다. 쓰러질듯 비틀거리는 몸을 겨우 가누고 서서 그녀는 구름의 바다를 바라보았다. 비에 젖고 흙에 짓이겨지고 하여 그녀의 얼굴은 더럽기 짝이 없었지만 눈빛만은 맑았다. 그 눈빛 속에는 증오의 빛도 비탄의 빛도 보이지 않았다. 그녀의 아름다운 두 눈은 다만 영원을 향해 활짝 열려 있을 뿐이었다.

 그녀의 목에는 여전히 새끼줄이 걸려 있었고 손은 뒤로 단단히 결박지워져 있었다. 그러나 그녀는 고통도 구속감도 느끼지 않았다. 그녀는 그 모든 것으로부터 벗어나 있었다.

 사나이들은 날카로운 눈으로 그녀의 움직임을 바라보고 있었다. 그들은 그녀에 대해서 어떤 결말을 지어야 한다는 것을 알고 있었다. 그리고 그 결말이 무엇인가를 알고 있었기 때문에 침묵으로 그 순간을 기다리고 있었다.

그들 가운데 오직 대치만이 불안한 눈길을 던지고 있을 뿐이었다. 그는 자신의 손으로 그 결말을 지어야 한다는 것을 잘 알고 있었던 것이다.

"저 쌍년을 어떻게 하지?"

마침내 사나이들 중의 하나가 참을 수 없다는 듯 물었다. 그러자 기다렸다는 듯이 모두가 몸을 움직였다.

"어떻게 하긴……. 죽여 버려야지."

그것은 이미 예상하고 있던 결정이었다. 그 결정에 이의를 제기하는 사람은 아무도 없었다. 당연한 결정이라는 듯 그들은 입을 다물었고, 무거운 침묵이 계속되었다.

여옥은 자신에게 내려진 사형선고를 듣고 있지 않았다. 그녀는 구름의 바다를 감아도는 바람 소리에 가만히 귀를 기울이고 있었다.

"빨리 빨리 해치우지."

누군가가 침묵을 깼다.

"빨리 해치우고 가자구! 더 이상 끌고 갈 필요 없어!"

그들의 시선이 서서히 대치 쪽으로 향했다. 자기한테 시선이 집중되자 대치는 몸이 굳어졌다. 그는 부하들의 눈치를 살피며 일어설까 말까 망설였다. 그러자 다시 다그치는 소리가 터져나왔다.

"뭐하고 있는 거야? 자기 여편네라 죽일 수 없다는 건가?"

공비 여러 명이 기다렸다는 듯 한꺼번에 입을 열어 말하기 시작했다.

"저런 걸 여편네라 할 수 있나?"

"남편 잡아먹을 년이야!"

"싫다면 우리가 처치하지."

"좀 기다려 봐. 그래도 우리보다는 자기 손으로 처치하는 게 좋을 거야. 우리한테 맡기면 곱게 죽이지는 않을 거니까 말이야. 호호호……"

그러나 대치는 쉽게 일어날 것 같으면서도 그렇지가 않았다. 공비들의 눈치만 보고 있던 그는 차츰 몸을 떨어 대면서 망설이고 있었다.

"뭐하고 있는 거야! 내가 죽여 주지!"

성미 급한 자가 장총을 집어들면서 소리쳤다. 철컥 하고 장전하는 소리가 들려왔다. 그러자 다른 자가 말렸다.

"그럴 필요 없어! 최대치보고 죽이라고 해! 우린 구경만 하면 되는 거야! 쓸데없이 수고할 필요 없어!"

"최대치가 제 마누라를 죽일 것 같아? 어림없는 소리! 저놈은 반동이야! 기회주의자야!"

"그렇다면 강제로라도 하게 해야지. 안 하면 제가 먼저 죽을걸. 이 봐, 최대치! 뭘 꾸물거리고 있어? 빨리 저 여우를 죽이라구! 반동이 아니라는 걸 증명해야 할 거 아니야? 저걸 지금도 여편네라고 생각하나? 사랑하고 있다는 건가?"

어느새 그들의 총구는 대치에게 돌려져 있었다.

떠나는 자 남는 자 · 367

"자, 빨리 해치우라구! 용감하게 죽여 보라구! 싫은가? 싫으면 네가 먼저 죽는다!"

여기저기서 철컥철컥 하고 장전하는 소리가 들려왔다. 어떤 자는 대검을 뽑아 들고 있었다. 그들의 눈에는 호기심과 잔인함이 드러나 있었다. 그들은 남편이 아내를 살해하는 광경을 보고 싶은 것이다.

안개가 피어오르고 있었다. 안개는 순식간에 그들이 있는 산등성이까지 올라왔다. 그들 사이로 안개가 흘렀다. 안개는 아무나 가리지 않고 부드럽게 어루만져 주고 있었다.

여옥은 안개 속에 가만히 서 있었다. 자신의 목숨을 끊으려는 작태가 바로 곁에서 벌어지고 있었지만 거기에는 아무 관심도 두지 않았다. 그녀는 이미 생사를 초월해 있었다. 안개 속의 그녀의 모습은 이제 신비스럽기까지 했다.

대치는 오래 망설이지는 않았다. 자신이 살아남기 위해서는 여옥이를 죽일 수밖에 없다는 손쉬운 결론에 그는 이미 도달해 있었다. 여옥을 살리기 위해 자신을 산화시킨다는 것은 그는 생각지도 못하고 있었다. 그에게는 눈꼽만큼도 그런 정신이 없었다. 오로지 자신뿐이었다. 그는 마침내 몸을 일으켰다. 그리고 결연히 말했다.

"좋다! 내 손으로 처치하겠다!"

그는 손을 허리춤에 가져갔다. 손을 몹시 떨어 대고 있었다. 권총을 뽑아들려다가 허리를 꺾으면서 기침을 토했다. 입에서 가래 섞인 핏덩이가 쏟아져 나왔다. 그는 무릎을 꺾으면서 신음

했다.

 다시 몸을 일으켰을 때 그는 여옥이 자기를 뚫어질 듯 쳐다보고 있는 것을 알았다. 눈이 마주치는 순간 그는 온몸이 마비되는 것 같았다.

 왜 쳐다보는 거야. 쳐다보지 마. 제발 그런 눈으로 나를 쳐다보지 마. 넌 죽어야 해. 내 손에 죽어야 해. 할 수 없어. 나를 위해 죽어 줘야겠어. 나를 원망하지 마. 어쩔 수 없어. 너는 나를 원망할 그런 여자가 아니야. 지금까지 네가 나를 위해 희생해 온 거 잘 알고 있어. 그건 네 운명이었어. 혁명가의 아내로서의 운명. 정말 고마웠어. 그렇지만 너한테는 아직 한 가지가 더 남아 있어. 나를 위해 죽어 주는 거야. 그게 네 운명이야. 그리고 나를 위해 해 줄 수 있는 마지막 봉사야. 죽으면 모든 것이 끝나겠지. 그렇지만 사실은 끝난 게 아니야. 너는 이 세상에 존재하지 않겠지만 그 대신 내가 존재하는 거야. 너의 죽음에 대한 보상으로 나는 이 세상에 남아 못 다한 혁명과업을 이룩하는 거야. 그 다음 나는 네 곁으로 가 주마. 단지 내 목숨을 부지하려고 구질구질하게 이러는 게 아니란 걸 알아줘. 여기 있는 이자들은 이제 혁명가도 뭐도 아니야. 단지 살기 위해 몸부림치는 짐승 같은 놈들일 뿐이야. 너를 이놈들 손에 맡기면 너는 너무 고통스럽게 죽게 될 거야. 이놈들은 너를 갈갈이 찢어 죽일 거야. 그럴 바에는 내 손에 죽는 게 낫지 않느냐 말이야.

 자기 아내를 자기 손으로 죽여야 하는 남편의 이 비통하고 괴로운 심정을 너는 이해하겠지. 고통스럽지 않게 편안하게 죽여 주마. 단발이면 충분해. 제발 나를 쳐다보지 마. 다른 데로 시선을 돌리라구. 지아비를 위해 목숨을 바친 아내는 과거에도 있었어. 정말 훌륭한 아내지. 얼마나 지아비를 사랑했으면 자기 목숨까지 바칠 수가 있을까. 너도 충분히 그럴 수 있을 거야. 넌 내가 먼저 죽는 걸 원하지 않겠지. 틀림없이 그럴 거야. 내가 너를 살해한다고 생각하지 마. 그런 게 아니고 네가 나를 위해 목숨을 바치는 거라고 생각해. 그렇게 생각하면 마음이 편할 거야. 기쁜 마음으로 죽음을 받아들일 수 있을 거야. 무서워하지 마. 사실 죽음이란 아무 것도 아니야. 누구나 다 죽기 마련이야. 태어나고 죽는 건 자연의 섭리야. 너는 이제 자연의 품으로 돌아가는 거야. 아무 것도 아니야. 자연이 너를 부르고 있는 소리가 들리지 않아? 두 팔을 벌리고 너를 부르고 있지. 하늘과 맞닿은 이 대자연의 품속에 안기게 된 너는 저 아래 골방에서 죽는 사람보다는 훨씬 행복해. 너는 아주 좋은 장소에서 죽음을 맞이하는 거야. 자, 고개를 저쪽으로 돌리라구. 제발 부탁이야.

대치는 권총집에서 도둑질하듯 살그머니 권총을 뽑아 들었다. 그는 비굴했고, 자기를 기만하고 있었다. 그리고 애써 여옥을 죽일 수밖에 없는 명분을 세우려고 기를 쓰고 있었다.

여옥은 자기를 겨누고 있는 대치의 권총 끝이 흔들리고 있음을 보았다. 그의 권총을 들고 있는 오른손이 몹시도 떨리고 있었다. 손뿐만 아니라 전신을 떨어 대고 있었다.

어서 쏘세요. 걱정하지 말고 어서 방아쇠를 당기세요. 저는 이미 죽을 준비가 되어 있어요. 저 사람들보다 당신의 손에 죽는 게 더 낫겠지요. 주저하지 말고 어서 방아쇠를 당겨요. 왜 그렇게 떨고 있어요. 당신답지 않군요. 눈을 감고 방아쇠를 당기세요. 한순간이에요. 그것으로 우리 관계는 깨끗이 끝나겠지요. 정말 고통스럽고 피로한 여행이었어요. 전 이제 쉬고 싶어요. 여기까지 끌려오는 동안 저는 당신한테 속은 것을 분하게 생각하고 당신을 저주했어요. 당신이라는 인간은 구제받을 수 없는 악마로 지옥에나 떨어져 영원히 형벌을 받아야 한다고 말이에요. 그러나 저는 다시 마음을 고쳐먹었어요. 그래서는 안 된다고 고쳐먹었어요. 당신을 저주하면서 눈을 감으면 죽은 뒤에도 저는 편안히 잠들 수가 없겠지요. 이제 저는 당신을 저주하지 않아요. 모든 것은 저의 잘못이었고, 그러니까 저 혼자 모든 책임을 지고 떠나면 되는 거예요. 이제 저는 편안한 기분이에요. 당신이라는 인간을 가만히 살펴보면 정말 불쌍한 사람이에요. 사람답게 한번 살아 보지 못하고 살육과 파괴만을 일삼아 온 광신자가 바로 당신이에요. 저는 지금 당신의 말로를 보고 있어요. 당신은 이제 겁에 질려 발발 떨고 있는 한 마리의 가련한 벌레예요. 비겁하고 나약한 벌레, 자기가 살기 위해 자기 아내를 죽이려고 하는 불쌍한 벌레에 불과해요. 그러나 저는 당신을 인간으로, 그리고 제 남편으로 생각하고 있어요. 또 하나 중요한 것이 있어요. 제가 당신을 사랑하기로 한 거예요. 당신뿐만 아니라 저 흉악한 사내들까지도, 그리고 이 세상에 존재하는 모든 인간들까지 저는 사랑하기로 했어요. 저는 이 구름 위 안개 속에서 태초의 말씀을 듣고 있어요. 사랑해요. 당신을 사랑해요. 당신의 그 악함을 불쌍하게 생각하고 당신을 사랑해요. 당신을 용서하겠어요. 당신이 저한테 저지른 그 모든 죄악을 용서해요. 왜 방아쇠를 당기지 않는 거예요. 가벼운 마음으로 살그머니 당겨 보세요.

두 사람의 시선이 뜨겁게 부딪쳤다. 여옥은 연민에 가득 찬 깊고 조용한 눈길로 대치를 바라보고 있었다.

반면 대치의 외눈에는 당황과 두려움이 나타나 있었다. 그는 연민에 찬 여옥의 눈길에 어쩔 줄 모르며 떨고 있었다. 저 여자는 왜 저런 눈으로 나를 쳐다보고 있을까. 왜 증오의 눈으로 나를 쳐다보지 않을까. 서로가 증오를 품고 있으면 쏘기가 쉬울 텐데.

짙은 안개가 두 사람 사이를 가로막았다. 그는 여옥을 놓칠까 봐 두려워하면서 몇 걸음 다가갔다. 여옥은 바로 두어 걸음 앞에 서 있었다. 그 거리라면 눈을 감고도 명중시킬 수 있는 거리였다.

여옥아, 제발 고개를 돌려라. 단발에 편안하게 가게 해 주마. 그런 눈으로 나를 쳐다보지 마. 그는 소리쳐야 한다고 생각했다. 그러나 입이 굳어 버려 아무 말도 할 수가 없었다.

그는 손을 좀더 위로 올렸다. 총구가 여옥의 가슴을 겨냥하는 높이에서 그는 손을 고정시켰다.

갑자기 눈물이 솟구쳤다. 아무 것도 보이지 않았다. 아아, 용서해 줘. 그는 이를 악물고 마침내 여옥을 향해 운명의 일발을 쏘았다.

탕!

 단발의 총성이 긴 여운을 끌면서 멀리 사라지는 것과 함께 대치는 손에 들고 있던 권총을 힘없이 떨어뜨렸고 그때까지 냉혹한 눈으로 지켜보고 있던 아홉 명의 짐승 같은 사나이들은 믿을 수 없다는 표정으로 우르르 일어섰고 반면 여옥은 가슴을 적시는 검붉은 피를 이상하다는 듯 내려다보다가 조그만 두 손을 가만히 벌려 가슴을 싸안으면서 쓰러지지 않으려고 비틀거렸는데, 그때 갑자기 하늘이 캄캄해지면서 뇌성벽력이 치는 바람에 모두가 혼비백산해서 뒷걸음치는 위로 소나기가 마치 성난 매질처럼 쏟아져 내리며 그 무리들의 얼굴과 몸뚱이를 후려갈기기 시작했으니, 아아, 17세의 어린 나이로 일본군 정신대로 끌려간 이후 지금까지 통한(痛恨)의 역사의 수레바퀴에 깔려 파란만장한 생애를 살아온 여옥이 이제 그 비정한 역사의 희생자로서 이름 없이 스러지려 하고 있음에 그 조그맣고 연약한 죽음이 마치 거인의 죽음처럼 보이는 것이고 아아, 그녀는 드디어 무릎을 꺾으며 스르르 앞으로 쓰러지면서 두 손을 앞으로 길게 뻗어 대치를 잡으려 하나 그는 겁에 질려 자꾸만 뒷걸음질쳤고, 여옥의 몸뚱이가 쓸고 간 자리에는 검붉은 핏물만 질퍽하게 흐르고 있었다.

 대치를 붙잡고 마지막 한마디, 당신을 용서하고 사랑한다는 단 한마디를 해 주고 싶어 기를 쓰고 앞으로 기어가던 여옥은 마침내 힘이 다해 두 손으로 젖은 땅과 잡초를 헤집으면서 거친 숨을 몰아쉬다가 얼굴을 대지 위에 비비면서 마치 사랑하는 이에게 그러듯 자꾸만 그렇게 비비면서 그녀가 생전에 사랑하던 사람들, 어머니와 아버지, 함께 일본군에 짓밟히던 위안부들, 지금쯤 어느 하늘 아래 선가 엄마를 찾고 있을 큰아들 대운, 자신의 손으로 파묻은 둘째아들 웅이, 그녀를 이 지상에서 가장 사랑해 주고 끝까지 돌봐 준 장하림, 눈먼 간난이, 앉아서만 지내는 승기, 나이도 모르고 이름도 몰라 그녀가 아마라고 이름 지어 준 바보아이, 하림의 형수 명혜, 명혜의 딸 다련, 아들 건, 하림의 딸 은하, 그리고 이름이 기억나지 않는 무수한 얼굴들, 또 그녀를 괴롭힌 사람들의 얼굴까지 가슴에 뜨겁게 품으면서 기쁨의 눈물을 흘리는 것이었고, 아아, 그러다가 의식이 점점 흐릿해지고 눈이 자꾸만 감기기 시작하자 그녀는 괴롭고 답답함에 몸을 뒤흔들면서 마지막으로 크게 한번 숨을 몰아쉬었는데, 거기에 모든 얼굴들이 일순 사라지고 하나의 커다란 모습이 나타나 두 팔을 활짝 벌려 그녀를 안으려 하기에 바라보니 장하림이 거기에 웃고 있어, 그녀는 그 품에 뛰어들어 통곡하며 용서해 주세요, 당신을 사랑해요, 당신에게 지은 죄 백번 죽어도 용서받지 못한다는 거 알고 있어요, 그렇지만 하림씨 용서해 주세요, 당신을 사랑해요, 누구보다도 당신을 사랑했어요, 사랑했어요, 지금도 사랑해요, 사랑해요, 하고 울부짖자 하림은 아무 말 없이 그녀를 끌어안으며 눈물을 주루룩 흘렸는데, 아아, 그리하여 윤여옥은 그의 품에 안겨 마침내 한 많은 생의 막을 내렸으니, 놀랍게도 그녀의 나이 이제 겨우 스물 넷이었다.

우르르릉!

우르르릉!

서러운 듯 서러운 듯 산이 울고 있었다. 비가 억수같이 쏟아지고 있었다. 비바람이 모든 것을 휩쓸어 버릴듯 불어 대고 있었다. 사나이들은 갈대처럼 떨어 대고 있었다.

"흐흐흐……"

여옥을 뚫어질듯 응시하고 있던 대치는 그녀가 더 이상 움직이지 않자 웃음인지 울음인지 분간할 수 없는 야릇한 신음 소리를 내면서 몸을 꺾었다. 그리고 무릎걸음으로 그녀 쪽으로 기어 갔다. 나머지 사나이들은 그의 움직임을 보고만 있었다.

"흐흐흐……"

대치는 먼저 여옥의 손을 잡았다. 그 손을 자기 뺨에다 미친 듯 비비다가

"흐흐흐……죽었어……흐흐흐……죽었어……"

하고 중얼거렸다.

그녀의 손안에는 잡초가 한 웅큼 움켜져 있었다. 대치가 그 손을 펴려고 해 보았지만 아무리 해도 펴지지가 않았다.

그는 엎드려 있는 여옥의 몸뚱이를 바로 눕힌 다음 그 얼굴을 정신없이 바라보았다. 눈은 떠 있었는데 얼굴은 온통 흙탕물에 젖어 있었다. 그는 여옥의 상체를 끌어안고 괴로운 듯 몸을 흔들었다.

"흐흐흐……죽었어……흐흐흐……내가 죽였어……내가 죽였어……내가 죽였다구……흐흐흐……보라구……죽었어……내가 죽였어……이래도 나를 의심해? 내 손으로 내 마

누라를 죽였다구……호호호……호호호……여옥아……여옥아……여옥아……호호호……여옥아……여옥아……부디……부디……잘 가거라……잘 가라구……호호호……"

그가 몸을 흔드는데 따라 그의 팔밑에서 여옥의 머리도 힘없이 흔들리고 있었다.

그는 한참 동안 넋두리 하다가 넓적한 손바닥으로 그녀의 얼굴에 묻어 있는 흙을 닦아 내기 시작했다. 얼굴 위로 빗물이 뿌려지고 있어 그녀의 얼굴은 금방 깨끗해졌지만 그는 멈추지 않고 자꾸만 손바닥으로 여옥의 얼굴을 닦아내고 있었다. 그는 분명히 그녀의 죽음을 슬퍼하고 있었다. 그러나 그녀의 죽음은 이미 과거로 돌아가고 있었다. 아무리 슬퍼하고 몸부림친들 그녀의 주검이 되살아날 리 만무했다. 이상한 일이었다. 자기의 목숨을 부지하기 위해 자기 손으로 아내의 목숨을 끊은 그가 이제 와서 그녀의 죽음을 슬퍼하다니 정말 이상한 일이었다. 뒤늦게나마 그는 무엇을 깨달은 것일까.

그는 마침내 흐느끼기 시작했다. 흐느끼면서 허공을 응시하고 있는 그녀의 눈을 감겨 주었다.

"가거라……호호호……잘 가라구……나도 곧 가게 될 거야……호호호……부디 편안히 지내라구……죽어서나 편안히 지내야지……잘 가……잘 가라구……호호호……"

흐느끼며 땅이 꺼질듯 한숨을 내쉬는 대치를 보고 사나이들의 표정이 더욱 험하게 일그러졌다. 그들은 최후까지 악에 바쳐 있었다.

대치는 여옥을 두 팔로 안아들고 일어섰다. 그리고 사나이들에게 등을 보이면서 비틀비틀 걸어갔다.

"흐흐흐……내가 너를 죽이다니……흐흐흐……내가 너를 죽이다니……흐흐흐 나쁜 놈……나쁜 놈……세상에 너를 죽이다니……나쁜 놈……천벌을 받아 마땅할 놈……흐흐흐……죽어서나 편히 쉬거라……양지바른 곳에 묻어 주마……아무도 손 못 대게 하고 내 손으로 묻어 주마……흐흐흐……"

그때였다. 등뒤에서 외치는 소리가 들려왔다.

"가지 말고 거기 서 있어!"

사나이들은 일제히 대치를 노려보고 있었다. 얼굴에는 살기가 뻗치고 있었다. 대치는 그들을 돌아보지도 않고 말했다.

"내 마누라 내 손으로 죽였으니까 내 손으로 묻는다. 잘못된 게 있나?"

그리고 내처 걸었다.

"멈춰! 가지 말고 거기 멈춰! 시체를 거기 내려놔!"

목소리가 험악해지고 있었다. 그러나 대치는 그들을 무시한 채 그대로 걸음을 옮기고 있었다.

"나를 방해하지 마라! 내 마누라……흐흐흐……불쌍한 내 마누라……양지바른 곳에 묻어 줄란다……흐흐흐……"

마침내 사나이들이 움직였다. 그들은 대치 쪽으로 우르르 몰려왔다.

이윽고 대치는 여옥의 시체를 한쪽으로 내려놓고 허리춤에서 대검을 뽑아 들었다. 그리고 그것으로 땅을 파기 시작했다.

땅은 젖어 있었기 때문에 쉽게 파졌다.

"멈춰!"

사내들이 그를 둘러쌌다. 대치는 그들을 거들떠보지도 않은 채 계속 땅을 팠다. 그의 입에서는 간헐적으로 흐느낌이 새어나오고 있었다.

"중지해! 들리지 않나?"

그들은 파낸 흙을 발로 밀어 넣었다.

"방해하지 마라!"

대치는 버럭 고함을 질렀다. 그러나 수적으로 우세한 그들은 끄떡도 하지 않았다.

"파묻지 마! 늑대가 뜯어먹게 내버려 둬!"

"안 돼! 제발 그러지 마! 소원이니까 들어줘! 부탁이야! 내 손으로 죽인 마누라야. 내 손으로 파묻게 해 줘!"

"안 된다니까!"

한 사내가 시체를 냅다 걷어찼다. 그 바람에 여옥의 시체는 저만큼 굴러갔다. 그녀는 죽어서까지 수난을 받고 있었다. 그것을 보는 순간 대치는 눈이 홱 뒤집혔다.

"이놈!"

악에 바쳐 소리치면서 그는 시체를 걷어찬 사내한테 맹수처럼 달려들어 대검으로 등판을 찍었다. 그러나 대검이 미처 등판에 박히기 전에 다른 자의 발길에 걷어채여 나뒹굴고 말았다. 그들은 떼지어 그를 발로 짓밟아댔다.

"이 새끼도 죽여 버리자구! 살려둬 봤자 좋은 거 하나도 없어! 살려 두면 언젠가는 우리를 해칠 거야."

몇 개의 총구가 그의 머리 위로 내려왔다. 그것을 보고 대치는 표변했다. 조금 전까지의 태도는 간 곳 없고 겁에 질려 와들와들 떨어 대기 시작했다.

"내가 잘못했어! 안 그럴 테니까 살려 줘! 정말 잘못했어! 용서해 줘! 시체는 늑대밥이 되게 해도 좋아! 손대지 않을 테니까 맘대로 하라구! 살려 줘! 이렇게 빌 테니까 살려 줘!"

그는 사내들을 올려다보며 두 손을 싹싹 비벼 댔다. 그때 등판을 찍힐 뻔했던 자가 대검을 움켜쥐고 그의 배 위에 냉큼 올라탔다.

"너 같은 놈은 살려 둘 필요가 없어!"

말이 떨어지는 것과 동시에 사내는 대치의 하나밖에 남지 않은 오른쪽 눈을 대검으로 사정없이 찔러 버렸다. 번개같은 움직임에 대치는 미처 피할 겨를도 없었다.

"아악!"

그의 입에서 목을 찢는 것 같은 처절한 비명이 터져나왔다. 그는 두 손으로 눈을 움켜쥐면서 몸부림쳤다. 얼굴은 금방 피투성이가 되었고, 피에 젖은 손가락 사이로 핏방울이 뚝뚝 떨어지고 있었다.

"지금 당장 죽이지 않아도 서서히 죽어 가겠지. 흐흐흐······ 세상이 갑자기 캄캄해 보이나?"

대치의 눈을 찌른 자는 이렇게 말하면서 대치의 가슴팍을 냅다 걷어찼다. 대치는 일어서다 말고 뒤로 벌렁 나자빠져 뒹굴다

떠나는 자 남는 자 · **379**

가 무릎으로 기다가 개처럼 껑충껑충 뛴다. 두 손을 높이 쳐들고 허공을 휘젓다가 다시 눈을 움켜쥔다.

"굶어죽던가 늑대밥이 되겠지."

사나이들은 차갑게 내뱉고 나서 안개 속으로 사라져 갔다. 대치는 멀어지는 발자국 소리를 들으면서 더욱 미친 듯이 울부짖었다.

"이놈들아! 나를 내버려 두고 어디로 가느냐? 내 눈 내놔라! 내 눈 내놔라! 내 눈! 내 눈! 아이고, 내 눈……으흐흐흐……"

급기야 그는 땅에 머리를 처박고 통곡하기 시작했다. 고통은 뼛속까지 스며들고 있었다. 그러나 고통보다 더 무서운 것이 있었다. 그것은 캄캄한 어둠이었다. 캄캄한 어둠의 심연 속으로 그는 걷잡을 수 없이 빠져들고 있었다. 보이는 것이라고는 어둠뿐이었다. 그는 빛을 보려고 허우적거려 보았지만 쓸데없는 짓이었다. 그럴수록 더욱 진한 어둠이 그의 시야를 가로막을 뿐이었다. 캄캄한 어둠과 함께 절망감이 그를 덮쳐 왔다. 그것은 지금까지 맛본 그 어떤 절망보다도 큰 것이었다. 그는 마치 거대한 바위덩이에 가슴이 짓눌리는 것 같았다. 그는 주먹으로 땅을 치다가 허공을 향해 울부짖었다.

뇌성벽력이 치는 산 위에서 두 눈을 잃은 흉측한 사나이가 피투성이가 되어 울부짖는 모습이란 그야말로 무시무시한 것이었다. 그 어떠한 고통과 절망도 그와 같은 울부짖음을 토해 낼 수 없으리라. 그는 목이 쉴 때까지 그렇게 울부짖었다. 울부짖으며 몸부림쳤다.

그러나 그에게 도움의 손길을 뻗쳐 오는 것은 아무 것도 없었다. 눈과 입에서 피를 토하며 그는 땅 위에 엎드렸다. 대지를 품에 안을 듯이 하면서 그는 사지를 쭉 뻗고 드러누워 거친 숨을 몰아쉬었다. 지친 나머지 더 몸부림칠 수도 더 울부짖을 수도 없었다. 그는 사람이 그리웠다. 자기의 비참한 모습을 보고 동정해 줄 수 있는 사람이 그리웠다.

 이윽고 그는 벌레처럼 앞을 더듬으며 기어갔다. 짐작으로 더듬어 갔지만 벌써 방향감각을 상실했는지 여옥을 찾을 수가 없었다.

 "여옥아! 어딨어! 어디 있느냐구?"

 한참만에야 그는 겨우 여옥의 시체를 찾을 수가 있었다. 그는 피묻은 손으로 여옥을 어루만지다가 시체를 끌어안고 울음을 터뜨렸다.

 "여옥아! 여옥아! 내가 천벌을 받았다! 너를 죽인 죄로 천벌을 받았다! 천벌을 받았어! 내 얼굴을 좀 봐! 난 오른쪽 눈까지 잃었어! 난 이제 완전히 장님이 됐어! 난 장님이야! 아무 것도 안 보여! 난 천벌을 받은 거야! 흐흐흐……난 천벌을 받았어! 네가 살아 있다면 나를 돌봐 줄 텐데……흐흐흐……나는 나쁜 놈이야. 너를 죽이다니 나는 나쁜 놈이야. 너를 죽이다니 나는 나쁜 놈이야. 나는 천벌을 받아 마땅해! 천벌을 받아 마땅하다구! 여옥아, 흐흐흐……용서해 줘……용서해 줘……네가 죽은 뒤에 용서를 빈들 무슨 소용이 있겠느냐마는……흐흐흐……그렇지만 여옥아, 용서해 줘! 용서해 달라구! 이 미친놈을 용서해 달라구!"

 그는 바위에다 머리를 짓찧기 시작했다. 고통과 절망과 죄책감을 이기지 못해 바위에다 머리를 찍어 자결하려고 했다.

 "여옥아! 같이 죽자! 더 이상 살아 봤자 죄만 커질 뿐이다! 차라리 지금 죽어 네 곁에 함께 눕고 싶다!"

 터진 이마에서 피가 줄줄 흘러내리고 있었다. 그러다가 그는 기절해 버리고 말았다. 그러나 그는 죽지 않았다. 모진 것이 사람의 목숨인지 한참 후에 그는 깨어나 다시 몸부림치고 울부짖기 시작했다.

 그는 이미 잃어버린 자기 눈을 찾아 캄캄한 어둠 속에서 벗어나 보려고 발버둥쳤다. 그러나 헛수고였다. 그럴수록 고통만 더해 갈 뿐이었다. 무서운 통증이 엄습해 오고 있었다.

 "나는 죽어야 해……죽어야 해……"

 그는 자기에게 남은 길이 오직 한 가지밖에 없다는 것을 잘 알고 있었다. 그것은 죽는 것이었다. 그러나 죽는다는 것이 그렇게 쉬운 일이 아니었다. 무엇보다도 그에게는 무기가 없었다. 하긴 혀라도 깨물어서 죽을 수가 있을 것이다. 그렇지만 지금의 그에게는 그런 용기도 없었다.

 "나를 죽여 줘! 누가 나를 죽여 줘! 나를 죽여 달라고!"

 그는 고작 허공을 향해 이렇게 외쳐 댈 뿐이었다.

 그 시간에 하림은 토벌군 전 병력을 동원하여 수색작업을 벌이고 있었다.

토벌군들은 적의 도주 루트를 따라 산 속을 샅샅이 뒤지고 있었다. 하림이 적을 발견했다는 보고를 받은 것은 오후 2시경이었다. 마침 안개가 걷히기 시작하고 있어서 시야가 멀리까지 트이기 시작할 무렵이었다.

망원경으로 산등성이를 바라보니 그 위에 사람 형상으로 보이는 것 하나가 움직이고 있는 것이 어슴푸레하게 보였다. 산등성이 위에는 나무가 없었기 때문에 움직임이 뚜렷이 보였다. 포위를 하고 좀더 가까이 접근해 보니 움직이고 있는 것이 분명히 사람이긴 한데 아무래도 좀 이상했다. 그것은 허공을 향해 마치 춤추듯 두 손을 높이 쳐들어 휘휘 내젓고 있었다. 기다가 일어서다가 도로 주저앉는다. 아무리 보아도 한 명 이상은 보이지 않는다. 함정인지도 모르니 조심하라고 이르고 포위망을 점점 좁혀갔다.

앞서 나갔던 수색조가 돌아와 이르기를 빨치산 한 명이 울부짖고 있다는 것이었다. 그 빨치산은 무장도 하지 않았으며 얼굴이 피투성이가 되어 몸부림치고 있다고 했다.

얼마 후 하림이 산등성이 위로 올라섰을 때 대치는 여옥의 가슴에 머리를 처박은 채 흐느끼고 있었다. 토벌군이 일제히 총을 겨누며 달려들려는 것을 제지하며 하림은 좀더 가까이 다가섰다. 그의 오른손에는 언제라도 발사할 수 있게 안전장치가 풀린 권총이 들려 있었다.

인기척에 대치는 고개를 홱 돌려 하림을 향했다.

"누구야? 누구야?"

몸을 부들부들 떨며 묻는다. 두 눈은 보이지 않는데 꼭 이쪽을 쏘아보는 것 같았다. 하림은 그 참혹한 모습에 한동안 할 말을 잊은 채 넋을 잃고 서 있었다. 피에 엉겨붙어 있는 눈은 보기에도 섬뜩할 정도로 끔찍했다.

"흐흐흐……누구야? 누구야?"

일어서다 말고 무릎으로 기어온다.

하림의 권총을 쥐고 있는 손이 어느새 덜덜 떨리고 있었다. 식었던 피가 뜨겁게 끓어오르며 머리 위로 솟구치는 것 같았다. 한참 동안 대치를 노려보다가 그는 여옥이 누워 있는 곳으로 뛰어갔다.

그녀의 죽음을 확인하는 순간 그는 눈앞이 캄캄해졌다. 그녀의 육신은 이미 싸늘하게 식은 지 오래였다. 그래도 그는 그녀의 죽음이 믿어지지가 않았다. 떨리는 두 손으로 그는 여옥의 얼굴을 감싸쥐고 정신없이 들여다보았다.

"안 돼……안 돼……죽으면 안 돼……"

그는 넋나간 사람처럼 중얼거렸다. 감정이 얼어붙는 바람에 아무 것도 느껴지지 않았다. 그는 자꾸만 그녀의 얼굴을 어루만졌다. 그녀 곁에 주저앉아 그녀를 하염없이 내려다보면서. 그때 대치가 기어와 그의 팔을 움켜잡았다.

"누구야? 누구냐 말이야?"

"누가 이 여자를 죽였지?"

하림은 대치를 노려보면서 물었다. 그 목소리를 듣는 순간 대치는 부르르 떨었다.

"장하림······장하림이지?"

"그렇다. 장하림이다. 누가 이 여자를 죽였지?"

"흐흐흐······마침내 만났군. 만날 줄 알았지······흐흐흐······ 누가 여옥이를 죽였느냐구? 내가 죽였어. 내가 권총으로 쏴 죽였어······그게 편할 것 같아서 쏴 죽였어······그렇지 않으면 그놈들이 여옥이를 죽였을 거야······그래서 내 손으로 죽인 거야······그놈들이 내 눈을 이렇게 찔렀어······흐흐흐······아무 것도 안 보여······내 눈······내 눈을 찾아 줘······흐흐흐······."

하림은 마침내 분노가 폭발했다. 주먹으로 대치의 턱을 후려치고 나서 상대를 깔고 앉아 소리쳤다.

"이 악마 죽여 버릴 테다!"

그는 손에 잡히는 대로 집어들었다. 큼직한 돌덩이를 높이 쳐들고 대치의 얼굴을 내려찍으려고 했다. 대치는 두 손을 내저으며 허우적거릴 뿐 아무 저항도 못하고 있었다.

"대장님, 참으십시오!"

하림의 부하들이 차마 접근하지는 못하고 안타까이 소리쳤다. 하림은 죽여야 한다고 생각했다. 그러나 정작 대치의 얼굴을 내려찍었을 때 돌덩이는 그의 어깨를 약간 스쳤을 뿐이었다. 차마 대치를 죽이지 못한 채 비틀비틀 물러나는 하림을 대치가 붙들었다. 그는 하림의 다리를 끌어안고 뒹굴면서 말했다.

"나를 죽여 줘! 제발 나를 죽여 줘! 왜 나를 죽이지 않는 거야? 왜 나를 죽이지 않는 거야? 장하림? 나를 죽여라! 죽여 줘! 죽여 줘!"

그는 몸부림치며 울부짖었다. 하림이 걷어차면 다시 달려들곤 했다.

"나는 죽어야 해! 나는 내 아내를 죽인 놈이야! 나는 천벌을 받았어! 나는 비겁한 놈이야! 놈들이 여옥을 죽이지 않으면 나를 죽이겠다고 했어. 그래서 나는 여옥을 죽인 거야. 내가 살기 위해 여옥이를 죽인 거야. 흐흐흐……나는 비겁한 놈이야. 나를 죽여줘. 장하림! 이 비겁한 놈을 죽여달라구!"

하림은 다시 대치를 걷어차 버리고 여옥의 시체를 안아 들었다. 시체를 으스러지게 끌어안고 입술에 입을 맞추었다. 기나긴 입맞춤이었다. 그런 다음 그는 갑자기 허탈에 빠지면서 허공을 멀거니 바라보았다. 그의 부하들이 급히 들것을 만들어 시체를 그 위에 눕힐 때까지도 그는 넋이 빠져 서 있었다.

"그만 내려가시죠."

"시신을 잘 모시고 가도록 해."

"네, 알겠습니다."

"저놈도 데리고 가. 눈이 멀었으니까 수갑을 채울 필요는 없을 거야."

함께 내려가자는 것을 하림은 굳이 거절하고 맨 마지막에 혼자 하산했다.

도중에 그는 계곡에 주저앉아 그때까지 참고 있던 울음을 터뜨렸다. 여옥을 잃은 비통한 감정은 이루 형언할 수 없었다. 그것은 고통이 되어 뼛속 깊이까지 스며들고 있었다. 그는 아이처럼 소리내어 울었다. 여옥의 이름을 부르며 비통하게 울었다.

그가 그렇게 울어 보기는 처음이었다.

그는 모든 희망이 일순 무너져 버린 기분을 맛보고 있었다. 그녀는 죽어서 안 되는 여자였다. 그녀만은 누구보다도 오래 살아야 할 여자였다. 정신대로 끌려가 이루 상상할 수 없는 고초를 겪으면서도 악착스레 살아 돌아온 그녀가 해방된 조국에서 죽다니, 그것도 남편의 손에 살해되다니,

너무도 기막히고 억울했다. 얼마나 그녀를 사랑했던가! 그런 그녀를 그는 잃은 것이다. 그는 울고 그리고 또 울었다.

한 시간 넘게 그렇게 슬피 울다가 그는 겨우 울음을 그치고 일어섰다. 여옥의 죽음과 함께 그는 삶의 의지를 포기해 버린 듯했다.

산을 내려온 그는 여옥의 시신을 그녀의 집 안방에 안치해 두고 안에서 문을 걸어 잠갔다. 그리고 사흘 낮과 밤을 시체와 함께 보냈다. 그의 비통해 하는 모습이 너무도 처절했기 때문에 감히 아무도 그에게 말을 걸지 못했다.

여름철이라 사흘이 지나니 시체가 썩기 시작하면서 역한 냄새가 코를 찔렀다. 그러나 정작 하림 자신만은 그 냄새를 맡지 못하고 있었다. 보다 못한 마을 촌로들이 찾아와 간곡히 타이르자 그제야 하림은 시체에서 떨어졌다.

다음날 마을에서는 꽃상여가 나갔다. 조촐한 꽃상여였다. 여옥이 데려다 기른 세 명의 고아들은 떠나가는 상여를 향해 엄마 엄마 부르면서 울었다.

하림은 초췌한 모습으로 상여 뒤를 따라갔다. 마을 사람들은

모두 나와 여옥을 배웅했고, 아낙네들은 하나같이 눈물을 지었다. 상여꾼들이 부르는 상여 소리는 구슬픈 가락이 되어 멀리멀리 퍼져 갔다. 그날 따라 장마가 걷히고 햇빛이 눈부시게 쏟아져 내리고 있었다.

여옥의 묘지는 그녀의 부모가 누워 있는 곳 옆에 마련되었다. 하림은 그녀가 마지막 가는 길을 끝까지 지켜보았다. 지난 사흘 동안 그는 너무나도 슬퍼했기 때문에 지금은 눈물 한 방울 나오지가 않았다. 그는 시종 표정 없는 얼굴로 서 있다가 관이 구덩이 속으로 들어가자 제일 먼저 흙을 뿌렸다.

이윽고 붉은 무덤 하나가 생겨나고 모두가 돌아간 뒤에도 그는 혼자 그곳에 남아 있었다. 서쪽 하늘에 타오르는 붉은 노을이 그의 얼굴을 붉게 물들이고 있었다.

그는 여옥의 무덤 앞에 앉아 노을을 바라보고 있었다. 그는 언제까지고 그렇게 앉아 있었다. 노을이 지고 어둠이 밀려오기 시작했지만 그는 일어나려고 하지 않았다.

어둠과 함께 무거운 정적이 무덤 주위를 감싸기 시작했다. 숲쪽에서 습기를 머금은 미풍이 불어오고 있었다. 온몸에 땀이 흐르고 있었지만 그는 미동도 하지 않고 앉아 있었다.

거기에 그렇게 앉아 있으면 여옥을 만날 수 있을 것이라고 그는 생각했다. 그는 그것을 확신하고 있었다.

자정이 지나 그가 지친 나머지 얼핏 의식을 잃었을 때 마침내 그렇게 기다리던 여옥이 나타났다. 그녀는 하얀 소복 차림이었고 머리는 산발하고 있었다. 하림은 그녀의 이름을 부르면서 손을 뻗어 그녀를 붙잡으려고 했다. 그러나 그녀는 뒷걸음질쳤다. 가까이 오지 마세요. 왜, 왜 그러지? 하림씨는 거기 계셔야 해요. 당신은 아직 해야 할 일들이 많아요. 아니야, 우리는 헤어져서는 안 돼. 우리는 어디나 함께 가야 해. 지금이야말로 우리의 사랑이 결실을 맺을 수 있는 좋은 기회야. 아니에요. 우리는 결코 화합할 수 없어요. 그게 우리의 운명이에요. 아니야, 그렇지 않아. 우리의 사랑은 누구도 막을 수 없어. 운명 같은 거 난 믿지 않아. 자, 이리와. 아, 안 돼요. 전 갈 수 없어요. 전 가야 해요. 당신을 사랑하지만 전 가야 해요. 잠깐만 기다려. 손이라도 한번 잡아 보고 싶어. 거기 기다려. 기다리라구. 안 돼요. 저는 이미 딴 세상 사람인걸요. 돌아가 주세요. 전 가야 해요. 여옥의 모습이 점점 희미해져 가자 그는 눈물을 흘리며 그녀를 불렀다. 여옥도 울면서 그를 부르고 있었다. 그러나 그녀의 목소리는 점점 멀어지고 있었다. 마침내 그녀의 모습이 완전히 사라지자 그는 소리내어 통곡하다가 눈을 떴다.

하림은 밤이 깊어 마을로 들어섰다.
어디선가 늑대의 울음 소리 같은 것이 들려오고 있었다. 그런데 늑대 울음 소리치고는 소름끼치는 자극 같은 것이 느껴지고 있었다. 본부로 가까이 갈수록 그 소리는 점점 더 커지고 있었다. 본부 막사에 거의 이르러서야 그는 그것이 사람이 울부짖는 소리임을 알아차렸다.
"최대치가 미쳤습니다."

그가 안으로 들어서자 첫 보고가 그것이었다.

"저게 그놈이 지르는 소리인가?"

"네, 그렇습니다."

대치는 빈방에 갇혀 있었다. 너무 난폭하게 구는 바람에 손목에 수갑을 채워 쇠창살에 붙들어매 놓고 있었다. 하림이 들어가 보니 그는 정말 미쳐서 울부짖고 있었다. 입에서는 게거품을 뿜고 있었고 머리를 벽에다 쿵쿵 찧어 대고 있었다. 인기척을 느꼈는지 갑자기 조용해지면서

"호호호……누구야?"

하고 묻는다.

"장하림이다."

"장하림이라구? 호호호……장하림이 누구야? 장하림이 누구야?"

"미친 척하지 마! 나한테는 통하지 않아!"

"내가 미쳤다구? 호호호……난 미치지 않았어. 난 미치지 않았다구. 넌 누구야? 넌 누구야? 어떤 놈이야? 내가 누군 줄 알고 감히……호호호호호호……"

"오늘 여옥이 장례를 치렀다. 네가 죽인 여옥이 말이야."

"호호호……무슨 소리하는 거야? 여옥이는 조금 전까지도 여기 있었는데……. 내가 눈이 멀었다고 모르는 줄 알아? 난 다 알고 있어. 여옥이를 불러와. 나를 치료해 줄 수 있는 사람은 여옥이 뿐이야. 여옥이를 불러 줘."

"그 여자는 죽었어. 오늘 장례를 치렀어. 네가 그 여자를 죽인

거야."

하림은 대치의 어깨를 잡아 흔들었다. 그는 폭발할 것 같은 감정을 가까스로 누르고 있었다.

"나는 그 여자를 죽이지 않았어. 내가 왜 그 여자를 죽이겠어? 오해하지 마. 나는 아무도 죽이지 않았어. 나는 안 죽였어! 안 죽였어! 안 죽였어! 안 죽였다구!"

그는 거품을 물며 다시 악을 쓰기 시작했다. 눈이 없으니 표정을 읽을 수가 없었다. 하림은 대치의 감정이 가라앉기를 기다려 말했다.

"너는 총살이야. 내 손으로 총살시킬 거다. 아무리 발버둥쳐 봐야 소용없어!"

"흐흐흐……나를 총살시킨다구? 나를 말이야?"

"그래. 내가 직접 쏘아 죽일 테다. 여옥이 원수를 갚아 주기 위해 내 손으로 직접 네놈을 쏘아 죽일 테다."

"나를 죽인다구? 그래. 제발 나를 죽여 줘. 부탁이야. 죽여 달라구. 난 죽고 싶어. 단번에 죽을 수 있게 머리에다 총을 쏴 줘. 내가 얼마나 죽고 싶은 줄 넌 모르겠지. 죽여 줘. 제발 부탁이야. 죽여 달라구!"

하림은 할 말을 잊었다. 치밀어 오르던 분노와 증오가 갑자기 눈 녹듯이 스러지는 것을 느끼고 그는 당황했다.

대치는 한잠도 자지 않고 밤새도록 울부짖었다. 하림도 꼬박 뜬눈으로 밤을 지새야 했다. 대치의 울부짖음은 한 가지로 귀착되고 있었다.

시간이 흐를수록 최대치의 발광은 더욱 심해져 갔다. 그는 완전히 미쳐 버린 것 같았고, 옷을 입은 채로 아무 데서나 배설을 해댔기 때문에 몸에서는 심한 악취가 났다.

그는 당연히 총살감이었으나 두 눈이 먼데다 미쳐 있었기 때문에 차마 총살집행도 할 수가 없었다. 법적인 절차를 따져서 처리한다면 수사기관의 심문을 거쳐 재판에 회부되어 판결을 받아야 하지만 수사기관으로부터 그는 거절당했다. 그를 연행하려고 온 수사관들은 그의 모습을 보고는 머리를 휘휘 내저으며 돌아가 버렸다. 도대체 미친 자를 상대로 심문을 벌인다는 것이 어리석은 짓이었기 때문이다.

결국 최대치는 하림이 처리할 수밖에 없게 되었다.

여옥의 죽음으로 하림은 처음에는 비통한 감정에서 헤어나지 못해 대치에게 신경을 쓸 여유가 없었지만 차츰 시간이 흐르자 그의 존재가 무거운 짐이 되기 시작했다. 마음 같아서는 그 저주스러운 존재를 가장 잔인한 방법으로 죽이고 싶었지만 이미 두 눈이 먼데다 제정신마저 잃은 그를 그런 식으로 죽일 수는 없었다.

대치의 울부짖는 소리는 이제 듣는 사람으로 하여금 간장을 녹이게 할 정도로 변질되어 있었다. 한밤중 문득 그 소리를 들으면 소름이 쭉쭉 끼쳤다. 그때마다 군인들은 물론 마을 사람들까지도

"아휴, 저놈의 소리……"

하면서 몸을 뒤채는 것이었다.

생각다 못해 하림은 마침내 그를 석방시켰다. 죽든 살든 알아서 하라고 밖으로 쫓아낸 것이다.

그는 더 이상 대치에 대해 관심을 두지 않으려고 노력했다. 그러나 그런 노력도 허사였다. 밤마다 들려오는 대치의 늑대 같은 울부짖음을 피할 수는 없었다.

대치의 울부짖음은 사람의 소리로 볼 수 없는 짐승 특유의 소리로 변질되어 있었다. 그리고 그는 모두가 잠든 한밤중에만 울어대고 있었다. 그 소리를 들을 때마다 하림은 속이 뒤집히고 미칠 것 같았다. 그 자신도 울부짖고 싶은 충동을 느끼곤 했다. 솔직한 심정이 그는 대치가 빨리 죽어 줬으면 하고 바랐다.

그러나 최대치는 그렇게 쉽게 죽어 주지 않았다. 무덥고 잔인하던 여름이 지나고 선선한 가을이 되어도 그는 죽지 않고 살아 있었다.

그때까지도 공비토벌은 계속되고 있었다. 그 즈음 지리산 공비는 완전히 궤멸되어 극소수의 잔당만이 남아 있었다. 그 잔당을 그대로 방치해 둘 수도 없어 하림은 계속 토벌작전을 벌이고 있었다. 마지막 한 명을 섬멸할 때까지 토벌은 계속될 수밖에 없었다.

가을도 다 갈 무렵 하림은 부산의 조남지로부터 한 통의 편지를 받았다. 아들을 낳았다는 편지였다.

그것은 미래의 희망을 약속해 주는 아주 귀중한 소식이었다. 그는 그 소식을 가슴 깊이 품은 채 자기 아들을 만나 보게 될 날을 기다렸다. 마음 같아서는 당장 달려가고 싶었지만 지휘관인 그에게는 휴가란 것이 없었다. 그만큼 그는 바쁜 몸이었다. 여옥을 잃은 고통을 잊기 위해 그는 없는 일도 일부러 만들어 바쁘게 움직이고 있었던 것이다. 그리고 지금의 그의 심정은 여옥을 잃은 슬픔을 아들을 얻은 기쁨으로 대체할 수가 없었다. 아직 그에게는 아들을 얻은 기쁨보다도 여옥을 잃은 슬픔이 더 크게 작용하고 있었던 것이다.

비(碑)

다시 겨울이 왔다.

그해 겨울은 유난히 눈이 많이 내렸다.

최대치는 그때까지 목숨이 붙어 있었다. 추운 겨울은, 밖에서 노숙해야 하는 그에게는 가장 위협적인 계절이었다. 그는 마침내 위기를 맞고 있었다.

그에게는 처음부터 잠자리도 먹을 것도 일절 제공되지 않았다. 그의 과거를 알고 있는 마을 사람들은 그를 개돼지만도 못하게 대했기 때문에 그는 식은 밥 한 덩어리 얻어먹기가 어려웠다. 그런데도 그는 그 마을을 떠나지 않고 그곳에 끈덕지게 늘어붙어 겨울을 맞은 것이다. 두 눈이 멀었기 때문에 그는 무엇을 훔쳐먹기도 어려웠다. 멋모르는 어린아이들이 그를 놀려대다가 장난 삼아 던져 주는 썩은 감자 조각 같은 것들이 그에게는 귀중한 먹이가 되어 주고 있었다.

그는 너무 오랫동안 굶주렸기 때문에 그야말로 몰라보게 변해 있었다. 헝클어진 머리는 어깨를 뒤덮고 있었고 동자가 있던 눈 자리는 말라붙은 채 움푹 꺼져 있었다. 수염으로 덮인 얼굴은 가죽만 남은 해골바가지였다. 팔다리는 앙상한 나뭇가지처럼 말라비틀어져 있었고 그것들은 그가 흐느적흐느적 걸음을 옮길 때마다 금방이라도 떨어질 듯 제각기 멋대로 덜렁거리곤 했다. 몸에 걸치고 있는 옷가지는 닳고닳아 누더기처럼 해져 있었다. 그래도 추위를 막아 보겠다고 허리에 거적을 둘러친 다음 새끼줄로 그것을 붙들어매고 있었다. 발은 맨발이었는데 새카맣게 때가 끼어 그것이 양말 구실을 하고 있었고 동상에 걸렸는지 팅팅 부어 있었다.

하림은 될수록 대치를 보지 않으려고 노력했다. 그는 대치와 마주치는 것을 가능한 한 피하고 있었다. 그렇게 피하다 보니 그를 보지 않은 지가 어느덧 석 달이 지나고 있었다. 그러나 대치가 어떤 모습으로 어떻게 지내고 있는가 하는 것은 충분히 상상이 되고도 남음이 있었다.

대치의 존재는 그때까지도 토벌군들 사이에서 심심찮게 화제에 오르고 있었다. 하림은 되도록 그것을 듣지 않으려고 했지만 어쩔 수 없이 자기도 모르게 귀를 기울일 때가 있었다.

어느 날 그는 장교들이 난롯가에 둘러앉아 대치에 대해 나누는 이야기를 듣게 되었는데 그것은 꽤 충격적인 내용이었다.

"……곧 죽겠더라고. 양지쪽에 앉아 옷을 벗고 이를 잡는데 눈이 없으니까 손으로 더듬어서 잡는 거야. 한데 눈 뜬 사람처럼 잘 잡더라고. 그리고 이를 잡아서는 그걸 버리지 않고 먹더라고. 그걸 보고 구역질이 나서 혼났어. 벗은 몸을 보니까 앙상하게 갈비만 남았어. 게다가 때가 새까맣게 끼고 피부병까지 옮아 차마 눈뜨고 볼 수 없었어. 차라리 총살시켜 버릴 걸 그랬어."

"난 쇠똥에서 보리알을 골라서 먹는 것을 봤어. 그만하면 죽을 때가 됐는데 끈질기게 살아 있단 말이야. 사람 목숨이란 참 모진가 봐. 어떤 때는 아무나 붙잡고 자기를 죽여 달라고 하는 것이 제정신이 드는가 봐."

"아무리 미친 사람이라도 가끔씩 제정신이 들 때가 있지. 죽여 달라고 하는 것은 본심일 거야."

"놈을 누가 죽여 준다면 놈한테는 은혜를 베푸는 셈이겠지."

"그렇지 은혜를 베푸는 셈이지."

"그러나 저러나 겨울은 못 넘기겠지."

"넘기기 어렵지. 벌써 울음 소리부터가 그전 같지 않고 아주 약해져 있더라고."

"그놈의 울음 소리 때문에 잠을 설친 적이 한두 번이 아닌데, 이젠 소리가 작아져서 별로 신경에 거슬리지 않더군."

하림은 그들의 대화를 더 이상 듣고 있을 수가 없어 밖으로 가만히 나와 버렸다.

확실히 밤마다 들려오는 최대치의 울부짖음은 그전 같지 않고 몹시 약해져 있었다. 요즈음 그것은 마치 병들어 죽어 가는 짐승의 가냘픈 울음 소리처럼 끊어질듯 말듯 들려오고 있었다.

하림은 하늘을 올려다보았다. 어젯밤부터 내린 눈이 아침이 되자 그쳤고, 햇빛이 조금 비치다가 오후에 들어 다시 하늘이 흐려지는 것이 또 눈이 내릴 것 같았다.

그는 어느새 마을 쪽으로 걷고 있었다. 길 한켠에는 밟지 않은 눈이 두껍게 쌓여 있었다. 마을로 들어서자 만나는 사람들마다 그를 보고 절을 꾸벅꾸벅 했다. 일년 가까이 그곳에 주둔하다 보니 그와 마을 사람들은 어느새 꽤 친숙해져 있었다.

다리를 건너 정미소 쪽으로 걸어가는데 정미소 앞에 사람들이 잔뜩 몰려 서 있는 것이 보였다. 급히 다가가보니 마을 청년들이 거지 하나를 짓밟고 있었다. 자세히 들여다보니 그 거지는 최대치였다. 지난 석달 동안에 너무나 변해 버렸기 때문에 하림 자신도 그를 얼른 알아보지 못했던 것이다. 그 참혹한 모습에 그는 심한 충격을 받았다. 저만하면 됐어. 이제 그는 죽을 만해. 하림은 사람들을 헤치고 가운데로 들어갔다.

"이 새끼, 뒈지라면 뒈질 것이지, 왜 뒈지지도 않고 말썽이야, 말썽이!"

청년들은 욕설을 퍼부으며 얼굴이며 가슴이며 가리지 않고 발로 밟아대고 있었다. 해골 같은 얼굴은 피투성이였고, 그대로 두면 맞아 죽을 것 같았다.

하림은 당황했다. 모른 체하고 비켜 주어야 한다는 생각과 청년들을 말려야 한다는 생각이 서로 엇갈려 그를 당황하게 만들어 주고 있었다. 그러나 그는 결국 청년들을 말리고 나섰다.

"아, 잠깐 무슨 일이야?"

"이놈이 글쎄, 점심 먹으러 간 새에 정미소에 들어가 쌀을 퍼먹지 않겠습니까? 먹기만 하면 좋은데 거기다가 똥오줌으로 난장을 쳐서 한 가마니나 되는 쌀을 몽땅 버려놨어요! 이런 빨갱이 새끼는 때려죽여야 합니다! 살려둬 봐야 좋을 것 하나도 없어요!"

우락부락하게 생긴 청년이 씨근덕거리며 기염을 토하자 다른 청년들도 맞장구를 치고 나왔다.

"맞습니다요! 때려죽여야 합니다요! 이놈이 그 동안 얼마나 말썽을 부린 줄 아시능가요? 우리도 지금까지 참아왔는디, 그만큼 참았으면 됐지 더 이상 못 참겠구만요! 도대체 빨갱이 두목놈을 살려둬서 뭐합니까요? 지 여편네까지 죽인 놈인디 말입니다. 살려뒀다가 나중에 국 끓여먹으면 몰라도……"

그들은 웃다가 다시 살벌해지면서 대치를 밟아 대기 시작했다.

"그만! 그만해 두시오! 이 사람은 내가 알아서 처리할 테니까 그만하시오!"

하림은 날카롭게 외쳤고, 그 소리에 놀란 청년들은 발길질을 멈추고 이상하다는 듯 그를 바라보았다. 그들은 그가 왜 소리를 질러야 하는지 아무래도 이해할 수 없다는 그런 표정들을 짓고 있었다.

하림 역시 그렇게 소리를 지르긴 했지만 당황하기는 마찬가지였다. 그는 목소리를 낮추어 부드럽게 말했다.

"이 사람한테 더 이상 손대지 말아요. 내가 알아서 할 테니까 이 사람을 때리거나 하지 말아요."

감히 토벌군 지휘관의 말을 거역하고 나오는 사람이 있을 리 없었다. 그들은 주춤주춤 물러나기 시작했다.

그때 나이 많은 노인이 앞으로 나서서 이런 말을 했다.

"내가 한마디 해야겠소이다. 다름이 아니고 이놈을 왜 이 마을에 이렇게 궁글러 다니게 내버려두는지 나는 도무지 이해할 수 없소이다. 총살을 시키든지 잡아가두든지 그것도 아니면 병원에 입원을 시키든지 좌우간에 어떤 조치를 내려야 할 게 아닌가요? 이렇게 흉악한 거지꼴로 마을을 궁글러 다닝께 다른 것은 고사하고 우선 차마 눈뜨고 볼 수가 없소이다. 같은 사람의 입장에서 더 이상 두고 볼 수가 없소이다. 이거 원……"

"잘 알겠습니다. 곧 손을 쓰도록 하겠습니다. 죄송하게 됐습니다."

그때 대치는 사람들이 주고받는 말소리를 알아듣고 있었다. 제 정신을 가지고 분명히 알아듣고 있었다. 그리고 하림이 와 있다는 것도 알고 있었다. 그러나 그는 사람들이 모두 사라질 때까지 죽은 듯이 누워 있었다.

그는 심하게 미쳐 있었다. 그러나 때때로 제정신이 돌아올 때가 있었다. 지금이 바로 그런 상태였다. 하지만 그런 상태가 오래 계속되는 것은 아니었다. 주위가 갑자기 조용해지는 것이 모두가 물러간 모양이었다. 그는 벌레처럼 꿈틀거리다가 비틀비틀 몸을 일으켰다. 그때 그의 어깨를 툭 치는 손이 있었다.

"최대치, 나 장하림이다. 알겠어?"

"알지. 알고 말고. 장하림을 잊을 리가 있나."

그는 기어들어 가는 목소리로 속삭였다.

"나를 알아보는 거 보니까 미치지 않은 모양이군."

"그래. 난 미치지 않았어. 부……부탁이 있어. 들어 줘야겠어."

"무슨 부탁인데?"

"나를 죽여 줘. 부탁이야. 더 이상……참을 수 없어. 부탁이야 제발 죽여 줘."

그는 두 손을 뻗어 하림의 옷자락을 움켜잡았다. 하림은 그것을 뿌리쳤다.

"그런 부탁은 들어줄 수 없어."

"왜……왜 안 된다는 거야? 왜 나를 살려 두는 거야? 왜…… 왜 그러는 거야?"

대치는 부들부들 떨면서 하림을 붙잡으려고 두 손을 허우적거렸다.

"그걸 몰라서 묻나? 오래오래 고통을 당하면서 서서히 죽어가라고 바로 죽이지 않는 거야. 피를 말려가면서 서서히 죽으라고 말이야. 너를 바로 죽인다는 건 네가 저지른 죄악에 대한 대가치고는 너무 가벼워."

하림은 차갑게 내뱉고 나서 가 버렸다. 대치는 멀어져 가는 발자국 소리를 듣고 있다가 풀썩 주저앉아 버렸다. 그리고 알아들을 수 없는 소리로 중얼거리면서 개처럼 기어가기 시작했다. 잠깐 돌아왔던 제정신을 다시 잃은 것이다.

하림은 멀리 간 게 아니었다. 좀 떨어진 곳에 숨어서 대치의 움직임을 지켜보고 있었다. 그러다가 그는 대치를 뒤쫓아가 말을 걸어 보았다. 그러나 대치의 반응은 조금 전과는 판이하게 달랐다. 그는 갑자기 몸을 돌리더니 개처럼 으르렁거렸다. 그러면서 눈과 흙을 긁어모아 그에게 마구 뿌렸다.

하림은 멍하니 서서 짐승처럼 기어가는 대치의 뒷모습을 바라보다가 발길을 돌렸다.

대치는 무릎이 아팠다. 그래서 몸을 일으켰다. 무릎에 힘이 없어 다리가 덜덜 떨려 왔다. 그는 조심스럽게 앞으로 나아갔다. 갈 데가 있어서 가는 것은 아니었다. 그냥 무작정 가는 것이었다. 그는 춤추듯하면서 흐느적거리며 걸어갔다. 시야는 언제나 캄캄했고 마치 꿈속을 걸어가는 것 같았다. 그를 안내해 주는 것은 오른손에 들려 있는 긴 막대기였다. 그는 그것으로 앞을 더듬어 이상이 없다고 판단이 서면 비로소 걸음을 옮겨 놓는 것이었다.

찌푸린 하늘에서 굵은 눈송이가 하나 둘씩 떨어지더니 이내 솜처럼 부드러운 함박눈이 허옇게 쏟아지기 시작했다. 그는 얼굴에 부딪치는 감촉으로 눈이 내리고 있다는 것을 알 수 있었다. 그는 금방 눈을 허옇게 뒤집어썼지만 자신은 그것을 모르고 있었다.

얼마 후 그는 걷는 것을 그만두고 냇가에 쭈그리고 앉았다. 겨우 2백 미터쯤 걸었는데도 마치 백리길을 걸어온 것처럼 다리가 아프고 진땀이 났다. 그는 한숨을 내쉬면서 냇물 소리에 귀를 기울였다.

그가 앉아 있는 곳으로부터 조금 떨어진 곳에 징검다리가 있었다. 그 저쪽에서 놀고 있던 아이들이 그를 발견하고 와아하고 소리지르면서 징검다리를 건너왔다. 아이들의 맨 뒤에는 누런 똥개 한 마리가 따르고 있었다.

아이들은 대치를 도깨비라고 불렀다. 눈을 허옇게 뒤집어쓴 채 앉아 있는 그의 모습은 신기해 보였고, 그런 그를 아이들이 가만둘 리 만무했다. 더구나 펑펑 쏟아지는 함박눈이 아이들을 한없이 들뜨게 만들어 주고 있었다.

그들은 그에게 돌멩이를 집어던지기도 하고 막대기로 그를 쿡쿡 찌르기도 했다. 그래도 그가 아무 반응을 보이지 않자 그중 한 아이가 눈을 뭉쳐 그의 목덜미 속에 집어넣었다. 그는 진저리를 치면서 물러나 앉았고, 아이들은 환호성을 질렀다.

아이들은 갈수록 점점 장난이 심해졌다. 그리고 거기에는 잔인성마저 가미되어 있었다. 아이 하나가 막대기 끝에 똥을 묻혀 그것을 그의 코앞에 들이밀었다. 그는 고개를 저었다. 아이가 맛있는 것이니 먹으라고 했지만 그는 듣지 않았다. 화가 난 아이는 그것을 그의 입에다 처발랐다. 그것을 본 아이들은 손뼉을 치며 길길이 뛰어올랐다. 그 곁을 지나던 노파가 아이들을 나무라면서 그의 손에 떡조각을 하나 쥐어 주고 갔다. 아이들은

"물어라, 쉿!"

하면서 똥개를 도깨비 쪽으로 몰았다.

개는 으르렁거리다가 떡을 들고 막 입으로 가져가려는 그의 손을 덥석 물었다. 그는 뒤로 나자빠졌고 개는 떡을 문 채 줄행랑쳤다. 개에 물어뜯긴 그의 오른 손에서는 피가 줄줄 흐르고 있었다. 그러나 그는 별로 아프지가 않았다. 동상에 걸린 손이

라 감각이 점점 마비되고 있었던 것이다. 비단 손의 감각뿐 아니라 모든 감각 기능이 급격히 떨어지고 있었다.

피를 보자 아이들은 겁이 나서 도망쳐 버렸다. 그는 그대로 누워 있었다. 누워 있는 것이 편하고 좋았다. 뱃가죽이 등에 내려와 붙는다. 너무 굶주리다 보니 이제는 배고픔도 느껴지지 않는다. 끊임없이 졸음만 밀려온다. 아주 따뜻하다. 왜 이렇게 따뜻할까.

누워 있는 그의 몸 위로 눈이 점점 쌓이더니 이윽고 그는 하얀 모습으로 변해 갔다. 얼굴도 손도 발도 눈 속에 묻혀 더 이상 보이지 않게 되었다. 그래도 그는 움직이지 않고 죽은 듯이 누워 있었다.

병든 짐승의 가냘픈 울음 소리가 방안으로 스며들고 있었다. 야전 침대 위에 누워 있던 하림은 발작하듯 벌떡 몸을 일으켰다. 더 이상 그 소리를 들으며 누워 있을 수가 없었다. 커튼을 걷자 창문으로 푸른 달빛이 가득 흘러들어 왔다. 눈은 어느새 그쳐 있었고 달빛에 들어난 시야는 온통 흰빛이었다. 멋진 밤이다 하고 그는 경탄했다. 울음 소리가 다시 구슬프게 들려왔다. 그는 조용히 움직였다. 먼저 옷을 입은 다음 45구경 권총에 탄알을 하나 집어넣었다.

둥근 달이 중천에 걸려 있었다. 아무도 밟지 않은 눈 위를 그는 천천히 걸어갔다. 보초가 담배를 피우고 있다가 얼른 그것을 집어던지고 그에게 거수경례를 했다.

눈은 정강이까지 쌓여 있었다. 걸음을 옮길 때마다 발밑에서 뿌드득하는 소리가 나곤 했다. 조용한 밤이었다. 그것을 병든 짐승의 고통스러운 울음 소리가 마구 휘저어 놓고 있었다. 그는 고개를 들어 달을 쳐다보았다. 나에게 과연 그런 권리가 있을까. 없지. 없어. 그는 멈춰 섰다. 그렇지만 할 수 없어. 내가 그에게 베풀 수 있는 건 그것 뿐이야. 낮에 그의 비참한 모습을 보는 순간 그에 대한 증오심이 눈 녹듯이 사라지는 것을 그는 느꼈다. 그리고 그는 자신의 그러한 변화를 별로 놀라지 않고 받아들였던 것이다. 그를 미워하지 말자. 그에게 모든 책임을 묻는다는 건 무리야. 난 이제 그를 미워하지 않아. 그는 아무 것도 아니야. 우리에게는 너무 큰 시련이었어. 왜 우리에게는 이런 역사가 강요되었을까. 내가 저주해야 할 것은 이 통한의 역사야. 이것이 언제 끝난다는 보장은 그 어디에도 없다.

대치는 냇가에 앉아 울부짖고 있었다. 눈을 허옇게 뒤집어쓰고 앉아 그 자신이 걸어온 지난날의 그 험난했던 역경이 괴로운 듯 허공을 향해 구슬프게 울고 있었다.

우우우우우…….

우우우우우…….

그것은 승냥이 울음 소리 같기도 하고 여우 울음 소리 같기도 했다.

하림은 울음이 그치기를 기다렸다가 가만히 대치 앞으로 다가섰다. 인기척을 느끼고 대치는 몸을 사렸다. 하림은 허리에서 살그머니 권총을 빼 들었다.

"나 장하림인데……제정신이 들었으면 나하고 이야기를 좀 했으면 하는데……"

"난 미치지 않았어."

대치는 중얼거리듯 말했다. 하림은 마른침을 삼켰다.

"죽고 싶다고 했는데 정말인가?"

"정말이야. 죽여 줘. 죽여 주면 고맙겠어."

두 사람은 약속이나 한 듯 한참동안 침묵을 지켰다. 한참만에 하림이 먼저 다시 입을 열었다.

"내 손으로 너를 죽일 수는 없어. 그러기는 싫어. 담배 피우겠나?"

"음, 한대 줘."

하림은 담배를 한 개비 꺼내 그의 입에 물려준 다음 불을 붙여 주었다. 그리고 자신도 한대 피워 물었다. 대치는 떨리는 손으로 담배를 들고 소중하게 그것을 빨아 대고 있었다. 하림은 달을 쳐다보면서 말했다.

"원한다면 무기를 빌려줄 수는 있어."

대치의 입에서 담배가 굴러떨어졌다. 그는 떨리는 손으로 그것을 집어들고 다시 빨았다.

"진작 그럴 것이지. 무기를 줘."

그의 목소리는 어느새 침착하게 가라앉아 있었다. 하림은 갑자기 대치를 끌어안고 싶은 충동을 느꼈다. 그 충동이 가라앉기를 기다렸다가 그는 마침내 대치의 손에 조심스럽게 권총을 쥐어 주었다.

"한 발만 장전했어."

"고마워."

두 사람은 손을 마주잡았다. 처음이자 마지막인 뜨거운 악수였다.

하림은 얼른 그 손을 털어내고 몸을 일으켰다. 그리고 뒤돌아보지 않고 급히 걸어갔다. 얼마쯤 걸어가자 이윽고 뒤에서 총소리가 들려왔다.

탕!

그것은 어둠을 뒤흔들다가 달빛 속으로 녹아 없어지듯 사라져 갔다. 하림은 잠시 멈춰 섰다가 다시 걸어갔다. 눈 속에 푹푹 빠지면서 정신없이 비틀비틀 걸어갔다.

여옥의 무덤은 눈 속에 묻혀 있었다. 얼마 전에 세워 준 조그만 돌비(碑)도 눈 속에 서 있었다.

그는 거기에 쌓인 눈을 손으로 쓸어냈다. 그리고 여옥의 얼굴을 어루만지듯 자꾸만 그 돌비를 어루만졌다. 거기에는 다음과 같은 글이 새겨져 있었다.

「윤여옥, 1928년 3월 5일 ~ 1951년 8월 9일」

끝

후기

지친 몸으로 旅路에 오르면서 이 글을 쓴다.

「日刊스포츠」紙에 이 小說의 연재가 시작된 것은 75년 10월 초였다. 그리고 지금은 81년 3월이다. 만 5년 6개월 동안을 꼬박 매달려 써 온 셈이다. 연재를 시작하면서 태어난 첫아들 놈이 어느새 우리 식 나이로 일곱 살이니 놈은 「黎明」과 함께 커 온 셈이다. 그 뒤 또 한 놈이 태어나 연재 기간 동안 나는 아들 둘을 얻었다.

그 동안 세상은 얼마나 많이 변했던가! 그러나 나는 눈과 귀와 입을 봉한 채 바보처럼 묵묵히 쓰기만 했다. 참고 견뎌야만 이 小說에 결판이 나겠기에 그렇게 쓰기만 했던 것이다.

그 동안 쓴 것을 2백자 원고지로 계산해 보니 1만 3천3백 장이나 된다. 1만 3천 장을 깨알같은 글씨로 하나하나 메웠다고 생각하니 내 스스로도 아연해진다.

무엇이 그토록 나를 미치게 했을까. 한 많은 우리 現代史의 序章이 나를 그리도 슬프게 하고 분노케 했기 때문일까. 아마도 그런 이유가 가장 컸으리라. 그것을 외면한 채 나는 아무 것도 할 수 없었다. 그러나 앞에 놓인 소재와 거기서 내가 구현해 보고자 한 세계는 내 미약한 능력으로는 도저히 소화시킬 수 없을 만큼 어마어마했다. 「日帝→解放→6·25」를 꿰뚫는 痛恨의 歷史는 하나의 거대한 산맥이자 미답의 기나긴 터널이었다.

우선 기라성 같은 국내 작가들의 작품들을 훑어보아도 단편적인 터치만이 있을 뿐 그 거대한 산맥을 넘고 미답의 기나긴 터널을 빠져나온 작품이 없었다. 단편 중심의 文學풍토가 빚은 왜소함이랄까. 아무튼 시각적인 면에서나 스케일 면에서 어딘가 잘못돼 있다는 것이 분명했고 그것이 나를 충동질했다.

마침내 나는 만사 제쳐놓고 달라붙어 쓰기 시작했는데. 처음 기분을 솔직히 말하자면 스포츠지에 연재하기에는 어쩐지 어울리지 않는 내용 같았다. 그러나 지금은 모두 다른 분야에서 일하고 있는 두분 鄭鍾植국장(당시)과 沈明輔부장(당시)의 격려와 배려가 그같은 나의 생각을 불식시켜 주었다.

그런데 처음 나를 놀라게 한 것은 日本軍의 제물로 바쳐진 女子挺身隊 출신 從軍慰安婦에 대한 자료가 전무하다는 사실이었다. 막연히 朝鮮처녀 7,8만 명이, 그것도 열 일곱, 열 여덟의 꽃같은 숫처녀들이 전쟁터에 끌려가 日本軍들의 섹스 배설물을 받아 내는 공동 변소로 전락하여 처참하게 짓이겨졌다는 것 정도 외에는 구체적으로 정리된 자료가 하나도 없었다.

日語를 아는 사람들은 많기도 한데 어째서 그 비참한 기록은 없을까?

더욱 놀라운 것은 국내에 여성 단체가 그렇게도 많은데 종군 위안부들의 冤魂을 달래 줄 碑하나 아직 세워지지 않았다는 사실이었다. 더더욱 놀라운 것은 당시 일본군에 끌려가는 위안부들 앞에서 장도를 축하해 주고 박수까지 쳐준 인물들이 지금도 이 사회에서 버젓이 행세하고 있다는 점이다.

여자 대학 앞을 지날 때마다 나는 번번이 이런 생각을 했다. 지각있는 총장이라면 캠퍼스에 자기 동상을 세울 게 아니라 이역에서 비참하게 죽어 간 종군 위안부들의 넋을 달래주는 碑를 세워 학생들에게 그 생생한 아픔을 전해 줄 수 있다면 얼마나 좋을까 하고. 학생들이 모금해서 세울 수 있다면 더욱 뜻이 깊으련만. 종군 위안부 — 그는 바로 우리 어머니像이 아닌가.

그 동안 창작외적인 변화도 많았다. 우선 내 자신이 30代에서 40代로 접어들었고, 신문사 쪽으로 張基榮 사주가 별세했고 편집국장이 세번, 문화부장도 세번이나 바뀌었다. 모두 나에게는 인상이 깊었고 감사해야 할 분들이었다. 그러나 무엇보다도 가장 큰 변화는 뭐니뭐니해도 제4공화국이 하루아침에 무너져 버린 것이었다.

흡사 지진이라도 난 듯 흔들리고 몸부림치던 大地. 남녘에서 불어오던 황토바람은 어찌도 그리 뜨거웠던지!

모두가 그랬겠지만 나 역시 생존의 가치를 의심하면서 뜬눈으로 밤을 지샜다. 이런 판에 도대체 소설 따위를 쓰고 앉아 있다니 부끄럽고 우습지 않은가! 나는 뒤숭숭한 신문사 편집국에 찾아가 연재중단의 뜻을 비친 적도 있었다.

연재도중 같은 신문에 秋政이란 가명으로 또 다른 소설 「第5

列」을 연재하게 된 것도 나에게는 잊지 못할 추억이다.

　연재 회수가 늘어남에 따라 작품의 무대는 광역화하고 등장 인물의 수도 많이 불어났으며 그들이 엮어 내는 歷史의 드라마도 복잡다기해지고 극적으로 되어 갔다. 그러나 작품의 골격을 이루어 나가는 인물들은 尹麗玉·崔大治·張河林 등 세 사람으로, 그들은 歷史의 소용돌이 속에 숨가쁘게 휘말려든다. 역사 자체가 비극이었으니 주인공들의 운명 역시 비극으로 줄달음칠 수밖에 없었다.

　麗玉과 大治는 죽었고 河林은 상처 입은 몸으로 어둠 앞에 서 있다. 그가 기다리고 있는 것은 어둠 저쪽에서 움터오는 黎明의 빛이다. 그는 확신을 안고 그 빛을 기다리고 있다.

　주인공 尹麗玉은 내 가슴속에 실제 인물처럼 생생히 살아 있다. 나는 그녀와 함께 울고 웃으며 「黎明」의 빛을 찾아 기나긴 터널을 빠져나오는 동안 그녀를 사랑하지 않을 수 없게 되었다. 기회가 주어지고 피로가 회복된다면 麗玉과 河林의 자식들 이야기를 쓸 생각이다.

　연재가 끝나고 「黎明」은 이제 내 손을 떠나 하나의 개체로서 존재하게 되었다. 그 동안 인내하고 성원해 준 江湖諸賢, 귀중한 지면을 제공해 준 日刊스포즈 여러분께 심심한 감사를 드린다.

　　　　　　　　　　　　　　1981년 3월　金聖鍾

◉ 김성종 추리소설

『최후의 증인』-상·하 | 김성종 장편추리소설
한국일보 창간 20주년기념 공모 당선작! 살인혐의로 20년간 억울하게 옥살이를 한 황바우의 출옥과 동시에 일어나는 살인사건! 사건을 뒤쫓는 오병호 형사의 집념으로 20년 동안 뒤엉킨 사건의 전모가 백일하에 드러난다.

『제5열』-상·중·하 | 김성종 장편추리소설
일간스포츠에 연재한 최고의 인기소설! 대통령선거를 기화로 국제 킬러를 고용, 국가를 송두리째 삼키려는 범죄 집단의 음모를 수사진이 적나라하게 파헤친다. 종래의 추리물과는 그 궤를 달리한 최초의 하드보일드 추리소설!

『부랑의 강』-김성종 장편추리소설
여대생과 외로운 중년신사가 벌인 불륜의 사랑이 몰고온 엽기적인 살인사건! 살인범으로 몰린 아버지의 무죄를 확신하고 이 사건에 뛰어든 딸의 집요한 추적의 정통 추리극! 사건의 종점에서 부딪치게 되는 악마의 얼굴은 과연?

『일곱개의 장미송이』-김성종 장편추리소설
임신 3개월 된 아내가 일곱 명에 의해 유린당하자 평범하고 왜소하고 얌전하던 남편이 복수의 집념을 불태운다. 아내의 유언에 따라 범인을 하나씩 찾아내어 잔인하게 죽이고 영전에 장미꽃을 한 송이씩 바치는 처절한 복수극!

『백색인간』-상·하 | 김성종 장편추리소설
허영의 노예가 되어 신데렐라의 꿈을 쫓는 미녀의 끈질긴 집념과 방탕, 그리고 그녀를 죽도록 사랑하며 혼자 독차지하려는 이상 성격을 가진 청년의 단말마적인 광란! 그리고 명수사관이 벌이는 사각의 심리 추리극!

『제5의 사나이』-상·중·하 | 김성종 장편추리소설
국제 마약조직이 분실한 2천만 달러의 헤로인 6kg! 배신자들을 처치하고 헤로인을 찾기 위해 홍콩으로부터 날아온 국제킬러 제5의 사나이! 킬러가 자행하는 냉혹한 살인극과 경찰이 벌이는 숨가쁜 추적의 하드보일드 추리극!

『반역의 벽』-상·하 | 김성종 장편추리소설

한국이 개발한 신무기 레이저 X, ―핵무기를 순식간에 녹여버릴 수 있는 X의 가공할 위력! 이를 빼내려는 국제 스파이의 음모와 배신, 이들의 음모를 저지하려는 수사관들의 눈부신 활약. 국내 최초의 산업스파이 소설!

『아름다운 밀회』-상·하 | 김성종 장편추리소설

신혼여행 도중 실종된 미모의 신부로 인해 갑자기 용의자가 되어버린 신랑! 그가 벌이는 도피와 추적! 미녀의 뒤에 있던 치정과 재산을 둘러싼 악마들의 모습을 밝혀낸 수사극의 결정판! 김성종 추리소설의 새로운 지평!

『경부선특급 살인사건』-상·(중·하권 집필중) | 김성종 장편추리소설

그들은 연휴를 맞아 경부선 특급열차에 오른다. 밤열차에서 시작되는 불륜의 여로는 남자의 실종으로 일순간에 무너져 버린다. 실종이 몰고온 그 모호하고 안타까운 미스테리는 "열차속에서의 연속살인"으로 이어지는데……

『라 인 X』-상·중·하 | 김성종 장편추리소설

교황을 살해하려는 KGB의 지령에 따라 잡입한 스파이 라인-X, 킬러의 총부리가 교황을 위협하는 절대절명의 순간 이를 제압하는 한국 경찰과 신출귀몰하는 라인―X와의 생사를 건 한판 승부를 묘사한 국제적 추리소설!

『어느 창녀의 죽음』-김성종 단편집

작가 김성종의 탄탄한 필력을 유감없이 보여주는 주옥같은 단편집! 신춘문예 당선작 「경찰관」및 「김교수 님의 죽음」, 「소년의 꿈」, 「사형집행」등을 수록. 문학적 흥미와 감동으로 독자를 매료하는 김성종 추리소설의 백미

『죽음의 도시』-김성종 SF단편집

김성종 SF단편소설집! 김성종이 예견한 기상천외한 미래사회의 청사진! 「마지막 전화」, 「회전목마」, 「돌아온 사자」, 「이상한 죽음」, 「소년의 고향」등 SF 걸작들! 새로운 문학장르를 개척하려는 김성종의 끊임없는 실험정신!

『여자는 죽어야 한다』-상·하 | 김성종 장편추리소설

김성종이 시도한 실험적 추리소설! 독자는 특별한 예고살인 속으로 여행을 시작한다. 「오늘밤 여자 한 명을 죽이겠다. 여자는 한쪽 귀가 없을 것이다. 잘해봐!!」 살인 예고장을 보는 순간 독자들은 숨가쁜 긴장속으로 빠져든다.

김성종

1941년 전남 구례출생
연세대학교 정외과 졸업
1969년 「조선일보」 신춘문예 소설당선
1971년 「현대문학」지 소설추천 완료
1974년 「한국일보」에 「최후의 증인」으로 장편소설 당선

黎明의 눈동자 제10권

김 성 종 장 편 대 하 소 설

초판발행	1981년 3월 20일
2판발행	1991년 1월 20일
3판1쇄	2003년 10월 20일
저자	金聖鍾
발행인	金仁鍾
북디자인	정병규디자인
발행처	도서출판 남도
등록일자	서기 1978년 6월 26일(제1-73호)
주소	(134-023) 서울 강동구 천호동 451 산경빌딩 B동 5층 3-1호
전화	02-488-2923
팩스	02-473-0481
E.mail	namdoco@hanafos.com

ⓒ 2003 Kim Sung Jong. Printed in Korea

정가: 10,000원

ISBN 89-7265-510-4 03810
ISBN 89-7265-500-7(세트) 03810
파본이나 잘못된 책은 교환하여 드립니다.